Greta

Zakspeed –
Boliden?

grafit

© 1997 by GRAFIT Verlag GmbH
Chemnitzer Str. 31, D-44139 Dortmund
E-Mail: info@grafit.de
Internet: http://www.grafit.de
Alle Rechte vorbehalten.
Umschlagzeichnung: Peter Bucker
Druck und Bindearbeiten: Elsnerdruck GmbH, Berlin
ISBN 3-89425-201-4
11. / 2003 2002

Jacques Berndorf

Eifel-Rallye

Kriminalroman

grafit

Der Autor

Jacques Berndorf (Pseudonym des Journalisten Michael Preute) wurde 1936 in Duisburg geboren und wohnt – wie sollte es anders sein – in der Eifel. Berndorf kann ohne Katzen und Garten nicht gut leben und weigert sich, über Menschen und Dinge zu schreiben, die er nicht kennt oder nicht gesehen hat. Ist unglücklich, wenn er nicht jeden Tag im Wald herumstreifen kann, und wird selten auf ausgefahrenen Wegen gesehen.

Von Berndorf sind bisher im Grafit Verlag folgende Baumeister-Krimis erschienen: *Eifel-Blues* (1989), *Eifel-Gold* (1993), *Eifel-Filz* (1995), *Eifel-Schnee* (1996) und *Eifel-Feuer* (1997).

Sei uns gegrüßt, Nürburg, mit dem dich umgebenden Ring. Sei uns gegrüßt, Rennstraß', die da eben vollendet! So lautet die Parole bei der Eröffnung des Nürburgringes am 18. Juni 1927 ... Heil dem Tag der Eröffnung, endlich bist du da! ... Verdrießliche Arbeit war es, wenn man an die vielen Hemmungen seitens der Menschen denkt. War es Neid, war es böser Wille, mißverstandene Absicht, wir wollen heute nicht mit den Gegnern des Nürburgringes rechten und streiten, sondern uns freuen, daß wir den Mut nicht verloren haben ... Dem Mutigen gehört der Sieg! ...

Pfarrer Delges,
Kreisdeputierter des Kreises Adenau, in der Festschrift
zur Eröffnung des Nürburgrings am 18. Juni 1927

Oh God said to Abraham,
»Kill me a Son!«
Well Abe says: »Where do you want
this killin' done?«
God says: »Out on Highway 61.«

Bob Dylan

Erstes Kapitel

Es gibt Tage, da stehe ich um 5 Uhr morgens auf, nur um zu hören, wie oberhalb des Dorfes die Feldlerchen den Tag begrüßen und die ersten Amseln, reichlich plustrig noch, auf die Suche nach Regenwürmern gehen. Dann entdecken sie in der Regel meinen Kater Paul und beginnen wüst zu schimpfen, wieso denn um diese Zeit schon so ein Ekel durch die Landschaft streicht.

Die ersten Autos brausen die steile Dorfstraße hinunter, und es ist einfach zu erkennen, wer zu spät dran ist: Der fährt Vollgas. Und wenn er jung genug ist, hämmert Techno durchs Dorf und verweht.

Um sechs Uhr läuten die Glocken, und es gibt tatsächlich Leute, die das erheblich stört, weil die Kirche sich angeblich überall einmischt, sogar in heilige morgendliche Rituale. Gemach, die Zeiten sind vorbei, und das Läuten ist der Nachhall einer sehr alten Tradition aus jenen Zeiten, als in keinem der Häuser eine Uhr tickte, man aber gleichwohl wissen wollte, was die Stunde geschlagen hat. Laßt sie doch bimmeln, nach sechs Tagen hörst du sie nicht mehr, und wenn du sie hören willst, denk daran, daß sie verläßlicher sind als alle großschnäuzigen Politiker.

Neulich bekam ich erzählt, daß jemand in Udler sich beschwert hat, der Hahn der Nachbarn krähe regelmäßig zu früh. Wir in Brück sind froh, daß wir überhaupt noch Hähne haben, wenn die auch gelegentlich so falsch gehen wie eingerostete Wecker. Eines dieser männlichen Hühner hat eine ausgesprochene Vorliebe für morgens um elf. Soll er doch.

An diesem Morgen war ich so früh aufgestanden, weil ich eigentlich das Löwenzahn-Experiment wiederholen wollte. Kennen Sie das? Also, das geht so: Suchen Sie sich in Ihrem Garten einen möglichst gesunden und frech aussehenden Löwenzahn. Er sollte eine kräftige Knospe haben und auf einem starken Stengel stehen. Wiegen Sie dann – am besten mit der Küchenwaage – rund zweieinhalb Kilo Erde ab. Diese Erde legen Sie sanft in einem Haufen auf den Stengel, möglichst so, daß der gebogen, aber nicht geknickt wird. Ganz richtig: Volle fünf Pfund Erde. Wundern Sie sich nicht. Bei nicht zu strenger Hitze finden Sie etwa drei bis vier Stunden später den Erdhaufen ohne gebogenen Löwenzahnstengel, denn der steht mittlerweile steil wie das Sehrohr eines U-Bootes in dem Erdhaufen, er hat die fünf Pfund locker beiseite gedrückt. Für Botaniker mag das eine durchaus unwissenschaftliche Methode sein, für mich reicht das zum Nachweis des immer noch ungebrochenen Lebenswillens der Mutter Natur.

Ich wiederholte das Experiment nicht, weil ich ins Träumen geriet, was mir häufig widerfährt. In der Nacht war ein Gewitter niedergegangen, das Gras war naß, die Blätter der Sträucher glänzten. Darüber ein Pärchen Roter Milane und abseits über Dreis ein Turmfalke, unruhig und pfeilschnell. Aus einem Erdloch am Stamm der jungen Linde, die Corny uns geschenkt hatte, kroch eine Hummel, blieb eine Weile in der Sonne hocken, spreizte die Flügel und machte sich an die Mühen des Tages. Anfangs klang es so, als käme ihr Motor nur stockend ins Laufen.

Das Fenster des Schlafzimmers quietschte leise, als Dinah es aufzog, um verschlafen zu fragen: »Was machst du denn so früh da draußen?«

»Ich freue mich des Lebens«, antwortete ich. »Um diese Zeit geht das noch, weil die meisten Idioten schlafen.«

»Das ist ja furchtbar«, klagte sie, schloß das Fenster und war verschwunden. Es ist ein beruhigendes Gefühl, gefragt zu werden, warum man etwas tut. Es ist der Beweis, nicht allein zu sein.

Mein Kater Paul suchte muffig nach einer Stelle im Gras, die nicht naß war, und als er keine fand, sah er mich voller Verachtung an: Nicht mal das kriegst du geregelt!

Willi kam um die Ecke und maunzte laut, weil er seinen Erziehungsberechtigten Paul suchte.

Willi ist selbst nach acht Monaten immer noch nicht mehr als eine Handvoll, grau getigert, schmal und etwas übernervös. Willi macht mir Sorgen. Biologen behaupten, Katzen seien im Prinzip unbelehrbar, weil sie nur das tun, was sie selbst sich vorgenommen haben. Und man könne ihnen bestenfalls etwas beibringen, wenn das automatisch mit Belohnung in Form von Futter zusammengehe. Biologen kennen Willi nicht. Der hat nämlich etwas gelernt, was kein vernünftiger Mensch, ich auch nicht, einer Katze beibringen würde und was jeden Haushalt ins Chaos führt: Willi kann Türen öffnen. Die Handvoll springt mit einem Satz auf die Klinke und rutscht so lange hin und her, bis das lächerliche Kilo reicht, die Klinke nach unten zu drücken. Willi muß also genetisch über Kenntnisse der Hebelwirkung verfügen, und ich kenne keinen Biologen, der dazu Kluges zu sagen weiß.

Willi tauchte in das nasse Gras, hielt sofort die rechte Vorderpfote leicht hysterisch hoch und schüttelte sie, als habe er die Hölle betreten. Paul eilte zu ihm und leckte ihm über den Kopf, als wollte er sagen: »Macht nix, Junge, bis mittags ist das trocken.« Dann verschwanden die beiden hinter dem Haus, um durch die Katzenklappe ins Innere zu marschieren. Es wäre klüger gewesen, ihnen zu folgen.

Ich hockte mich auf einen Stuhl, stopfte mir die Royal Briar von Savinelli, während die Sonne langsam kräftiger wurde.

Drei Krähen kamen und griffen das Milanpärchen an. Sie schrien gewaltig, stoßweise und rauh, während die Milane mit hohen, schrillen, durchaus elitären Tönen reagierten. Es klang so, als wollten sie sagen, daß das nun wirklich nicht das Benehmen anständiger Vögel sei.

Pfarrer Eich kam die Straße hoch und grüßte wie immer freundlich. Er trug ein Meßgewand unter dem leichten Mantel und hielt mit beiden Händen den Abendmahlkelch. Mein Nachbar Rudi Latten hatte mir erzählt, eine alte Frau liege im Sterben, schon seit langem. Es sei ein Elend mit ihr. Mochte sein, daß es zu Ende ging.

Eich ging zügig mit kräftigen Schritten durch die Sonne. War das ein guter Tag zu sterben? Für jemanden, der müde war und das Leben gelebt hatte, sicher ja, denn das Land stand in voller Sommerpracht. Rudi Latten hatte gesagt: »Sie ist schon seit drei Wochen gar nicht mehr bei sich.«

Die Zeitungsträgerin kam aus dem Oberdorf hinunter und warf den *Trierischen Volksfreund* in meinen Briefkasten. Ich ging und holte mir das Blatt, hörte aber bald auf zu lesen, denn das Bild, das die große wie die kleine Politik bot, war recht erbärmlich und bewies nicht den Hauch von Kreativität. Der Bundespräsident hatte den Bürgern des Landes eine kleingeistige Lähmung bescheinigt, und prompt versicherten alle Machthaber im Stil kleiner Rotzjungen, sie selbst seien zwar nicht gemeint, aber im Prinzip habe der Präsident recht. Am dämlichsten waren die Ausführungen des Sekretärs der Christlichen. Der Mann, gesegnet mit einem tief eingewurzelten Hang zur Lüge, sagte selbst dann nicht die Wahrheit, wenn sie ihm nutzen konnte. Nichts ist ärgerlicher als ein Mensch, der konstant leugnet, über ein Hirn zu verfügen.

Geisterbleich erschien Dinahs Gesicht hinter dem Fenster zum Schlafzimmer. Sie hob beide Hände und deutete pures Entsetzen an. Ich rannte augenblicklich ins Haus.

Willi hatte erfolgreich die Klinke der Badezimmertür bearbeitet und war mit seinem Erziehungsberechtigten Paul in die gefliese Pracht einmarschiert. Es ist unglaublich, was zwei Katzen anrichten können, wenn sie sich entschließen, ihrer wilden Lust nach Anarchie nachzugeben. Sie hatten sämtliche Handtücher aus dem großen Regal gefegt, das waren ungefähr dreißig. Willis ausgesprochen dämonische Vorliebe für Plastikbehältnisse hatte fröhliche Urstände gefeiert. Sämtliche Shampoos, Cremes, Rasierseifen, Nagellack, Nagellackentferner und

10

so weiter und so fort waren im Chaos der Handtücher gelandet. Und da einige dieser Behältnisse nicht ganz verschlossen gewesen waren, erinnerte mich das Ganze an die Vorstellung der Ursuppe, die bei Schaffung dieses Planeten zur Verfügung gestanden hat. Über allem lag auf etwa dreißig Quadratmetern ein rosiger Schimmer, ein chemisch bedingter Hoffnungsschein. Der rührte daher, daß wir ein Melisse-Badesalz benutzten, dessen Drehverschluß wohl nachgegeben hatte. Ich konnte mir gut vorstellen, wie der allerliebste Willi hinter dem rollenden Melissefaß herjagte und dabei ein Erfolgserlebnis an das andere anknüpfte. Zum Schluß schien ihnen das Gesamtkunstwerk noch nicht gefallen zu haben, denn sie hatten sich auf Dinahs Beutel mit medizinischer Watte gestürzt, meinen roten und Dinahs weißen Bademantel erobert und runde acht Rollen Lokuspapier zu Hilfe genommen. Es war ein nahezu perfektes, farblich sehr subtil abgestimmtes Arrangement, so etwas wie Grafik auf höherer Ebene, Handwerk in feinster Vollendung.

»Mein Gott«, hauchte Dinah, »das kostet mich anderthalb Stunden.«

Leichtfertigerweise erklärte ich großspurig: »Das mache ich schon« und brauchte satte zwei Stunden.

Die Katzen blieben selbstverständlich verschwunden. Wahrscheinlich hockten sie hinter dem Haus bei Andrea Froom und lachten sich kaputt.

Dann kam Werner.

Werner ist das, was man als Gemeindearbeiter bezeichnet und was im Grunde eine sehr dürftige Bezeichnung für ein ganzes Spektrum von Berufen ist. Es ist vollkommen wurscht, ob die Straßen vereist sind, Kanäle verstopft oder ein Kindergartenspielplatz aufgestellt wird: Werner ist da, weil es ohne Werner nicht recht läuft. Der 36jährige ist eigentlich Tischler und eigentlich Forstwirt, eigentlich nebenerwerbstätiger Landwirt und eigentlich Vater zweier Töchter und Ehemann von Claudia, in welcher Reihenfolge auch immer. Werner jedenfalls ist Besitzer einer echten russischen Seitenwagenmaschine, gebaut nach BMW-Vorbild, sandfarben lackiert und Basis einer immerwährenden Frage ihres Besitzers: Warum führen Menschen Krieg miteinander? Mindestens einmal im Jahr schleppt Werner seine Claudia für eine Woche in die Normandie, um der Schrecklichkeit eines Krieges nachzuspüren, der Ewigkeiten vorbei zu sein scheint – und wohl niemals vorbei sein wird.

Eben dieser Werner stand vor der Tür, und hinter ihm tuckerte eine Zugmaschine tschechischer Herkunft, eine Zetor. Werner sagte fröhlich: »Der Bürgermeister hat gesagt, du brauchst ein Loch für deinen Gartenteich.«

»Brauche ich. Der Umriß ist mit Steinen markiert, größte Tiefe bei einszwanzig.«

»Dann mach ich das mal«, sagte er, schwang sich auf sein Gerät und gab Vollgas. Das Leben Werners ist Vollgas.

Hinter mir rief Dinah: »Ich halte das nicht aus, ich fahre nach Daun einkaufen.«

»Tu das!« rief ich zurück. Dann fiepte mein Telefon, und nachdem ich gesagt hatte: »Ja, bitte?«, kam es wie ein Schwall.

»Harro ist tot. Gestern abend. Sie sagen Herzinfarkt. Gestern abend irgendwann. Das muß man sich mal vorstellen. Auf einem Parkplatz. Harro auf einem Parkplatz. Sowas Irres. Kannst du mir helfen? Sie lassen mich nicht zu ihm. Harro war doch kerngesund. Sowas Verrücktes. Das ...«

»Moment mal ...«

»Er war doch erst zweiunddreißig. Und dann ein Herzinfarkt! Sie sagen, sie können mich nicht zu ihm lassen, sowas Blödes. Er ist doch mein Mann, oder? Harro auf einem Parkplatz. Ich drehe durch, ich drehe wirklich durch. Ich werd verrückt. Harro auf einem Parkplatz. Wer soll das glauben? ...« Die Stimme brach, und die Frau begann laut klagend zu weinen und schluchzte ununterbrochen: »Oh, mein Gott! Oh, mein Gott!«

Erst jetzt begriff ich, wer sie war.

Werner im Garten stand unablässig auf dem Gaspedal,

12

Dinah rauschte an mir vorbei und murmelte so etwas wie »Bis später, Schatz ...«

Vorsichtig sagte ich: »Petra, jetzt reiß dich doch mal zusammen. Was ist los?«

Sie schniefte offensichtlich in ein Taschentuch, es klang wie eine Explosion. »Oh Gott, Siggi. Harro ist tot. Er ist wirklich tot. Ich fasse es nicht. Sie behaupten Herzinfarkt. Kann aber nicht sein. Er war doch erst vor drei Tagen beim Arzt. Zum Gesundheitscheck. Da war nichts, da war gar nichts, Siggi.«

Harro. Großer Gott, ausgerechnet Harro! Er war einer der besten Motorsportjournalisten, die ich kannte. Unbestechlich, was in dieser Branche ziemlich selten ist. Aufrichtig. Ironisch. Mit der seltenen Gabe, sich über sich selbst amüsieren zu können. Harro, mein Gott.

»Mit zweiunddreißig, Siggi! Da bekommt man doch keinen Infarkt!«

»Aber so etwas gibt es wirklich, Petra. Unfaßbar, aber das gibt es. Mein Gott, das tut mir leid. Auf einem Parkplatz?«

»Ja, ja, verrückt ist das! Auf der anderen Seite der Tribünen hier am Ring, du weißt schon, wo die großen Parkplätze sind. Da haben sie ihn heute nacht gefunden. Und ich darf nicht zu ihm! Sie wollen noch nachgucken, ich darf nicht zu ihm ...« Ununterbrochen redete sie weiter, als habe sie eine panische Angst vor jeder Pause.

Langsam entstand ihr Bild vor mir. Sie war eine liebenswerte, klapperdürre Blondine, die sich nichts mehr wünschte als ein Kind von Harro und die es bisher nicht bekommen hatte. Eine Blondine mit unglaublich frecher Schnauze, einem Herzen so groß wie ein Fußballplatz und einem breiten Pferdelachen. Harro hatte immer gesagt: »Ohne sie bin ich nur ein Viertel!«

Ich sagte beruhigend: »Du mußt verstehen, daß das menschliche Herz manchmal einfach nicht mehr mitmacht. Einfach so.«

Sie schwieg eine Weile und bedachte das. »Das ist doch Blödsinn, Siggi. Harro war im Streß. Er hatte eine Riesenstory. Es war die Sorte Streß, die ich immer Plusstreß nenne. Und er lebt dann auch so, dann schmeißt ihn nichts um. Herzinfarkt! So ein Scheiß! Auf einem Parkplatz! Wie kommt er dahin, frage ich mich.«

»Wollte er denn jemanden treffen?«

»Ja. Aber bestimmt nicht auf einem Parkplatz vor den Tribünen. Ich weiß nicht, wen er treffen wollte. Wir ... wir hatten leichten Zoff, weil er nur an die Geschichte dachte und weil ich schon wieder so weit war zu sagen: Hallo! Ich bin es, die Frau, die du mal geheiratet hast. Und dann sagen sie einfach Infarkt. Peng! Mußt du glauben! Hah! Und das alles ausgerechnet bei dieser Geschichte.«

»Für wen war denn die Geschichte?«

»Das weiß ich nicht genau. *Focus* wollte sie, der *Spiegel* aber auch.«

»Petra, Moment mal, um was ging es denn?«

Plötzlich fehlte ihrer Stimme alles Weinerliche. »Harro ist dahintergekommen, daß die Autos eines bestimmten Typs von einem bestimmten Hersteller aus dem Frankfurter Raum eigentlich sofort in die Werkstätten zurückmüßten. 270.000 Autos zurück in die Werkstatt. Und er konnte beweisen, daß die Autobauer sich davor drücken wollen und ...«

»Großer Gott!« Ich hatte sofort ein hohles Gefühl im Bauch. »Wo bist du jetzt?«

»In der Telefonzelle vor dem Haus des Roten Kreuzes in Adenau. Vor der Klinik, du weißt schon ...«

»Geh nach Hause«, sagte ich scharf. »Geh sofort nach Hause. Ich bin unterwegs.«

Das war ein voreiliges Versprechen, denn Dinah hatte den Wagen genommen, und ich war somit nicht motorisiert. Ich stand verdattert auf dem Hof in der Sonne und fluchte. Das hatten wir nun davon, daß wir ökologisch dachten und uns wer weiß wie edel vorkamen, weil wir auf einen Zweitwagen verzichteten. Verzicht ist klasse, aber man sollte ihn immer den anderen überlassen.

Werner im Garten hockte auf dem Zetor, hatte sich knallrote Ohrenschützer verpaßt und fraß sich hochkonzentriert in die Eifelerde. Rudi von gegenüber holte wahrscheinlich seine Maria von der Arbeit ab, und ich hechelte nach einem Auto und sah alt aus. Da fiel mir Ganser in Daun ein, und ich rief ihn an. Er versprach mir, sofort einen Wagen zu schicken. Erst jetzt entdeckte ich, daß meine Kleidung einiges zu wünschen übrigließ. Ich trug ein T-Shirt der Marke ›Ewig-währt-am-längsten‹, und es war ungefähr so dreckig wie ein Schuhputztuch nach einjährigem Gebrauch. Dazu Jeans, die an beiden Knien den Geist aufgegeben hatten, was bei meinen spitzen Knochen ungemein erotisch wirkte. Ich zog mich also um und bemerkte zu allem Überfluß, daß ich nicht rasiert war. Das korrigierte ich nicht mehr.

Gansers Mercedes wurde von einer mittelalterlichen blonden Dame gesteuert, die gelassen und sehr besonnen bemerkte: »Sie haben es wohl eilig.«

»Stimmt«, versicherte ich. »Ich habe einen Todesfall im Bekanntenkreis.«

»Das ist wichtig«, entschied sie und gab Gas.

Ich schien an diesem Morgen in einen Vollgas-Clan geraten zu sein, denn ich merkte erst in Kelberg, daß ich vergessen hatte, mich anzuschnallen. Und als ich endlich mit Erfolg den Gurt über den Bauch gelegt hatte, schoß die schnelle Dame in die erste Serpentine, und der Gurt drückte mir die Innereien ab. Sie fluchte wie ein Rohrspatz über ein paar Kawasaki-Helden, die trotz unübersichtlicher Kurven an uns vorbeizogen und in der Beschleunigung die Hinterräder wackeln ließen, als handele es sich um Damen mit eindeutiger Absicht. Harte Männer mit Wackelarsch.

Bevor sie mich am Marktplatz aussteigen ließ, kam uns ein feuerroter Aston-Martin entgegen, ein Schätzchen aus den Dreißigern. Der Fahrer hatte eine standesgemäße Haube samt Brille käuflich erworben, und die Beifahrerin ließ hennarotes Haar flattern. Er war siebzig und sie bestenfalls zweiundzwanzig, so ist das Leben und so ist die Eifel im Sommer.

Meine Fahrerin sagte lebensklug: »Irgendwann verlieren alle Männer die Nerven.« Dann schaute sie mich an und fragte: »Wie kommt das eigentlich?«

»Das hat etwas mit fehlenden Hormonen zu tun«, gab ich zur Antwort. »Der Rest wird lackiert.«

Harro wohnte an der Straße zum Freibad, und ich fühlte mich elend, als ich klingelte. Ich erinnerte mich, daß wir einige Male in diesem Haus gewesen waren, um irgend etwas zu feiern, und ich erinnerte mich an den liebenswerten, verrückten Harro, der immer ein paar Scherze drauf hatte, wenn es ihm gut ging, wenn er ein paar Gläser intus hatte, wenn er sich des Lebens freute. Seine Frau hatte dafür zu sorgen, daß ständig ein Strauß Tulpen auf dem Tisch stand, und wenn er in Laune war, krähte er fröhlich: »Ich will jetzt frischen Salat!« Dann fraß er die Tulpen, die Augen selig verdrehend, schmatzend.

Jetzt war er tot.

Sie stand in der Tür, und es fiel mir auf, daß sie ein blaugeblümtes Sommerkleid trug, ein fröhlicher Lichtblick. Warum, um Himmels willen, hatte ich automatisch Schwarz erwartet?

Als habe sie gewußt, was ich dachte, murmelte sie: »Ich habe überhaupt nichts Schwarzes. Wer denkt schon an sowas?«

»Niemand«, nickte ich. »Kannst du einen Kaffee brauen? Es tut mir leid, und ich denke, Dinah kann kommen und dir ein wenig helfen.«

»Das wäre vielleicht gut«, sagte sie mit einer Stimme, die eigentlich keine war.

Ich hockte mich in der Küche auf einen Stuhl und sah ihr zu, wie sie unsicher einen Filter in die Maschine legte, die Kaffeedose öffnete und dann abwesend Kaffeepulver hineinfüllte.

»Schönen Dank, daß du gekommen bist. Obwohl ... ich weiß überhaupt nicht, was ich sagen soll.«

»Du mußt nichts sagen.«

Sie stand mit dem Rücken zu mir, nahm eine Milchkanne, ließ Wasser einlaufen und goß das kalte Wasser über den Kaffee in dem Filter. Dann stockte sie, schüttelte den Kopf, sagte aber nichts. Sie warf die Filtertüte mit dem nassen Kaffee in den Mülleimer, und ihre Hände waren ganz zittrig. Sie nahm eine neue Filtertüte.

»Er war so ein guter Mann«, sagte sie hilflos. »Ich müßte Leute anrufen. Seine Eltern, meine Eltern. Meine Schwester. Er hat einen Bruder in Amerika. Was soll ich denen sagen? Was soll ich denen bloß sagen?«

»Wenn ich dir etwas abnehmen kann ...« bot ich vage an. »Wo ist er denn?«

»Im Krankenhaus. Hier im Krankenhaus. Ich darf ihn nicht sehen. Ich verstehe das alles nicht.«

»Welcher Arzt ist gerufen worden? Weißt du das?«

»Oben am Parkplatz heute nacht war es Doktor Salchow. Das ist der, der ihn auch durchgecheckt hatte. Aber im Krankenhaus ist es wohl jemand anderes. Ich weiß nicht, wer. Sie haben mich nicht durchgelassen, sie sagen, sie müssen nachschauen. Was müssen sie nachschauen?«

»Ich weiß nicht. Bei unklaren Todesfällen müssen sie grundsätzlich obduzieren. Darf ich mal Dinah anrufen? Sie war nicht daheim, als ich losgefahren bin.«

»Na sicher. Du weißt ja, im Wohnzimmer. Lieber Gott, jetzt gieße ich zum zweiten Mal kaltes Wasser auf den Kaffee.« Sie weinte nicht, sie schluchzte nicht, ihre Stimme war ganz leise und ganz trocken wie ein Hauch.

Ich ging in das Wohnzimmer. Es war eines der Zimmer, wie ich sie mag. Viele Sessel, zwei große Sofas, kein Kitsch, keine Schrankwand mit dem Anspruch auf Gotik, vier große Regale, sehr viele Bücher. Und trotz Harros Spezialisierung auf Autos hatte er kein einziges Automodell aufgestellt, und es fand sich hier auch kein Motorradtank mit eingebautem Radio. Es war ein schnörkelloses Zimmer, um darin zu klönen, einen Wein zu trinken, den Gedanken nachzuhängen. Das Zimmer war wie Harro, freundlich, hell und ohne dunkle Ecken.

»Ich bin es«, sagte ich. »Spatz, ich bin bei Petra in Adenau. Harro ist tot. Ich brauche dich dringend hier.«

»Harro ist was?« Das klang schrill.

»Kannst du kommen?«

»Ich ... ich bin gleich da.«

Ich ging zurück in die Küche. »Dinah kommt gleich. Kriegst du das mit dem Kaffee geregelt?«

»Ja, jetzt läuft er durch. Glaubst du, da ist irgendwas faul?« Petra sah mich nicht an, mit rund gebeugten Schultern stand sie noch immer da neben der Kaffeemaschine.

»Ich will ehrlich sein – nein. Aber du glaubst das, nicht wahr?«

Jetzt drehte sie sich herum und blickte mich aus rotgeränderten Augen an. Sie nickte und drehte sich wieder zu der Kaffeemaschine.

Ich wollte ihr etwas zu denken geben. Ich dachte, sie solle nicht in Trauer versinken, sie dürfe nicht ersticken an dieser Nachricht. »Du mußt dir darüber klar sein, daß du von Mord sprichst, wenn du vermutest, daß da etwas faul ist.«

»Das weiß ich. Ich weiß auch, daß das verrückt ist.«

»Hat ihn denn jemand bedroht?«

»Nein, nicht, daß ich wüßte. Das hätte er sicher erwähnt.«

»Da ist die Geschichte. Die für den *Spiegel* oder den *Focus*. Eine Rückrufaktion, die vermieden werden sollte ...«

»Ja.« Sie setzte sich auf einen Stuhl und starrte tränenblind auf die Tischplatte. »Er hat die Unterlagen im Schreibtisch. Ich kann mir das nicht angucken, ich bringe das nicht. Es ist seine Geschichte, und er arbeitet seit drei Monaten daran und ...«

»Ich kann mich später damit beschäftigen. Wo erreiche ich denn den Doktor, der ihn untersucht hat?«

»Salchow? Der kann es auch nicht fassen. Aber er weiß nichts. Außer, daß Harro gesund war, vollkommen gesund.«

»Hat er eine Telefonnummer?«

»Na klar.«

Petra diktierte mir die Nummer. »Die Praxis liegt Richtung Buttermarkt, Möbelhaus Bell, da bei den Neubauten. Aber jetzt wird er nicht da sein, jetzt macht er sicher Besuche, oder er hat heute Labortag oder sowas.« Das klang so, als wolle sie im Grunde nicht, daß ich mit dem Arzt sprach. Wahrscheinlich wollte sie nicht, daß ich irgend etwas herausfand, was ihrem Zweifel Nahrung gab.

»Weißt du denn, woher Harro seine Informationen hatte? Ich meine die Informationen zu dieser Geschichte.«

Eine Weile lang antwortete sie nicht. »Du weißt ja, wie er war«, sagte sie dann. »Wenn jemand Zoff mit seinem Chef hatte oder so, dann kam er zu Harro und erzählte ihm die Gründe. Er war manchmal so eine Art Pfarrer, dem alle beichten konnten. Ich muß die Eltern anrufen, ich muß auch meine Eltern anrufen ...«

»Ich mache dir einen Vorschlag. Wir gehen ins Wohnzimmer rüber, und ich telefoniere für dich.«

»Ja, ja, das ist gut, das könnten wir tun, dann hätte ich es hinter mir, oder nein, ich bringe es noch nicht. Vielleicht kann Dinah es machen, vielleicht später ...«

»Wie du willst«, nickte ich. »Kannst du denn den Salchow anrufen? Ich möchte mit ihm reden. Und zwar nicht irgendwann, sondern jetzt.«

Sie überlegte eine Weile und kam zu keinem Schluß.

»Ich sollte dir helfen«, erinnerte ich sie.

»Ja, ja, ich mache es.« Sie nahm das Telefon und sagte nach ein paar Sekunden: »Petra Simoneit hier. Herrn Doktor Salchow, bitte.« Sie hielt den Telefonhörer in der Rechten und nestelte mit der Linken am Gürtel ihres Kleides herum. »Ja, Doktor, Petra Simoneit hier. Ich ... ich möchte, nein, ich will, daß Sie mit einem Freund reden. Mit Baumeister, Siggi Baumeister. – Nicht in den nächsten Tagen, Doktor. Jetzt gleich, weil es dringend ist. – Ja, vielen Dank. Er kommt zu Ihnen in die Praxis.«

Petra wandte sich mir zu: »Du kannst meinen Wagen nehmen, oder du kannst ... Harros Wagen ist auch da. Den kannst du auch nehmen. Na klar, er ...«

»Harros Wagen nimmt niemand«, sagte ich schnell. »Du läßt niemanden an Harros Wagen, verstehst du? Wer hat dir den Wagen gebracht?«

»Ein Polizist hat ihn hergefahren.«

»Hast du den Schlüssel?«

»Sicher.«

»Dann behalte ihn und gib ihn nicht heraus. Ich geh zu Fuß zu dem Arzt, das ist doch nur ein Katzensprung.«

»Ja, aber Siggi, ich meine ...«

»Nein, ich gehe nicht, ehe Dinah hier ist. Und jetzt gieß mir endlich einen Kaffee ein, das Zeug wird sonst bitter.«

Sie sprang auf und lief in die Küche, während ich mir Vorwürfe machte. Du willst einen Kaffee, und sie hat Harro verloren, du hackst auf idiotischen Kleinigkeiten herum, während sie in einem Meer von Trauer ertrinkt. Halt, sei nicht so nervös, du willst sie ablenken, du willst nur, daß sie ...

Was wollte ich eigentlich? Alter Mann, tu mir einen Gefallen und laß sie nicht so leiden, das hat sie nicht verdient, das hat kein Mensch verdient. Harro! Warum, zum Teufel, hast du das mit dir passieren lassen?

»Weißt du«, rief sie aus der Küche, »es ist nämlich so, daß ich schwanger bin.«

»Wußte Harro das?«

»Nein. Ich mußte noch einen Test machen, und das Ergebnis habe ich erst heute morgen bekommen. Jetzt habe ich ein Baby im Bauch, und er ist tot.«

Es folgten ein paar merkwürdige Geräusche, dann scheppperte etwas grell auf den Fliesen des Küchenbodens, und ich rannte hinüber.

Sie lag vor der Küchenmaschine auf dem Bauch auf dem Boden. Sie war ohnmächtig. Das meiste von dem heißen Kaffee war auf dem Sommerkleid gelandet.

»Mach keinen Scheiß!« sagte ich laut. Ich hob sie hoch und trug sie ins Wohnzimmer hinüber auf das Sofa. Wie die meisten Ohnmächtigen war sie leichenblaß. Aber sie atmete verhältnismäßig tief und nicht einmal sehr schnell. Ich brachte sie in eine Seitenlage, um sicherzugehen, daß sie nicht an ihrer Zunge erstickte. Ich zwang meinen Zeigefinger in ihren Mund. Sie atmete, und sie würde bald wieder zu sich kommen, ich legte ihren Kopf schräg. Sie sabberte etwas und wurde durch die Spucke in ihrem Mund wach. Sie stöhnte und faßte sich an den Kopf.

»Nichts passiert«, beschwichtigte ich. »Es ist überhaupt nichts passiert.« Dann wurde mir klar, was ich für einen Stuß sagte.

»Geht schon wieder«, murmelte Petra undeutlich.

»Jetzt bleib erst mal liegen, bis Dinah kommt. – Kannst du mir noch ein paar Fragen beantworten? Wohin wollte Harro gestern abend? Wann wollte er dort sein? Und wann ist er gefunden worden?«

»Er sollte um acht Uhr abends im *Dorint* am Ring sein. Er wollte da jemanden treffen. Ich weiß nicht, wen. Der Arzt sagt, sie haben ihn um zwanzig Minuten nach Mitternacht gefunden. Auf dem Parkplatz.«

»Also vier Stunden später?«

»Vier Stunden später«, nickte sie. »Er lag auf dem Parkplatz. Einfach so. Aber das ist es gar nicht, Siggi.«

»Was denn?«

»Die im *Dorint* sagen, er ist gar nicht aufgetaucht. Kein Mensch im *Dorint* hat ihn gesehen. Nur sein Auto stand vor dem Haus.«

»Das verstehe ich nicht. Das Auto stand vor dem *Dorint*? Aber er lag doch auf dem Parkplatz gegenüber, oder?«

»Das ist ja das Komische. Und auf dem Parkplatz, auf dem er lag, stand kein einziges Auto, Baumeister. Nicht eins!«

Wenig später schellte Dinah. Die beiden Frauen lagen sich in den Armen, und ich war vergessen und ging los, um diesen Arzt aufzusuchen.

Dr. Salchow war ein schmaler, energischer kleiner Mann mit einer Halbglatze und wachen hellen Augen. Er machte nicht viel Aufhebens, bot mir einen Sessel gegenüber seinem Schreibtisch an und murmelte: »Ich fasse es nicht. Harro war ... ich weiß nicht, was war er eigentlich?«

»Er war ein verdammt guter Journalist«, sagte ich.

»Das wohl auch«, nickte er. »Er schlug aus der Art, wissen Sie. Ich hatte einen Fall von schwerem Herzklappenfehler bei einem kleinen Mädchen. Harro sorgte dafür, daß das Kind genügend Geld hatte, um alles zu finanzieren, bis die Versicherung sich nicht mehr zierte. Er machte das nicht laut, er machte das ganz leise. Er ging zu Leuten, die er kannte und sagte: Ich brauche Geld für ein Kind! So war er.«

»Wissen Sie etwas über die Geschichte, die er gerade recherchierte?«

Salchow schüttelte den Kopf. »Nichts. Er hat kein Wort davon erzählt. Er war ein gesunder Mann, nicht der Typ, der irgendwie gefährdet schien. Ich habe mich natürlich gefragt, ob ich etwas übersehen habe. Vielleicht eine verdeckte Herzschwäche, irgend etwas in der Art. Nichts, da war nichts. Gut, er rauchte, aber er war zu jung, daß sich schon irgendwelche erkennbaren Folgen zeigten. Seine Lungenkapazität war vollkommen in Ordnung.«

»Was haben Sie auf den Totenschein geschrieben?«

»Plötzlicher Herztod ist anzunehmen. Ich bin Praktiker seit dreißig Jahren. Ich bin mitgefahren, als sie ihn holten. Ich habe ihn noch einmal gründlich untersucht, unten im Krankenhaus. Wieder nichts, absolut nichts. Ich habe mich dann mit der Staatsanwaltschaft in Verbindung gesetzt und denen empfohlen, eine Obduktion anzuordnen. Ich weiß nicht, wie sie entscheiden werden. Sie wissen ja, wie das ist. Man müht sich, nichts falsch zu machen. Es ist tragisch, denn die junge Frau ist ja wohl endlich schwanger.« Der Arzt wedelte mit den Händen. Dann zog er eine Schreibtischschublade auf, nahm eine Schachtel Charutos finos von Tobajara heraus und meinte: »Sie dürfen rauchen.«

Ich stopfte mir die Freestyle von Winslow, die ich bei Quaedvlieg in Euskirchen gekauft hatte, und ließ mir viel Zeit damit. »Was glauben Sie, werden sie obduzieren?«

»Vermutlich nicht«, antwortete er trocken. »Die Staatsanwaltschaft wird einen Arzt schicken, der den Leichnam
in Augenschein nimmt. Das heißt, er guckt sich die Leiche nur oberflächlich an. Ich bin sicher, er wird absolut
nichts Auffälliges entdecken. Wir kennen plötzlichen
Herztod, es ist keineswegs ein außergewöhnliches Phä-
nomen. Und da alle Behörden gehalten sind, Kosten ein-
zusparen, wird es zu keiner Obduktion kommen. Es sei
denn, jemand hat eindeutige Hinweise, daß mit diesem
Todesfall etwas nicht stimmen könnte. Beantworten Sie
eine Frage?«

»Nur zu. Wenn ich es kann.«

»Sie sind mißtrauisch, ich spüre das. Woher kommt
dieses Mißtrauen?«

»Harro ist darauf gestoßen, daß irgendeine Automarke
zurückgerufen werden müßte. 270.000 mal. Sowas kostet
Millionen, wie Sie wissen. Petra sagt, er hat auch herausgefunden, daß sich der Autohersteller um die Rückrufaktion drücken will. Soweit die Geschichte. Manager, die
so etwas verantworten, pfeifen auf dem letzten Loch,
haben Panik, daß sie ihre Göttlichkeit verlieren. Solche
Leute können keine Fehler zugeben. Ein deutscher Manager, und sei er noch so beschissen, macht keine Fehler.
Aber – das alles ist Baumeister-Phantasie, das muß nicht
stimmen. Ich bin mißtrauisch, das ist wahr. Doch das
einzige, was ich garantiert weiß, ist, daß Harro ein Profi
war und gute Geschichten machte. Ich selbst verstehe
nicht viel von Autos, und ich kann verdammt gut damit
leben. Aber die Autoindustrie ist eine Branche, die au-
ßergewöhnlich viel Aufmerksamkeit erfährt. Das Auto ist
eine Gefühlssache, das Auto ist immens wichtig, das
Auto ist ein Kult, ein Goldenes Kalb. Der Rummel, der
um die Formel 1 und andere Sportformen gemacht wird,
ist im Grunde nicht zu verstehen. Doch die Rektalöff-
nung der Automobilindustrie steckt bis zum Anschlag
voll mit Journalisten, die von morgens bis abends kosten-
lose Reklame für diesen Rummel machen, und die sich
dabei auch noch großartig vorkommen, obwohl sie alle

ihre Seelen an das Scheißblech verkauft haben und anstelle ihrer Augen Frontscheiben tragen. Das hat Harro mir beigebracht. Warum sollte also jemand, der einer dieser Auspuffgötter ist, bei Gefahr nicht hingehen und Harro töten?«

»Mord?« fragte Salchow fassungslos.

»Mord«, nickte ich.

»Aber nichts deutet darauf hin. Keine Wunde, nicht einmal ein gebrochener Knochen. Da war gar nichts.«

Wir sprachen noch eine Weile über Harro, aber wir kamen nicht weiter. Ich sehe noch heute Salchows ratloses, kluges Gesicht vor mir. Zum Abschluß bat ich ihn, mir Bescheid zu geben, wenn die Staatsanwaltschaft eine Obduktion anordnen würde. Er versprach es und sagte: »Jetzt interessiert mich das auch, jetzt will ich es wissen. Vielleicht haben die ja nichts dagegen, wenn ich bei der Leichenöffnung zuschaue.«

Langsam ging ich durch die Sonne und paffte dabei vor mich hin. Was immer auch geschehen sein mochte, es hatte Petra brutal getroffen. Sie hatte ein Kind im Bauch, und sie würde sich fragen, was sie diesem Kind sagen sollte, wenn es auf der Welt war und fröhlich zu krähen begann. Sie würde sich in einer Welt ohne Harro zurechtfinden müssen, und diese Welt ohne Harro würde eine ganz neue Welt sein.

Baumeister, tu dir den Gefallen und laß diese Phantasien sein. Überleg lieber einmal, ob es sich nicht doch um einen normalen Todesfall handeln kann.

Also, gut, ich überlege das. Nehmen wir an, Harro trifft jemanden im *Dorint*. Halt, da kommen wir bereits an einen kritischen Punkt. Petra hat erzählt, die Leute im Hotel haben behauptet, Harro sei gar nicht im Hotel gewesen, dort sei er nicht gesehen worden. Nun gut, nehmen wir an, die Leute im Hotel haben ihn einfach nicht bemerkt. Er ist durch die Halle gegangen, als niemand am Empfang war. Nehmen wir also an, er hat jemanden getroffen. Um zwanzig Minuten nach Mitternacht lag er auf dem Parkplatz gegenüber auf dem Bauch und war

24

tot. Sein Auto stand im Hotelbereich, runde zweihundert Meter entfernt. Was hat er auf dem Parkplatz getan, was wollte er dort? Wollte er noch jemanden treffen?

Überleg weiter und laß deine Phantasien nicht mit dir durchgehen. Noch einmal: er hat jemanden im Hotel getroffen. Das Treffen dauerte bis etwa um Mitternacht. Dann hat Harro das Hotel verlassen. Moment, da ist schon die nächste Klippe. Möglich, daß kein Hotelangestellter gesehen hat, wie er das Hotel betrat, aber er muß es auch wieder verlassen haben. Und wieder hat ihn niemand gesehen. Besteht diese Möglichkeit? Sie besteht in der Tat. Warum geht er nicht zu seinem Auto, setzt sich hinein und fährt nach Hause? Vielleicht weil ganz einfach folgendes geschehen ist: Er hat etwas erfahren, was für seine Geschichte wichtig ist, und ist aufgeregt, er ist sehr aufgeregt. Plötzlich wird ihm übel. Er ist jemand, der nicht gleich um Hilfe schreit, wenn ihm schlecht wird. Er denkt: Ich brauche frische Luft!, überquert die Bundesstraße und geht auf den Parkplatz. Dort ist niemand, niemand stört ihn. Die Übelkeit wird scharf und zwingt Harro in die Knie. Dann liegt er auf dem Bauch und ... stirbt, ist tot. Plötzlicher, unvorhergesehener Herztod. Warum kann das nicht so gewesen sein?

Es kann so gewesen sein, Baumeister. Aber du glaubst auch nicht, daß es so war. Nein, ich glaube es nicht.

Dinah und Petra hockten in der Küche.

»Ich fahre mit Petra nach Adenau, wir kaufen ein paar Dinge für sie. Hast du etwas erfahren?« sagte Dinah.

»Nicht das Geringste«, antwortete ich. »Fahrt nur, ich bleibe hier. Habt ihr die Verwandtschaft angerufen?«

Petra nickte. »Sie kommen so schnell wie möglich. Mein Gott, ich weiß nicht ... ich weiß nicht, wie das alles weitergehen soll.«

»Das mußt du jetzt auch gar nicht wissen«, sagte Dinah sanft und strich ihr über das Haar. »Laß uns jetzt losfahren. Viele Leute wissen noch nichts von Harros Tod, und später wird alles ein Spießrutenlaufen sein.«

Meine kluge Gefährtin.

Sie gingen, und ich beobachtete noch, wie Dinah im Flur Petra eine Sonnenbrille aufsetzte.

Plötzlich fiel mir ein, daß ich wichtige Fragen vollkommen vergessen hatte. Ich hatte vergessen zu fragen, ob der Arzt abschätzen konnte, wann Harro gestorben war und ob er wohl an der Stelle gestorben war, an der man ihn gefunden hatte. Und ich hatte vergessen zu fragen, wer den Toten gefunden hatte. Also rief ich Salchow nochmal an und mußte eine Weile warten, weil er seine Sprechstunde abhielt.

Endlich war der Arzt am Apparat. »Sie haben noch Fragen?«

»Ja. Wann ist Harro gestorben? Können Sie das einengen?«

»Ich habe noch einmal meine Notizen gelesen. Der Anruf des Hotels kam um etwa elf Minuten nach Mitternacht. Die Fahrt hinauf dauert etwa zehn Minuten. Dann war ich um 21 bis 25 Minuten nach 24 Uhr bei Harro. Die Temperatur der Leiche war noch normal, entsprach etwa der eines Lebenden. Ich habe allerdings nicht rektal gemessen, was ich im Fall eines eindeutigen Verbrechens getan hätte. Ich denke, er war nicht länger als eine halbe Stunde tot, maximal eine Stunde. Also ist er vielleicht um zehn Minuten vor Mitternacht gestorben.«

»Ist er denn dort gestorben, wo Sie ihn aufgefunden haben?«

»Die Antwort ist ja. Natürlich bin ich kein Kriminalist, aber auch da habe ich Erfahrung. Es ist ein Parkplatz, auf dem die Autos auf Grasstreifen stehen. Die Wege dazwischen sind nicht asphaltiert, sondern einfach festgefahrene Erde. Vom Hotel aus gesehen, liegt der Parkplatz auf der linken Hälfte frei, auf der rechten zur Hälfte unter sehr alten, schönen Buchen. Dort lag er, und er lag nicht im Gras, sondern auf der festgefahrenen Erde, auf der die Fahrzeuge ankommen und wegfahren. Der Körper war gekrümmt, das rechte Bein stark angewinkelt, das linke gestreckt. Und in der Verlängerung des Schuhs auf der rechten Seite waren starke Kratzer im Boden. Es hat ihn also wie ein Schlag erwischt, wie ein Ruck. Er muß versucht haben, wieder hochzukommen, er hatte aber keine Chance.«

»Also keine Kampfspuren?«

»Richtig.«

»Wer hat ihn eigentlich gefunden?«

»Gefunden hat ihn ein Gast, der spazierenging. Ein älterer Herr, der häufig am Ring Urlaub macht. Der fand ihn wohl wenige Minuten nach Mitternacht. Er ging zurück zum Empfang. Die verständigten die Polizei. Und die Polizei rief dann sofort mich an. Das ist ein ganz normaler Hergang, absolut nichts Besonderes. Ich kam Sekunden später als die Polizei an.«

»Waren Sie dabei, als das Hotelpersonal sagte, sie hätten Harro gar nicht im Haus gesehen?«

»Nein, aber ich habe davon gehört. Ich selbst habe mit niemandem vom Hotel gesprochen, ich hörte nur, wie ein Uniformierter sagte, Harro sei im Hotel von niemandem gesehen worden.«

»Danke. Das wäre vorläufig alles.«

Es ist ein merkwürdiges Gefühl, sich dem Schreibtisch eines Freundes zu nähern, der gerade gestorben ist. Ich gebe zu, ich war ziemlich zittrig. Es war ein alter Schreibtisch, vielleicht dreißig oder vierzig Jahre alt. Ich erinnerte mich, daß Harro einmal erzählt hatte, er habe ihn auf dem Trödel gekauft. Das Möbel war ein Monstrum aus Massivholz, Eiche wahrscheinlich. Die Schubfächer waren mehr als einen Meter tief. In der Mittelschublade war der Krimskrams, den auch ich im Schreibtisch verstaue. Briefklammern, alte Stempel, die zu nichts mehr nutze waren, Reißzwecken, halbe Dosen Pfefferminzpastillen, uralte, längst getrocknete Zigaretten, Füllfederhalter, die man aus irgendeinem Grunde aufbewahren wollte, Notizbücher halb gefüllt, dann ausrangiert. Keine Unterlage, keine Akte.

Das, was ich suchte, war im linken Seitenschrank, drittes Fach von oben. Es war ein einfacher Umschlagkar-

ton, nicht einmal ein Schnellhefter. Er enthielt eine Unmenge Zettel, manche DIN-A4 groß, manche nur halb so
groß wie ein normaler Briefumschlag. Harro hatte auf
den Karton zwei Buchstaben geschrieben: *B. S.* und dahinter das Jahr und den Monat: *1997/2.* Das heißt, er war
schon seit Februar an dieser Sache dran. Ich legte den
Haufen Zettel vor mich auf die Platte, und ich erkannte,
daß ich Mühe haben würde, die Zettel bestimmten Personen, Kontaktleuten oder Informanten zuzuordnen.
Harro hatte keinen einzigen Namen ausgeschrieben, er
hatte die Namen auf die Anfangsbuchstaben reduziert.
Immer wieder tauchte B. S. auf, dann I., Q., dann w.,
kleingeschrieben. Es gab keine einzige maschinenge-
schriebene Zeile, keinerlei Unterlagen von offiziellem
Charakter. Er hatte eine Verschleierungstechnik wie so
viele Kolleginnen und Kollegen benutzt: Niemand konnte
mit diesen Notizen etwas anfangen. Kein Zettel trug ein
Datum, also war nicht einmal eine Reihenfolge festlegbar.
    Ich fluchte, doch dann erinnerte ich mich, daß ich bei
bestimmten riskanten Geschichten selbst diese Art der
Dokumentation angewandt hatte.
    »Er war verdammt gut«, sagte ich in die Stille. »Ich
wollte, er wäre weniger gut gewesen.« Damit war allerdings klargestellt, daß Harro seinen Recherchen höchste
Bedeutung beigemessen hatte. Und bei Harro hieß das
allemal, daß er einer besonderen Sache auf der Spur gewesen war. Vielleicht würde es möglich sein, mit Hilfe
einiger Zettel ein Muster seines Vorgehens zu erarbeiten.
    Aber noch war es nicht soweit, denn erst einmal würde
es heißen, Abschied von ihm zu nehmen, seiner Frau
beizustehen.
    Ich packte die Zettel wieder zusammen, legte sie in die
Mappe und verstaute sie im Schreibtisch. Dann verließ
ich das Haus, setzte mich auf eine kleine Mauer neben
der Eingangstür, stopfte meine Pfeife und sah dem Rauch
nach, wie er in die Sonne stieg. Ich hielt es drinnen einfach nicht aus und hatte schon begonnen, mich bei jedem
nicht identifizierbaren Geräusch umzudrehen, hochzu-

schrecken. Was erwartete ich eigentlich? Daß Harro kam und sagte, er wolle ein Bier?

Sie kehrten eine Stunde später zurück, waren einsilbig, sprachen weder mit mir, noch miteinander. Petra legte sich auf ein Sofa im Gästezimmer, und Dinah hockte sich im Wohnzimmer in einen Sessel und starrte vor sich hin.

Das Telefon schrillte, und ich sagte automatisch: »Ja bitte, bei Harro hier.«

»Ich bin es«, sagte Salchow. »Die Staatsanwaltschaft hat meinen Bedenken stattgegeben. Sie führen eine Obduktion durch, hier in Adenau, und sie erlauben, daß ich teilnehme.«

»Wann wird das sein?«

»Ich denke, wir fangen in einer halben Stunde an. Ich rufe Sie an. Werden Sie noch in Harros Wohnung sein?«

»Natürlich«, sagte ich.

Petra stand in der Tür, Dinah schaute mich an.

»Nichts Besonderes«, erklärte ich. »Nur eine Nachricht für mich, die hiermit nichts zu tun hat.«

Es war hoher Mittag und heiß wie an den Tagen vorher, das Leben floß sehr träge. Petra war zurückgegangen in das Gästezimmer, Dinah hockte wieder versunken in dem Sessel.

»Glaubst du, sie wird es schaffen?« fragte sie.

»Natürlich wird sie es schaffen. Irgendwie schaffen sie das alle. Die Frage ist nur, wie groß die Verwundungen sein werden.«

Schweigen.

»Es ist komisch«, murmelte sie. »Ich habe festgestellt, daß ich dich sehr liebe. Ich kann mir gar nicht vorstellen, daß sie dich irgendwo finden und du lebst nicht mehr. Es ist unvorstellbar, und ich wehre mich, darüber nachzudenken.«

»Das sind schlimme Vorstellungen«, sagte ich. Ich hatte mir einen Lehnstuhl vor das Fenster gezogen und starrte in den Garten.

»Hast du jemals daran gedacht, daß ich nicht mehr da bin? Oder sterbe?«

»Ja«, sagte ich. »Ich denke, alle Menschen kommen von Zeit zu Zeit auf solche Gedanken. Es ist wohl die Tatsache, daß wir mitten im Leben sehr nahe am Tode sind. Die Gedanken sind einfach schrecklich, und wer sie mit der Bemerkung abtut, das alles sei doch natürlich, der lügt ein bißchen.«

»Der lügt sehr«, sagte Dinah.

»Wann kommen die Verwandten?«

»Petras Eltern müßten bald da sein, sie kommen aus Düsseldorf. Seine Eltern werden irgendwann in der Nacht hier sein. Die haben auf Sylt Urlaub gemacht. Der Bruder will in New York die nächste Maschine nehmen, ich muß noch Hotelzimmer besorgen. Was glaubst du, ist alles mit rechten Dingen zugegangen? War Harros Tod ein normaler Tod?«

»Ich weiß es nicht. Ich würde jetzt gern mit dir auf einem Bett liegen. Möglichst nackt und möglichst eng. Dann wäre das nicht so bedrückend.«

»Das würde helfen«, gab sie zu. »Ist es so, daß ein Herz plötzlich zu schlagen aufhört? Einfach so?«

»Das passiert jeden Tag an jedem Ort«, sagte ich. »Die Vorstellung allein ist schon beschissen. Es erleben zu müssen, nimmt den Atem. Harros Körper war ohne jede Wunde, er hatte nicht einmal einen Finger gebrochen. Wann ist Petra eigentlich angerufen worden?«

»Irgendwann um vier Uhr, sagt sie.«

»Glaubst du, sie schläft jetzt?«

»Sie wird zumindest dösen. Wir sind bei diesem Arzt vorbeigefahren, und er hat ihr eine Schachtel Diazepame gegeben. Valium. Sie hat zwei genommen, ich habe die Schachtel eingesteckt.«

»Du bist eine gute Freundin«, sagte ich.

»Ach, Scheiße!« erwiderte Dinah heftig. »In Wirklichkeit kann ich gar nichts tun.«

Schweigen.

»Ich würde gern zum Ring hochfahren und mir den Parkplatz ansehen«, begann ich nach einer Weile erneut.

»Dann mach das«, sagte sie. Ihre Stimme klang undeutlich, wahrscheinlich war sie auch müde. »Komm aber bald wieder hierher zurück. Ich weiß nicht, was ich sagen soll, wenn die Eltern kommen.«

»Natürlich«, versprach ich. Ich küßte sie auf die Stirn und ging.

Das Licht auf der Straße war grell, der Wagen bis zur Unerträglichkeit aufgeheizt. Ich startete, öffnete alle Fenster und schaltete die höchste Stufe der Belüftung ein. Nach ein paar Minuten fuhr ich langsam los. Ich hatte nicht die mindeste Ahnung, nach was ich Ausschau halten könnte. Aber es war wichtig für mich, in Bewegung zu kommen.

Ich fuhr über Quiddelbach zum Ring hoch, und als ich links das *Dorint* vor mir hatte, davor die Baustelle, das Rennsportmuseum, dann rechts die Einfahrt zu dem Parkplatz, hielt ich erst einmal auf der Nebenspur an. Es war wenig Verkehr, nur die obligaten Motorradfahrer glitten über die Bahn, hin und wieder ein Laster oder ein Pkw, Holländer meist oder Belgier, die hier ihren Urlaub verbrachten.

Harro war also einige Minuten vor zwanzig Uhr an diesem Punkt gewesen, an dem ich jetzt stand. Dann war er nach links zum Hotel eingebogen und hatte den Wagen da geparkt, wo Platz war. Seit der Neubau des Freizeitzentrums in Angriff genommen worden war, mußte man sich einen Parkplatz suchen und dabei hoffen, nicht abgeschleppt zu werden, weil man irgendeinem Bagger im Weg war oder einem Lastzug, der Maschinen und Zubehör brachte.

Harro hatte den Wagen also geparkt und war in das Hotel gegangen. Dann war er vier Stunden verschwunden, buchstäblich irgendwohin verschwunden, bis er gefunden worden war. Auf dem Parkplatz rechter Hand unter den Buchen.

Ich fuhr dorthin, bog ein und stoppte. Es standen nicht mehr als sechs Autos dort, und es waren sicherlich die Autos von Bauarbeitern oder Hotelgästen oder Ingenieuren, die etwas mit dem Neubau zu tun hatten.

Ich parkte und stieg aus. Unter den Bäumen, hatte der Arzt gesagt. Ich schlenderte dorthin. Es waren Kratzer auf der harten Erde, hatte Salchow berichtet. Ich suchte danach und fand nichts, was nicht weiter verwunderlich war, denn jedes durchrollende Auto mußte die Kratzer mit Erdpartikeln und Staub verwischt haben. Also, wo hatte er gelegen?

War das eigentlich wichtig? Nein, es war nicht wichtig.

Was war denn wichtig? Mit jemandem vom Hotel zu sprechen, zu fragen, wieso niemand Harro gesehen hatte.

Ich verließ den Parkplatz und querte die Bundesstraße. Dankbar registrierte ich die Kühle in der Eingangshalle des Hotels. Der Empfang war links.

Eine junge Frau sagte: »Guten Tag. Was kann ich für Sie tun?«

»Hatten Sie gestern abend Dienst?«

»Ja«, nickte sie.

»Es geht um den Tod meines Freundes Harro Simoneit. Er ist gestern abend auf dem Parkplatz auf der anderen Straßenseite gestorben. Harro Simoneit hatte hier im Haus einen Termin um acht Uhr.«

Ihr Gesicht war vollkommen verschlossen. Sie versuchte höflich zu sein. »Ich war hier, aber ich habe ihn nicht gesehen. Das habe ich der Polizei auch schon gesagt. Ich kann mir auch nicht vorstellen, mit wem Herr Simoneit verabredet gewesen sein soll. Das weiß die Polizei aber auch schon. Ich kann Ihnen nicht helfen.«

Es war ganz offensichtlich, daß sie die Wahrheit sagte. Aber aus irgendeinem Grund wollte ich Druck ausüben, ich war wütend. »Er hat gegen Mitternacht das Haus verlassen. Und Sie haben ihn wiederum nicht gesehen. Stimmt das?«

»Das ist richtig.«

»Kann ich Ihren Namen wissen?«

»Wieso das? Glauben Sie mir nicht?«

»Richtig«, nickte ich. »Ich glaube Ihnen nicht.«

Sie war ausgesprochen hübsch, vielleicht dreißig Jahre alt, blond und braungebrannt von der Sommersonne. Sie wurde blaß und wandte den Kopf zur Seite: »Einen Augenblick, bitte.« Dann verschwand sie in einem Raum hinter dem Empfangstresen. Sie redete mit jemandem. Ein Mann erschien, etwa vierzig Jahre alt, schlank, dunkelhaarig, mit einem schmalen energischen Gesicht.

»Wir können keinerlei Auskünfte geben«, sagte er scharf. »Das bleibt der Polizei vorbehalten, die wir gestern abend sofort informiert haben. Soweit uns bekannt ist, war der Tod von Herrn Simoneit ein schrecklicher, aber ganz normaler Tod. Und nun darf ich Sie bitten, unser Haus unverzüglich zu verlassen.«

»Das ist dumm«, sagte ich leichthin. »Sie werden noch begreifen, daß das dumm ist.« Dann drehte ich mich und ging.

Ich fuhr hinunter nach Adenau, wollte nicht in Harros Haus, wußte aber gleichzeitig nichts anzufangen. Ich kaufte mir am Marktplatz eine Tüte Eis auf die Hand und hockte mich in das Auto. Nach einer Weile erwischte ich mich dabei, daß ich dauernd auf die Uhr sah, als habe ich eine wichtige Verabredung. Dann überlegte ich, ob ich einen Motorjournalisten kannte, der mir was erzählen konnte. Es fiel mir niemand ein, die Welt der Autos war mir immer fremd gewesen, und bestenfalls hatte ich entscheiden müssen, ob ich ein neues Auto kaufen konnte oder ein gebrauchtes.

Ich fuhr auf den Parkplatz vor der Klinik und beschloß, auf den Arzt zu warten. Wenn sie jetzt Harro untersuchten, dann mußte Salchow irgendwann herauskommen.

Es dauerte eine Stunde. Er trug eine helle Hose, ein weißes, kurzärmeliges Hemd und wirkte gedankenverloren. Sein Gesicht war grau und von Falten zerfurcht. Hätte ich mich nicht bemerkbar gemacht, wäre er an mir vorbeigelaufen.

Er setzte sich neben mich. »Nichts ist«, berichtete er mit einem seltsamen Unterton von Resignation. »Es ist und bleibt ein plötzlicher Herztod.«

»Was war das für ein Pathologe?« fragte ich.

»Ungefähr fünfzig«, sagte er. »Ein durchaus kühler

33

Kollege, einer, der sicherlich Erfahrung hat. Wir haben an der Innenseite der Oberschenkel ein paar hellrote Totenflecke gefunden. Normalerweise denkt man in so einem Fall an eine CO_2-Vergiftung, also Kohlendioxyd. Aber nichts anderes deutet darauf hin, und hellrote Totenflekken kommen schon mal vor. Es war keine komplette Obduktion mit allem Drum und Dran, aber es reichte zur Feststellung der Unbedenklichkeit der Leichenfreigabe. Tut mir fast leid, auf der anderen Seite beruhigt es mich. Ich habe keinen Fehler gemacht.« Er sah auf die Uhr. »Ich muß noch zu Hausbesuchen. Die Hitze macht meine Kreislaufpatienten verrückt.« Salchow stieg aus, nickte mir zu und ging zu seinem Auto.

Er ist nach wie vor unsicher, dachte ich verwirrt.

Ich fuhr zu Harros Haus zurück. Petras Eltern waren gerade angekommen, und das Durcheinander war perfekt, weil sie den jüngeren Bruder und die jüngere Schwester von Petra mitgebracht hatten. Die beiden, etwa fünfzehn und achtzehn Jahre alt, liefen aufgescheucht wie die Hühner pausenlos von der Küche ins Wohnzimmer und zurück.

Dinah deckte den Tisch in der Küche und sagte beruhigend: »Nun eßt erst einmal was, ihr werdet doch hungrig sein.«

Ich überlegte flüchtig, daß Frauen häufig in Krisensituationen auf die Idee kommen, etwas zu essen anzubieten. Wahrscheinlich macht das sogar Sinn, wahrscheinlich lenkt das ab, bereitet endlosen Redereien ein vorläufiges Ende.

Petras Mutter kam auf mich zu: »Sie sind ein Freund, ich weiß schon. Ist das nicht schrecklich? Ist das nicht ganz furchtbar?«

»Ja«, nickte ich.

Am Wohnzimmerfenster zum Garten hin stand Petras Vater und hielt seine Tochter umschlungen. Sie weinten beide. Wo war dieses Gästezimmer?

Ich entdeckte es im ersten Stock neben dem Schlafzimmer. Eine Liege stand dort und auf einem Tischchen davor ein Aschenbecher mit einer Schachtel Gauloises. Ich hockte mich auf die Liege und rauchte eine Zigarette, wenngleich das ein Rückfall in ungesunde Zeiten war und meine Nervosität wahrscheinlich steigerte. Schließlich legte ich mich hin und döste ein.

Ich wurde wach, weil Dinah in das Zimmer kam und munter sagte: »Ach, hier bist du. Ich denke, ich bleibe bei Petra, bis das Schlimmste vorbei ist. Du kannst heimfahren. Ich glaube das Durcheinander hier und die Stimmung gehen dir auf die Nerven. Kannst du mir morgen früh etwas mitbringen?«

»Natürlich. Aber ist es nicht besser, ich bleibe hier bei euch?«

Sie schüttelte den Kopf. »Mach dich vom Acker und grüß meine Katzen.«

»Aber ruf mich an, wenn irgend etwas ist, wenn ich helfen kann.«

»Versprochen. Nimm das Handy mit, ich brauche es nicht. Und grüße Rodenstock.«

»Wieso das?« fragte ich.

»Weil du ihn jetzt anrufen wirst«, lächelte Dinah. »Hast du vergessen, daß ich dich kenne?«

Zehn Minuten später war ich schon unterwegs. Ich nahm den Weg über Honerath und Wirft und kam über den dritten Gang nicht hinaus, weil ich mir Zeit lassen wollte.

Kurz hinter Honerath hielt ich an dem Punkt, an dem man weit über die Hügel der Eifel sehen kann. Der Blick geht nach Norden über die Alte Burg und Reifferscheid, über Rodder und Fuchshofen hinweg. Du siehst nichts von diesen Orten, nur endlose Wälder und schier unendliche Schattierungen von Grün, und irgendwo liegen Eichenbach und Winnerath, aber du weißt nicht, ob nach der ersten oder zweiten oder dritten Hügelkette. Halblinks müßten Wershofen und Ohlenhard sein, geradeaus Schuld, Insul, Dümpelfeld, noch weiter Altenahr, Ahrweiler und Bad Neuenahr. An klaren Tagen, sagen die Leute, siehst du alle Bergketten bis vor den Rhein.

Rechts schwirrte ein kleiner Bläuling um eine altrosafarbene Malve. Es war der erste Bläuling, den ich in diesem Jahr sah. Selbst die Lavendelhecke in meinem Garten und der sehr intensiv blühende Sommerflieder hatten nur Unmassen vom Kleinen Fuchs angelockt, nur ein Tagpfauenauge, einen Admiral. Es war kein Sommer für Schmetterlinge, und anfangs schien es, als gebe es nichts als ein paar Kohlweißlinge. Der Regen hatte zu lange gedauert, die Tage hatten nicht warm werden wollen, und die Bauern hatten geflucht, weil das erste wichtige Heu nicht geschnitten werden konnte.

Harro.

Ich blieb lange im Gras hocken, nahm endlich das Handy und rief Rodenstock in seiner neuen Wohnung in Cochem an der Mosel an. Ich hatte ihn vier Wochen nicht gesehen, weil er mit Emma zusammen die Wohnung einrichtete und dabei nicht gestört werden wollte.

Emma meldete sich: »Bei Rodenstock hier.«

»Ich liege in der Sonne«, sagte ich. »Ich sehe weit über die Eifel hinweg, und da blüht eine Malve und rechts davon zwei verirrte Kornblumen. Wie geht es euch?«

»Gut«, sagte sie munter. »Wir kommen voran. Ich sehe Rodenstock nur noch mit einem Bohrer in der Hand, und ab und zu bohrt er ein Loch, und ich frage mich, wozu.« Sie lachte. »Er hat den schönen großen, neuen Spiegel im Badezimmer schon auf dem Gewissen. Aber er ist gutgelaunt und behauptet, Scherben bringen Glück. Und ihr? Was macht ihr?«

»Wir haben einen Freund verloren, Dinah kümmert sich um dessen Frau. Es ist traurig, aber nicht zu ändern.«

»Also brauchst du Rodenstocks Stimme?«

»Das wäre gut«, gab ich zu.

Nach einer Weile meldete er sich. Er atmete etwas hastig, weil er wohl angestrengt arbeitete.

»Ein Kollege ist tot«, begann ich vorsichtig. »Er war ein guter Kollege, und ich weiß nicht ...«

»Deine Stimme trieft vor Mißtrauen«, sagte er. »Berichte, laß es raus.«

36

Ich erzählte ihm, was zu erzählen war.

Er überlegte eine Weile. »Also, die Obduktion hat im Grunde nichts ergeben, außer einigen hellroten Totenflecken. Der Arzt ist immer noch mißtrauisch, wenn ich dich recht verstehe. Der Fall ist komisch, gebe ich zu, aber plötzliche Todesfälle sind nun mal komisch. Zu unserem Schrecken kommt diese Plötzlichkeit, mit der niemand von uns rechnet und die uns stumm macht. Was willst du wissen?«

»Ich will wissen, ob die Möglichkeit besteht, daß er getötet wurde.«

»Natürlich«, antwortete der Kriminalrat a. D. »Weißt du, ob der Obduzent den Schädel des Toten geöffnet hat?«

»Nein. Hätte er das tun müssen?«

»Der Gesetzeslage nach wohl nicht. Es hätte mich aber interessiert. Kannst du den Arzt fragen?«

»Na sicher. Ich melde mich wieder.« Ich unterbrach die Verbindung und rief Dr. Salchow an. »Haben Sie den Schädel des Toten geöffnet?«

»Nein. Das ist nicht gemacht worden. Es bestand aber auch keine Notwendigkeit.«

»Danke, ich laß von mir hören.«

Ich rief erneut Rodenstock an. »Das ist nicht passiert. Kannst du mir sagen, worauf du hinaus willst?«

»Das war nur so eine Idee. Fährst du jetzt nach Hause?«

»Ja. Ich rufe dich an, wenn was ist. Arbeite schön und laß den Badezimmerspiegel in Ruhe.«

»Sie hat gepetzt«, klagte er. »Es ist kein Verlaß auf die Weiber.«

Ich fuhr langsam weiter, und wenn ein anderes Fahrzeug hinter mir auftauchte, fuhr ich zur Seite, um es vorbeizulassen. Ich querte bei Kirmutscheid die B 258 und fuhr am Burgkopf vorbei auf die Hochebene. Nohn, auf Bongard zu, sicherlich eine der schönsten Waldstrecken der ganzen Eifel. Ich kam langsam zur Ruhe, ich war wieder gelassen genug, Harros Tod als etwas Tragisches

37

zu akzeptieren. Ich mußte nicht mehr in Kategorien wie Gewalt denken, um zu begreifen, daß er einfach gegangen war. Unwiderruflich. Ja, ein plötzlicher Herztod. Was sonst? Alter Mann, falls es dich gibt, dann sorge bitte dafür, daß er seine Ruhe hat und daß seine Frau ihre Ruhe findet.

Als ich auf den Hof gerollt und ausgestiegen war, sah ich, daß Willi einer neuen Lust frönte. Er hockte am Lavendel, um den die Schmetterlinge taumelten, und ab und zu sprang er unvermittelt hoch, um einen zu erwischen. Die Landung gestaltete er auf seine typische kreative Weise. Er ließ sich in den Lavendel fallen, und die Äste dieses Gesträuchs taten genau das, was er wollte: Sie federten wunderbar.

Paul lag abseits im Schatten und machte den Eindruck, als sei er stolz auf seinen Zögling.

Ich ließ mir lauwarmes Wasser einlaufen und badete. Anschließend bereitete ich mir das, was ich ein Cowboyfrühstück zu nennen beliebe und was todsicher eine kulinarische Entgleisung ist: Ich mache eine Dose Baked Beans in der Pfanne heiß, koche drei Eier hart wie Stein und esse das Ganze in der Gewißheit, daß es phantastisch schmeckt. Es war ganz gut, daß ich allein war, denn Dinah pflegt beim Anblick dieses Mahls leicht angewidert zur Seite zu blicken. Zugegeben, farblich gesehen ist es ohne jeden Reiz.

Ich hatte einen Abend ganz für mich allein und wollte ihn genießen. Ich setzte mich unter den Sonnenschirm im Garten und las John le Carrés *Der Schneider von Panama*. Dabei vergaß ich die Zeit.

Dinah holte mich in die Wirklichkeit zurück. Sie sagte, sie habe keinerlei Grund anzurufen, außer vielleicht meine Stimme zu hören. Und wie es mir gehe und was ich gerade mache und ob ich sie ein wenig vermisse.

»Wirst du denn schlafen können?« fragte ich.

»Nein«, antwortete sie. »Ich bin ja hiergeblieben, weil ich weiß, daß Petra nicht schlafen wird. Ich sage dir morgen früh, was ich an Toilettensachen und Kleidern und

38

Schuhen und so brauche. Und es wäre vielleicht gut, wenn du etwas Schwarzes trägst. Diese Konventionen sind scheiße, ich weiß.«

Ich las le Carré weiter, während der Himmel über mir sich rot färbte. Eifelsommer. Paul kam, sprang auf meinen Schoß, drehte sich viermal, seufzte tief und schlief ein. Willi folgte, legte sich unter meinen Stuhl, ließ sich zur Seite kippen und gähnte. Das war die Sorte Leben, die ich immer schon gewollt habe, wahrscheinlich seit ich denken kann.

Irgendwann legte ich das Buch auf den Tisch und döste weg. Ich schreckte hoch, als das Handy fiepte.

»Ich bin es«, sagte Rodenstock. »Ich habe möglicherweise eine Lösung für dich. Kennst du den Fall Bandera?«

»Nein. Keine Ahnung. Erzähl.«

»Nicht am Telefon«, erwiderte er. »Kannst du nicht herkommen?«

»Morgen?«

»Nein, nicht morgen. Wenn, dann jetzt. Wenn ich nämlich recht habe – und ich hoffe, ich habe nicht recht – dann muß dieser Arzt in Adenau dafür sorgen, daß die Obduktion fortgesetzt wird. Dann muß der Schädel deines Freundes geöffnet werden.«

Es war jetzt zehn Uhr, die Dunkelheit war schon herangekrochen. »Ich komme«, sagte ich.

Zweites Kapitel

Ich fuhr von Brück hinauf nach Kelberg, dann nach rechts die B 257, von der bei Ulmen die B 259 abgeht. Für die rund 45 Kilometer hinunter in das schmal eingeschnittene Tal der Mosel brauchte ich nicht mehr als vierzig Minuten. Der Verkehr war wie üblich um diese Zeit gleich null.

Rodenstock und Emma hockten stolz auf zwei Umzugskisten in den Räumen ihres neuen Domizils, grinsten mich an und hatten beide ein Glas mit wasserheller Flüssigkeit in der Hand. Es sah nach Sprudel aus, aber es war kein Sprudel.

»Ist das alter Genever?« fragte ich.

»Das ist alter Genever«, bestätigte Emma »In unserem Alter dient der zur Erheiterung und Mumifizierung. Es ist Kaffee da, willst du einen?«

»Gerne. Habt ihr auch etwas zu essen?«

»Wir haben Brötchen mit Mettwurst. Direkt aus Holland. Von der Frau Polizeipräsident mitgebracht.« Rodenstock grinste. »Sie mästet mich, und ich finde es gut. Setz dich.«

Es gab keine dritte Umzugskiste in dem Raum, also ließ ich mich auf dem Fußboden nieder und lehnte mich an die Wand. Ich bemerkte: »Wenn ich schon eigens anreisen muß, um deiner Weisheit würdig zu werden, möchte ich mindestens ein Stichwort hören.«

Rodenstock sah erst mich an, dann Emma, und sie sagten beide wie auf Kommando: »Bandera!«

Ich tat ihnen den Gefallen und fragte: »Was ist Bandera, bitte?«

»Es muß heißen: Wer war Bandera?« berichtigte mich Emma.

»Also gut: Wer war Bandera?« seufzte ich.

»Ein perfekter Mord«, sagte Rodenstock aufgeräumt. »Das Stichwort heißt Zyankali. Und gleich noch etwas: Wenn du hier hinausmarschierst und zu dem Schluß gekommen bist, daß das auf deinen Freund zutreffen könnte, dann müssen wir erreichen, daß er obduziert wird. Heute nacht noch. Ich werde dir helfen. Du wirst staunen und schnell verstehen.« Er sah Emma an. »Beginnst du? Beginne ich?«

»Ich beginne«, entschied sie. Sie zündete sich einen ihrer ekelhaft stinkenden Zigarillos aus holländischer Produktion an, legte den Kopf in den Nacken. »Als du hier angerufen hast, daß dein Freund möglicherweise ermordet worden ist, aber keinerlei Verletzungen aufweist, haben wir uns angesehen und wie aus einem Mund ge-

40

sagt: Stefan Bandera! Rodenstock hat den Fall während seines Studiums lernen müssen, ich habe den Fall als klassischen politischen Mord auf der FBI-Akademie in Quantico serviert bekommen. Tatsächlich war es ein perfekter Mord. Das heißt: Eigentlich geht es um zwei perfekte Morde. Der Täter wäre niemals gefaßt worden, wenn er sich nicht selbst gestellt hätte. Kriminalistisch sind die Fälle wahre Wunder. Daß sie aufgeklärt wurden, verdanken wir einem Mann aus München namens Hermann Schmitt. Der leitete die Mordkommission. Das war im Jahre des Herrn 1959, Handlungsort also München, Thema: Der geplante, absolut perfekte Mord ...«

»Ich dachte zwei Morde«, unterbrach ich respektlos.

»Zwei Morde«, nickte sie, ohne mich anzuschauen. »Du wirst staunen, Baumeister, du wirst wirklich staunen. Fangen wir mal mit dem Mörder an. Er hieß Bogdan Staschinsky, und er mordete im Auftrag des russischen Geheimdienstes KGB. Er war ein trainierter Killer, eiskalt. Er war jemand, der niemals einen Auftrag versaubeutelt hatte. Die perfekte Maschine, obwohl die Russen das heute noch nicht gern zugeben. Sie schickten diesen Staschinsky im Oktober des Jahres 1959 nach München mit dem Auftrag, einen bestimmten Mann schnell und unauffällig zu töten und umgehend nach Moskau zurückzukehren. Staschinsky erledigte das sozusagen mit links und kehrte nach Moskau zurück.

Jetzt kommen wir zu dem Mann, der diesen Mord bewiesen hat, ohne jemals beweisen zu können, wer es getan hatte. Und das macht den Fall pikant und für Fachleute zu einem Muß. Der Münchener Hermann Schmitt bekommt im Oktober 1959 eine Akte auf den Tisch. Genau am 15. Oktober. Auf der Akte stand der Name *Popel*. Dieser Name sagte dem Mörderjäger Schmitt nichts. Popel war gegen 14 Uhr an diesem Tag tot in ein Münchener Krankenhaus eingeliefert worden. Der Arzt hatte ›einen häuslichen Unfall mit Todesfolge‹ vorgefunden und die Todesursache mit Schädelbruch angegeben. Eigentlich also kein Fall für Mordspezialisten.

Der Mann sei, so hieß es in dem Bericht, im Treppenhaus des Hauses, in dem er wohnte, zusammengebrochen und schwer gestürzt. Man habe ihn schleunigst in ein Krankenhaus gebracht, aber nicht mehr helfen können. Der Grund, warum diese Akte auf den Tisch der Mordkommission kam, war simpel: Der untersuchende Arzt hatte im Anzug des Mannes eine Pistole gefunden und deshalb vorsichtshalber die Mordkommission verständigt. Es gab im Münchener Polizeipräsidium schon eine Akte namens Popel. Aber der Mann hieß gar nicht Popel, der Mann hieß Stefan Bandera und hatte den Namen Popel von der bayerischen Staatsregierung erhalten. Popel/Bandera war der Führer der Exilkroaten in München, ein Kommunistenhasser ersten Ranges, das Ziel aller Nachrichtendienstler in der bayerischen Hauptstadt, eine wandelnde Informationsquelle für alle möglichen Agenten, ein Kenner des Ostblocks mit unglaublich guten Verbindungen jenseits des Eisernen Vorhanges.« Emma sah Rodenstock an: »Habe ich etwas vergessen?«

»Natürlich nicht«, sagte er. In seinem Gesicht stand der Stolz auf diese Gefährtin, die überdies eine blendende Kriminalistin war.

»Als Schmitt begriff, wer Popel wirklich war, wußte er: Das wird Zoff geben! Und es gab zwei Jahre lang Zoff. Du mußt wissen, daß dieser Schmitt zu dieser Sorte Beamte gehört, die niemals aufgeben. Er erreichte, daß einen Tag später die Obduktion des Toten angesetzt wurde. Diese Obduktion sollte zu einem Meilenstein in der Geschichte der Kriminalistik werden. Aber noch ahnte das niemand. Schmitt ging den Fall zuerst einmal wie einen Verdachtsfall auf Mord an. Es stellte sich heraus, daß der Kroatenführer auf dem Münchener Viktualienmarkt gewesen war und einen Korb mit Tomaten gekauft hatte. Das Merkwürdige war: Er kam nach Hause, schloß die Haustür auf, stellte den Korb mit den Tomaten auf dem Treppenabsatz zum ersten Stock sorgfältig ab, keine Tomate fiel heraus. Dann brach er zusammen und stürzte die Treppe hinunter. Es gab Zeugen, die einen fremden

Mann im Haus gesehen hatten, und es gab Zeugen, die niemanden gesehen hatten. Also das durchaus übliche widersprüchliche Bild, das an fast jedem Tatort auftaucht. Schmitt fühlte sich nicht wohl, er roch, daß etwas oberfaul war, aber er wußte nicht was. Die Frau des Toten gab an, er habe sehr viele Feinde, aber sie könne sich nicht vorstellen, daß einer dieser Feinde ihren Mann töten würde.

Schmitt ging soweit, zu untersuchen, ob Bandera möglicherweise Selbstmord verübt haben könnte. Aber wie, um Himmels willen, sollte dieser Selbstmord abgelaufen sein? Ich will damit sagen: Der Kriminalist ging gründlich vor und ließ keine Möglichkeit außer acht. So verging der Morgen des 16. Oktober. Die Obduktion war auf den Nachmittag angesetzt.

Die Angelegenheit mußt du dir sehr deutsch, sehr preußisch vorstellen. Am Kopfende standen der obduzierende Uniprofessor, neben ihm sein Assistent. Daneben der Kriminalist Hermann Schmitt. Neben der Leiche stand ein Präparator. Zwei Meter von der Leiche entfernt saß an einem Tisch ein Richter, neben ihm ein Stenograf mit der Schreibmaschine. Zunächst wurde notiert, daß der Leichnam keine erkennbaren Verletzungen aufwies. Ferner wurde aufgeschrieben, daß schwache Blutungen aus Mund und Nase den Verdacht auf Schädelbruch bestätigten. Also konzentrierte man sich auf den Schädel. Die Kopfschwarte wurde abgezogen, ein Schädelbruch war nicht erkennbar. Dann wurde die Schädelkuppe mit der Trepanationssäge abgeschnitten. Der Obduzent hob die Schädeldecke ab.

In der gleichen Sekunde roch es streng nach bitteren Mandeln. Ich darf nicht vergessen anzumerken, daß nur ein Drittel der Menschheit in der Lage ist, diesen Geruch überhaupt wahrzunehmen. Hermann Schmitt gehörte dazu. Im gleichen Moment wußte er, daß Zyankali im Spiel war. Es handelte sich zweifelsfrei um Mord.

Von dieser Sekunde an nahmen die Anwesenden an, daß sie einen klassischen Fall von Zyankali-Vergiftung vor sich hatten. Man mußte also in der Speiseröhre und im Magen erhebliche Verätzungen vorfinden. Zyankali führt zwangsweise zu Verätzungen der Schleimhäute. Ich will es abkürzen. Sie fanden nur nur eine einzige, nicht einmal pfenniggroße Verätzung im Magen. Das tödliche Gift hatte keine Verätzung im Mund, in der Speiseröhre, in den oberen Luftwegen hinterlassen. Das konnte nach menschlicher Erfahrung gar nicht möglich sein. Wie war es in den Magen gekommen?

Die nächste Frage: Konnte es sein, daß man Zyankali mit einer Gelatine-Kapsel verabreicht, die sich erst im Magen auflöst? Die Industrie sagte dem Kriminalisten: Ja, das ist möglich, aber dann würde zumindest der Magen starke Verätzungen aufweisen.« Emma sah Rodenstock an. »Machst du weiter, mein Lieber?«

Er nickte und paffte an seiner Brasil, die so dick war wie ein Gewehrlauf. »Dieser Hermann Schmitt hatte einen Mord vor sich, den es eigentlich nicht gab. Irgendwie mußte das Zyankali in den Körper des Mannes gelangt sein. Aber wie? Schmitt, das erwähnte Emma schon, war ein Mann, der niemals aufgab. Eines Tages war er dabei, wie die Frau des Ermordeten erneut zur Sache gehört wurde. Bei der Gelegenheit fragte er sie, ob ihr Mann politische Feinde gehabt habe. Natürlich, antwortete sie. Während der Emigration sei ein gewisser Rebet der politische Gegner ihres Mannes gewesen. Er sei zusammen mit ein paar Anhängern aus der Organisation ausgestiegen und habe eine eigene gegründet. Aber das sei ja wohl völlig unwichtig, denn dieser Rebet sei bereits seit zwei Jahren tot. Jetzt, mein Lieber kommt es. Hermann Schmitt entdeckte, daß auch dieser Rebet zwei Jahre vorher im Treppenhaus seines Mietshauses zusammengebrochen war. Eine Obduktion war auch bei diesem Fall durchgeführt worden. Die hatte ergeben, daß es sich um Herzversagen handelte. Schmitt setzte sich sofort mit der Staatsanwaltschaft in Verbindung und forderte eine Exhumierung der Leiche. Die Staatsanwaltschaft antwortete: Nach zwei Jahren sei Zyankali nicht mehr nachweisbar. Auch habe man der Leiche den Schädel geöffnet, nach bitteren Mandeln habe es nicht gerochen. Auf keinen Fall sei Zyankali im Spiel gewesen. Schmitt wußte nicht, wie die Mörder oder der Mörder es gemacht hatte, war aber der felsenfesten Überzeugung, daß es sich um zwei perfekte Morde handelte.

Zwei Jahre später, also 1961 landete in Berlin-Tempelhof der Mörder Bogdan Staschinsky, ging schnurstracks zum amerikanischen CIA und erzählte den Agenten eine so haarsträubende Geschichte, daß ihm zunächst niemand glaubte. Er sagte, er habe in München erst Rebet, dann, zwei Jahre später, Stefan Bandera getötet. Mit einer Zyankali-Pistole.

Staschinsky war in den Westen geflohen, weil er bei seinem Auftragsmord an Stefan Bandera eine Frau kennengelernt hatte, die er heiraten wollte. Wahrscheinlich war er der einzige berufsmäßige Mörder auf der Welt, der von der CIA gezwungen wurde zu beweisen, daß er tatsächlich Morde begangen hatte – mit Zyankali, ohne Verätzungen zu hinterlassen.

Staschinsky baute seine Mordwaffe für die CIA noch einmal. Es war eine ganz einfache, simple Waffe, mit der ein Treibsatz verschossen werden konnte. Der Treibsatz zerschlug eine Ampulle mit Zyankali und zerstäubte das Gift. Es drang in den Mundraum des Opfers in so feinen Dosen ein, daß es keine Verätzung hinterließ, das Opfer aber zwingend tötete. Im Fall Bandera hatte der Geheimdienst Staschinsky eine besonders große Ampulle mitgegeben. Das war der Grund, weshalb man in Banderas Körper eine winzige Verätzung fand. Im Fall Rebet war eine Normalampulle benutzt worden, nachzuweisen war nichts.

Mit der von Staschinsky gebauten Waffe konnte man tatsächlich kleine Tiere töten, ohne daß das Zyankali auf dem Weg in den Magen nachzuweisen gewesen wäre. Das war eine Sensation, das war schlicht unglaublich. Staschinsky und seine Frau bekamen neue Lebensläufe und neue Papiere. Sie leben heute irgendwo an einem ruhigen Fleck in der Welt.« Rodenstock grinste. »Es ist also nicht weiter verwunderlich, daß Emma und ich sofort an Bandera dachten, als du erzähltest, dein Freund sei tot, nicht verletzt, aber möglicherweise ermordet. Du mußt jetzt einfach entscheiden, ob wir an den Arzt herangehen und versuchen, daß man diesem Toten die Schädeldecke entfernt.«

»Was würdest du tun?« fragte ich.

»Ich würde versuchen, es durchzusetzen«, sagte er. »Du würdest dir dein Leben lang die Frage stellen, ob er nicht doch ermordet wurde. Wenn du willst, tue ich es für dich.«

Ich sah Emma an, und sie nickte.

Es war nach 23 Uhr, als Rodenstock den Arzt Dr. Salchow in Adenau anrief. Zwanzig Minuten später versprach Salchow, den Pathologen der Staatsanwaltschaft anzurufen und darauf zu bestehen, daß die Obduktion vollständig inklusive Schädelöffnung weitergeführt würde. Und das möglichst schnell.

»Sind diese Zyankali-Morde veröffentlicht?« fragte ich.

»Und wie!« antwortete Emma. »Darüber gibt es Hunderte von wissenschaftlichen Abhandlungen, ganze Bücher. Alle Leute, die auf die eine oder andere Weise vom Fach sind, kennen diesen Fall genau.«

»Und Laien? Kommen Laien an den Fall heran?«

»Jeder, den es interessiert, kann diesen Fall studieren, wissenschaftliche Unterlagen anfordern. Kein Problem.« Rodenstock machte eine Pause. »Wenn sich herausstellt, daß dein Freund ermordet worden ist, mußt du vorsichtig sein. Denn dann suchst du einen Mörder, der ein Profi ist. Und er wird nicht zögern, auch dich umzubringen.«

»Ich habe ja dich«, entgegnete ich.

Er lächelte geschmeichelt. »Eigentlich habe ich aber gar keine Zeit«, zierte er sich.

»Hah!« sagte Emma in scheinbar heller Empörung.

»Bedeutet das Zyankali-Wunder eigentlich, daß der Täter den Fall Bandera kennen muß?« fragte ich.

»Muß er nicht«, antwortete Emma. »Normalerweise

46

scheint es schlicht unmöglich, an Zyankali-Ampullen heranzukommen. Und Morde mit diesem Stoff sind ziemlich selten. Wir wissen aber, daß Zyankali im gesamten Ostblock nach wie vor als Schädlingsbekämpfungsmittel eingesetzt wird, weil es ein relativ billiger Basisstoff ist. Dort bekommt man Ampullen in beinahe jeder Dosierung ohne Schwierigkeiten.« Sie grinste. »Damit du nicht allein bist, haben wir beschlossen, dich zu begleiten, falls du uns dein Gästezimmer gibst. Natürlich ist Rodenstock wild auf den Fall. Er würde sowieso keine Minute Ruhe haben, solange deine Recherchen laufen. Da habe ich als kluge Frau mir gedacht, daß wir gleich ein paar Tage Urlaub bei dir machen können. Die Koffer stehen gepackt nebenan.«

Ich mußte lachen. »Das war nichts als Vorspiegelung falscher Tatsachen. In Wirklichkeit findet ihr diese Wohnungsrenovierung stinklangweilig, ihr giert danach, etwas anderes tun zu können, habt garantiert schon einen Freiberufler engagiert, der euch das hier erledigt, während ihr ... mit anderen Worten, ihr seid schäbige Gauner.«

Emma sah Rodenstock an. »Wo er recht hat, hat er recht.«

»Wir haben uns gedacht, wir nehmen Emmas Wagen mit dem holländischen Kennzeichen mit«, sagte Rodenstock ungerührt. »Dann können wir uns etwas weniger auffällig bewegen. Hast du gute Kontakte zu dieser Welt auf der Rennstrecke?«

»Nicht die Spur. Ich streite ständig mit mir selbst, wie wichtig die Autos, diese Konservendosen, eigentlich sind. Ich weiß nur, daß die Eifel voll ist von Verrückten, die statt ›ich liebe dich‹ ständig ›zweihundert PS, zweihundert PS‹ beten. Ich habe null Kontakte. Und wieso jemand jährlich 88 Millionen Mark dafür bekommt, ein paarmal pro Jahr wie eine gesengte Sau um irgendeinen Rundkurs zu fahren, wird mir ewig ein Rätsel bleiben.«

»Das ist die Freiheit«, sagte Rodenstock fein.

»Das ist Werbung für Hansaplast«, sagte ich wütend.

»Das Auto ist reine Emotion«, bemerkte Emma. »Soweit ich über Psychologie informiert bin, ist das Auto unter bestimmten Umständen eine Waffe, unter bestimmten anderen Umständen eine Verlängerung des Penis, und im Zweifelsfall immer beides.«

»Dann müßte unser Mörder einen Zwölf-Zylinder-Jaguar fahren und keinen Pimmel in der Hose haben«, sagte Rodenstock. Er setzte hinzu: »Wenn es denn ein Mord war.«

»Wenn es kein Mord war, bin ich der Blamierte.« Ich stopfte mir die Dunnhill, die ich seit zwanzig Jahren mit mir herumschleppte.

»So würde ich das nicht sehen«, entgegnete Rodenstock. »Ihr jungen Spunde müßt lernen, euch durchzusetzen.«

»Ja, Opa«, murmelte ich.

Mein Handy meldete sich. Es war Dinah. »Kannst du zwei Minuten mit mir sprechen?«

»Geht es dir schlecht?«

»Das ist vorsichtig formuliert. Petra schläft, die Verwandtschaft ist gegangen. Ich kann nicht schlafen, und dieses Haus ist so furchtbar still. Was treibst du gerade?«

»Ich hocke bei Rodenstock und Emma, und gleich fahren wir nach Brück. Sie sind der Meinung, daß Harro möglicherweise mit Zyankali umgebracht wurde.«

»Das ist aber sehr exotisch, oder?«

»Nicht sehr. Es ist eine neu entdeckte Art geworden, bestimmte Zeitgenossen ins Nirwana zu schicken. Neue mafiose Banden im Osten benutzen das. Aber noch ist das alles nur ein Denkmodell. Warte mal, Emma ist wild darauf, mit dir zu sprechen.« Ich reichte das Handy weiter, und Emma sagte: »Grüß dich, Liebes. Ist es nicht furchtbar, Trösterin zu sein? Also, ich habe das als furchtbar in Erinnerung. Übernimm dich nicht ...«

Sie sprachen noch eine Zeitlang, leise, eindringlich und einander zugetan. Es ist seltsam für uns Macker, Frauenfreundschaft zu erleben, es ist bedrohlich und eine Art Glück, von dem wir ausgeschlossen sind.

»Laß uns das Gepäck in die Wagen schleppen«, sagte Rodenstock. »Diese Arbeit hier ist nichts für meine alten Knochen. Sie ist einfach stupide. Wir haben uns dabei erwischt, daß wir eine volle Viertelstunde lang über den Grünton gestritten haben, mit denen ich die Türblätter pinseln wollte. Da habe ich gemerkt, wie der Spießer in mir getobt hat, und ich habe Angst bekommen. Und wenn es kein Mord war, gehen wir nach Monreal ins *Stellwerk* essen oder in die *Alte Molkerei* nach Manderscheid oder zum Markus nach Niederehe, am besten zu allen. Zwischendurch könnten wir im *Rossini* in Wittlich diese oder jene kleine Schweinerei zu uns nehmen, und alle Tage rufe ich hier in der Wohnung an und frage, wann sie endlich fertig ist. Was hältst du von dieser Art Ferien?«

»Nicht viel. Dabei werde ich zu fett. Außerdem glaube ich, daß es ein Mord war.«

»Du bist ein Spielverderber«, schimpfte er. »Alle Journalisten leiden unter einer massiven Paranoia. Diese ständigen Verfolgungsphantasien, dieses seelische Durcheinander gegen alle Fakten. Sagt mir doch so ein lokaler Pressefritze in Cochem, er hätte den Verdacht, daß diese ... diese Lady Di nicht so einfach verunglückt, sondern irgendeinem Geheimdienst zum Opfer gefallen sei. So ein Stuß, so ein gottverdammter.«

»Warum schimpfst du denn so?«

Rodenstock grinste. »Wahrscheinlich bin ich nur erleichtert, daß ich diese blöde Pinselei nicht mehr weitermachen muß.«

Wir luden also das Gepäck in die Autos, während Emma immer noch mit Dinah sprach. Ich werde nie verstehen, wieso Frauen über absolut nichts eine Stunde reden können und sich dabei auch noch großartig fühlen. Dabei will ich gar nicht unterschlagen, daß das gelegentlich auch Machos passieren soll.

Irgendwann fuhren wir, Emma mit ihrem Wagen voran. Rodenstock saß neben mir. Es war einfach Tradition, daß wir die Chance bekamen, allein miteinander zu sprechen. Was war los in deinem Leben, was war ekelhaft, was hat Spaß gemacht – all diese einfachen Dinge.

»Sie ist eine großartige Frau. Sie ist so großartig, daß ich es noch immer nicht fassen kann, daß sie mich mag ...«

»Moment, Einspruch Euer Ehren. Sie mag dich nicht, sie liebt dich. Daß dich jemand lieben könnte, setzt mich auch in Erstaunen, aber es ist nun einmal so.«

»Na gut«, nuschelte Rodenstock nach einer Weile. »Also, sie liebt mich. Und trotzdem erstaunt mich das. Eigentlich ist doch an mir nichts dran.«

»Deine Bescheidenheit ist den Pulitzerpreis wert. Du hast recht, an dir ist überhaupt nichts dran. Aber jetzt mal im Ernst: Was macht deine Gesundheit?«

»Der geht es gut. Der geht es so gut, daß ich mißtrauisch bin. Der Krebs steht und rührt sich nicht. Der Arzt sagt, er habe den Eindruck, der Tumor bildet sich zurück, trocknet irgendwie aus.« Er seufzte. »Meine Tochter hat angerufen.« Das kam eher zögernd. Er näherte sich wahrscheinlich einer negativen Schlagzeile seines Lebens.

»Laß mich raten: Sie hat dir gesagt, du sollst unter keinen Umständen Emma heiraten, weil du zu alt bist und weil Emma nichts für dich ist.«

»Das ist richtig«, nickte er ohne jedes Erstaunen. »Ich nehme an, meine Tochter hält das für einen guten Rat.«

Eine Weile herrschte Pause, während wir aus dem Moseltal auf die Eifel-Hochebene fuhren.

»Hast du eigentlich Erspartes?« fragte ich.

»Ja«, sagte er trocken. »Daran habe ich auch schon gedacht. Ohne Lebensversicherungen und so, ungefähr 300.000. Ich kriege eine anständige Pension und habe in den letzten Jahren nie etwas davon gebraucht.«

»Weiß deine Tochter davon?«

»Sicher weiß sie das. Das ist genau der Punkt, der mir Kummer macht. Ich kann den Gedanken nicht wegscheuchen, daß sie es unter anderem auch auf den Zaster abgesehen hat.« Er seufzte wieder. »Das ist ein Scheißgefühl, mein Lieber.«

Links von uns stand der Vollmond und übergoß den Wald mit Silber.

»Ich könnte ein Konto einrichten, und du überweist diese Ersparnisse einfach.«

»Wieso denn das?«

»Damit du nicht in die Versuchung kommst, dich freizukaufen«, erwiderte ich. Dann dachte ich etwas verkrampft, daß ich ihm möglicherweise wehgetan hatte. Schließlich war sie seine Tochter. »Du mußt das richtig verstehen«, sagte ich hastig. »Ich erlebe dich als einen sehr gutmütigen Menschen. Gutmütig ist nicht das richtige Wort, vielleicht ist gütig besser. Deine Tochter will nicht, daß du Emma heiratest. Du sagst, du tust es trotzdem, und überweist ihr fünfzigtausend, nur damit sie den Mund hält. Erzähl mir nicht, daß das nicht möglich ist.«

Er schwieg eine Weile. »Ich habe ihr siebzigtausend überwiesen«, sagte er. »Du bist in deinen Hellsichtigkeiten richtig ekelhaft.«

»Also richte ich dir ein Konto ein«, sagte ich. »Du mußt dann immer erst mich fragen, ob du Geld verschenken darfst.«

Er sah mich an und lachte schließlich unterdrückt, bis ich auch zu lachen begann und wir zwei Kilometer lang kicherten wie zwei Pennäler, die den Hausmeister eingeschlossen haben.

»Tu das. Richte mir ein Konto ein. Im Ernst. Wahrscheinlich bin ich ein lausiger Vater, aber ehrlich gestanden ist mir das im Moment scheißegal.«

»Das sollte es auch«, nickte ich. »Dabei entsteht die Frage, ob ihr überhaupt heiraten wollt.«

»Weiß ich noch nicht. Ich denke, wir brauchen das nicht.«

»Ich bin anderer Meinung«, widersprach ich. »Was meinst du, was für ein Chaos entsteht, wenn ihr nicht verheiratet seid und in die Grube fahrt. Dann stehen die lieben Kinderchen und Enkelchen da und schreien dem Geld nach und kriegen vor lauter Gier lange Hälse ...«

»Das habe ich mir auch überlegt«, nickte er.

»Will Emma nicht?«

»Ich glaube, sie will schon, aber sie ist zu stolz, irgend etwas in diese Richtung anzustoßen.«

»Also, mich würde es freuen.« Ich lenkte mit dem Knie und zündete die Pfeife an.

»Und du und Dinah?«

»Ja, warum eigentlich nicht?« meinte ich vorsichtig.

»Warum nicht? Machen wir doch eine Doppelhochzeit, wenn es sich ergibt.«

Er lachte nur. Dann wechselte er unvermittelt das Thema: »Was passiert eigentlich, wenn es Mord war?«

»Was weiß ich. Viel Öffentlichkeit, denke ich mal. Harro war sehr beliebt, sogar unter Kollegen.«

»Wen hätte es getroffen, wenn er dazu gekommen wäre, die Geschichte zu veröffentlichen?«

»Natürlich in allererster Linie das Vorstandsmitglied, das zuständig ist für Entwicklung in diesem Automobilkonzern. Ich weiß aus Zeitungen und Magazinen, daß das ein gewisser Andreas von Schöntann ist, uralter Adel, seit siebenhundert Jahren geschlechtskrank. Im Ernst, der Mann ist als Manager anscheinend gut, ein Überfliegertyp. Dauernd am Nürburgring, weil er auch die Motorsportseite des Unternehmens koordiniert. Er verkauft sich als sozial, ein Häuptling Robin Hood mit Herz für die Armen und Geknechteten. Man sagt, er habe sein eigenes Image zum Non-Plus-Ultra der Branche gemacht. Er wird als ungemein eitel geschildert, fragt also dauernd: Wie sehe ich dabei aus?«

»Kennst du ihn persönlich?«

»Nein.«

»Und diese Rückrufaktion kann ihm schaden?«

»Natürlich. Die hundert Millionen werden von keiner Versicherung getragen, es ist tatsächlicher Verlust. Und das Image leidet kräftig. Mein dringender Verdacht geht allerdings dahin, daß Harro nicht nur allein diese Rückrufaktion zum Thema machen wollte. Ich vermute, er hat noch weitere Dinge ausgegraben.«

»Hast du recherchiert, was das für Leute sind, die zum Nürburgring kommen?«

»Nein. Aber ich denke, daß das eine brancheninterne Kirmes ist. Diese Leute haben einen Wahnsinnseinfluß. Stell dir mal vor, wieviel Geld es zum Beispiel für einen Reifenhersteller bedeutet, wenn jemand entscheidet, welcher Reifen auf einen neuen Wagen gezogen wird. Das geht nicht in die zig Millionen, das geht gleich in die Hunderte. Ich fürchte, wir werden uns jeden Tag ein paarmal wundern.«

»Falls Harro ermordet wurde«, bemerkte Rodenstock trocken. »Falls.«

»Ich hab noch vor ein paar Stunden gedacht, ich blamiere mich bis auf die Knochen, wenn ich behaupte, daß etwas mit Harros Tod nicht stimmt. Jetzt gehe ich fast jede Wette ein, daß es so ist. Ich wundere mich nur, daß es immer noch Gifte gibt, die auf Anhieb nicht erkennbar sind.«

»Die Zahl dieser Gifte hat sich erhöht«, erklärte der ehemalige Kriminalrat. »Je größer die wissenschaftlichen Sprünge sind, die die chemische Industrie macht, um so höher ist die Zahl der unbedingt tödlichen Gifte. Arsen und Spitzenhäubchen ist nichts als ein niedliches Spiel. Ich schätze mal, ich könnte dich mit rund dreißig bis vierzig Giften erledigen, die alle nicht nachweisbar sind. Sie gehen im Körper Reaktionen mit körpereigenen Stoffen ein und sind quasi spurlos verschwunden.«

»Danke für die Vorlesung.«

Wir zogen an Ulmen vorbei.

»Wenn dieser Autoboß Harro hat umlegen lassen, wird er nicht zu überführen sein«, sagte er nachdenklich.

»Das denke ich auch«, nickte ich. »Es sei denn, er hängt sich auf, weil er so ein mieses Schwein ist.«

»Den Gefallen wird er uns nicht tun.« Er lachte unterdrückt. »Ist er verheiratet? Mit wem? Und wo wohnt er?«

»Keine Antwort, keine Ahnung.« Dann war ich neugierig genug, um zu fragen. »Hat Emma dich auch darauf hingewiesen, daß deine Tochter dein Geld haben will?«

»Hat sie nicht. Sie hält sich da raus. Sie mag meine Tochter nicht, das spüre ich. Aber sie spricht nicht darüber. Außerdem hat Emmas Familie soviel Geld, daß sie über meine Ersparnisse nur lachen würde. Neulich bin ich mit ihr in Trier spazierengegangen. Da kamen wir an einem alten Haus vorbei, das gerade renoviert wurde. So richtig schöne alte Bürgerpracht. Ich geriet ins Schwärmen. Da sagte sie furztrocken: Wenn dir das soviel bedeutet, kaufe ich es dir. Ich dachte, sie wollte mich verscheißern, bis ich merkte, sie meinte das ernst. Soviel zur finanziellen Situation meiner ... meiner ... ach, scheiße, Emmas.«

»Und das macht dir Kummer, oder?«

Er schwieg eine Weile. »Ich bin hoffnungslos altmodisch. Ich lebe in der Vorstellung, daß ich das Geld zum Leben ranschaffen muß. Nicht die Frau. Also habe ich Angst vor dem Augenblick, in dem Emma sagt: Wie bitte? Dieses kleine Anwesen kostet nur drei Millionen? Dann packen Sie es mir doch ein.«

Ich lachte bis kurz vor Kelberg.

Es war ein tröstlicher Anblick: mein Haus, meine Mauer, mein Gartenloch für den Teich und mein Paul und mein Willi in der Haustür, beleidigt zwar, aber eigentlich guter Dinge.

»Ich mag das hier«, sagte Emma hell. »Und ich mag deine Betten.«

»Das könnte mißverstanden werden«, gab ich zurück und begann, ihre Koffer reinzuschleppen.

Wenig später begegnete sie mir auf der Treppe und war schon in einem Morgenmantel, in einem nachtblauen Ding, das aussah wie ein verunglücktes Brautkleid.

Rodenstock saß im Wohnzimmer und schaute sich im Fernsehen *n-tv*-Nachrichten an. Er paffte einen Stumpen, der grauenhaft stank und wahrscheinlich die ultimative Waffe gegen Mücken war.

Erneut sah ich Emma durch das Treppenhaus schweben, das Handy am Ohr, selbstverständlich telefonierte sie schon wieder mit Dinah, denn sie sagte gerade: »Nein, dein Mann ist zwar etwas resigniert, aber durchaus lebensfähig.« Für solche Bemerkungen liebte ich sie.

Dann fiepte mein Handy, und die Stimme des Arztes Salchow klang höchst befriedigt. »Ich habe Ihrem Freund Rodenkirchen, oder so ...«

»Rodenstock.«

»Na gut, Rodenstock. Also, ich habe ihm versprochen, eine Regelung zu finden. Wir fangen mit der erneuten Autopsie um sieben Uhr an, und er kann teilnehmen. Ich bin ganz verrückt darauf zu erfahren, wie Harro zu Tode gekommen ist.«

»Ist gut, ich bringe meinen Freund nach Adenau. Und vielen Dank für die Hilfe.«

Ich benachrichtigte Rodenstock und ging dann in den Garten. Willi strich um mich herum und maunzte, weil er wahrscheinlich irgend etwas erzählen wollte, aber nicht genau wußte, wie man das als Katze so sagt. Paul gesellte sich hinzu, und wir standen zu dritt am Loch, das Werner gebuddelt hatte. Es war sehr eindrucksvoll, etwa 100 Quadratmeter groß und mit Sicherheit der schönste Freiluftlokus für Katzen weit und breit.

Rodenstock folgte ebenfalls nach draußen, immer noch damit beschäftigt, diesen elenden Stumpen abzubrennen. »Ich gehöre noch nicht ins Bett«, sagte er. Ächzend ließ er sich in einen Gartensessel sinken. »Es sind locker noch 23 Grad. Bei diesen Temperaturen kann ich nicht schlafen.«

»Mußt du auch nicht, du kannst ja hier sitzenbleiben. Um halb sieben müssen wir los.«

»Sag mal, wie stellst du dir eigentlich dein künftiges Leben vor?«

»Wie bitte?« Ich war verblüfft.

»Du hast ganz richtig verstanden. Wir haben neulich einen Spaziergang an der Mosel gemacht, und da stellte Emma fest, daß du über jeden von uns genau Bescheid weißt. Woher wir kommen, was wir getrieben haben und treiben und was wir wollen. Aber von dir weiß ich eigentlich nichts. Na gut, du bist Journalist, geboren im Ruhrpott, wohnhaft in der Eifel. Aber ich weiß nicht einmal, ob du einen Vater hattest.« Er grinste. »Nach all den Jahren habe ich Informationsbedarf.«

»Was willst du wissen?«

»Alles.«

»Was ist alles?«

»Alles ist alles. Kinder, warum und wie viele, Vater, Mutter, Tante, Onkel, Oma, Opa, solche Kleinigkeiten eben. Wieso du ausgerechnet in die Eifel gekommen bist. Was du hier gesucht hast. Und was hast du gefunden? Emma hat recht: Du bist sehr geschickt darin, alles zu erfahren und gleichzeitig nichts über dich preiszugeben.«

»Das ist unfair«, murrte ich.

»Durchaus nicht«, widersprach Rodenstock. »Ich werde dich von Zeit zu Zeit fragen und dann das Puzzle zusammensetzen.«

»Na gut«, nickte ich. »Erst mal gehe ich ins Bett. Ich gehöre nämlich zu den Menschen, die von Zeit zu Zeit schlafen müssen.«

»Das ist doch ein Anfang«, sagte er mit leichtem Spott.

Nachdem ich in unserem Schlafzimmer das Licht gelöscht hatte, ging ich noch einmal ans Fenster. Rodenstock hockte immer noch in dem Sessel und hatte sich den nächsten Stumpen vorgenommen. Wahrscheinlich wollte er die deutsche Tabakindustrie stützen. Was meinte er damit, daß ich nichts von mir preisgab? Was wollte er denn wissen?

Um sechs Uhr gab der Wecker zuerst eine Reihe leiser melodischer Töne von sich, um dann plötzlich zu schnarren wie eine heisere Klapperschlange. Ich schlug nach der Schlange, aber ich traf sie nicht. Und als ich sie treffen konnte, war ich wach.

Mein erster Gedanke war Harro und die Tatsache, daß man ihn gleich sezieren würde. Die Vorstellung trieb mich aus dem Bett.

Emma und Rodenstock saßen fix und fertig für den Tag montiert am Küchentisch. Ich beeilte mich und schüttete so lange Kaffee in mich hinein, bis ich anfing, klarzusehen.

»Ich nehme meinen Wagen und fahre mit«, bestimmte Emma. »Vielleicht kann ich den Frauen behilflich sein.«

So fuhren wir mit zwei Autos nach Adenau, und die Täler unter einer wabernden leichten Decke aus Nebel waren ein tröstlicher Anblick.

»Du willst wohl nicht teilnehmen?« fragte Rodenstock vorsichtig.

»Nein«, sagte ich erschrocken. »Das bringe ich nicht.«

»Schon gut, schon gut«, beschwichtigte er.

Ich setzte ihn ab und geleitete Emma zu Harros Haus.

Es war seltsam. Es war so, als habe der strahlende Sommermorgen so etwas wie eine neue Kraft auf Petra übertragen. Sie lächelte sogar, als sie mich begrüßte. »Deine Frau ist wirklich phantastisch.«

»Habt ihr wenigstens etwas geschlafen?«

»Das nicht. Aber das ist auch nicht wichtig, oder?«

»Das ist es nicht«, nickte ich. »Das ist Emma, eine gute Freundin.«

Dinah sah schlecht aus. »Ich bin fix und fertig«, flüsterte sie. »Wie geht es den Katzen?«

»Gut«, sagte ich. »Ich habe einen Koffer für dich mit den Sachen.«

»Leg ihn ins Gästezimmer.«

»Und wann wirst du schlafen?«

»Irgendwann, wenn es nicht auffällt.«

»Ich brauche dich nämlich noch.«

»Ich dich auch. Petra ist etwas eingefallen. Da gibt es einen älteren Journalisten, der etwas wissen könnte.«

»Name? Und wo wohnt der?«

»In Balkhausen. Das ist ein Winzlingsort gleich neben der Rennstrecke. Der heißt, warte mal, Ingo. Ingo Mende.«

»Ich fahre zu ihm. Und paß auf dich auf.« Ich nahm Harros Notizen aus seinem Schreibtisch und stieg damit in den Wagen. Ich fuhr die schmale Straße hoch in die Hänge oberhalb Adenaus. Dort parkte ich und nahm mir die Zettel vor. Ich versuchte, sie irgendwie zu ordnen, und blieb an einem hängen, auf dem nur ein Satz stand:

K. I. warnt mich. Wer war K. I.? Und wer wurde gewarnt? Und vor was? Vor wem? Warum? Ich brauchte wirklich Hilfe.

In Balkhausen hatte ich die Wahl zwischen zehn oder fünfzehn kleinen Häusern. Mehr machte Balkhausen nicht aus. Jemand, der in das Orange eines Straßenarbeiters gekleidet war, antwortete mir auf meine Frage, daß Ingo Mende gleich den Weg herunter wohne, viertes Haus links. Aber man könne das Haus nicht sehen, das läge hinter und unter Bäumen. Ich dankte artig.

Man sah zwar eine Ecke des Holzhauses, aber man sah sie nur, wenn man wußte, daß dort ein Haus war. Der Platz war traumhaft, und ich hätte ihn niemals fünfhundert Meter vom Nürburgring entfernt erwartet. Ein Weg, dicht mit langen Gräsern bewachsen, fast unwirklich grün, führte durch eine lange Reihe von Weißtannen auf einen Platz, den man nur als verwunschen bezeichnen konnte. Ich schellte.

Der Lautsprecher quäkte blechern. »Ja, bitte?«

»Baumeister hier, ein Kollege. Mein Freund Harro Simoneit ist tot. Ich würde gern mit Ihnen sprechen.«

Einen Augenblick blieb es ruhig.

»Kommen Sie rein. Ich habe davon gehört. Gehen Sie rechts um das Haus herum.«

Mende war weißhaarig, vielleicht fünfundsechzig Jahre alt. Er hatte ruhige Augen und wirkte sehr gelassen. »Kommen Sie rein, und suchen Sie sich einen Platz. Falls Sie einen finden, setzen Sie sich.«

Seine Vorsicht war berechtigt. Der Raum war vollkommen verstellt mit Büchern und Akten. Unendliche Mengen auf Regalen, Stühlen, Tischen, zwei Sofas.

»Ich glaube, ich bleibe lieber stehen.«

»Quatsch!« sagte er freundlich und gab einem Aktenstapel einen Stoß. Die Akten fielen um und gaben einen Hocker frei. Mende grinste und entschied: »Wir gehen besser nach nebenan.«

Dort befand sich ein großer, fast leerer Raum. Nur ein Schlagzeug und zwei Korg-Synthesizer standen darin.

»Hier tobe ich mich aus«, erklärte der Journalist lapidar. »Sowas braucht der Mensch.« Er schubste zwei Klavierhocker in die Raummitte. »Wollen Sie mich etwa interviewen, Herr Kollege?«

»Oh, nein, ich brauche einfach Hilfe. Ich habe keine Ahnung vom Nürburgring und keine Ahnung von der damit verbundenen Welt. Die kommt mir einfach komisch vor.«

»Sie ist komisch«, lächelte er. Dann wurde er unvermittelt ernst. »Die Komik ist allerdings häufig nur eine Maske. Eigentlich ist diese Welt knallhart.«

»Und wie kommen Sie in diese Welt?«

»Gewissermaßen von Geburt an«, sagte er. »Wollen Sie etwas trinken?«

»Vielleicht ein Wasser oder so.«

Er verschwand, kam mit einer Flasche Mineralwasser zurück und goß ein. »Ich komme aus einer Familie, in der die meisten Leutchen etwas mit Autos zu tun haben. Entweder sie verkaufen sie, oder sie fahren sie berufsmäßig. Dann habe ich eine Frau geheiratet, deren Großvater schon eine Zylinderschleiferei in Köln betrieb. Schade um Simoneit. Ist da was faul?«

»Ich glaube, daß er umgebracht worden ist. Aber das kann sich als Paranoia erweisen. Deshalb bin ich hier. Er hat eine Geschichte recherchiert, die möglicherweise einem Mächtigen geschadet hätte. Ich kenne den Mann nicht, er heißt Andreas von Schöntann. Bis jetzt weiß ich nur, daß Harro den Verdacht hatte, daß dieser von Schöntann 270.000 Autos in die Werkstätten hätte zurückrufen müssen, weil mit denen etwas nicht stimmte. Daß er das aber vermeiden wollte, weil es etwa hundert Millionen gekostet hätte. Mindestens. Gibt es sowas?«

»Das ist die leichteste Übung«, erklärte Mende. »Der Simoneit war deswegen hier. Das stimmt.«

»Ich habe hier seine Notizen, kann sie aber nicht lesen, weil er viel mit Abkürzungen arbeitet. Weshalb werden Autos in die Werkstätten zurückgerufen?«

»Sie wollen ein Beispiel? Sollen Sie haben. Nehmen wir

zum Beispiel die Zahnriemen-Arie. Sie brauchen nicht zu wissen, was ein Zahnriemen ist, Sie müssen sich nur vor Augen halten, daß das ein Bestandteil eines Motors ist. Ist der Zahnriemen kaputt, ist der Motor im Eimer. Klar?«

Beinahe hätte ich »Jawoll, Papi« gesagt, konnte mich aber bremsen.

»Also, der Zahnriemen.« Er suchte nach einem Einstieg. »So ein Ding wird entwickelt. Da werden die richtigen Materialmischungen gesucht und gefunden. Jetzt kann es sein, daß die Zahnriemen, mit denen man den Motor testet, einen Hauch besser sind als die, mit denen später bei Massenfabrikation die Motoren bestückt werden. Auch klar? Auch klar. Nach einem halben oder einem Jahr Laufzeit kommen immer mehr Kunden in die Werkstatt und sind sauer. Der Motor ist kaputt, weil der Zahnriemen sich mehr gelängt hat, als er sich längen durfte. Da war dann auch der eingebaute automatische Zahnriemenspanner überfordert. Der Zahnriemen ist übergesprungen und – peng – alles ist im Eimer. Die Ventile haben die Kolben voll getroffen, weil Ventil- und Kolbenbewegung nun nicht mehr synchronisiert sind. Alles ist krumm, einfach Schrott. Eine teure Reparatur. Und die Werkstatt wird das als Pech hinstellen und dem Kunden die Rechnung schreiben. Bestenfalls wird sie beim Werk einen Kulanzantrag stellen. Und wenn der Kunde Glück hat, bekommt er einen Teil der Kosten erstattet. Das Werk erfährt so aber von dem Vorfall – von den vielen gleichartigen Vorfällen – und müßte nun eigentlich reagieren. Im Interesse der Kunden mit einem Rückruf. Aber so etwas kostet viele, viele Millionen. Und da entscheiden die Bosse nun eventuell, daß der Konzern so tut, als wisse er von nichts. Selbstverständlich ist das auch eine private Seite des jeweiligen Chefs. Er kommt so nicht in die Kritik. Wenn er sowieso angeschlagen ist, wird er alles tun, um derartige Pannen erst gar nicht zuzugeben.«

»Dieser Andreas von Schöntann ist angeschlagen?«

»Kann man so sagen.«

»Und weshalb?«

»Och Gott, was soll ich darauf antworten? Erst mal ist er ein Arschloch.«

»Was heißt das genau?«

»Na ja, er ist auf eine gewisse Art dumm, hat abgehoben, er schwebt über den Wolken, er hält sich für Gottvater und natürlich auch für den heiligen Geist.« Mende starrte aus dem Fenster.

»Wie kommt er dann auf den Chefsessel?« fragte ich verblüfft.

Er lachte leise. »Auf genau dieselbe Art, wie sehr viele dorthin geraten. Er lag sozusagen auf Halde, bis der Prinz kam.«

»Und wer war der Prinz?«

»Die Eigentümerversammlung, die ganz geil darauf ist, ihren Ertrag zu mehren. Die Leutchen sagten sich: Der ist gut für unser Konto. Jetzt sieht es eben so aus, als wäre er doch nicht so gut. Tja, und das wollte der Harro wohl schreiben.« Mende hockte neben einem Tom-Tom und ließ die Finger über das Fell gleiten, es war ein dunkler Wirbel.

»Schreiben Sie auch derartige Geschichten?«

»Von Zeit zu Zeit«, nickte er. »Jetzt versuche ich ein Buch über diese komische Welt zu Papier zu bringen. Wieso denken Sie, daß Harros Tod irgendwie ... na ja, komisch ist?«

»Bis jetzt ist es nur ein Gefühl. Die Leiche wird gerade untersucht. Die Frage ist ziemlich gemein: Halten Sie es für möglich, daß irgendwer aus dieser Branche Harro getötet hat, weil Harro nicht paßte?«

»Durchaus. Sowas kommt unter Menschen schon mal vor. Aber nicht Herr von Schöntann. Der spreizt immer den kleinen Finger ab, wenn er seinen Magentee schlürft. Der redet sogar mit seiner Frau so, als hätte er sie gerade kennengelernt.«

»Hat er eine Frau?«

»Und was für eine. Einen stählernen Besen mit einem Aluminiumherzen. Ach, Quatsch, ich bin unfair. Ich kann mir nur so gut vorstellen, wie sie sich Gurkenscheiben für die Nacht aufs Gesicht legt, während von Schöntann unentwegt betet: Ach Gott, erhalte mir meine Wichtigkeit!« Er lachte wieder. »Kann ich Harros Zettelwirtschaft mal sehen? Es ist doch eine Zettelwirtschaft, oder?«

»Es ist eine.« Ich reichte ihm die Mappe. »Ich wäre Ihnen dankbar, wenn Sie die Namenskürzel entschlüsseln und die Texte vielleicht in eine Reihenfolge bringen könnten. Und wenn Sie verschweigen, daß ich Ihnen das gegeben habe.«

»Ich habe Sie nie gesehen.« Der Journalist legte Harros Zettelsammlung auf eine Trommel. »Was führte Sie zu dem Gefühl, daß etwas komisch ist?«

»Er war vorgestern abend mit jemandem im *Dorint*-Hotel verabredet. Gegen acht Uhr kam Harro dort an. Später wurde er dann tot auf dem Parkplatz gegenüber aufgefunden. Nicht neben seinem Auto, das stand vor dem Hotel. Und im Hotel hat ihn angeblich niemand gesehen. Er ist von acht Uhr abends bis kurz nach Mitternacht verschwunden, wie vom Erdboden verschluckt. Tauchte als Toter wieder auf, runde hundertfünfzig Meter vom Hotel entfernt, jenseits der B 258.«

»Besorgen Sie mir die Gästeliste des Hotels von dem Abend. Wahrscheinlich werde ich Ihnen dann sagen können, wen er getroffen haben kann.«

»Wie, um Gottes willen, soll ich das zustande bringen?«

»Klauen«, erwiderte Mende nüchtern. »Aber vielleicht weiß Charly was.«

»Und wer, bitte, ist das?«

»Charly? Charly ist der Oberkellner. Seit dreißig Jahren am Nürburgring. Es gibt eigentlich nichts, was Charly nicht weiß. Charly hat allerdings den Nachteil, daß er loyal ist. Wenn es gegen das Hotel geht, macht er nicht mit. Das ehrt ihn, ist aber störend.« Er seufzte und blickte ergeben an die Zimmerdecke. »Und es hätte so ein schöner Tag werden können.«

»Was ist augenblicklich auf dem Ring los?«

»Nichts Besonderes. Porsche macht ein Sicherheitstraining. Kurse für Motorradfahrer. Dann kommen die üblichen Busse mit Rentnerinnen und Rentnern, mit Schulklassen und Kaffeekränzchen. Und die Formel 1 wird am Wochenende hier sein. Soweit ich weiß, wird der Ring übernächste Woche geschlossen. Industriewoche. Die Herrschaften testen mal wieder Fahrwerke, Getriebe, Reifen und weiß der Himmel, was noch alles. Damit ihnen niemand in die Suppe spuckt, mieten sie gleich den ganzen Ring. Das bringt richtig Geld, und Karli freut sich.«

»Wer ist das schon wieder?«

»Der Chef der Nürburg-Verwaltungsgesellschaft. Aber der ist wohl nichts für Sie, der ist eher ein Parteibuch-Kletterer, als Mörder taugt er garantiert nicht.« Er musterte mich mit den Augen eines Dackels. »Sind wir nicht alle Mörder, wenn wir an unsere Stubenfliegen denken?«

Wir lachten, aber eigentlich war uns nicht nach Lachen zumute.

»Ist dieser Andreas von Schöntann auch hier?«

»Ziemlich oft. Er kommt wie ein Kaiser, nur der Baldachin fehlt. Vielleicht bekommen Sie ja ein Interview mit ihm?«

»Das wäre gut«, sagte ich. »Aber ich bin in dieser Branche unbekannt.«

Das Schrillen meines Handys störte unser Gespräch.

Kurz und knapp teilte Rodenstock mit: »Es war Zyankali. Es wurde zerstäubt. Wir fanden eine winzige Verätzung im unteren Bereich der Speiseröhre und im Magen. Normalerweise hätte niemand das gefunden, aber wir wußten, wonach wir suchen mußten.«

»Ich soll dich jetzt wahrscheinlich abholen, oder?«

»Oh nein. Ich werde zu Fuß gehen. Wo muß ich hin?«

Ich gab ihm die Straße und die Hausnummer von Harro, dann unterbrach ich die Verbindung.

»Harro Simoneit wurde ermordet«, erklärte ich.

Mende biß sich auf die Oberlippe. »Wundert mich nicht. Aber allein mit der Rückrufaktion ist das nicht zu erklären. Da muß noch etwas sein.«

»Und Sie haben wirklich keine Idee?«

»Keine. Aber vielleicht finde ich etwas, wenn ich die Namenskürzel auf Harros Zetteln entschlüssele. Kann ich Sie irgendwo erreichen?«

»Selbstverständlich. Zu jeder Tages- und Nachtzeit.«

Dann war wieder dieses störende Geräusch meines Handys zu hören.

»Es ist noch etwas geschehen«, sagte Rodenstock kühl. »Heute ist der Ring frei. Freies Training für jedermann gewissermaßen. Direkt neben der B 258 auf der langen Geraden, auf die Tribünen zu, ist ein Motorradfahrer von der Bahn geblasen worden. Das kann erst eine Stunde her sein.«

»Was heißt denn ›geblasen worden‹? Was meinst du damit?«

»Die Polizei sagt, der ist mit einer Schrotflinte heruntergeschossen worden. Im Vorbeifahren sozusagen.«

»Und wen hat es erwischt?«

»Einen Mann aus Daun, Walter Sirl. Ein junger Mann, ich glaube, zweiunddreißig. Er war ein Verrückter, weißt du? Er war ...«

»Ja ja, ich weiß, ich kenne ihn. Walter war Kunstschmied, ein Seelchen. Er hatte eine Schwäche für Harley-Davidsons, er hätte seine Mutter gegen eine gute Maschine eingetauscht, sagt man. Wieso denn Walter? Mit einer Schrotflinte?«

»Ja, wirklich mit Schrot. Warten wir mal ab, was noch alles herauskommt. Du hast ihn also gekannt?«

»Ja. Aber nicht, weil er Harleys fuhr, sondern weil er phantastische Gartentore geschmiedet hat. Und seine Mutter hätte er in Wahrheit auch nicht eingetauscht, er hat sie geliebt. Was hat das alles mit Harro zu tun?«

»Vielleicht gar nichts«, sagte Rodenstock. »Wir sehen uns dann.«

Ich erzählte Mende: »Jemand hat Walter Sirl eben von der langen Geraden neben der B 258 geblasen. Mit einem Schrotgewehr. Aber Walter kann doch nichts mit dem adligen Manager zu tun haben?!«

»Doch, doch«, widersprach Mende heftig. »Soweit ich weiß, hat Sirl unserem Adligen das Motorradfahren beigebracht. Schon den ganzen Sommer lang. Der war ein Irrer, dieser Sirl.«

Drittes Kapitel

Mende verließ mit mir zusammen das Haus.

»Ich begleite Sie«, sagte er nur.

Gegenüber der legendären Tankstelle Döttinger Höhe standen eine Menge Leute und drei Streifenwagen mit kreisenden Blaulichtern direkt an der Rennstrecke.

Ingo Mende seufzte. »Von der Technik her war das wahrscheinlich ganz einfach für den, der es gemacht hat. Er brauchte nur mit dem Auto oder dem Motorrad auf dem Nebenstreifen anzuhalten, zehn Schritte zwischen den kleinen Bäumen hindurchzugehen, den Maschendraht durchzuknipsen und dann zu warten. Er wird gewußt haben, daß der Mann unterwegs war. Er brauchte wirklich nur zu warten.«

Wir hielten auf dem Parkplatz der Döttinger Höhe, stiegen aus und überquerten die Bundesstraße. Die Streifenbeamten hatten schnell reagiert und ein etwa dreißig Meter langes Teilstück der Rennstrecke abgesperrt.

Sirls Harley befand sich dreißig Meter weiter links mitten auf der Fahrbahn und war nur noch ein Knäuel Blech. Die Maschine qualmte.

Walter selbst lag auf unserer Seite der Strecke auf dem Rücken, seltsam abgewinkelt in den Hüften. Neben ihm der Helm. Wahrscheinlich hatte ihn jemand abgenommen, um möglicherweise noch helfen zu können. Es war vergebens gewesen.

Mende grüßte zu einem der Uniformierten hinüber.

»Hallo, Ingo«, sagte der mit einem schnellen Lächeln und kam zu uns.

Ich sah, wie jemand mit einer orangeroten Jacke den Toten betrachtete, als sei er sein Gegner. Auf dem Rücken der Jacke stand *Notarzt*. Ich drängelte mich durch und fragte: »Was ist denn mit ihm geschehen?«

Er drehte sich herum. »Das sehen Sie doch.«

»Das sehe ich nicht«, erwiderte ich. »Stimmt es, daß mit Schrot geschossen wurde? Ich bin ein Kollege von Harro Simoneit.«

»Ach so.« Dann murmelte der Arzt beinahe unhörbar: »Er hatte überhaupt keine Chance.«

»Mein Freund, der Kriminalrat Rodenstock, sagte, es war Schrot.« Ich blieb hartnäckig. »Aber ich frage mich, wie der Täter das gemacht hat. Er hat doch nicht quer zur Bahn geschossen, also nicht im Neunzig-Grad-Winkel, oder?«

»Ich habe das anfangs übersehen«, erklärte er. »An sowas denkst du doch nicht, wenn hier jemand koppheister geht. Dann fielen mit die vielen Punkte am unteren Helmrand auf. Viele kleine Krater. Und dann der angerissene Hals, das viele Blut. Er hatte überhaupt keine Chance, egal wie schnell er unterwegs war. Keine Chance.«

»Und jetzt?«

»Jetzt tun wir gar nichts. Wir haben Befehl, auf die Mordkommission zu warten. Die sind unterwegs. Wenn Sie ein Freund von Harro waren, wissen Sie es doch sicher schon, oder?«

»Ja, es war Zyankali. In einer Ampulle verschossen. Teuflisch.«

»Was meinten Sie eben mit neunzig Grad? Das habe ich nicht verstanden.«

Der Arzt hatte ein junges, energisches Gesicht, und sicher empfand er Walter Sirls Tod als eine Niederlage.

»Wenn der Schütze seitlich an der Strecke stand, war der Schuß sehr unsicher. Der Schuß wäre dann aus einem Neunzig-Grad-Winkel erfolgt. Ich denke, der Täter hat es anders gemacht, ich denke, er ist zwei oder drei Schritte hinaus auf die Fahrbahn gegangen und hat Sirl schräg von vorne erwischt. Das war sicherer.«

»Sind Sie vom Fach?« fragte er mißtrauisch.

»Nicht die Spur. Ich frage mich, ob Harro und Walter sich kannten.«

»Die kannten sich«, sagte er. »Wer hier ständig zu tun hat, kennt Walter und seine Harley. Wir alle kennen uns hier, im Grunde ist das doch wie eine große Familie.« Er schüttelte den Kopf. »Das ist glatter Mord, anders kann man das nicht nennen. Sowas aber auch.«

»Wissen Sie, ob jemand den Schützen gesehen hat?«

»Natürlich will niemand was gesehen haben. Ist wahrscheinlich auch so. An der Tankstelle waren ein paar Porschefahrer, weil man hier billiger tankt als oben am Ring. Auf dieser Seite haben ein paar Belgier und ein paar Holländer gehalten. Und ein Tanklaster von der Milch-Union. Die haben es scheppern gehört und sind hierher gerannt. Der Tankwagenfahrer sagt, die Maschine flog in fünf Meter Höhe durch die Luft. Das ist möglich, wenn der Täter den Vorderreifen plattgeschossen hat. Hat ja eine enorme Streuung, so eine Flinte. Jedenfalls war nichts mehr zu machen.«

Walter Sirls Gesicht war wie im Schreck erstarrt. Jemand hatte ihm die Augen zugedrückt.

Mende kam heran. »Glauben Sie, daß es eine Verbindung zwischen den Fällen gibt?«

»Vermutlich. Wenn er der Lehrer vom großen Boß war, und wenn der große Boß sich von Harro bedroht fühlte, kann es sein, daß auch Walter Sirl eine Bedrohung war. Oder sehen Sie das anders?«

»Ich weiß es nicht«, sagte der Journalist bedrückt. »Irgend jemand spielt hier Krieg.«

»Welche Gerüchte kursieren denn über diesen Andreas von Schöntann?«

»Da gibt es eine ganze Menge. Aber wir wissen doch, wie so etwas läuft. Der Mann erregt bei all der Macht, die er hat, Neid. Also wird bissig über ihn geredet. Ich kenne nur eine Geschichte, aber die ist dermaßen skurril, daß sie kaum zu glauben ist.«

»Erzählen Sie mal«, sagte ich. »Wir brauchen Spuren.«

»Die Sache mit der Rückrufaktion, die eigentlich verschwiegen werden sollte, ist nicht die erste. Dieser von Schöntann hat schon mehrere Male merkwürdige Dinge abgeliefert. Da gibt es zum Beispiel einen älteren Kollegen, so mein Jahrgang etwa, der ebenfalls Ahnung vom Fach hat. Der Konzern brachte unter hohem Druck der Konkurrenz einen großen Kombi heraus. Der Werbeaufwand war irre. So nach dem Motto: Die tun was, weil sie endlich verstanden haben. Der Wagen war völlig neu konzipiert. Rund dreitausend neue Plastikteile waren eingebaut. Kein einziges dieser Plastikteilchen war wirklich getestet. Das hatte zur Folge, daß bei der Karre beispielsweise das Kofferraumschloß einfach rausfiel, wenn man die Klappe hochstellte. Das hatte der ältere Kollege vorher gerochen, es war einfach eine Frage der Erfahrung. Also schrieb er, da werde noch manche Schweinerei auf die Firma zukommen. Das stimmte, das stimmte so sehr, daß der Konzern die ersten Exemplare dieser Reihe eine ›Versuchsreihe‹ taufte. Als dann Fenster einfach in die Türen sackten, ohne daß jemand den Fensterheber berührt hätte, schrieb der Kollege eine Satire. Er überlegte öffentlich in einem Fachblatt, ob man nicht mal einen Schlüsselroman zu dieser erstaunlichen Fehlleistung schreiben solle. Der von Schöntann begriff die Satire nicht, sein Rechtsanwalt begriff sie auch nicht, und ein Richter in Koblenz kam auch nicht dahinter. Der Anwalt drohte nun dem älteren Kollegen an, er solle die Persönlichkeitsrechte seines Mandanten wahren. Tatsächlich wird so ein nicht geschriebener Text demnächst vor Gericht verhandelt, als sei er gedruckt erschienen. Von Schöntann hat soviel Macht, daß sein Anwalt und der Richter scheinbar ihr Gehirn verleugnen und nur noch nachplappern, was der eitle Fatzke ins Feld führt. Niemand würde das unter normalen Umständen glauben, aber vielleicht gibt es in diesem Land keine normalen Umstände mehr.«

»Von Schöntann setzt also durch, daß mit Hilfe eines Gerichtes ein guter Journalist für Spott bestraft wird. Habe ich das richtig verstanden?«

»Genau«, nickte Mende.

Die Situation war kafkaesk, weil wenige Meter von uns entfernt Walter Sirl auf dem Asphalt lag, auf dem er gestorben war. Jedesmal, wenn Ingo Mende mit den Händen wedelte, sah ich durch seine Armbeuge hindurch das Gesicht des Kunstschmieds, der nicht anders hatte leben wollen als mit dem Arsch auf seiner geliebten Harley.

»Ich kann sein Gesicht nicht mehr ertragen«, meinte ich. »Können wir etwas abseits gehen?«

Wir gingen also ein paar Schritte durch das staubige Gras am Rand der Piste, schlängelten uns durch die Reihen der Schaulustigen und stellten uns an den Rand der B 258, gegenüber der Tankstelle Döttinger Höhe, von der die meisten nicht wissen, daß man dort die wahrscheinlich größte Sammlung von Rennautos im Modell kaufen kann, die es gibt. Sogar den Helm von Michael Schumacher gibt es dort, Kostenpunkt: lächerliche 4.000 Mark. Und für das Poster zur Formel 1 1997 mußte man geschmacklose 109 Mark hinlegen. Gelobt sei Bernie Ecclestone.

Ich erinnerte mich, daß mir mal jemand erzählt hatte, jeden Morgen träfen sich die wirklichen Insider in dieser Tankstelle, die, die die Geschäfte schon rochen, wenn sie noch gar nicht vereinbart waren. »Ist das so?« fragte ich Mende. »Tagen dort die wirklichen Insider?«

Er nickte. »Jeden Morgen, irgendwann zwischen acht und zehn trudeln sie hier ein. Ich frage mich wirklich, was an den Leutchen so wichtig ist, denn in den Gremien spielen sie keine Rolle. Aber sie wissen alles, sie wissen sogar, wenn der Starfahrer unter Blähungen leidet. Es sind Journalisten, Bauunternehmer, Straßenarbeiter, Ärzte. Weiß der Himmel, eine komische und seltene Clique. Diese ganze Welt um die Autos ist komisch. Aber das werden Sie noch spüren.«

»Sie mögen von Schöntann nicht, nicht wahr?«

»Nein«, Mende schüttelte entschieden den Kopf. »Ich mag ihn nicht. Und ich kann Ihnen genau sagen, warum ich ihn nicht mag. Weil er den Mann, der an seinen Bändern irgendein Auto zusammensetzt, längst vergessen hat. Von Schöntann ist ein Fatzke, und bisher hat er nicht bewiesen, daß er über Klasse verfügt. Wenn er sich hier herumtreibt, tut er so wie Graf Koks von der Gasanstalt: Alles hier gehört mir! Nein, nein, das mag ich nicht. Da fällt mir ein, daß er ein Zivilverfahren gegen drei der besten deutschen Tourenwagen-Fahrer laufen hat. Das ist ein zuckriges Stückchen. Ach, Quatsch, hören Sie mir einfach nicht mehr zu. Ich gebe es zu, ich bin sauer.«

»Erzählen Sie ruhig«, sagte ich.

»Im Ort Nürburg gibt es eine Pizzeria, in der sich die Fahrer treffen und miteinander schwatzen und ihren Spaß haben. Da passierte eines Abends folgende Geschichte: Anwesend waren sechs der besten deutschen Fahrer, ungefähr zehn unermüdliche Fans, ein Journalist und der Mann hinter der Theke. Nun muß man wissen, daß von Schöntann eine Frau geheiratet hat, die aus der Szene stammt, wahrlich kein Kind von Traurigkeit. Die heißt Bettina. Sie wurde aber mal Betty genannt und stand in eindeutigem Ruf. Jedenfalls haben die Fahrer gebechert und wurden immer ausgelassener. Und drei von ihnen erinnerten sich an Bettys Wohnwagen. Betty besaß nämlich mal einen Wohnwagen, in dem sie von Rennen zu Rennen fuhr. Eine Erinnerung jagte die nächste. Die drei berichteten also, was sich mit Betty alles tat, und einer von ihnen sagt unter Lachtränen: Die Frau war wirklich ein Wanderpokal. Jawohl! bestätigen die beiden anderen. Wenig später kriegen sie ein Verfahren wegen Beleidigung, übler Nachrede und dergleichen mehr an den Hals. Bettina von Schöntann verlangt von jedem 100.000 Mark Entschädigung. Und sie wird sie bekommen, denn ihr Mann hat die Macht, alle drei aus dem Geschäft zu drängen. Niemand wird bei einer Zivilklage behaupten, Frau von Schöntann habe zu anderen Zeiten fröhlich mit ihm gebumst. Das wäre Selbstmord, verstehen Sie? Reiner Selbstmord.«

»Kann es sein, daß Harro so eine Geschichte ausgegraben hat?« fragte ich, plötzlich aufgeregt.

»Möglich«, meinte Mende bedächtig. »Natürlich habe ich das auch schon überlegt. Aber es ist sehr unwahrscheinlich, weil hübsche Frauen, die es zur gleichen Zeit mit dem halben Fahrerlager treiben, in dieser Branche vollkommen normal sind. Wenn hier die Formel 1 startet, werden die Jungfrauen busweise angekarrt. Man gönnt sich ja sonst nichts. Nein, nein, diese Geschichten von den Motorhaubenmädchen hat Harro nicht angepackt. Das ist nicht sein Stil. Er muß etwas gefunden haben, das viel tiefer trifft. Außerdem wollen wir ehrlich sein: Junge hübsche Frauen spielen in jeder Branche eine eindeutige Rolle, da brauchen wir nicht auf die Motorfreaks zu warten. Nein, nein. Harro muß etwas entdeckt haben, was jemanden um Haus und Hof bringen kann.«

Ich stopfte mir die Camargue von Butz-Choquin, hockte mich in das staubige Gras und paffte vor mich hin. Mende ließ sich neben mir nieder.

Mein Handy fiepte, es klang aufdringlich. Ich zog es aus der Tasche und öffnete die Verbindung.

»Ich bin es, Dinah. Wir haben hier ein Problem. Rodenstock hat erzählt, es war Mord. Und wir brauchen jetzt nach seiner Ansicht sofort einen Anwalt, und zwar noch bevor die Kripo eine Pressekonferenz macht. Es muß jemand sein, der schnell, hart und resolut ist. Rodenstock will das unbedingt.«

»Er hat recht«, sagte ich. »Petra braucht das. Es ergibt sich ein vollkommen anderer Ausgangspunkt für sämtliche Versicherungsfragen. Sag Rodenstock, er soll sofort Frau Lauer-Nack in Daun anrufen. Schöne Grüße von mir. Sie soll sich auf die Hufe schwingen und ihr Mundwerk wetzen. Die Frau hat den unbedingten Vorteil, auch schweigen zu können. Das macht sie gefährlich. Und ihr Kumpel Thielen wird ihr helfen.«

»Ich sage es ihm. Und, wie geht es dir?«

»Nicht gut. Walter Sirl hat es erwischt, Rodenstock wird es erzählt haben.«

»Hat er. Kann das mit Harro zusammenhängen?«

»Das kann es sehr wohl. Ich komme gleich, und vielleicht sollten wir zusehen, daß wir ein paar Stunden für uns haben. Ich brauche deine Haut.«

»Das ist sehr gut«, sagte sie zufrieden.

»Meine Frau ist bei Harros Frau«, erklärte ich Mende. »Harro sollte gestern erfahren, daß er wahrscheinlich bald Vater sein wird.«

»Du lieber Gott«, sagte er betroffen.

»Ich denke, ich fahre mal. Ich muß mich kümmern. Rufen Sie mich an?«

»Ich rufe Sie an, sobald ich die Zettel durchgearbeitet habe. Morgen, denke ich. Ich gehe zu Fuß heim, ich brauche jetzt Luft.«

Ich fuhr durch die Unterführung unter dem Ring her und dann die Hänge hinunter nach Adenau. Ich überlegte die ganze Zeit, wer es wohl auf sich genommen hatte, Walters Mutter zu sagen, daß sie jetzt für den Rest ihres Lebens allein sein würde.

Und dann begriff ich plötzlich, daß ich ihn gemocht hatte, aber wenig über ihn wußte. Es kam mir irgendwie schäbig vor, daß ich jetzt versuchen mußte, etwas über sein Leben zu erfahren. Hatte er Freunde, eine Freundin? War er glücklich, unglücklich? Was trieb ihn dauernd auf den Ring? Steckte irgend etwas dahinter? War er ein Todsucher? Hatte er nicht fuchsrote Haare? Hatte er! Er hatte wie ein Nachfahre jener Kelten gewirkt, die einmal die Eifel in Besitz genommen hatten. Ich erinnerte mich auch an sein Lachen. Es war breit und vollkommen unschuldig.

Ein Bauer mit einem Mähdrescher tuckerte vor mir dahin, und ich war für die Unterbrechung dankbar und tuckerte hinter ihm her. Ich überholte nicht, ich hatte es nicht mehr eilig. Was passiert war, war passiert. Eile wirkte gänzlich unpassend.

Ich kam in eine bedrückende Szenerie, am liebsten hätte ich mich auf der Stelle gedreht und wäre geflüchtet. Das Haus war voll mit Leuten, die mir fremd waren. Und sie redeten auch nicht mit mir oder untereinander. Sie waren eingesponnen in ihre Trauer um Harro, und sie konnten es nicht fassen. Sie liefen wie Gespenster aneinander vorbei.

Emma und Dinah werkelten in der Küche. Emma sagte gerade: »Wir sollten vielleicht eine kräftige Brühe machen. Essen ist gut bei Trauergesellschaften. Ich kenne mich da aus.«

»Dann machen wir das«, sagte Dinah etwas atemlos. Sie sah sehr blaß aus.

Auf einem Stuhl hockte Petra und hielt eine Hand auf ihren Bauch, als müsse sie das winzige Wesen darin beruhigen. Sie sah mich mit einem seltsam klaren Blick an. »Du hast es gehört. Was hältst du davon, daß jemand ihn getötet hat?«

»Ich bin ziemlich am Ende«, sagte ich. »Ich fasse es nicht.«

»Dein Freund sagt, ihr werdet versuchen, den Mörder zu finden.« Ihre Stimme wurde klagend.

Ich nickte. »Hast du geschlafen?«

»Noch nicht. Ich will nicht schlafen.«

»Vielleicht sollte Salchow dir etwas spritzen?«

»Er kommt gleich«, murmelte Dinah über die Schulter. »Er kommt vorbei und kümmert sich um sie.«

»Petra?« fragte Emma. »Wo hast du deine tiefen Teller, oder Suppentassen?«

»Rechts vor dir im Schrank.«

»Wieviel Leute sind jetzt im Haus?«

»Ich glaube, achtzehn«, antwortete Dinah. »Aber das ist auch egal. Weißt du, was mir eingefallen ist? Wir sollten einen Vanillepudding machen, so eine Art Fla. Das schmiert die Seele, sagt Siggi immer, das beruhigt.«

»Nicht schlecht«, befand Emma. »Wo ist eigentlich Rodenstock?«

»Im Wohnzimmer. Er spricht mit Harros Vater. Sie trinken Kognak, jede Menge Kognak.«

»Kognak hilft«, nickte Emma. »Haben wir auch anderen Schnaps?«

»Ich habe eben einen gesehen. Einen Apfelschnaps.«

»Her damit«, sagte Emma.

»Ich will einen Sechsfachen«, sagte Petra tonlos.

»Kriegst du, mein Kind«, murmelte Emma begütigend. »Haben jetzt um die Mittagszeit die Geschäfte auf?«

»Unten am Markt immer«, sagte Petra. »Ich frage mich, ob Harro gewußt hat, was auf ihn zukommen würde.«

»Das hat er nicht«, sagte ich. »Er hat nichts gewußt und nichts gespürt.« Dann hielt ich es nicht länger aus und sagte, ich müsse dringend pinkeln. Ich ging hinaus.

Rodenstock saß Harros Vater auf der Fensterbank zum Garten hin. Zumindest dachte ich, das sei Harros Vater.

»Das ist ein Freund von Harro«, sagte Rodenstock. »Siggi Baumeister. Auch ein Journalist.«

Ich gab dem Mann die Hand, und erstaunlicherweise lächelte er.

»Ich bin sehr verwirrt«, sagte er stockend. »Erst zu erfahren, daß Harro tot ist, und dann zu begreifen, daß jemand ihn getötet hat, ist wohl etwas zuviel.«

Ich dachte verkrampft: Was sage ich denn jetzt? Was hilft ihm denn? Was will er hören?

»Er war ein großartiger Kollege«, hörte ich mich sagen. »Er war wirklich eine Ausnahme. Sehr kritisch und sehr selbstkritisch, seltene Tugenden heutzutage.« Großer Gott, redest du einen Scheiß, Baumeister. Hör auf damit.

»Gut, daß Sie das sagen«, lächelte der Vater. »Eigentlich weiß ich nichts von ihm.« Dann schluchzte er laut auf und neigte den Kopf. »Wieso getötet?«

»Wir wissen es noch nicht«, sagte Rodenstock. »Wenn ich Baumeister richtig verstanden habe, war Ihr Sohn ein sehr mutiger Mann mit einer eigenen Meinung und ausgeprägtem Spürsinn.«

»Das war er«, bestätigte ich.

Simoneit senior hob den Kopf und sah uns an. »Und Petra ist schwanger. Das ist doch unfaßbar.«

»Das ist es.« Rodenstock holte einen seiner fürchterlich stinkenden Stumpen aus der Tasche und zündete ihn an.

»Was machte ihn eigentlich aus?« fragte Harros Vaters plötzlich. »Ich meine, können Sie sagen, was Besonderes an ihm ist ... gewesen ist?«

»Das kann ich.« Baumeister, mach es vorsichtig. Übertreib nicht. Er muß sich daran festhalten können, er braucht es, um zu überleben. »Er war auf eine bestimmte Weise naiv, und er war auf eine bestimmte Weise neugierig. Ich denke, das muß ich erklären. Hat er Ihnen mal die Geschichte mit dem Wäschekoffer erzählt?«

»Nein.« Er schüttelte den Kopf. »Ich fürchte, ich habe mich gar nicht dafür interessiert. Ich bin Mathematiker, wissen Sie.«

»Ich erzähle Ihnen die Geschichte. Er hat sie hier in diesem Raum vorgelesen, es war eine sehr gute Geschichte. Volvo oder Saab haben eines Tages ungefähr vierzig Journalisten zu einer Flugreise nach Lissabon eingeladen, um neue Autos vorzustellen. Dabei saß Ihr Sohn neben einem Kollegen, den er zwar kannte, aber mit dem er normalerweise nichts zu tun hatte. Sie kamen ins Gespräch. Nach der Landung sieht Harro, wie der Mann am Gepäckfließband zwei riesige Koffer aufnimmt. Da die Reise nur zwei Tage dauerte, fragt er den Kollegen: Wollen Sie hier bleiben und Urlaub machen? Da grinst der und sagt: Nein, ich fliege morgen wieder mit euch zurück. Harro lassen diese Koffer keine Ruhe. Also geht er zum Hotelmanager und fragt, ob er für die Koffer des Kollegen eine Erklärung hat. Oh ja, lacht der Mann. Dieser Journalist bringt die gesamte Garderobe der ganzen Familie mit, gibt sie hier im Expreßdienst ab, und wir stellen sie ihm am nächsten Morgen gereinigt und gebügelt wieder zu. Er meint natürlich, es merkt keiner, er hält sich für sehr klug. Und wir gönnen ihm den Beschiß. Verstehen Sie? Das war Harro. Solche Dinge spürte er auf, solche Dinge beschrieb er. Harro war der Mann, der beschrieben hat, daß eine bekannte Automarke einem riesigen Dauertest unterzogen wurde. Verschwiegen wurde, daß die Autobauer den Test bezahlten. Sie bezahlten alles: Die Fahrer, die Ersatzteile, die Hotels und auch die Journalisten, die den Test beschrieben haben. Das war Harro. Sie können, verdammt noch mal, stolz auf ihn sein. Er war einfach klasse. Und er fraß mit Vorliebe Tulpen.«

75

Rodenstock sah mich starr und erschrocken an.

Harros Vater wischte sich über die Augen und begann plötzlich zu lachen. »Ja, das war so eine verrückte Sache. Mein Harro und die Tulpen!«

Erst jetzt bemerkte ich, wie viele Frauen und Männer in diesem Raum waren. Sie zuckten beim Gelächter des Vaters zusammen und starrten ihn fassungslos an.

»Kennst du die Tulpengeschichte von Harro?« fragte ich Rodenstock. Und als er den Kopf schüttelte, erzählte ich ihm Harros Vorliebe. Er begann zu lachen und schlug dem Vater vor Begeisterung auf die Schulter.

Dinah gesellte sich zu uns und sagte etwas schwiemelig: »Ihr solltet vielleicht mal diesen Apfelkorn probieren. Das ist was Feines!« Sehr bald waren wir vier eine Insel des Behagens, wenngleich das nicht von langer Dauer war. Harros Schatten war einfach zu dunkel und zu mächtig.

Nachmittags gegen vier traten wir den Rückzug an und versprachen, so schnell wie möglich wiederzukommen.

»Das wird eine Riesenschweinerei«, sagte Rodenstock nachdenklich, als wir hinter den beiden Frauen her auf Kelberg zufuhren. »Darauf wird sich die Presse der ganzen Republik stürzen, das ist richtig medienträchtig. Deine Rechtsanwältin ist auf dem Weg zu Petra. Ist sie gut?«

»Sehr gut«, sagte ich. »Spezialisiert auf Familienrecht. Das, was sie besonders gut kann, ist, der Gegenseite den Schneid abzukaufen, ehe die überhaupt den Mund aufmacht.«

»Dann ist sie gut«, nickte er zufrieden. »Sowas braucht die junge Frau. Und? Hast du eine Art Plan?«

»Nicht die Spur«, sagte ich. »Ich möchte erst einmal ein paar Stunden ausruhen, meine Katzen streicheln und in die Luft starren wie Struwwelpeter. Was glaubst du? Waren das Profis?«

»Darauf gehe ich jede Wette ein, daß Harro nicht ihr erster Toter war. Aber ich weiß nicht, wie dieser Walter da hineinpaßt.«

»Da habe ich eine Erklärung. Walter hat Andreas von Schöntann das Motorradfahren beigebracht. Und dieser von Schöntann war offensichtlich ja auch derjenige, den Harro recherchierte. Es trifft sich also komisch, und es trifft sich gut.«

»Das gibt wirklich zu denken«, gab er zu. »Hast du Gänseschmalz im Eisschrank?«

»Wahrscheinlich.«

»Ich habe Hunger«, sagte er wild. »Ich habe Hunger auf die einfachen Dinge des Lebens. Und wenn du so gütig wärst, mich über diesen Adligen zu unterrichten, würde ich vor Dankbarkeit weinen.«

Rodenstock hockte sich an den Küchentisch, während ich zur Begrüßung meine Katzen kraulte und meinem alten Freund zusah, wie er mit Höchstgeschwindigkeit Gänseschmalzbrote vertilgte. Derweil erzählte ich ihm von Andreas von Schöntann, von Walter Sirl, von Ingo Mende.

»Gute Ausgangsposition«, lobte er mich. »Ich würde dir vorschlagen, ein Interview mit diesem von Schöntann zu fordern. Schick ihm ein Fax und bitte um ein Interview. Schreib einfach, es wäre besser, ein Interview zu geben, anstatt darauf zu warten, daß du Überraschungen veröffentlichst. Wenn er wirklich so eitel ist, wie die Leute behaupten, wird er darauf einsteigen. Dieser tote Sirl ist wohl eine andere Sorte als die Werksfahrer, dieser von Schöntann und die Versammlung der Wichtigen und Schönen und Windschlüpfrigen und Bedeutsamen und was weiß der Teufel noch alles?«

»So ist es. Ich werde hier Tag für Tag mit facts vom Ring überschüttet. Und da scheint es zwei Welten zu geben, wenn ich das richtig verstehe. Die eine ist die Welt der absoluten Profis. Profis am Steuer, Profis für die Reifen, die Fahrwerke, die Kupplungen, die Bremsen und so weiter. Das sind Leute, die in der Regel cool ihrem Gewerbe nachgehen. Sie reisen anläßlich der Industriewochen an, quartieren sich in einem Hotel in der Umgebung ein und fangen an zu arbeiten. Von morgens bis abends.

Abends findet man sie in bestimmten Kneipen, und in der Regel sind sie umgängliche, nette Menschen, mit denen sich verdammt gut leben läßt. Zu ihnen gehören auch die Werksfahrer, die unermüdlich die Autos über die Landstraßen, Autobahnen und Bundesstraßen jagen – und eben auch über den Ring, wenn es um hohe Dauergeschwindigkeiten geht ...«

»Moment mal, ich dachte, hier wird nur auf dem Ring gefahren«, unterbrach mich Rodenstock.

»Falsch«, berichtigte ich. »Nimm zum Beispiel Ford, die sitzen in Köln, also ziemlich nah am Ring. Wenn du die B 258 von Virneburg zum Ring entlang fährst, kannst du Autos treffen, die es noch gar nicht gibt. Zur Zeit den Ford-Puma. Die Wagen werden pausenlos gefahren, das heißt, ein Fahrer löst den anderen ab. Sie fahren über die Autobahnen hierher, benutzen dann Bundesstraßen und gehen zum Testen der Fahrwerksabstimmungen und Federn auf Landstraßen und Kreisstraßen, also auf Bahnen, die oft geflickt sind und nicht glatt. Star der diesjährigen Internationalen Automobilausstellung in Frankfurt ist unter anderem der neue Porsche 911. Ich schätze, daß mindestens zehn dieser Autos seit Monaten hier in der Landschaft getestet wurden. Eindeutige Karrosseriemerkmale sind einfach abgeklebt, so daß nicht erkennbar ist, wie der Wagen aussieht. Außerdem lassen die Firmen ihre neuen Modelle von Sicherheitsbegleitern abschirmen, die normale Autos fahren und niemanden an die Testwagen heranlassen, auch nicht während der Fahrt. Die können richtig ruppig werden, falls Touristen zu neugierig sind und den Testfahrzeugen auf den Leib rücken. Da bleibt schon mal jemand im Graben liegen und fragt sich, wie er plötzlich dahingekommen ist.

Das ist die eine Seite, die Seite der absoluten Profis. Jetzt kommt die andere Seite, die Seite der absoluten Amateure. Wenn du aus dem Wohnzimmer guckst, siehst du den Berg am Dorf, auf dem Vulkanasche abgebaut wird. An diesem Berg vorbei geht die Strecke der alljährlich stattfindenden Rallye Oberehe. Das Ding gibt es seit mehr als 25 Jahren, es ist international bekannt, geht in die Wertung ein, aber betrieben wird das eigentlich von Amateuren, von wirklich autoverrückten Mädchen und Jungen. Hier oben in Brück ist das sogenannte Manta-Loch. In einer ziemlich scharfen Linksrechtskombination sind reihenweise Mantas in dieses Loch gerutscht oder geflogen und mußten rausgezogen werden. Diese Szene, die Mädchen und die Jungen sind mir sympathisch, denn in der Regel finanzieren die alles selbst, und ohne diese Leute wäre der gesamte Motorsport in Deutschland gar nicht möglich. Zu dieser Szene gehörte Walter Sirl mit seiner Harley. Michael Schumacher wäre ohne diese Amateure nicht denkbar, er würde ohne die nicht mal ein Paar Schnürsenkel pro Rennen verdienen. Das sind die Fans, und leider werden sie zuweilen übersehen.«

»Du bist ja richtig begeistert«, meinte Rodenstock erheitert.

»Bin ich auch«, gab ich zu. »Eine Menge Leute haben ihren Traum von der etwas anderen Art der elektrischen Eisenbahn durchgesetzt und sind belächelt worden. Aber sie haben darauf beharrt: Wir können das gleiche wie die Profis. Und sie können das auch. Es ist doch so liebenswert, daß diese Idee in der Freiwilligen Feuerwehr Oberehe geboren wurde. Mein Gott, gibt es hier irre Typen. Da wohnt jemand in der Nachbarschaft, der den Rennfahrer Damon Hill heiß und innig verehrt. Also bittet er alle Leute, ihn auch Damon Hill zu nennen.«

»Der hat ein Identitätsproblem«, bemerkte er trocken.

»Du lieber Himmel!« regte ich mich auf. »Mit wieviel Anderssein können wir umgehen? Meine Eifeler grinsen und nehmen es gelassen.«

»Und die Grünen wollen den Ring abschaffen«, sagte Rodenstock spitz.

»Ja, klar. Zu viele Autos, zuviel Lärm, zu viele Abgase. Aber dann müßten sie konsequenterweise auch die gesamte Fußball-Bundesliga abschaffen, weil zu viele Zuschauer mit dem Auto zum Stadion fahren.«

»Aber ist der gesamte Rummel nicht ein einziger Zirkus, ein gigantischer Selbstbeschiß, eine verrückte Werbemaschine?«

»Na, sicher. Und? Jeder Fan, verdammt noch mal, bringt Geld in diese Region. Pro Formel 1-Rennen mindestens 30 Millionen harte deutsche Mark. Was sollen wir machen? Sollen wir sagen: Leute, kauft Fahrräder?! Ich weiß, daß Autoabgase schädlich sind, ich liebe den Wald, ich will ihn bewahren. Aber wieso wird denn ausgerechnet zuerst ein Spaß verboten? Du lieber Himmel, diese scheißdeutsche Gründlichkeit. Oh Mann, jetzt hast du mich zu einem Plädoyer verleitet, du alter Gauner. Schämen sollst du dich.«

Er kicherte und schmierte sich das nächste Schmalzbrot. Dann wurde er unvermittelt ernst. »Dieser tote Sirl war also Mitglied der Amateurszene. Wer kann uns darüber Auskünfte geben?«

»Paul«, sagte ich. »Nicht mein Kater, ich meine Paul oben aus dem Dorf. Er ist ein liebenswerter Irrer, er steht zu der Szene und spricht gern darüber. Aber laß uns erst einmal ein paar Stunden Pause machen, in meinem Hirn herrscht ein ungeordnetes Durcheinander. Und wir haben in der Nacht zu wenig geschlafen.«

»Das ist richtig«, nickte Rodenstock. »Wo sind eigentlich die Frauen?«

»Weiß ich nicht. Im Garten, vermute ich.«

Sie saßen wirklich im Garten und tranken Kaffee.

»Wir haben uns etwas überlegt«, sagte Dinah. »Und zwar werden wir die Mutter von Walter Sirl besuchen. Jetzt. Sie wird schon von seinem Tod wissen.«

»Das ist gut«, sagte ich. »Das ist verdammt gut.«

»Du warst am Unfallort. Hat er gelitten? Ich meine, mußte er Schmerzen ertragen?«

»Das glaube ich nicht.«

Emma fragte: »Gibt es irgendeinen Punkt, den wir besonders beachten müssen?«

»Ja«, sagte Rodenstock. »Dieser Walter hat dem Konzernmächtigen das Motorradfahren beigebracht. Wie ist es zu dieser Verbindung gekommen? Und was weiß die Mutter vom Leben ihres Sohnes auf dem Nürburgring?«

Wenig später fuhren sie vom Hof, und ich legte mich auf mein Bett und hörte Ella Fitzgerald und Louis Armstrong zu: »Baby, it's cold outside.«

Dann kratzten Paul und Willi an der Tür, weil es unmöglich war, daß ich mich hinlegte, ohne ihnen Bescheid zu geben, wo ich zu finden sei. Also wälzte ich mich aus dem Bett, öffnete die Tür und sagte: »Kommt rein. Aber nicht auf das Bett. Legt euch gefälligst auf den Teppich.«

Da sie mir aufs Wort gehorchen, legte Paul sich auf meinen rechten Oberschenkel, Willi verkroch sich in meiner Armbeuge. So schliefen wir eine Weile.

Ich wurde durch die Nähe eines Menschen wach. Dinah hatte sich angezogen neben mich gelegt.

»Es war schrecklich«, sagte sie gegen die Zimmerdecke. »Ich gehe nie wieder nach dem Tod eines Kindes zu seiner Mutter.« Sie schnaufte und schniefte. »Eigentlich war die Frau ganz nett, aber sie ... sie verlor dauernd die Kontrolle. Sie schrie dann, sie schrie so furchtbar. Gott sei Dank, daß Emma bei mir war. Die rief den Arzt, und der kam und spritzte ihr was.«

»Welcher Arzt?«

»Na, Detlev Horch aus Dreis. Der mit dem sanften Lächeln. Dann ging es etwas besser. Anfangs haben wir uns geschämt, daß wir dort überhaupt aufgetaucht sind. Wie Leichenfledderer, sagte Emma. Aber die Mutter meinte, sie sei froh, nicht allein zu sein.«

»Wie ist Walter dazu gekommen, den Motorradfahrlehrer zu spielen?«

»Walter hat mal bei Anja und Uli im *Stellwerk* in Monreal gegessen. Und durch Zufall sitzt am Nebentisch dieser Andreas von Schöntann mit seiner Frau. Sie kamen ins Gespräch, und Walter hat gesagt, es wäre keine Kunst, mit einem Bike schnell zu fahren. Die Kunst sei, langsam zu reisen, damit man auch was mitkriegt. Da hat von Schöntann gesagt, er solle ihm das mal beibringen. Also eine ganz normale Sache, denn ...«

»So normal auch wieder nicht«, fiel ich ihr ins Wort. »Schließlich ist Walter jetzt tot, oder?«

»Schöntann hat sich revanchiert. Walters Mama war ganz stolz. Eines Sonntagmittags steht der mit einem Ferrari vor der Tür und sagt: Fahr mal, das macht echt Spaß! Da hat Walter einen Ferrari gefahren. Aber ganz vorsichtig, damit nichts passiert.«

»War da irgend etwas mit Frauen?«

»Das haben wir nicht rausgekriegt«, berichtete Dinah. »An dem Punkt wurde die Frau ganz unsicher, und wir spürten, daß sie Angst gehabt hat. Walter war zweiunddreißig und hatte nie eine Freundin. Behauptet jedenfalls die Mutter. Das glaube ich aber nicht, das glaubt auch Emma nicht. Da ist irgend etwas gelaufen, wovor die Mutter eine panische Angst entwickelt hat. Ich denke an das Witwensyndrom.«

»Was, bitte, ist das?«

»Also, der Vater starb, als der Junge zwölf war. Die Mutter hat sich seitdem vollkommen auf Walter konzentriert. Er war das einzige Kind. Sie war nur für ihn da, für nichts sonst. Sie hat dafür gesorgt, daß seine schulischen Leistungen gut waren, sie hat ihm eine Lehrstelle besorgt, hat ihn angetrieben, das Gesellenstück und schließlich den Meister zu machen. Und er hat sich die Werkstatt aufgebaut. Ich habe Sachen von ihm gesehen. Schmiedeeiserne Geländer, Gartentore und sowas. Der Mann war gut, richtig künstlerisch und ...«

»Wann fing er an Motorrad zu fahren?«

»Er muß etwa 25 Jahre alt gewesen sein. Natürlich hat es ein einfaches Motorrad nicht getan, es mußte ein Oldtimer sein. Und nicht irgendein Oldtimer, sondern ein Oldtimer von Harley Davidson. Die Dinger gibt es von 20.000 bis 100.000. Das, was er fuhr, war lockere 50.000 Mark wert. Frag mich nicht nach dem Namen, ich weiß ihn nicht. Aber er konnte sich den Spaß ja erlauben, er verdiente wirklich gutes Geld. Der blinde Fleck bei ihm waren die jungen Frauen. Seine Mutter sagt, er habe ihr versprochen, niemals zu heiraten, solange sie lebt. Und sie sagt auch, er hätte an Frauen nicht das geringste Interesse gehabt. Und genau das glauben Emma und ich nicht. Irgend etwas ist da abgelaufen, aber wir haben keine Ahnung, was es gewesen ist. Wahrscheinlich ist das aber für den Fall gar nicht wichtig.«

»Die Sirl ist also die älter werdende Mutter, die ihren Sohn nicht aus den Fingern lassen kann?«

»Genau«, nickte sie. »Und ich gehe jede Wette mit dir ein, daß die Mutter jedes junge Mädchen rausgeekelt hat, das als Freundin in Frage kam. Ich kenne solche Mütter, ich weiß, daß sie schlimmer sind als Unterhosen aus Edelstahl.«

»Ein sehr schönes Bild«, grinste ich. »Wie oft war er denn am Ring?«

»Die Mutter sagt auch da nicht die Wahrheit. Sie behauptet, er wäre meist am Wochenende mal rübergefahren, um zu gucken, was da läuft. Das stimmt aber nicht, denn als wir aus dem Haus kamen, erzählte uns ein Nachbar, daß Walter in den letzten beiden Jahren jede freie Minute oben am Ring war. Der Nachbar sagte wörtlich: Den sieht man hier seit zwei Jahren so gut wie gar nicht mehr.«

»Wo hatte er eigentlich seine Werkstatt?«

»Das ist auch so ein Ding. Seine Werkstatt liegt in Daun Richtung Manderscheid hinten am Dauner Sprudel. Und der Nachbar schwört Stein und Bein, daß Walter vorgehabt hat, den Betrieb nach Adenau zu legen. Angeblich hat er dort schon ein Grundstück gekauft. Wer könnte darüber was wissen?«

»Die Bank«, sagte ich. »Aber die Bank wird schweigen. Ich denke, wir werden Kumpels von Walter oben am Ring finden. Und die werden das alles genau wissen. Ich lade jetzt Paul auf ein, zwei Bier ein. Er kennt die Szene. Und dann möchte ich ein Interview mit diesem Andreas von Schöntann angehen.« Ich wälzte mich von meiner Lagerstatt, und Paul und Willi muffelten herum, weil ich sie störte.

»Kann ich dabei sein, wenn du mit Paul redest?«

»Das wäre wünschenswert. Kannst du dir eigentlich vorstellen, daß du die Kupplung deines Autos für wichtiger hältst als die Farbe deines Kleides?«

»Durchaus.« Dinah nickte. »Was haben denn Kupplungen für eine Farbe?«

Paul sagte, er werde gern kommen, könne aber erst gegen 22 Uhr. Dann rief Petra an und verlangte weinend nach Emma.

Emma kam und hörte sich an, was die junge Frau zu sagen hatte. Sie seufzte. »Ich komme selbstverständlich«, versprach sie. »Na klar, Kleines, wir kommen und schaffen dir das alles vom Hals. Du sollst mal sehen, das kriegen wir sofort wieder in den Griff.«

Sie unterbrach die Verbindung, sah uns an und erklärte: »Also erstens sind die Bullen bei ihr eingeflogen und verhören sie pausenlos. Zweitens hat sie Zoff mit ihrer Mutter, die aus der Beerdigung eine Riesenarie machen will, und daher bittet sie drittens Dinah und mich zu kommen, weil sie sonst aus dem Fenster springt.«

»Geht schon klar«, nickte Dinah. »Ich hasse Verwandte. Laß uns fahren.«

Sie packten zwei Taschen mit dem Notwendigsten für die Nacht und brachen auf.

»Wenn sie aus dem Fenster springen will, ist das ein gutes Zeichen«, erklärte Rodenstock. »Das beweist nämlich, daß sie wieder lebt. Und was machen wir jetzt?«

»Ich mache uns Bratkartoffeln mit Rührei, und dann kommt Paul und legt uns die Szene zu Füßen.«

Paul kam pünktlich wie die Uhr. Er hatte ein ganz verkniffenes Gesicht, was sehr selten bei ihm ist. Also hatte er von Walter Sirls Tod erfahren.

»Das hältst du im Kopf nicht aus, zwei Morde am Nürburgring. *RPR* hat gerade drüber berichtet. Stimmt das? Ich denke, die verscheißern mich.«

»Das stimmt«, sagte ich. »Das da ist Rodenstock, ein Freund. Und das da ist Paul, auch ein Freund. Wir brauchen dringend deine Hilfe.«

»Wieso nicht?« sagte er und ließ sich in einen Sessel fallen.

»Bier?«

»Gerne. Recherchiert ihr in dieser Sache? War das ein Kollege da oben am Ring?«

»Er war ein Kollege«, nickte Rodenstock. »Wie würden Sie die Angehörigen dieser Szene beschreiben? Was sind das für Leute?«

Paul grinste flüchtig. »Verrückte«, antwortete er einfach.

»Und Sie selbst?«

»Auch ein Verrückter«, sagte Paul höchst zufrieden. Sein hageres Gesicht, von langen Haaren gerahmt, hatte den Zug von etwas Dämonischem. Sein Gesicht wirkte hungrig. »Verrückte sind in dieser Szene die Regel«, ergänzte er. »Aber erzähl mal, was mit Walter passiert ist. Stimmt das mit dem Schrotgewehr?«

Ich nickte. »Wie gut kanntest du Walter?«

»Na ja, wir haben im Sandkasten zusammen gespielt«, sagte er. »Ich kenne den ewig. Und ich kann mir niemanden vorstellen, der sowas macht. Walter war ein Sensibelchen und gutmütig. Kann es nicht sein, daß ein Förster besoffen war?«

»Nichts ist unmöglich«, sagte Rodenstock. »Aber das ist nicht im Wald passiert. Sondern an der Strecke, die genau parallel zur B 258 auf die Tribünen zuläuft. Also nix mit Förster. Kennen Sie einen Menschen, den man einen Feind des Walter Sirl nennen könnte?«

»Nein«, sagte Paul. »Sie werden keinen Feind von Walter finden. Kann ich mir nicht vorstellen.«

»Hast du ihn oft am Ring getroffen?« fragte ich.

»Dauernd«, sagte er. »Ich selbst bin ja nicht so oft da oben, aber er hat doch da oben mittlerweile gelebt.«

»Aber mit wem?« hakte Rodenstock nach. »Wer waren seine Kumpels?«

Paul überlegte einen Augenblick. »Also, irgendwie war er ein Einzelgänger. Wir hatten unsere Cliquen, er gehörte dazu und auch nicht dazu.«

»Ist er gehänselt worden? Weil er keine Frau hatte, zum Beispiel?« Rodenstock schien gewillt, in das Leben des Walter Sirl hineinzukriechen.

Paul antwortete: »Davon habe ich nichts mitbekommen, aber möglich ist das. Das gibt es hier in der Eifel ja öfter, daß jemand dreißig, vierzig und fünfzig wird und sich keine Frau an Land zieht. Ist ja mal so, der eine will es, und der andere hat kein Interesse. Hier gibt es ja nicht umsonst die Junggesellenvereine, die ihre Feste machen. Der Walter mischte überall mit. Freiwillige Feuerwehr, Sportverein, Anglerverein und Thekenmannschaft Fußball. Er machte alles mit, aber er gehörte nicht dazu, weil er eben kein Mädchen hatte und auch keins wollte. Die anderen haben ihre Mädchen, machen auch bei den Festen mit, heiraten irgendwann, bauen ein Haus, kriegen Kinder. Und Walter lebte eben bei seiner Mutter. Meine Frau sagt immer: Walter wird schon rot, wenn man ihn nur grüßt.«

»Hatte er denn irgendwo am Ring ein Zimmer? Irgendwo ein Bett? Sie haben gesagt, er hat da oben fast gelebt.«

»So meinte ich das nicht.« Paul schüttelte den Kopf. »Bei uns hier mußt du für eine Schachtel Aspirin zwanzig Kilometer mit dem Auto fahren. Wenn ich sage, er lebte da oben, dann meine ich, daß er dauernd hinfährt. Seine Maschine war ja schnell, dauert ja nur ein paar Minuten. Und nachts geht es wieder zurück. Die Eifeler fahren immer zurück, wenn es irgendwie machbar ist.«

»Hatte er ein Auto?« fragte Rodenstock.

»Aber ja. Er hatte einen Transit für den Betrieb und einen Brühwürfel, wenn er seine Mutter irgendwohin fahren mußte.«

»Einen was?« fragten wir gleichzeitig.

»Ach so.« Paul grinste. »Ich meine einen Golf. Wir nennen den Golf Brühwürfel.«

Rodenstock lachte leise. »Sagen Sie mal, wo fangen bei Ihnen die Autos an und wo hören sie auf?«

»Die modernen Autos taugen nichts mehr. Bei uns ist

der alte Kadett König, genauso wie der alte RS 2.000 Escort. Das sind Karren, die wir pushen können. So auf zweihundert bis auf zweihundertzwanzig PS. Bei den neuen Autos ist alles elektronisch hergestellt und elektronisch zusammengebaut. Da wird nichts mehr repariert, da wird nur noch ausgetauscht. Da lernst du ein Fahrzeug nicht kennen.«

»Und wie funktioniert das mit den alten Kadetts?«

»Wir brauchen mit sechs Leuten rund zweieinhalbtausend Stunden, um so ein Ding auf die Piste zu kriegen.« Er hob den Zeigefinger. »Unbezahlt, klar.«

»Zurück zum Walter Sirl«, mahnte Rodenstock. »Er ist also ein prima Kumpel, aber er hat Schwierigkeiten mit Frauen. Ist das richtig?«

»Viele Rennsportfreaks haben enorme Schwierigkeiten mit Frauen.« Paul lächelte. »Frauen widersprechen, Motoren nicht.«

»Ist seine Mutter so eine Frau, die jede andere Frau aus dem Haus rausbeißt?« fragte ich.

»Das wird so gewesen sein«, nickte er. »Es ist wie im wirklichen Leben. Das war mal ein kleiner bäuerlicher Betrieb. Der Vater ging für die Gemeinde im Wald arbeiten, hatte nebenbei zwei Kühe, ein paar Schweine, ein paar Schafe, was weiß ich. Dann stirbt der Vater, die Felder und Wiesen werden verpachtet, weil Walter kein Interesse hat an der Landwirtschaft. Er lebt mit seiner Mutter, es geht ihm gut. Er kriegt sein Essen, seine Wäsche. Wenn er damit doch zufrieden ist?«

»Ich meinte das nicht kritisch«, sagte ich. »Hatte er denn Frauen, die von der Mutter rausgeekelt worden sind?«

»Wir kennen eine, nein, halt, wir kennen zwei. Ich habe mich ja nicht drum gekümmert, aber meine Frau sagt, die konnten der Mutter nichts recht machen. Wenn sie mal gekocht haben, hat die Mutter das weggeschüttet und gesagt, sowas würde ihr Walter niemals essen. So läuft das doch immer ab, oder? Keine Frau hatte bei Walter eine Chance.«

»Und?« fragte Rodenstock gierig. »Hat Walter das registriert?«

Paul nickte eifrig. »Das wissen doch alle diese Typen. Aber sie sind zu bequem, sich auf die Hinterbeine zu stellen oder einfach auszuziehen.«

»Was machen solche Männer denn dann? Etwas Zuwendung braucht der Mensch, oder?« Rodenstock lächelte.

»Na ja, da gibt es Frauen genug. In Kneipen, in Puffs, was weiß ich. Dann saufen die sich einen an, bis sie genug Mut haben, und kaufen sich eine. So ist das eben. Ich weiß, daß Walter ganz hilflos war, wenn eine Frau was von ihm wollte oder ihn gut fand und mochte. Du konntest sicher sein, daß er sofort die Hosen voll hatte und die Segel strich. Er setzte sich dann auf seine Harley und verschwand.«

»Kennst du zufällig eine Kneipe am Ring, in der er oft war?«

»Die Pizzeria in Zermüllen. Da hängen auch oft die Testfahrer der Werke rum. Du kannst gut essen, und es sind immer Leute da, mit denen du über Rennen und Motoren und Autos sprechen kannst. Da fällt mir der neueste Witz ein. Wißt ihr, was Harald Frentzen und Harald Juhnke gemeinsam haben? Nein? Na ja, die fahren beide auf Williams ab.«

Rodenstock verzog das Gesicht. »Kannten Sie auch den Journalisten Harro Simoneit?«

»Nein. Aber ich bin ja auch kein Profi. Die Journalisten interessieren sich kaum für uns. Die geiern alle nach den Schumachers. Nach uns geiert kein Mensch. Wir bauen Autos auf, die mal 40 PS hatten. Wir bauen sie auf bis 200 PS und mehr. Dann sind sie weit über 200 Sachen schnell. Wir machen uns auch die Hände dreckig, wir bauen wirklich.« Das klang stolz.

»Hat denn so etwas überhaupt Zukunft?« fragte Rodenstock.

»Durchaus«, erklärte Paul. »Es gibt so Irre, die zahlen jedes Geld, wenn du ihnen für die 24-Stunden-Rennen oder 1.000-Kilometer-Rennen ein Auto zur Verfügung stellst. Das kostet etwa 20.000 Mark. Es gibt eine Menge Leute, die das einmal im Leben für sich haben wollen: Drin sitzen und mitfahren. Du kannst einen Betrieb aufmachen und fertige Autos vermieten. Dann kannst du noch die technische Mannschaft stellen, die natürlich auch Geld kostet. So etwas kann sich rentieren, aber es ist mühselig.«

»Ich kann mir vorstellen, daß rennbegeisterte Männer alles Geld ausgeben, was sie besitzen, um das richtige Auto zu fahren.«

»Oh ja«, nickte er lebhaft. »Nichts zu essen auf dem Tisch, aber 300 PS in der Garage. Das gibt es, das gibt es massenweise. Ich kenne Leute, die an einem einzigen Wochenende 2.500 Kilometer nur auf der Nordschleife drehen. Die kaufen Anfang des Jahres eine Jahreskarte für sieben- oder achthundert Mark, und Ende Januar haben die sechs Sätze Reifen und zwei Autos erledigt. Kein Problem. Es gibt eine ganze Menge Leute, die lassen sich alte Reifen von den Werkstätten schenken und gehen damit auf den Ring, bis ihnen die Dinger um die Ohren fliegen. Jeden Samstag, jeden Sonntag, wenn der Ring freigegeben ist. Die verscherbeln ihr letztes Hemd. Für die Familien ist das gar nicht schön.«

»Paul hat Familie«, erklärte ich. »Drei Kinder. Seine kleine Tochter hat Leukämie. Er kämpft um sie.«

Paul blieb still. Das war die Stelle, an der er immer still wurde und alle Autos der Welt nicht mehr die geringste Rolle spielten.

»So ist das also«, murmelte Rodenstock. »Hat sie eine Chance?«

Sogar Pauls Stimme war jetzt anders. Fast metallisch. »Sie hat eine. Sie wollten ihr im Krankenhaus wieder mit Chemotherapie kommen. Da habe ich sie nach Hause geholt. Ihre Werte sind jetzt gut. Ich habe den Ärzten gesagt: Nicht mit meinem Kind!«

Rodenstock nickte bedächtig.

Paul wandte sich an mich. »Habe ich dir das mit Gonzo

erzählt? Nein? Also, das war so. Gonzo heiratete. Da war er ungefähr fünfundzwanzig. Er war ja schon immer ein Verrückter gewesen, aber jetzt drehte er völlig ab. Er geht also mit seiner jungen Frau ein Wohnzimmer kaufen. Und er will unbedingt einen großen, viereckigen Couchtisch, der gefliest ist und eine hohe Randborte aus Holz hat. Die junge Frau fragt ihn dauernd: Zu was brauchen wir denn sowas? Er gibt keine Antwort, er jagt mit ihr durch die ganze Eifel nach einem Tisch mit Fliesen und Holzbord. Von Mayen nach Kruft, von Kruft nach Gerolstein, von Gerolstein nach Wittlich und dann zu allerletzt nach Trier. Und tatsächlich findet er so ein Ding. Es ist sauteuer, aber er kauft es. Und immer noch fragt die Frau: Was willst du denn mit so einem Tisch? Er gibt keine Antwort. Sie kommen nach Hause, und er baut den Tisch zusammen und stellt ihn auf. Sieht doch klasse aus! sagt er. Am nächsten Tag fahren beide zur Arbeit, aber Gonzo kommt ein paar Stunden früher nach Hause als sie. Und als sie kommt, findet sie Gonzo an dem Tisch sitzen. Auf dem Tisch steht ein Motor vom Escort RS 2.000. Gonzo strahlt sie an und sagt: Klasse, nicht wahr? Jetzt verliere ich nicht mal mehr das Motoröl! Ein halbes Jahr später waren sie geschieden, und Gonzo hat bis heute nicht kapiert, was da passiert ist. Und sowas ähnliches lief ja auch bei Walter zu Hause ab, nur eben etwas harmloser.«

»Was lief bei Walter?« fragte ich.

»Na ja, seine Mutter hat doch immer die Harley geputzt. Ich dachte, das wißt ihr schon. Wenn Walter morgens aus dem Haus fuhr, setzte sich die Mama auf die Harley und fuhr ein Brett hoch, das sie sich in die Küche gelegt hatte. Dann putzte sie die Maschine, alle Chromteile, und das sind verdammt viele. Jeden Tag. Es hatte auch keinen Zweck, daß Walter sagte: Mama, laß das sein. Sie sagte dann: Mein Sohn fährt ein sauberes Teil!«

»Ach, du lieber Gott«, sagte Rodenstock verblüfft.

»Das ist meistens ohne Sinn und Verstand«, fuhr Paul fort. »Das ist vollkommen irrational. Wir sind eben alle verrückt. Das sieht man doch schon daran, daß die Leute unter Zwei-Liter-Motoren gar nichts fahren wollen. Alles darunter ist für die Frauen. Ich kenne Leute, die im Jahr nicht mal lächerliche 10.000 Kilometer fahren. Aber das mit einem Drei-Liter-Kompressor. Vollkommen irre.«

»Wenn so viele übermotorisiert sind, können die wenigstens damit umgehen?« fragte ich.

Er schüttelte den Kopf. »Die setzen sich in ein funkelnagelneues Auto, zweieinhalb Liter, Sechszylinder, über 200 Sachen schnell. Sie testen nicht mal die Bremsen und machen aus 150 Sachen eine Notbremsung. Wenn es dann mal nötig ist, gehen sie in den Tiefflug, weil sie überhaupt nicht mit diesen Geschwindigkeiten umgehen können. Dazu kommt noch, daß alle Autohersteller dem Käufer einblasen, er könne sich auf die Technik voll verlassen. Ja, Scheiße sage ich.« Dann sah er auf die Uhr und setzte hinzu: »Ich muß jetzt aber. Ich muß um vier Uhr raus und mit dem Mädchen in die Uni-Klinik nach Düsseldorf. Blutwerte und so.«

»Wenn du etwas hörst«, bat ich, »dann ruf einfach an.«

Ehe Paul vom Hof fuhr, kurbelte er das Fenster herunter und schüttelte den Kopf. »Das mit Walter ist wirklich unverständlich. So ein sanfter Mensch, so ein sanfter Mensch.«

Ich ging in den Garten und stopfte dabei eine Pfeife. Ich hatte vergessen, daß Werner ein Teichloch gebuddelt hatte, ich achtete nicht auf die Richtung, in die ich ging. Wenn du einen Weg durch den Garten ein paar hundert Mal abgeschritten hast, gehst du das Stück im Traum. Ich kippte vornüber und landete rund einen Meter fünfzig tiefer in der Zukunft meiner Goldfische. Es tat weh, aber das verging. Ich blieb auf dem Hintern hocken und begann zu lachen, bis Rodenstock auftauchte und bissig fragte: »Willst du alle Nachbarn aufwecken?«

Dann starrte er in das Loch und begann selbst prustend zu lachen. Er setzte sich auf den Rand und erklärte: »Meine Damen und Herren! Hier sehen Sie den großen Journalisten Siggi Baumeister nach einem arbeitsreichen

Tag in seinem Versteck. – Glaubst du, daß die Frauen mit Petras Familie fertig werden?«

»Das glaube ich. Besonders von Emma. Und Dinah ist auch nicht ohne. Du kannst sie anrufen, wenn du magst. Sie werden in der Küche hocken und tratschen. Und wahrscheinlich werden sie uns anrufen, wenn du sie jetzt nicht anrufst.«

»Dann sollen sie es tun«, entschied er. »Willst du eigentlich für immer in der Eifel bleiben?«

»Ja. Komisch, daß du das fragst. Eine Menge Leute fragen mich danach. Warum eigentlich? Mache ich den Eindruck, als würde ich morgen verschwinden? Ich will hier beerdigt werden, das steht fest.«

»Was ist mit Dinah? Wäre es nicht vorteilhafter für sie, in der Großstadt zu leben?«

»Sie sagt strikt nein, und ich glaube ihr. Sie hat eine freche Schnauze, aber sie ist ein scheuer und ängstlicher Mensch. Das, was wir so das Leben nennen, hat sie nicht immer gut behandelt. Ich denke, sie wird bleiben, weil sie dieses Land mag und die Leute, die drin wohnen.«

Zwischen uns und der Kirche stand eine Laterne. Durch ihren Schein jagten sich zwei Fledermäuse mit hohem Tempo.

»Du bist doch Profi«, sagte ich. »Welche Sorte Mörder suchen wir deiner Meinung nach?«

»Eine ekelhafte Sorte«, antwortete er, ohne zu zögern. »Rücksichtslos, brutal und wahrscheinlich so harmlos im Aussehen, daß dir schlecht wird bei dem Gedanken, ihn überhaupt zu verdächtigen.« Er lachte leise. »Irrtum natürlich vorbehalten.«

»Und du glaubst, der tote Harro und der tote Walter hängen zusammen?«

»Ich denke, das ist sehr wahrscheinlich. Das Motiv? Ich ahne es nicht. Harro und Sirl werden sich gekannt haben, denn wenn ich Paul richtig verstanden habe, kennt am Nürburgring wirklich jeder jeden. Wir haben eine feste Verbindung: Diesen Andreas von Schöntann. Der eine hat ihn recherchiert, der andere hat ihm Unterricht im langsamen Motorradfahren erteilt. Was ist, wenn Harro auf Walter zugegangen ist, um ihn über Andreas von Schöntann zu befragen ...«

»Das klingt logisch«, sagte ich hastig. »So wird es gewesen sein. Na sicher. Harro muß erfahren haben, daß die beiden zusammen biken, also kam er zu ... Ich weiß es nicht. Welche Mordkommission ist eigentlich zuständig?«

»Wahrscheinlich das Landeskriminalamt Mainz«, sagte Rodenstock in die Dunkelheit. »Rechtlich gesehen ist das vielleicht übertrieben, aber sie werden aus politischen Gründen eine hohe Kommission auswählen. Allein deshalb, um allen Zeitungsschreibern die Möglichkeit zu nehmen, ihren Phantasien freien Lauf zu lassen. Schließlich ist unter Umständen ein deutscher Konzernboß betroffen, ein Journalist mit Zyankali getötet und ein einfacher Kunstschmied von der Bahn geschossen worden. Wer weiß, was noch geschieht. Es besteht auch die Möglichkeit, daß sie das Landeskriminalamt Düsseldorf bemühen.«

»Du erwartest also einen großen Rummel?«

»Na sicher. Die Art des Mordes ist doch sehr unheimlich und geheimnisvoll. Zyankali und Schrot, die richtigen Stoffe für die Unterhaltungsexperten von den Fernsehsendern. Aber vielleicht sollten wir erst einmal schlafen gehen, meine Knochen streiken. Und du solltest vielleicht aus dem Loch da rauskriechen. Oder soll ich dir dein Bettzeug bringen?«

Emma rief an und verkündete, die Lage sei unter Kontrolle. »Wir kommen jetzt doch nach Hause, wir haben, ehrlich gestanden, die Nase voll.«

»Auf diese Weise kriegen wir in dieser Nacht auch keinen Schlaf«, murmelte Rodenstock resignierend.

»Aber du kannst ihnen nicht verbieten, nach Hause zu kommen«, wandte ich ein.

»Sie kommen doch nicht nach Hause, weil sie unbedingt hier schlafen wollen«, erklärte er klug. »Sie kommen nach Hause, weil sie etwas erfahren haben.«

93

Natürlich behielt er recht.

Emma bretterte auf den Hof, als tue sie das für Honorar.

»Wir haben etwas erfahren!« rief Emma.

»Wir müssen euch was erzählen!« sagte Dinah.

»Kommt erst mal rein«, mahnte Rodenstock.

Sie wollten unbedingt einen Kaffee, und ich maulte, es sei bereits halb vier und ob sie, verdammt noch mal, denn überhaupt niemals schlafen wollten. Trotzdem braute ich einen Kaffee, trank aber selbst keinen.

»Es ist so«, begann Emma. »Petra hat wieder die Oberhoheit über die Beerdigung, die Familien haben sich ins Hotel zurückgezogen und ziehen einen Flunsch. Das gilt für Mutter und Schwiegermutter, die für ihr Leben gern eine Riesenaktion draus machen wollten. Petra hat gesagt, Harro wäre gegen öffentliche Aufmerksamkeit gewesen, und schon war der Krach perfekt. Ich habe den Streit geschlichtet, indem ich beiden Seiten gesagt habe, sie hätten nicht alle Tassen im Schrank. So weit, so klar. Dann folgte die Arie mit Petra.«

Dinah übernahm ohne Punkt und Komma. »Wir saßen mit Petra in der Küche, wollten sie nur ablenken und haben ihr etwas von Walter Sirl erzählt. Da sagte sie, Harro hätte den neulich mit heimgebracht und sie hätten ein paar Bier miteinander getrunken. Walter, so der Originalton Petra, sei ein unheimlich lieber Mensch. Harro hätte wissen wollen, wie denn diese Motorradstunden mit dem Andreas von Schöntann aussehen. Walter hätte geantwortet, die seien normal. Und er würde niemals über Freunde tratschen. Harro hat sofort die Kurve gekratzt und ist auf ein anderes Thema eingegangen. Doch dann hat Walter angefangen, von Irmchen zu erzählen. Petra hat gedacht, sie fällt in Ohnmacht, denn Irmchen ist eine ... na ja, eine mit einem Riesenherzen. Also, sie sitzt irgendwo in Quiddelbach, und böse Leute behaupten, sie sei am besten in der Rückenposition. Jedenfalls hat Walter angeblich vorgehabt, mit Irmchen zusammen einen neuen Kunstschmiedebetrieb in Adenau aufzubauen, und Petra hat versucht, ihm das auszureden, weil Irmchen genau der richtige Weg sei, innerhalb von sechs Monaten pleite zu gehen, arbeitslos zu werden und Knete vom Sozialamt zu kriegen. Aber Walter, sagt Petra, ist ganz sicher gewesen, daß er genau das wollte. Er wollte Irmchen, sonst nichts. Harro soll gemeint haben, Walter solle das ruhig versuchen, denn Irmchen habe sich sämtliche Hörner abgestoßen und könne nur noch besser werden. Walter ist ihm vor Dankbarkeit fast um den Hals gefallen. Dann sind die beiden, also Walter und Harro, zur Nürburg hochgefahren und in eine Bar gegangen. Irgendwann morgens um sechs Uhr ist Harro zurückgekommen, hat die Tulpen vom Couchtisch gefuttert und dauernd behauptet: Walter wäre in Ordnung, der wäre okay, der würde mit Irmchen glücklich.«

»Wann war das?« fragte Rodenstock.

»Petra sagt, vor ungefähr vier Wochen. Irmchen soll Beine bis in den Himmel haben und jedem erzählen, daß sie damit mehr Geld verdient habe als mit ihrer Hände Arbeit.«

»Und wie kommt Irmchen nach Quiddelbach?« fragte ich.

»Im Schatten eines Irren aus Recklinghausen«, antwortete Emma. »Der Mann war Besitzer eines Campingplatzes in der Schnee-Eifel. Eines Tages hat er beschlossen, sich einen Lotus zu kaufen. Einen der einfachen Version für runde 120.000. Er wußte aber nicht, daß der Autoverkäufer so gut wie pleite war und in der ganzen Republik von den Bullen gesucht wurde. Der Recklinghäuser fährt also stolz wie Oskar nach Frankfurt, um sein Auto abzuholen. Das Auto stand wirklich da, aber der Verkäufer hatte die Fliege gemacht. Nun hatte der Betrieb aber noch eine Buchhalterin. Das war Irmchen. Und Irmchen wußte nicht, wohin. Weil der frischgebackene Lotusbesitzer ein goldenes Herz hat, nahm er Irmchen gleich mit. Für 120.000 ein Auto und eine Buchhalterin. Nun hatte der Lotusbesitzer aber auch noch eine Ehefrau aus alten Tagen. Und die war mit Irmchen nicht so ganz einverstan-

den. Also wurde Irmchen als Verwalterin des Campingplatzes in die Schnee-Eifel abgeschoben, präzise in die
Gegend vom Wilden Mann. Das ging nicht lange gut,
weil der Campingplatz- und Lotusbesitzer jetzt erstaunlich oft seinen Campingplatz besichtigen mußte. Irmchen
verlor die Stelle als Verwalterin und wurde klammheim-
lich vom Lotusbesitzer an den Nürburgring verfrachtet.
Hier pachtete er ihr ein Lokal, das vollkommen vergam-
melt und seit Jahren nicht mehr in Betrieb war. In Rieden,
genauer gesagt. Und Irmchen war selig. Der Lotusbesitzer sorgte dafür, daß alle möglichen Leute aus der Branche zu Irmchen strömten, um zu essen und zu trinken
und es sich wohlergehen zu lassen ...«

»Entschuldigung, aus welcher Branche denn?« unterbrach Rodenstock.

»Na ja, die Autoprofis. Reifentester, Maschinentester,
Bremsentester, Federungstester, was weiß ich. Ach Gott-
chen, war das ein Durcheinander. Dinah, mach mal weiter, ich brauche Kaffee.«

Dinah sprang ein. »Anfangs lief das alles wunderbar.
Doch dann wurde der Lotusbesitzer von einem Schlagan-
fall dahingerafft. Irmchen wußte zunächst nichts davon.
Plötzlich erscheint die Witwe und erklärt, die Kneipe sei
geschlossen und Irmchen solle sich gefälligst dorthin
scheren, wo ihr Verblichener wahrscheinlich längst sei: in
die Hölle. Das war insofern schade, als daß die Kneipe
inzwischen hervorragend lief, zumal dort jedermann in
etwa zehn Minuten alle seine überschießende Mannes-
kraft loswerden konnte. Irmchen hatte ja so viel Mitleid
mit denen. Jetzt war es zappenduster, jetzt war Schluß,
aus die Maus. Dann war da ein Stammgast, ein Lkw-
Fahrer, der gerade in Quiddelbach gebaut hatte. Und der
machte den Vorschlag, daß Irmchen in seine Einlieger-
wohnung ziehen könne, wenn sie einen Zuschuß zu den
Baukosten beisteuern würde. Das konnte sie natürlich
nicht, aber sie erinnerte sich an die hinterbliebene Witwe,
von der sie zigtausend Mark dafür bekam, daß sie das
Ansehen des toten Lotusbesitzers in keiner Weise be-

schmutzte. So rettete sozusagen ein Unterleib den anderen, Irmchen hatte eine Bleibe. Das muß vor ungefähr drei Jahren gewesen sein. Seitdem lebt sie in Quiddelbach, färbt ihr langes Haar mit Henna, pflegt sich ausufernd und hat einen erlesenen Freundeskreis. Unter anderem einen Mann namens Andreas von Schöntann. Ja! Seht mich nicht so mißtrauisch an. Das stimmt. Petra sagt, sie weiß es hundertprozentig von Harro.«

»Das ist ja viel zu schön, um wahr zu sein«, seufzte Rodenstock.

»Oh, es geht noch weiter«, grinste Emma, was immer bedeutete, daß die eigentliche Überraschung noch kommen sollte. »Wir haben Irmchen als sehr nettes Mädchen kennengelernt, das irgendwie zu überleben versucht und das auch schafft. Irmchen hat keine festen Tarife, um es mal vorsichtig auszudrücken. Und sie ist auch keine hemmungslose Kapitalistin, der es wurscht ist, woher ihr Geld kommt. Irmchen wird als Frau beschrieben, die herzlich und ein richtig guter Kumpel ist. Aber: Sie muß sich irgendwie finanzieren, nicht wahr? Und dann passierte die Sache mit Schöntann. Schöntann hat in ihrer kleinen Wohnung ein paarmal ganz intime Parties gegeben. Sauteuer mit allem Drum und Dran. Anfangs hat Irmchen vornehm Zurückhaltung geübt, doch dann hat sie darauf bestanden, daß er ihr die Getränke bezahlt, die kalten Büffetts, den Schampus, den Kaviar und letztlich wenigstens ein Trinkgeld für ihren illustren Körper. Aber ja! hat er gesagt.« Emma räusperte sich, was hieß: Jetzt kommt es! »Dann erschien seine Assistentin und hat bezahlt. Und sie hat Irmchen gebeten, für ihren Chef da zu sein, wann immer er das brauche. Sie hat gesagt: Wir Frauen müssen doch zusammenhalten.«

Viertes Kapitel

Als Dinah und ich allein waren und überlegten, ob es nicht angemessener sei, gleich zu duschen und zu frühstücken, sagte ich: »Herzlichen Glückwunsch. Sehr gut gemacht.«

Sie errötete sanft. »Sowas funktioniert nur unter Frauen«, stellte sie fest und legte sich lang auf den Rücken. »Emma ist sowas wie eine Oma, der man beichtet, und ich bin sowas wie ein Kumpel, der für alles Verständnis hat. So funktioniert das, mein Lieber. Wir konnten bei Petra nicht schlafen, wir mußten euch das erzählen.«

»Das verstehe ich, das war ja auch wichtig. Trotzdem denke ich zuweilen, daß das Leben weitergehen sollte. Und du hast entschieden zuviel an.«

»Dem kannst du abhelfen«.

»Ich wußte, daß ich arbeiten muß.«

»Das hier ist dein Arbeitszimmer«, kicherte sie.

Wenn ich mich recht erinnere, hörte ich um sechs Uhr die Glocken der Kirche nebenan, auch das Zwitschern von gut einem Dutzend Vögeln überhörte ich nicht, die Augen öffnete ich allerdings nicht mehr. Sonnenschein kann richtig weh tun.

Gegen zehn Uhr mußte ich aufstehen, weil ein kompakter Lärm durch den Hausflur tobte. Paul und Willi waren dabei, meinen halb gefüllten Gelben Sack mit aller Gewalt von der Küche aus zur Kellertür zu schleifen. Da die Hälfte des Sackes von Blechdosen eingenommen wurde, schepperte das ein wenig. Die beiden sahen mich kurz an und verschwanden dann augenblicklich durch die Katzenklappe im Keller. Wahrscheinlich sah die Herrschaft stinksauer aus, da macht man sich am besten dünn.

Ich setzte mir einen Kaffee auf, und während der durch den Filter lief, besorgte ich mir einen Schraubenzieher und begann, sämtliche Türklinken um neunzig Grad nach oben zu drehen, damit Willi, der Einbrecher, die Türen nicht mehr öffnen konnte. Das verursachte nun seinerseits wieder leichten Lärm, so daß Dinah plötzlich in der Tür stand und mich besorgt ansah.

»Ich höre schon auf«, sagte ich beruhigend.

Schließlich hockte ich mich neben das Telefon und

machte mich daran, die Assistentin des Andreas von Schöntann zu knacken. Wahrlich keine leichte Aufgabe, zumindest bekam ich aber heraus, daß sie auf den Namen Jessica Born hörte. Nach etwa fünfundvierzig Minuten eifrigen Dampfplauderns bekam ich sie an den Hörer und spulte mein Anliegen ab.

Ich sei Siggi Baumeister. Ich hätte einen Freund, Harro Simoneit. Der sei sehr plötzlich verstorben. Mord. Und dann sei ein anderer Bekannter gestorben. Walter Sirl, seines Zeichens Harley-Fahrer. Und nun hätte ich gern ein Statement des verehrten Allmächtigen, weil Simoneit, das sei ganz sicher, den Allmächtigen recherchiert und Sirl ihm Unterricht im Biken erteilt habe.

»Das ist doch nun wirklich seine Privatsache«, sagte Jessica Born ungehalten.

»Das ist wahr, Frau Kollegin«, gab ich zu. Immer, wenn ich Frau Kollegin sage, bin ich ausgesprochen fies. »Aber die Geschichte ist merkwürdig, womit ich absolut nichts gesagt haben will.«

»Das ist auch verdammt gut so«, entgegnete sie schrill. »Was soll er denn kommentieren? Daß die beiden Herren, die er flüchtig kannte, jetzt ein für allemal tot sind?«

»Nein, nein, das nicht, das nun gar nicht. Ich habe nicht daran gedacht, daß er mit Zyankali durch die Gegend läuft oder ständig eine Schrotflinte bei sich trägt. Ich dachte eher daran, daß er mir bei der Suche nach dem Mörder helfen kann. Und da sind ein paar markige Worte sehr angebracht, oder? Egal, wo er ist, ich kann ihn überall treffen.«

»Wieso soll er helfen können?«

Ich war sehr geduldig. »Hören Sie, Kollegin, zwei Männer, mit denen er zu tun hatte, sind umgebracht worden. Das ist kein Fernsehspiel, das ist überhaupt kein Spiel. Sie haben doch sicherlich heute schon *Bild* gelesen, oder? Da steht es schon drin. Seite eins. Ich kann zwei Dinge tun: Entweder kriege ich ein Gespräch mit ihm, oder ich benutze die Aufzeichnungen meines Freundes Harro Simoneit.«

»Aufzeichnungen?« fragte sie.

»Aufzeichnungen«, bestätigte ich. »Von merkwürdigen Sachen. In diesem Zusammenhang fällt mir ein, daß ich ohnehin fragen wollte, ob Sie Irmchen kennen?«

Plötzlich klang ihre Stimme so, als rauche sie täglich vierzig Gauloises. »Nie gehört. Wer ist das?«

»Tja, das würde ich Herrn von Schöntann fragen wollen.«

Sie wechselte das Thema, sie mußte das Thema wechseln. »Er soll also den Tod dieser zwei ihm fast unbekannten Herren kommentieren?«

»Richtig.«

»Dann stellen Sie Fragen, und faxen Sie die Fragen hierher.«

»Das paßt mir überhaupt nicht.«

»Aber er hat keine Zeit«. Sie schnaufte, ich stand ihr im Weg, ich war ein Querulant. »Er hat heute nicht eine müde Sekunde Zeit.«

»Oh, ich brauche keine müde Sekunde, ich brauche lebhafte Minuten.«

»Haben wir Sie auf der Liste? Ich meine, bekommen Sie regelmäßig unser Pressematerial?«

»Natürlich nicht. Was soll ich mit dem Zeug? Ich fahre ja auch kein Auto Ihres hochgeschätzten Unternehmens.«

»Können Sie mir ein Fax schicken, in dem steht, um was es eigentlich geht?«

»Das wissen Sie nun doch. Was soll ich noch faxen? Brauchen Sie einen Beweis, daß es mich gibt? Wollen Sie meine Nummer vom Deutschen Journalisten Verband?«

»Ich weiß nicht, wie ich das arrangieren soll. Er reißt mir den Kopf ab, wenn ich ihm mit sowas komme.«

»Das glaube ich Ihnen gerne. Ist ja auch blöd, nach zwei Leichen gefragt zu werden.«

Sie wurde leicht panisch. »Wie haben Sie sich das denn vorgestellt, mein Lieber?«

»Bald ist die Internationale Automobil Ausstellung in Frankfurt. Ihr habt die neuen Typen laufen, die sieht man dauernd am Ring. Also, wann ist er hier?«

»Er hat heute mittag eine Besprechung mit den Leuten von Dunlop. Er fliegt gegen halb zwölf zum Ring hoch, er muß aber um 16 Uhr in München sein.«

»Na prima«, sagte ich. »Notfalls setze ich mich mit in den Flieger und rede mit ihm.«

»Sie kriegen fünf Minuten«, entschied sie. »Nicht mehr. Seien Sie um 14 Uhr im *Dorint*.«

»Ich liebe Sie, Jessica Born«, sagte ich und unterbrach die Verbindung.

Rodenstock kam hereingeschlurft und trug Pantoffeln von der braunen, schwarzkarierten Art, die mein Urgroßvater bevorzugt hatte. Er grinste müde, gähnte und sagte, alle Frauen seien leicht verrückt und er sei weit über Sechzig und spüre das nahe Ende. Ohne auf eine Antwort zu warten, schlurfte er weiter in die Küche und versuchte, seine Ohnmacht mit einer Tasse Kaffee zu bekämpfen.

»Denkst du auch an diesen Konzerngewaltigen?«

»Wir haben einen Termin um 14 Uhr im *Dorint* am Ring.«

»Sollen wir Irmchen vorher oder nachher besuchen?«

»Vorher natürlich.«

»Dann versuche ich mal, mich zu rasieren«, nickte er. »Die Frauen lassen wir schlafen, die kriegen noch genug zu tun. Hast du zufällig schon herausbekommen, wann Harro zur Beerdigung freigegeben wird?«

»Nein. Das solltest du machen. Das Gleiche gilt für Walter Sirl. Du bist der Kriminalist, ich bin nur der Zuarbeiter.«

»Ha, ha!« sagte er und machte die Badezimmertür hinter sich zu.

Ich stellte mich im Garten an das Loch und versuchte herauszufinden, wie groß die Teichfolie sein mußte. Ich stellte zwei Berechnungen an: Nach der ersten mußte sie rund 140 Quadratmeter groß sein, nach der zweiten etwa 96. Vermutlich waren beide falsch, und ich gab auf. Es war wohl besser, auf andere Zeiten zu warten. Nichts ist frustrierender als ein Hirn, das nicht anspringt.

Wir fuhren gegen elf. Rodenstock saß neben mir und spielte mit seinem Handy. Er rief nacheinander mehrere Leute an, die irgend etwas mit seinem ehemaligen Beruf zu tun hatten. Dann verkündete er: »Sie werden weder Harro noch den Sirl schnell freigeben. Es wird garantiert noch eine Woche dauern.«

In Kelberg steuerte ich die Bäckerei Schillinger an und erstand vier Apfeltaschen, die wir auf dem Weg zum Nürburgring mampften. Endlich fuhren wir die langen Kurven nach Quiddelbach hinein, und ich spähte eine alte, sehr krummbeinige Frau aus, die auf meine Frage, wo denn Irmchen wohne, geringschätzig die Lippen schürzte: »Nächste links, bis zum Ende. Dann rechts, dann wieder links bis zum Ende. Da isses.« Ihr Blick sagte, daß sie uns für gewaltige Sünder hielt und daß sie uns auf die Rutschbahn zum Teufel wünschte.

Das Haus gehörte zu der Sorte, wie sie in der letzten Zeit in der Eifel typisch sind. Da ist hier noch ein Erkerchen angefügt, dort die Andeutung eines Aluminium-Wintergartens angeheftet, und das Dach ist ein hübsches Durcheinander von asynchronen Flächen, bei deren Entwicklung der Architekt eindeutig betrunken war. Der Verputz war strahlend weiß, der Vorgarten von der Art, die traurig macht.

Auf den beiden Klingeln stand nichts, auch das ist typisch in der Eifel. Wieso sollen denn dort Namen stehen, wo doch ohnehin jeder weiß, wer da wohnt?

Rodenstock nahm die zweite Klingel.

Die Frau, die öffnete, war eindeutig Irmchen, denn sie hatte langes, hennarotes Haar bis auf den Po. Sie trug etwas, das entfernt an einen Morgenrock erinnerte, aber offenkundig unter Materialnot gefertigt worden war. Rauh sagte sie: »Jungs, dies hier ist keine Kneipe, auch wenn ihr noch so gut drauf seid. Könnt ihr heute abend wiederkommen?« Dabei sah sie uns freundlich an.

»Geht nicht«, entgegnete Rodenstock. »Es geht um Harro und Walter.«

»Ihr seid Bullen?«

»Nein«, sagte ich. »Keine Bullen. Wir sind Freunde, wir kümmern uns drum.«

»Aha«, nickte sie. Ihr Gesicht, das sehr hübsch war, sah plötzlich aus wie das eines Clowns, der über die miesen Seiten des Lebens weint. »Und ihr würdet immer wiederkommen, nicht wahr?«

»Ja«, bestätigte Rodenstock.

»Hm. Also gut. Ihr macht einen Kaffee, und ich zieh mir einen Fummel an.« Sie drehte sich um und ging hinternwackelnd vor uns her. Es sah ausgesprochen nett aus.

Die Küche war sehr klein, Rodenstock machte sich an die Arbeit. Ich hockte mich im Wohnzimmer in einen Sessel und schaute mich um. Da war die Sehnsucht nach einem geordneten Leben mit Mann und Kindern, da war das Signal zu erkennen: Ich liebe die Welt, und ich will, daß die Welt mich liebt. Und es gab Hinweise auf die Sehnsucht nach Harmonie: Jemand hatte rund um einen Holzteller den Beginn des *Vater unser* geschnitzt, ein anderer hatte in Porzellan die Schrift *Ein Mutterherz hört nie auf zu schlagen* verewigt, und ein uralter Teller vom Trödel verkündete *Gott ist in jedem Baum.* Der bevorzugte Stoff von Irmchen war schwerer Brokat, und sie hatte unendlich viele Deckchen aus diesem Material über Sessel und Sessellehnen gebreitet. Sogar das Telefon steckte in einem Überzug aus Brokat. Der ganze Raum machte den Eindruck, als sei er 1950 entworfen und dekoriert worden. Es gab nur einen Hinweis auf Modernität. Auf einem schlichten Schild stand: *Ich schreibe nicht an!*

Sie stolperte hinein, fluchte und beschwerte sich über einen Läufer, der ihr seit drei Jahren auf den Keks gehe. Dabei zündete sie sich eine Reval ohne Filter an und hustete sich in den neuen Tag.

»Rauchen ist schrecklich«, befand sie. Sie schaute mich an und setzte sich in einen Sessel, wobei sie das rechte Bein unter ihren Po brachte. »Ich kann mich ja sowieso nicht drücken, und um meinen Ruf brauche ich mir keine Sorgen mehr zu machen. Also, frag schon. Du siehst so aus, als seist du ein Berufsfrager.«

»Ist er«, bestätigte Rodenstock aus der Küchenecke.

»Wieso kenne ich euch dann nicht? Wieso wart ihr noch nie hier? Mit Harro? Oder mit Walter?«

»Autos und Motorräder sind mir eigentlich scheißegal«, erklärte ich. »Aber ich mochte Harro, und ich mochte Walter. Und nun sind beide tot. Umgebracht.«

»Darum geht es erst mal weniger.« Rodenstock trug den Kaffeetopf auf den Tisch. »Erst mal geht es um Andreas von Schöntann. Den kennst du auch, oder?«

Sie nickte. »Den kenne ich auch. Was hat der damit zu tun?« Sie kniff die Lippen zusammen und starrte aus dem Fenster.

»Er hat hier bei dir gefeiert«, sagte ich.

Sie sah mich an. »Und wenn ich das abstreite?«

»Brauchst du nicht«, sagte Rodenstock väterlich. »Wir schreiben nicht darüber. Jetzt jedenfalls noch nicht.« Er setzte sich in den Sessel neben sie ganz vorne auf die Kante, so daß sein Gesicht sehr nahe an ihrem war. »Stell dir vor, wir könnten dir einen Scheck vorlegen, mit dem die Assistentin vom Schöntann dich bezahlt hat und ...«

»Falsch!« rief sie hell und triumphierend. »Da wird nur bar gelöhnt. Nur bar.« Dann begriff sie, was sie gesagt hatte, und sie fluchte: »Scheiße!«

»Macht nichts«, beruhigte sie Rodenstock. »Wir sind ja keine Bullen. Also, es ist immer bar gelöhnt worden?«

»Ja.«

»Wann war er denn zum letzten Mal hier?«

»Das sage ich nicht. Kein Mensch kann mich zwingen, das zu sagen.«

»Hat die Frau Born dich im voraus bezahlt?«

Sie machte einen Kußmund. »Etwas«, murmelte sie. »Nicht viel, etwas.«

»Was ist das eigentlich für eine Frau?« fragte ich.

»Die Jessica Born? Na, das ist eine süße Blonde. Sie ist dauernd um ihren Chef rum. Ich glaube, der kann nicht mal alleine auf den Lokus gehen. Aber irgendwie braucht er sie, weil er ohne ihre Hilfe nichts mehr geregelt kriegt. Sie hat ihn irgendwie in der Hand. Jedenfalls kriegt sie gutes Geld dafür, daß sie alles regelt. Dienstlich und privat, würde ich sagen. Sie ist irgendwie hochgekommen. Jetzt ist sie oben und will natürlich oben bleiben. Und damit sie oben bleibt, braucht sie die totale Kontrolle. Also bezahlt sie mich. Logisch, oder?« Es war deutlich, daß sie uns eiskalt ansehen wollte. Aber das ging nicht, weil sich Tränen in ihre Augen stahlen. »Ach, Scheiße!« sagte sie wild, schniefte und suchte nach einem Taschentuch hinter den Kissen. Dann musterte sie Rodenstock: »Wer bist du denn eigentlich?«

»Sein Freund«, sagte er und wies auf mich. »Ich bin ein Bulle im Ruhestand.«

»Also doch.«

»Nein«, sagte er. »Ich verwende nichts von dem, was du uns sagst. Harro hat von Schöntann recherchiert, nicht wahr?«

Sie nickte.

»Weißt du auch, worum es ging?«

»Nicht genau. Ich will auch gar nichts wissen. Ich rede nie über Kunden. Das ist nicht gut fürs Geschäft.«

»Ich denke, du willst dieses Geschäft nicht mehr?« sagte ich.

»Was meinst du damit?«

»Ich meine, daß du dieses Geschäft, dein Geschäft, nicht mehr ausüben willst.«

»Hat Walter ...«

»Nein, Walter hat nichts erzählt. Nicht uns«, stellte Rodenstock richtig. »Nochmal, Harro hat von Schöntann recherchiert. Es ging um eine Rückrufaktion, oder?«

»Ja.« Irmchen war erleichtert, sie strahlte plötzlich. »Aber davon verstehe ich nichts. Da müßt ihr mit anderen reden.«

»Hör zu«, sagte ich bedächtig. »Walter ist tot. Hast du dich nicht gefragt, wer sowas Verrücktes macht?«

»Doch«, nickte sie. »Hab ich.« Dann wurde ihr Mund schmal, und sie begann zu weinen.

»Zu welcher Antwort bist du gekommen?« fragte ich unnachgiebig weiter.

»Zu keiner«, sagte sie. »Das ist einfach zu irre. Erst Harro, dann Walter.«

Ich schloß die Augen und riskierte es. »Meinst du, daß Andreas von Schöntann sowas macht?«

Sie hörte augenblicklich auf zu weinen und starrte mich fassungslos an. Es kam ein merkwürdiges Krächzen aus ihrem Mund, dann ein stotterndes Lachen, schließlich lachte sie schallend. »Andreas? Der? Um Gottes willen. Der hat doch schon Schwierigkeiten, wenn er sich beim Rasieren schneidet. Nie und nimmer. Ach so«, setzte sie hinzu, »weil Harro nach diesen Rückrufen gefragt hat? Aber warum soll er denn nicht fragen? Er ist doch Journalist, oder? Das ist doch sein Beruf!«

»Stimmt«, sagte Rodenstock trocken. »Trotzdem ist jemand hingegangen und hat erst Harro und dann Walter getötet. Das kriegen wir schließlich nicht aus der Welt, oder? Wieso ausgerechnet Walter, von dem man sagt, er konnte keiner Fliege was zuleide tun?«

Sie sackte wieder in sich zusammen. »Ich weiß es wirklich nicht. Gießt du mir noch einen Kaffee ein?«

Rodenstock goß ihr ein. »Können wir mal Klartext reden?«

»Können wir«, sagte Irmchen leise. »Es läuft sowieso darauf hinaus, daß ich das dumme Schwein am bitteren Ende bin. Das kenne ich schon.«

Rodenstock beschwichtigte: »Du kannst mir glauben, daß wir das nicht zulassen. Wir haben die Information, daß du dich mit Walter zusammentun wolltest. Ihr wolltet in Adenau einen Betrieb aufmachen, eine Kunstschmiede. Stimmt das wenigstens?«

»Ja«, sagte sie erstaunt. »Woher wißt ihr das?«

»Von Harros Frau. Und die hat es von Harro. Walter wollte Rat und hat Harro gefragt, was er davon hält.«

Schweigen.

»Und was hat Harro ihm geraten?« Es fiel ihr fast körperlich schwer, das zu fragen.

»Harro war dafür. Er sagte, du wärst prima für Walter.« Rodenstock lächelte Irmchen an. »Du brauchst also nicht darauf zu pochen, daß du auch in diesem Fall die Dumme bist.«

Sie starrte ihn an, und ihre Augen verschleierten sich erneut. Plötzlich sprang sie auf und lief hinaus. Es dauerte eine kleine Weile. Dann kam sie zurück und gab Rodenstock einen Briefumschlag. Er öffnete ihn und holte ein gefaltetes DIN-A4-Blatt heraus. Da stand:

Liebes Irmchen!

Ich denke, wir können am 15. November heiraten. Bis dahin habe ich das Grundstück und die Genehmigung in Adenau.

Unterschrieben hatte Walter pedantisch mit *Bis demnächst Dein Walter Sirl*. Seinen Namen hatte er schwungvoll mit einem eleganten Bogen unterstrichen, so, als habe er äußerst gute Laune gehabt, als er das schrieb.

Rodenstock nickte, gab mir das Briefchen, setzte sich dann neben Irmchen und nahm sie in die Arme. »Mein armes Kleines«, sagte er sanft. »Und du weißt wirklich nicht, wer Harro oder Walter oder beide getötet hat?«

»Nein. Ich denke Tag und Nacht darüber nach. Die waren doch beide gute Typen, oder? So ein verdammter Scheiß. Da habe ich einen Mann und habe wieder keinen Mann. Warum? Weil jemand hingeht und ihn erschießt.« Sie starrte uns an. »Sagt selbst, das glaubt kein Mensch.«

»Das glaubt kein Mensch«, nickte ich. Es gab nicht den geringsten Zweifel, daß Walter Sirl den Brief geschrieben hatte, und noch weniger zweifelte ich daran, daß er sie hatte heiraten wollen, um mit ihr in Adenau einen Betrieb aufzubauen. Walter hatte in dieser Frau die Chance seines Lebens gesehen, und mit Sicherheit wäre sie das auch gewesen.

»Ob ich zu der Beerdigung gehen kann?« fragte sie mit Kleinmädchenstimme.

»Sicher kannst du das. Wir nehmen dich mit.« Rodenstock stand auf. »Wir müssen weiter, Siggi.«

Im Wagen sinnierte er: »Sie ist wirklich das Opfer, und sie hat wirklich keine Ahnung, was passiert ist. Für uns stellt sich der Fall ziemlich einfach dar: Harro Simoneit

107

weiß etwas über den Manager Andreas von Schöntann. Er beginnt zu recherchieren und findet etwas heraus, das ihn für von Schöntann gefährlich macht. Irgendwer, wahrscheinlich nicht von Schöntann selbst, bringt Harro Simoneit um. Weil Walter Sirl zufällig das Gleiche erfahren hat, muß er ebenfalls dran glauben. Und meine Erfahrung mit Mördern sagt, daß genau das nicht stimmt. Diese Frau, bei der wir eben waren, ist das ideale Opfer dieser Gesellschaft. Da sie im Ruf steht, eine Nutte zu sein, und da sie das weiß, traut sie sich nicht einmal zu erzählen, daß Walter Sirl sie heiraten wollte – obwohl sie das sogar schriftlich beweisen kann. Für sie ist das ein Lebensplan, der wieder mal zertrümmert wurde. Wie so viele ihrer Pläne in Trümmern endeten. Sie ist kein weniger guter Kumpel und durchaus genau so moralisch wie jede andere Frau auf der Welt, aber aus bekannten Gründen traut man ihr einen anständigen Platz in dieser Gesellschaft nicht zu. Ich gehe jede Wette ein, daß sie etwas weiß, was zur Lösung des Falles beitragen könnte. Aber sie weiß nicht, daß sie es weiß, weil sie nicht weiß, welches Detail wirklich wichtig ist. Und weil wir nicht wissen, welches Detail wichtig ist, können wir auch nicht danach fragen. Man nennt das wohl ein Dilemma. Auf jeden Fall gefällt mir diese Frau.« Er seufzte. »Und was machen wir jetzt?«

»Jetzt haben wir Freizeit. Bis 14 Uhr. Dann müssen wir im *Dorint* von Schöntann treffen.«

»Du, nicht ich.« Rodenstock räusperte sich. »Du wirst allein gehen. Wenn er zwei Leuten gegenüber sitzt, wird er gar nichts sagen. Gibt es irgendwo eine Stelle, auf die die Sonne scheint, wo kein Auto hupt und kein Mensch herumläuft?«

»Massenhaft«, sagte ich vergnügt.

Ich fuhr an die Nordschleife, dort, wo der große Parkplatz es möglich macht, daß die Leute bis unmittelbar an die Rennstrecke gelangen können, wo immer jemand mit Kreide etwas auf die Strecke gemalt hat: *Good bye, Jonny* zum Beispiel, oder *Mach's gut im Bikerhimmel, Tom!*

Wir hockten uns am Rand der Kiefern ins Gras. Es war niemand hier, über die scharfe Linksrechtskombination, die wir einsehen konnten, zischten Motorräder und gelegentlich ein Papi mit Familie auf Abenteuerurlaub, wobei man die ganze Familie schreien sehen konnte, während Papi todesmutig zu Tal stürzte und dabei garantiert 70 km/h nicht überschritt, weil sein Auto zu neu war.

Dinah meldete sich und sagte müde: »Wir fahren jetzt zu Petra rüber, aber wir kommen so schnell wie möglich zurück.«

Wir dösten in der Sonne, bis Rodenstock sagte: »Im Grunde finde ich den Mord mit der Schrotflinte viel intelligenter als den mit dem Zyankali. Bei der Schrotflinte muß der Mörder darüber nachgedacht haben, wie er Walter von der Maschine fegt. Mit einem Gewehr wäre das entschieden zu riskant gewesen, mit Schrot aus kurzer Distanz eine sichere Sache. Wenn er nicht durch den Schrot stirbt, stirbt er beim Aufprall auf die Fahrbahn. Teuflisch gut.«

»Weißt du noch irgendeine besondere Frage, die ich stellen müßte?«

»Schau ihn dir gut an, nichts sonst. Und vergiß nicht, mich hier wieder abzuholen. Es ist hier schöner als in einer Hotellobby.«

Ich fuhr langsam zu den Tribünen hinüber, parkte im alten Fahrerlager und ging zum Hoteleingang. Ich setzte mich in die Lobby, genau gegenüber dem Zakspeed-Boliden, den irgend jemand mit Sinn für Melancholie an die Decke gehängt hatte, genau über die Bar. Ich bestellte eine Kanne Kaffee und wartete.

Jessica Born kam erstaunlicherweise pünktlich durch die Glastür geschossen. Sie war schlank, blond und in ein kleines Schwarzes verpackt. Sie war hübsch und trug schwarze, einfache Slipper, die so klangen, als seien sie genagelt. Sie sah sich nicht um, sondern steuerte geradewegs auf mich zu, reichte mir die Hand, als wolle sie Wimpel mit mir tauschen, und sagte etwas atemlos: »Jessica Born. Ich nehme an, Sie sind Herr Baumeister.

Wir müssen noch fünf Minuten warten. Ich habe eben mit Herrn von Schöntann telefoniert, er braucht noch Zeit für einen anderen Besucher.«

»Kein Problem, ich warte.«

»Gut.« Sie drehte sich um, schoß zur Bar, ließ sich etwas in ein Glas füllen und kam wieder zurück. Bisher hatte sie nicht eine einzige langsame Bewegung gemacht.

»Das mit Harro Simoneit ist ja tragisch«, sagte sie in einem Ton, der besagte, daß sie das im Grunde nicht die Spur interessierte. »Was treiben Sie eigentlich so? Ich meine, was machen Sie, wenn Sie sich nicht um Ihren Freund kümmern?«

»Ich schreibe Reportagen«, plauderte ich. »Meistens soziale Themen. Die mit Autos nicht das geringste zu tun haben.«

»Aber Autos sind doch spannend.« Sie hatte ein Staubfleckchen auf ihrem Kleinen Schwarzen entdeckt und versuchte nun, es zu entfernen.

»Ich finde Autos nicht spannend«, sagte ich. »Gebrauchsgegenstände.«

»Da würden Ihnen Millionen heftig widersprechen. Und wahrscheinlich würden Sie in meiner Branche viel mehr Geld verdienen als in Ihrer.«

»Das mag sein«, sagte ich.

»Wir suchen laufend Texter. Haben Sie nicht Lust?« Sie sah mich nicht an, sie war immer noch mit diesem Staub beschäftigt. Dann guckte sie unvermittelt auf und strahlte. »Sie könnten doch in die Großstadt kommen. Hier ist doch der Hund begraben.« Sie biß sich auf die Unterlippe, sie sah allerliebst aus.

Ich wußte genau, daß das noch keine perfekte Bestechung war. Es war der Versuch herauszufinden, ob ich auf das Wort Geld anspringen würde. Es war das, was man eine grundsätzliche Abklärung nennt.

»Aber Sie wissen doch gar nicht, ob ich so etwas kann«, wandte ich vorsichtig ein. Dabei mühte ich mich, sehr nachdenklich auszusehen.

Sie zog einen Schmollmund. »Ich bin ja kein heuriges

Häschen mehr, das können Sie mir glauben. Ich habe mir ein paar Sachen von Ihnen besorgt. Ich habe die Geschichte über die alten Menschen in der Großstadt gelesen. Phantastisch.« Sie beugte sich sehr weit zu mir vor. »Wissen Sie, was mich aufmerksam gemacht hat? Wissen Sie nicht, wetten? Sie formulieren am Telefon druckreif.«

»Oh«, sagte ich und wurde rot vor Freude. Jedenfalls bemühte ich mich darum.

»Ich denke, es muß doch auf die Dauer hier in der Gegend langweilig sein. Aber Sie könnten ja auch hierbleiben, wenn Sie ein Häuschen haben. Ich würde Ihnen Zeit lassen. Sagen wir, ich gebe Ihnen die Spezialanfertigung unseres Kombis. Drei Liter, annähernd zweihundert PS. Sie fahren ihn vier Wochen, Sie fahren ihn stramm. Und Sie machen dann einen Zehn-Seiten-Bericht. Ich hoffe nämlich, daß durch Sie unsere Sprache aufgefrischt wird. Neue Begriffe, mit denen der Konsument umgeht und die wir einfach nicht schnallen, weil wir zu fachmännisch sind. Ich könnte versuchen, das durchzudrücken. Wir brauchen Leute wie Sie dringend.«

»Das verwirrt mich jetzt etwas«, murmelte ich neutral.

»Na klar«, sagte sie fröhlich. »Sie müssen erst mal die Sache mit Harro verdauen. Ist ja wirklich tragisch.« Sie fummelte wieder an dem Staub herum, den man nicht sehen konnte. »Erledigen Sie erst diese Geschichte, und dann reden wir. Okay?«

»Das könnte so okay sein«, nickte ich. »Wie funktioniert das mit der Bezahlung?« Ich versuchte sachlich zu bleiben. »Ich möchte nicht angestellt sein.«

»Oh.« Sie sah mir tief in die Augen. »Das verstehe ich. Wir machen eine Jahressumme aus. Sagen wir 250.000. Plus Tagesspesen, wenn Sie unterwegs sind, plus Benzingelder und so weiter. Alle Flüge frei.« Sie lächelte. »Sie brauchen sich um die Brötchen keine Sorgen mehr zu machen.«

»Das hört sich gut an«, sagte ich mit gesenktem Blick. »Das hört sich wirklich sehr gut an. Darf man auch kritische Bemerkungen machen?«

»Selbstverständlich. Sie helfen damit ja unseren Abteilungen, die an den Autos arbeiten. Wir zahlen für kritische Anmerkungen, also Fahrwerksabstimmungen, die nicht gut sind beispielsweise, Extrahonorare. Andy, also Herr von Schöntann, liebt diese Berichte besonders.« Sie sah auf die Uhr und fragte: »Wollen wir denn mal?«

»Einverstanden«, nickte ich.

Wir traten in den Glaskasten, der als Lift in der Lobby unermüdlich wie ein Acrylbagger die Wichtigen und Schönen hinauf- und hinunterschaffte. In der ersten Etage endete die Fahrt.

»Moment«, sagte sie und hielt mich sanft am Ellenbogen fest. Sie hatte plötzlich ein Handy in der Hand, und ich fragte mich, wo sie das wohl die ganze Zeit versteckt hatte.

»Ja, Andy. Ich bin mit Herrn Baumeister vor der Tür. Können wir?« Dann unterbrach sie und sagte: »Wir können!« Es war ein feierlicher Augenblick wie vor der Bescherung am Heiligen Abend. Sie flüsterte noch: »Er ist wirklich wahnsinnig gestreßt.«

Wir standen vor einer Doppeltür, und die Welt dahinter war eine Welt, der ich noch nie im Leben getraut habe. Es handelte sich beileibe nicht um ein Hotelzimmer, sondern um den Livingroom einer Suite. Er war in sanftem Blau gehalten, einem durchaus seriösen, Vertrauen schenkenden Himmelblau.

Sicherheitshalber sagte ich bewundernd: »Wow!«, weil ich mich hatte belehren lassen, daß »Wow!« das Beste ist, was man in diesen Sekunden der Sprachlosigkeit einfacher Bevölkerungsschichten absondern kann. Und prompt belohnte mich Jessica Born mit einem schnellen Lächeln.

»Das ist Siggi Baumeister«, sagte sie in einem Ton, als habe sie mich soeben aus dem Hut gezogen.

»Das freut mich«, erwiderte der Mann in der Sitzecke. Er stand auf und streckte die Hand aus.

Von Schöntann war groß, schlank, silberhaarig und vielleicht 55 Jahre alt. Er hatte ein schmales, markantes

112

Gesicht und verblüffend hellblaue Augen, die keine Spur wäßrig wirkten.

»Herr Baumeister ist daran interessiert, als Texter für uns zu arbeiten«, sagte die Assistentin aus dem Hintergrund. »Und ich soll dich an den Helikopter erinnern. Wir müssen in ungefähr dreißig Minuten starten, wenn du rechtzeitig in München sein willst.«

»Ist gut, Jessi«, sagte er weich. »Sorg bitte dafür, daß wir in diesen dreißig Minuten nicht gestört werden.«

»Sicher, Andy.« Sie ging hinaus.

»Setzen Sie sich. Ein Gläschen Champagner?«

»Ich nehme mir ein Wasser«, erwiderte ich. Um keine Zeit zu verlieren, fragte ich: »Was wollte mein Freund Harro Simoneit von Ihnen? Daß er von der Rückrufaktion erfahren hatte, die nicht stattfinden sollte, weiß ich schon. Das können wir außer acht lassen.«

»Oh«, seufzte der Manager und setzte sich, »das können wir leider nicht. An diesem Punkt gab es einen Dissens zwischen Herrn Simoneit und mir. Simoneit hat eindeutig etwas falsch verstanden. Eigentlich wollte ich heute mit ihm hier sprechen, um das aufzuklären. Bedauerlicherweise ist Herr Simoneit nun tot. Ich bin Ihnen um so dankbarer, daß Sie gewissermaßen sein journalistisches Erbe angetreten haben. Wie mir Frau Born sagte, sind Sie ein As, wenn ich es einmal so ausdrücken darf. Nur auf anderen Feldern. Es ging von Beginn an nicht um eine Rückrufaktion. Es ging von Beginn an um eine Feldpflegemaßnahme. Das ist der entscheidende Punkt.«

Jetzt nannten sie das also Feldpflegemaßnahme. Sehr geschickt. »Was, bitte, sind Feldpflegemaßnahmen?«

Er überlegte nicht lange. »Das ist ein neuer Begriff meines Marketingmannes. Bei der Produktion so vieler Typen kommen Fehler fast zwangsläufig vor. In diesem Fall ging es um folgendes: Bei einer Modellreihe mit bestimmten 16 V-Maschinen treten bei dem automatischen Zahnriemenspanner Ermüdungserscheinungen auf. Das kann nach einem Jahr auftreten oder nach zwei oder drei. Bisher sind die Motoren selbstverständlich auf dem Kulanzweg ersetzt worden. Jetzt schreiben wir alle 270.000 Kunden an, sie sollen sich in der Werkstatt einfinden. Alle Käufer des betreffenden Modells werden bis etwa Anfang November benachrichtigt sein. Entweder wird nur das Teil ausgetauscht, oder aber auch sämtliche Schäden behoben, bis hin zum Austausch der Maschine. Unfälle können durch diese Sache nicht entstehen. Der Spaß kostet uns sicherlich einhundert Millionen. Und genau das hat Harro Simoneit herausgefunden und wollte diesbezüglich ein Interview mit mir, was er selbstverständlich bekommen hätte. Er nahm an, wir wollten uns drücken und einen ernsthaften Schaden vertuschen. Das wollten wir jedoch nicht. Mein Ehrenwort.«

»Also, Ehrenworte sind nichts mehr wert«, wandte ich erheitert ein. »Mich interessiert, was mein Freund Harro außer dieser sogenannten Feldpflegemaßnahme herausgefunden hat. Es steht außer Zweifel, daß er noch etwas anderes recherchiert hat. Etwas, das wahrscheinlich mit dieser Rückrufaktion nicht das geringste zu tun hat. Was war das, Herr von Schöntann?«

»Soll das etwas mit meiner Person zu tun haben oder aber mit unseren Produktionen?« Er lächelte und wirkte erstaunlich sympathisch.

»Vielleicht mit Ihrer Person«, sagte ich nachdenklich. »Gibt es da Besonderes zu berichten?«

»Es ist möglich, daß Herr Simoneit herausgefunden hat, daß ich zwei neue Stationen für krebskranke Kinder einrichten will. Eine in Hamburg, eine in München. Wir tragen als Konzern auch soziale Verantwortung.« Er wedelte mit beiden Händen. »Ich bin eine Zielperson der Medien. Ich habe festgestellt, daß man mir alles Mögliche anzuhängen versucht. Häufig sind es Gerüchte, und in der Regel haben sie keine reale Basis. Kürzlich wurde behauptet, ich zöge von den Gewinnen des Unternehmens Gelder ab, um sie privat zu investieren.« Er lachte leise. »Ich habe das nicht nötig, ich verdiene genug. Der betreffende Verlag mußte widerrufen und Schadensersatz zahlen. Immerhin 200.000 Mark.«

»Es geht generell die Sage um, Sie seien ein Prozeßhansel«, sagte ich milde. »Sie ziehen auch vor den Kadi, wenn jemand eine Geschichte über Ihre Frau schreibt und dabei nicht ganz die Wahrheit sagt. Ist das so?«

»Prozeßhansel? Nein, Sir, wirklich nein. Ich halte nur mein Haus sauber. Meine Frau hat eine makellose Vergangenheit, und wenn jemand etwas anderes behauptet, wird er bestraft. Gott sei Dank funktioniert Vater Staat auf diesem Sektor noch.«

Ich dachte: Was ist mit dem Wohnwagen deiner Frau und den vielen Motorsportbegeisterten, die durch ihr Bett gelaufen sind? Laut sagte ich: »Also können Sie sich nicht vorstellen, daß Harro Simoneit abgesehen von der ›Feldpflegemaßnahme‹ etwas Brisantes herausgefunden hat?«

»Wirklich nicht«, sagte er. »Aber, Herr Baumeister: Ich stelle mich. Recherchieren Sie, aber Sie werden nichts Interessantes über mich finden. Stimmt das tatsächlich, daß jemand Harro Simoneit mit Zyankali umgebracht hat?«

»Ja. Seine Frau ist verzweifelt, weil sie endlich schwanger ist. Und er starb, ohne das erfahren zu haben.«

»Das ist ja furchtbar«, murmelte der Manager betroffen. »War er denn wenigstens gut versichert?«

»Das weiß ich nicht. Ich weiß nur, daß er ein guter Journalist war.«

»Glauben Sie, daß man in diesem Fall helfen sollte?«

»Das würde ich durchaus befürworten. Darf seine Frau Sie anrufen?«

»Aber selbstverständlich«, er sprach nicht, er sang. »Sagen Sie ihr das. Und dann der brave Walter. Das kann ich überhaupt nicht verstehen, ich denke da an brutalen Vandalismus. Da hat jemand ausprobiert, wie die Flinte funktioniert. Zumindest sieht das für einen Außenstehenden so aus.«

Das war etwas, das mir Bewunderung abnötigte, er konnte wirklich recht haben. »Möglich«, sagte ich. »Aber Sie müssen zugeben, daß das alles ein wenig komisch wirkt, wenn man es in Ruhe betrachtet. Der eine wollte ein Interview mit Ihnen, der andere brachte Ihnen bei, wie man langsam Motorrad fährt.«

»Walter traf ich zufällig. Wir kamen ins Gespräch, und er sagte etwas, was mir wirklich am Herzen liegt: Die meisten rasen. Es gibt aber Motorräder, mit denen darf man nicht rasen, mit denen muß man reisen. Sie verstehen mich, und Sie kennen das auch: Walter war ein einfacher Mann, aber seine Weltsicht nötigte mir Achtung ab. Er war von großer Gelassenheit. Und da sagte ich: Das müssen Sie mir beibringen. Also kaufte ich eine Maschine, und er brachte es mir bei. Er brachte mir sehr viel mehr bei. Wie man zum Beispiel einen Reifen wechselt oder einen neuen Bowdenzug anbringt. Die einfachen Dinge. Sogar wie man die Maschine richtig belädt und wie man ein Zelt aufstellt. Es hat Riesenspaß gemacht.« Von Schöntann legte eine Hand auf die Stirn, als wolle er die Falten verscheuchen. »Es ist tragisch, er war ein Freund. Es ist wirklich tragisch«, seufzte er. »Ich war sogar bei ihm zu Hause. Ich übernachtete auf der Burg in Daun, und da fuhr ich zu ihm nach Hause.«

»Sie haben ihn Ihren Ferrari fahren lassen, ich weiß.« Ich mußte ihm signalisieren, daß ich entschieden mehr wußte, als er bisher geglaubt hatte.

Einen Moment lang verschwand das Lächeln, einen Moment lang waren die Augen hart wie Kieselsteine. Dann bemerkte er trocken: »Sie sind wirklich gründlich. Jessica hatte recht. Frage: Kannten sich Sirl und Simoneit?«

»Sie kannten sich«, nickte ich. »Sirl war zu Hause bei Simoneit zu Gast. Sie mochten sich, sie sprachen über alles Mögliche.« Schluck das, verdau es, wenn du kannst.

»Ich hatte keinen Krach mit Simoneit«, sinnierte er. »Ein Mißverständnis, gut, aber keinen Krach. Mit Sirl hatte ich nicht den Hauch von Krach. Er hat sogar versprochen, sich mein Haus in Süddeutschland anzugucken und einen neuen Garten zu planen. Das müssen Sie auch von der Mutter erfahren haben.«

»Habe ich nicht«, gab ich zu. »Ich habe mit der Mutter nicht gesprochen, ich sprach mit jemand anderem. Daß Sie drei sich kannten, ist am Ring normal. Hier kennen sich alle. Es war ja auch nur ein Versuch, diese ekelhaften Todesfälle etwas aufzuhellen. Zwar gibt es noch eine Verbindung, aber die scheint zu weit hergeholt.« Ich schwieg.

»Welche Verbindung?« fragte er langsam.

»Irmchen.« Ich lächelte ihn an. »Sie kennen Irmchen. Ihre Wohnung in Quiddelbach, ihre erfrischende Kumpanenstimme. Irmchen eben.«

»Ist das diese junge Frau, die Gäste in ihrer Wohnung empfängt?« fragte er freundlich.

Ich nickte.

»Da war ich betrunken«, sagte er. Für einen Augenblick waren seine Augen schmal. »Soweit ich weiß, sind dort viele Gäste. Seit Jahren. Oder?«

»Das ist richtig«, sagte ich. »Irmchen ist ein richtiger Schatz. Aber wenn Sie betrunken waren, können Sie sich sicher gar nicht recht erinnern. Das verstehe ich gut.« Ich hatte den Stachel gut gesetzt, und der Stachel saß tief. »Nun ja, dann war es das wohl. Danke für die Zeit, die Sie mir geopfert haben.« Und um ganz sicher zu gehen, setzte ich hinzu. »Ihre Assistentin war ja so nett, die Rechnung dort zu bezahlen. – Wir Amateure sollten eben nicht in diese Halbwelt hinuntersteigen.«

Er war erleichtert. »Das sind wir, Amateure. Da haben Sie vollkommen recht. Wie hieß es früher in den Geschichten aus dem Wilden Westen? Wir sind blutige Anfänger.«

»Die Betonung liegt wohl auf blutig.«

»Sie müssen doch nicht sofort verschwinden. Der Pilot kann durchaus ein paar Minuten warten. Wie war das? Sie spielen mit dem Gedanken, für uns zu texten? Großartig. Wir brauchen neues Blut, wir müssen unsere Sprache verändern, wir müssen volksnäher werden, wir müssen die Sprache unseres Kunden sprechen. Machen wir einen Vertrag? Zwei Jahre? Zwei Jahre als fester Freier?

400.000 pro anno? Dazu Dienstwagen? Die üblichen Spesensätze? Ein Apartment der Firma?«

»Jessica Born war nicht ganz so großzügig«, sagte ich bescheiden.

»Jessica Born ist nett und hübsch und jung und ehrgeizig. Aber sie hat wenig Ahnung vom Gewerbe«, entgegnete er. Er stand unvermittelt auf, streckte mir die Hand entgegen. »Hat mich gefreut, Herr Baumeister. Melden Sie sich. Warten Sie mal ... Melden Sie sich in vierzehn Tagen in meinem Büro, wir machen den Vertrag. Ist das in Ordnung?«

»Das ist sehr in Ordnung. Ich werde mich melden. Und danke schön für das Gespräch.«

Jessica Born war nicht in Sicht. Während mich der Lift hinunterbrachte, rief ich Rodenstock an. »Ich komme dich jetzt holen.«

»Das wäre gut«, sagte er. »Salchow hat angerufen. Sie haben Irmchen in der Hollywoodschaukel gefunden. Sie ist mausetot. Also, beeil dich!«

Wie mir später berichtet wurde, brachte ich einen Laster von *Gerolsteiner* zur Verzweiflung, weil ich wie ein Irrer, ohne rechts und links zu gucken, auf die Bundesstraße hinausschoß. Der Lkw fuhr fast die Polizeiwache um. Ich kann mich nicht erinnern. Ich fuhr Vollgas die 258 an der Döttinger Höhe vorbei und nach links in die 412 nach Kempenich. Rodenstock stand am Straßenrand und stieg zu.

»Wann soll das passiert sein?«

»Das ist nicht genau bekannt. Aber wir wissen ja, wann wir bei ihr waren. Bis etwa 12 Uhr. Dann waren wir hier für etwa eine Stunde und 45 Minuten. Du bist zum Hotel. Jetzt ist es 14.35 Uhr. Der Mörder hatte also gut zwei, zweieinhalb Stunden Zeit. Gib Gas.«

Ich wendete und gab Gas.

»So schnell nun wieder auch nicht«, stöhnte Rodenstock. »Meine Frau wird etwas dagegen haben, wenn du mich in den Himmel fährst. Was hat er dir denn geboten?«

»Wieso fragst du das?«

»Weil ich dich und deine Andeutungen kenne. Also wieviel?«

»400.000 pro Jahr als Fixum, plus Spesen und so. Vertrag über zwei Jahre. In vierzehn Tagen kann ich unterschreiben.«

»Und? Wie ist er?«

»Ein klassisches Alpha-Männchen, führt immer die Jäger an. Sehr sanft, sehr hart, sehr freundlich. Aber so dämlich, mit Zyankali durch die Gegend zu laufen, oder mit einer Schrotflinte, ist er garantiert nicht.«

»Glaubst du, er hat einen Mordauftrag vergeben?«

»Glaube ich nicht. Er hat so etwas gar nicht nötig.«

»Wie stellt der hohe Chef es dar? Hatte er etwas von Harro zu befürchten?«

»Nein. Er sagt, alles beruhe auf einem Mißverständnis.«

»Aha, mal was vollkommen Neues. Du kannst es später genau aufschreiben. Und laß die arme Hausfrau da vorne leben, die hat nur ein paar Blumen gepflückt.«

Ich raste auf das Kreuz der 258 und der 257 und bog etwas querlaufend nach rechts ab. Aus den Augenwinkeln beobachtete ich, daß Rodenstock, verzweifelt rudernd, nach dem Haltegriff oberhalb der Tür angelte.

»War sie denn allein im Haus?«

»Wie bitte?«

»Ich frage, ob Irmchen allein im Haus war?«

»War sie wohl. Der Lkw-Fahrer, bei dem sie wohnt, ist auf einer Tour mit Obst aus Spanien.«

»War es auch Zyankali?«

»Das kann doch noch kein Mensch wissen. Lieber Himmel, da vorne ist eine Linkskurve, und du gibst Gas.«

»Entschuldige«, sagte ich und bremste an.

In der schmalen Straße standen sechs Wagen. Vier Zivilfahrzeuge und zwei Streifenwagen. Ein Uniformierter hob die Hand: »Sie können hier nicht durch, meine Herren.«

»Schon klar«, sagte Rodenstock freundlich. »Aber wir sind Zeugen, wir waren nämlich um 12 Uhr noch hier, und da war Irmchen noch sehr lebendig.«

»Ach so«, sagte er. »Moment bitte.« Er drehte sich ab und sprach in ein Walkie-talkie. Dann nickte er. »Man erwartet Sie.«

»Nicht ins Haus gehen«, sagte Rodenstock durch die Zähne. »Geh rechts am Haus vorbei. Und wenn wir nach hinten kommen, dann fotografierst du sofort. Aus der Hüfte, Cowboy.«

»Du bist ein richtiger Journalist geworden«, zischte ich vorwurfsvoll zurück. »Geh wenigstens seitlich vor mir her.«

Ich zog die Nikon aus der Tasche, schaltete den Motor an, nahm sie in die rechte Hand und hielt sie so harmlos, wie man etwa ein Brikett zum Ofen trägt. Rodenstock bog um die Ecke, ich folgte.

Es war ein sehr ruhiges, merkwürdiges Bild, das sich uns bot. Links, vor einer Tür standen drei Männer und sprachen leise miteinander. Rechts war eine Gruppe weißer Plastikgartenmöbel aufgebaut. Ein niedriger, runder Tisch, auf der einen Seite zwei Stühle mit Armlehnen, auf der anderen die Hollywoodschaukel. Was in der Hollywoodschaukel lag, konnten wir noch nicht sehen, aber wir erkannten Dr. Salchow, wie er gebückt um die Schaukel herumstrich und dabei wohl auf Irmchen schaute. Links von ihm, ungefähr drei Meter entfernt, hatte ein Fotograf eine Mamiya auf ein Stativ gesetzt und fluchte. »Gotts Donner. Ich brauche sie aus dieser Position, aber ich habe Gegenlicht. Und ich habe den verdammten Vorsatz vergessen.«

»Guten Tag, die Herren«, sagte Rodenstock. »Wir haben von dem Mord gehört, wir waren noch um 12 Uhr etwa hier. Da lebte sie noch.«

Die drei Männer an der Tür zu Irmchens Wohnung fuhren herum, und ein dürrer, verdrießlich aussehender Mann, der nicht dazu gekommen war, sich zu rasieren, fragte aggressiv: »Was wollen Sie hier?«

Salchow drehte den Kopf: »Du brauchst dich nicht so aufzuregen, Helmuth. Das ist der Kriminalrat a. D. Rodenstock. Und er war zusammen mit Baumeister hier. Bis 12 Uhr. Das hörst du doch.«

»Hör auf, du Quacksalber«, sagte der Verdrießliche, aber er mußte dann grinsen. »Das ist ja ein richtiger Glanzzeuge. Ich war mal Ihr Schüler.«

»Wo denn?« fragte Rodenstock.

»In Münster. Spielen Sie jetzt Privatdetektiv?«

»Ein bißchen«, nickte Rodenstock.

Ich fotografierte derweil, bis der Motor den Film zu Ende transportiert hatte. Dann sagte ich artig: »Guten Tag. Was ist denn passiert?«

»Irmchen ist tot«, sagte der Verdrießliche und hatte wieder schlechte Laune. »Sie muß Besuch gehabt haben. Der Besuch ist nicht von vorn gekommen, sondern daher!« Er wies mit ausgestrecktem Arm durch den Garten auf einen Zaun, der eine schmale Wiese abtrennte. Hinter der Wiese lag ein Streifen Eichen, vielleicht sieben oder acht Jahre alt. Dazwischen standen Vogelbeerbäume, der Waldsaum war dicht besetzt mit hohem Farn.

»Was ist dahinter?« fragte Rodenstock.

»Ein Waldweg. Guckt sie euch an. Sie hat offensichtlich gesessen. Und sie hat geraucht. Als sie das Bewußtsein verlor, ist die Zigarette neben ihr auf das Polster gefallen, hat ein Loch in das Polster und in ihren Oberschenkel gebrannt. Der, der sie getötet hat, muß in diesem Stuhl gesessen haben. Das heißt, daß sie ihn oder sie kannte. Normalerweise hätte Salchow auf Herzversagen, Infarkt oder Hirnschlag oder etwas in der Art getippt. Das ist doch wahr, oder?«

»Das ist wahr«, sagte Salchow von der Hollywoodschaukel her. »Aber wir wissen, daß ein Irrer mit Zyankali durch die Gegend läuft. Und ich wäre unbedingt dafür, die Obduktion sofort zu machen. Das Zyankali ist dann leichter nachweisbar.«

»Laßt mal sehen«, murmelte Rodenstock. Er ging zu Irmchen.

Sie lag halb auf dem Rücken, zur rechten Seite geneigt. Sie trug nichts am Leib, nicht einmal einen Bikini oder Teile davon. Ihr Gesicht wirkte verzerrt, als habe sie Sekunden lang große Schmerzen aushalten müssen.

»Das ärgert mich«, sagte Rodenstock. »Also, sie hat hier gesessen. Dann ist jemand von da hinten gekommen, und sie hat sich nicht einmal etwas übergezogen. Aber warum auch? Sie hat den Mann oder die Frau gekannt, weshalb sich also beim Sonnenbaden stören lassen? Sie reden miteinander, dann passiert es. Der Mörder verschwindet auf dem gleichen Weg, auf dem er gekommen ist. Wer hat Irmchen entdeckt?«

»Die Nachbarin, die zwei Häuser weiter auf der anderen Straßenseite wohnt. Sie hat ein Kleid für Irmchen geändert und wollte es zur Anprobe bringen. Die Frau hat sofort angerufen. Wir haben sie befragt. Sie hat keinen Menschen gesehen.« Der Verdrießliche zog eine Schachtel Dannemann Brasilzigarren aus der Innentasche und zündete sich eine an.

»Ist der Mörder über den Zaun gestiegen?« fragte ich.

»Brauchte er nicht«, sagte Salchow. »Da ist ein kleines Türchen im Zaun.«

»Um den Fall beneide ich euch nicht«, knurrte Rodenstock. »Schon weitergekommen bei Harro Simoneit oder Walter Sirl?«

»Nicht mal der Hauch eines Motivs«, sagte der Verdrießliche. »Und ständig sind diese Pressefritzen hinter mir her. Das macht doch keinen Spaß mehr.«

»Wir müssen nicht fragen, wer es tat, wir müssen fragen, wer der Nächste sein wird«, murmelte Rodenstock. »Laß uns gehen, ich möchte nachdenken.«

Er starrte Irmchen an. »Phantastische Figur«, sagte er dann tonlos, »und so verdammt jung. Sollen wir die Aussagen aufschreiben und schicken? Oder sollen wir auf die Wache kommen?«

»War etwas Besonderes, als Sie hier waren?« fragte der Verdrießliche.

Rodenstock schüttelte den Kopf. »Wir hatten erfahren,

daß Harro Simoneit und Walter Sirl mal hier gewesen sind. Angeblich wollte Sirl Irmchen sogar heiraten und ...« Er stockte. »Sirls Brief!« sagte er scharf. »Sie müssen einen einfachen DIN-A4-Zettel suchen. In der Wohnung. Darauf hat Sirl mitgeteilt, daß sie im November heiraten können.«

»Ach du lieber Gott. Eine Herz-Schmerz-Arie.« Dem Verdrießlichen gefiel das nicht.

»Wenn es Zyankali war, hat es mit Herz-Schmerz wenig zu tun«, erwiderte Rodenstock trocken. »Also, wir machen ein Gedächtnisprotokoll mit allen Einzelheiten und faxen das auf die Wache.«

»Gut so«, nickte der Verdrießliche und paffte seine Zigarre.

Über der Waldung schrie ein Bussard und fiel vom Himmel. Wahrscheinlich mußte jetzt eine Maus sterben.

»Wo willst du hin?« fragte ich Rodenstock im Wagen.

»Zu Simoneits Haus«, sagte er. »Wir müssen die Frauen loseisen, und ich habe noch ein paar Fragen an die junge Witwe.«

»Von Schöntann bietet der jungen Witwe Hilfe an. Soll ich ihr ausrichten.«

Er sah mich an. »Hat er ein schlechtes Gewissen?«

»Das weiß ich nicht. Er tat sehr betroffen. Und weil er alles mit Geld zukleistert, ist es logisch, daß er auch die Witwe zukleistern will.«

»Du magst ihn nicht?«

»Nein. Er ist glatt, sehr glatt. Und er ist klug.«

»Wie war das mit der Bestechung?«

»Das Verrückte ist, daß es im Grunde keine war. Wenn ein Richter mich fragen würde, ob von Schöntann mich bestechen wollte, müßte ich antworten: nicht direkt. Er wollte mich kaufen. Und an dem Punkt kann er behaupten, daß er Texter sucht. Laufend. Und im Gewerbe ist das eine bekannte Tatsache. Ich erinnere mich deutlich, daß Harro mal berichtet hat, er habe sowohl von Mercedes wie von Porsche wie von VW das Angebot bekommen, Texte zu machen. Jemand anderes, an dessen Name ich mich nicht erinnere, hatte die Möglichkeit, gegen ein Schweinegeld sowohl zu Opel nach Rüsselsheim wie zu Ford nach Köln zu wechseln. Und vor allem die Japaner und seit neuestem auch die Koreaner suchen dringend nach Leuten, die interessante, witzige und neue Texte für Europa entwickeln. Die geben ebenfalls sehr viel Geld aus und locken mit Superkonditionen. Diese Konditionen betreffen Spesengelder, Reisegelder, Autos, Wohnungen, enorme Urlaubszeiten und so weiter und so fort. Also ist das mit der Bestechung so eine Sache ...«

»Er hat dir 400.000 pro Jahr geboten. Ist das nicht irrsinnig?« Das verletzte Rodenstocks Beamtenehre.

»Reg dich ab, Papi. Ich kann deine Wut verstehen, und tatsächlich ist die Preis-Leistungs-Kurve an dieser Stelle so etwas wie der Mont Blanc in einer platten Ebene. Erinnere dich an den hübschen Spruch *Nichts ist unmöööglich – Toyota*. Dieser eine Spruch, rund um die Welt, hat der Firma mehr gebracht, als man sich ausmalen kann. Und auf diese Hoffnung gründet sich das ganze Gewerbe. Sie zahlen irrsinnige Gelder. Die 400.000 sind eigentlich nur zwei Drittel der Wahrheit. In Wirklichkeit könnte ich allein von den Spesen leben und den Rest der 400.000, den mir das Finanzamt läßt, aufs Sparbuch tragen. An dieser Stelle streikt dein soziales Gefühl, und du hast recht. Arbeitslose noch und nöcher, und 400.000 Mark für Texte, von denen man nicht weiß, ob sie vierundzwanzig Stunden überleben. Das ist eine verrückte Welt, und sie wird immer verrückter.« Ich bremste und stellte mich rechts an den Straßenrand. »Ich sage dir, wie das Gespräch mit ihm verlief.«

Ich berichtete so genau wie möglich, und Rodenstock hörte schweigend zu.

Als ich den Wagen wieder in Bewegung setzte, sagte er: »Im Grunde kannst du zwei Jahre erfolglos texten. Aber du wärst zwei Jahre vom Markt und müßtest die Schnauze halten, weil er dein Arbeitgeber ist.«

»So ist es«, bestätigte ich. »Er würde mich ein paarmal

auf Konferenzen vor meinen Arbeitskollegen beschämen und zur Sau machen, so daß ich nach zwei Jahren ganz freiwillig gehen würde. Anschließend könnte ich nichts gegen ihn unternehmen, weil jeder Richter mich aufgebracht fragen würde: Wie können Sie für diesen Mann für 400.000 pro Jahr arbeiten und ihn beschuldigen, ein Schwein zu sein? So einfach ist das.«

»Die Koalition der Ehrenmänner«, seufzte Rodenstock. »Wie in der Politik.«

»Es ist Unternehmenspolitik«, bestätigte ich. »Es gibt geradezu irre Ansprachen in diesem Gewerbe. Da läßt ein Konzern der Autobauer ein halbes Hundert Journalisten anreisen. Zu irgendeiner Neuvorstellung eines bestimmten Typs. Die Journalisten kriegen von der eigenen Redaktion Spesengelder, setzen also sowieso keinen Pfennig zu. Die Presseabteilung zahlt ihnen aber diese Spesengelder noch einmal, und zwar in doppelter Höhe. Die Journalisten zahlen die Hälfte an einen Sonderfond der Presseabteilung zurück. Jetzt haben beide Seiten Spielgeld und allein an den Spesen gut verdient. Das war auch so eine Sache, mit der Harro nicht fertig wurde. Es ist tragisch, er war irgendwie zu ehrlich. Er hatte deutlich etwas vom Michael Kohlhaas. Die Sache mit den Spesengeldern hat er mir mal erzählt. Nicht etwa als Gag, sondern als ein Stückchen Fragwürdigkeit, über das kein Mensch mehr nachdenkt.«

»Damit wäre es aber auch möglich, daß Harro von jemandem getötet wurde, der aus den eigenen Reihen stammt.«

»Alles kann sein. Kann sogar sein, daß es einfach ein Irrer ist, hinter dessen Systematik wir niemals kommen werden.«

Harros Haus war kein Trauerhaus mehr. Als wir ausstiegen, lachte jemand schallend, dann fielen andere ein, Männer und Frauen.

»Was ist denn das?« fragte Rodenstock verwirrt.

In dem Haus war der Teufel los. Die Leute schleppten Sessel, Sofas, Bücherstapel. Jemand sagte: »Also so gefällt mir der Raum schon viel besser.« Vier Menschen kamen an uns vorbei und schrien frohgelaunt: »Aus dem Weg, aus dem Weg.« Sie trugen etwas Bettartiges. Sie schwitzten und lachten und keuchten und fragten ab und zu: »Petra, wo kommt das hin?« Petra stand auf der Treppe und erteilte Befehle. »Das nehme ich in mein Arbeitszimmer. Das kommt in die Wohnlandschaft oben, das will ich an meinem Bett haben.«

»Die spielen doch verrückt«, sagte Rodenstock.

»Tun sie nicht«, sagte Dinah. Sie fiel mir um den Hals, biß mir ins Ohr und flüsterte: »Ich freue mich so, daß du wieder da bist. Wir räumen sämtliche Zimmer um. Das Gästezimmer wird Petras Schlafzimmer, das Schlafzimmer wird ein Arbeitszimmer, das Arbeitszimmer von Harro wird ein Kinderzimmer und das Wohnzimmer hier unten wird eine Art Wohnlandschaft. Und natürlich stammt die Idee mal wieder von der mehr als beliebten Emma. Und jetzt verschwindet gefälligst im Garten, ich setze einen Kaffee auf.«

Wir schwiegen vor uns hin. Rodenstock steckte sich eine Brasilzigarre in den Mund und war wahrscheinlich muffig, weil er keinen Kognak hatte, keinen Kaffee und keine Bitterschokolade. Ich stopfte mir eine Chacom und paffte in die Sonne.

Endlich tauchte Emma mit einem Tablett auf und sagte heiter: »Hier ist auch Schokolade und Kognak. Ich war in einem Tante-Emma-Laden und habe an dich gedacht. Es ist gut, daß ich dich habe.«

»Was treibt dieses verrückte Haus eigentlich?« fragte Rodenstock klagend.

»Die Idee stammt von meinem Ururonkel Mendele, der seinerzeit in Rio de Janeiro ein verrücktes Testament hinterließ, als er hochbetagt und sehr reich das Zeitliche segnete. Mendele war ein Familienmensch und legte in seinem Testament Regeln fest. Zum Beispiel bestimmte er, daß möglichst schnell nach seinem Tod das Haus neu angestrichen werden sollte. Und jeder Raum sollte eine neue Bestimmung erhalten und, wenn eben möglich, neu eingerichtet werden. Seitdem hat mein Clan das so gehalten.« Sie lächelte und starrte auf das Haus. »Und wie ihr seht, funktioniert das und verscheucht ein bißchen die Schatten.« Sie fuhr Rodenstock zärtlich durch das Haar. »Du solltest darüber nachdenken. Einer von uns marschiert eher auf den Friedhof, soviel ist klar. Also sollte der Übrigbleibende so schnell wie möglich ein neues Zuhause bekommen.«

Rodenstock grinste und erwiderte sarkastisch: »Du machst mir richtig Mut.«

»Oller Torfkopp!« murmelte sie – für eine Holländerin von erstaunlicher Sprachkraft.

»Ehe ihr übereinander herfallt, laß mich fragen, ob in unserer Sache hier irgend etwas passiert ist«, mischte ich mich ein.

»Du bigotter Mensch!« maulte Rodenstock.

»Ja«, berichtete Emma, »wir hatten Besuch von Peter.«

»Und wer ist das?«

»Ein Verrückter, ein Dorfdepp, ein ganz liebenswerter. Der kam von Quiddelbach herunter und brachte die Nachricht, daß diese Irmchen, die Privatwirtin, getötet wurde.«

»Moment mal«, sagte ich augenblicklich aufgeregt, »wann war der hier?«

»So um ein Uhr. Nein, halt, es war zehn Minuten vor eins. Ich habe auf die Uhr gesehen. Er wollte Petra sehen und ihr sagen, daß Irmchen jetzt auch tot sei. Ganz tot! sagte er.«

»Um 12 Uhr haben wir Irmchen verlassen«, überlegte ich. »Da war sie quicklebendig. Und dieser Verrückte taucht hier um zehn vor eins auf und behauptet, sie sei tot. Es sind garantiert sechs Kilometer bis Quiddelbach. Stopp, von Haus zu Haus eher sieben. Wie ist er hierhergekommen?«

»Petra meint, er macht alles zu Fuß.« Emma schaute mich an. »Oh je, das ist aber komisch.«

»Das ist sehr komisch«, nickte Rodenstock. »Da hast du deinen Irren!«

»Augenblick noch. Was hat er sonst noch erzählt?«

»Nichts. Wir haben ihm eine Flasche Bier gegeben. Er saß auf der Treppe vor dem Haus, und als er die Pulle ausgetrunken hatte, verschwand er wieder. Er ist ein Lieber, er ist total verrückt, aber harmlos. Laut Petra wohnt er in einem alten kleinen Bauernhaus am Rand von Quiddelbach.«

»Laß uns fahren«, sagte ich. »Das müssen wir sofort wissen.«

»Wenn wir Glück haben, ist er dein Irrer.« Rodenstock hastete hinter mir her.

Jemand, der in einem Vorgarten Rosen schnitt, sagte uns, Peter sei einfach zu finden. Letzter Weg nach links, letztes Haus rechter Hand gleich am Wald. »Und wenn er nicht da ist, gucken Sie in die Scheune. Da ist er meistens.«

Die letzten zweihundert Meter ließ ich den Wagen betulich ausrollen, um diesen Peter nicht aufzuregen. Das Haus war uralt und sehr klein. Es war von der Art, in denen Jungbauern früher ihre Eltern unterbrachten, wenn sie das Hofhaus für ihre eigene Familie brauchten. Das Fachwerk war vom Feinsten, weil handgearbeitet mit den Spuren der alten Beile. Die Füllungen bestanden aus Stroh und Lehm, die dann später mit Mörtel beworfen worden waren. Das Dach war in der Mitte geschwungen wie eine Messerklinge, und das Haus stand mit Sicherheit unter Denkmalschutz. Rechts und links von der alten zweiteiligen dunkelgrünen Klöntür, die in das Haus führte, standen Rosenstöcke, an deren Fuß deutlich sichtbar war, daß es sie schon vor dem Zweiten Weltkrieg gegeben hatte. Das nächste Haus war mehr als zweihundert Meter entfernt.

Rodenstock blieb stehen und sagte bewundernd: »Davon habe ich immer geträumt.«

»Es wird unheimlich eng da drin sein. Eng und muffig. Und niemand kann sich räuspern, ohne daß das jemand anderes mitkriegt. Die Mär von der Romantik alter Bau-

ernhäuser hält sich nur aufrecht, weil man heute Rigips-
platten an die Wände klatschen kann und Decken auf-
hängt, die so aussehen, als seien sie aus Holz. Im Grunde
müßtest du dann das Ganze als Sondermüll deklarieren.«

»Du bist brutal«, beschwerte sich Rodenstock. Dann
rief er: »Hallo, Peter!«

Links stand eine alte Scheune, windschief, aber solide.
Die breite Tür knarrte, und der junge Mann, der herauskam, sah erbärmlich aus. Er trug einen alten, ausgefran-
sten Pullover, eine Hose undefinierbarer Farbe, deren
Reißverschluß kaputt war. Darunter grüne Reeboks, die
den Eindruck vermittelten, als hätten sie drei Bauern-
kriege hinter sich. Der Mann war nicht rasiert, hatte eine
wilde, lange Mähne, die strähnig und unansehnlich auf
die Schultern fiel. Und er trug eine Stummelpfeife im
Mund. Aber er strahlte über das ganze Gesicht und kam
geradewegs auf mich zu. Er reichte mir die Hand, machte
eine Verbeugung, ging dann zu Rodenstock und wiederholte das.

»Kommt rein, kommt rein«, sagte er heiser. Er stieß die
Tür auf und ging voraus in den kleinen, dunklen Flur. Es
ging nach rechts in eine Art Küche. Da gab es einen Tisch
mit vier Stühlen, eine Uhr an der Wand, die sehr laut
tickte, einen alten Küchenherd, der noch mit Kohlen und
Holz befeuert werden mußte, und einen antiken Küchenschrank, dessen Untersatz mit Linoleum belegt war. Daneben hing eines der süßlichen Jesusbilder: Jesus in den
Strahlen eines Mondes vor einem wacholderähnlichen
Baum. Er kniete auf einer Grasfläche und betete mit ge-
falteten Händern.

»Das ist ja wirklich toll«, sagte ich und wies auf das
Bild.

Peter lachte: »Jesus lebt!« Dann suchte er etwas. Es war
eine Blechdose mit einem tabakähnlichen Stoff.

Ich nahm die Dose und roch daran. Es waren Pfeffer-
minzblätter.

»Das gut. Das gut«, sagte er und klopfte seine Stummelpfeife aus.

»Ich habe Tabak«, sagte ich. »Richtigen Tabak. Willst du welchen?«

»Vielleicht will er lieber sowas?« sagte Rodenstock. Er hatte sich auf einen der uralten Stühle plaziert und hielt eine seiner fürchterlichen Zigarren hoch.

»Das gut«, sagte Peter. »Das gut.« Er nahm Rodenstock die Zigarre aus den Fingern und steckte sie in den Mund. Er schloß die Augen und beugte sich weit zu Rodenstock vor.

»Er will Feuer«, sagte ich überflüssigerweise.

Als die Zigarre brannte, öffnete er die Augen und strahlte uns wieder an. »Gut«, sagte er. »Bier?«

»Bier«, nickte Rodenstock.

»Ich nehme Wasser«, sagte ich.

Er ließ aus dem Wasserhahn Wasser in ein vor Dreck starrendes Glas laufen und stellte es vor mich hin. Dann holte er aus einem dunklen Winkel eine Flasche Bier, setzte ein weiteres dreckiges Glas vor Rodenstock auf den Tisch und goß ein. Er selbst nahm die Flasche. »Prost!« sagte er heiter.

Ich trank von dem Wasser und Rodenstock von dem Bier. Wir schmatzten alle drei behaglich.

»Irmchen ist tot«, begann Rodenstock.

»Ganz tot«, nickte Peter.

Er stand auf und machte vor, wie er sie gefunden hatte. Er ging pfeifend einen Weg, lief um das Haus, sah sie, legte die rechte Hand wie einen Schirm über die Augen, erstarrte und bewegte sich sehr schnell zu ihr hin. Er blickte nach unten auf Irmchen. Schließlich drehte er sich um und rannte auf der Stelle.

»Ganz tot«, wiederholte er. Dann lachte er. »Alice nackt.« Er zog gewaltig an der Zigarre.

»Irmchen ist Alice?« fragte ich.

»Nein. Alice nackt.«

»Irmchen ist nackt?« fragte Rodenstock.

Peter schüttelte den Kopf. »Alice nackt. Irmchen nicht nackt.«

»Moment mal«, sagte ich. »Irmchen war nackt.«

»Nein, nein. Irmchen nicht nackt.« Er paffte erneut gewaltige, stinkende Wolken. »Alice nackt.«

»Wer ist Alice?« fragte Rodenstock.

»Alice?« fragte er zurück. Dann wieder: »Alice nackt.« Peter stand auf und ging schnell hinaus. Wir hörten, wie er die Treppe nach oben nahm, es polterte laut. Er redete etwas, wir konnten es nicht verstehen, dann quietschte eine Tür. Er rumorte irgendwo herum, wieder quietschte eine Tür, und er kam polternd die Treppe herunter. Im Arm trug er Kleider. Einen Rock, ein T-Shirt, einen Slip.

»Irmchen«, sagte er heiter und legte das Zeug auf den Tisch zwischen uns. »Alice nackt«.

»Oh Gott«, hauchte Rodenstock. »Sie war angezogen, sie war nicht nackt. Er hat sie ... er hat sie ausgezogen.« Das alles mit gänzlich unbewegtem Gesicht. Er grinste Peter an. »Irmchens Kleider?«

»Irmchens Kleider!« nickte Peter aufgeregt. »Irmchen ganz tot.« Er strahlte wieder. Dann fuhr er mit dem Zeigefinger in den Slip und nahm ihn hoch. Er ließ das gute Stück weit ausschwingen und lachte unbändig dazu.

»Was ist, wenn er eine alte Dose mit Ungeziefermittel entdeckt hat und das Zeug einfach ausprobierte?« Ich überlegte, ob Peter vielleicht der dunklen Seite seiner Seele anheimgefallen war. Nicht lange, nur ein paar Sekunden. Plötzlich fror ich.

Rodenstock beugte sich zu Peter vor, tippte ihm auf den Oberschenkel, drückte mit dem Zeigefinger einen imaginären Knopf und machte »pffft, pffft« dazu.

Peter verstand es nicht und schüttelte sicherheitshalber den Kopf. »Nichts Pffft. Alice nackt«, sagte er wieder.

»Wir müssen die Bullen holen«, sagte Rodenstock durch die Zähne. »Sie müssen dieses Haus durchsuchen. Vielleicht haben wir gerade den Fall gelöst.«

»Wir müssen vor allen Dingen normal mit ihm reden«, sagte ich. »Wir verkindischen ja förmlich. Wenn wir normal reden, wird er normal reagieren. Er hat vorgemacht, wie er die Tote fand und wie er erschreckte. Und er ist keiner, der lügt, oder?«

131

»Wir müssen die Bullen holen«, wiederholte Rodenstock starrsinnig. Er wandte sich an Peter. »Irmchen ist gut zu dir, nicht wahr?«

»Sehr gut«, bestätigte er heftig. »Ich arbeite. Für Irmchen. Bierkästen, Weinflaschen, Suppendosen.« Bei dem letzten Wort stieg erneut Heiterkeit in ihm hoch. »Suppendosen«, wiederholte er.

»Du hast auch den Garten für Irmchen gemacht, nicht wahr?« fragte ich.

»Oh ja. Garten, Blumen, Rasenmähen. Alles machen, Peter alles machen. Irmchen gut.«

»Niemals«, sagte ich, aber ich zweifelte selbst noch immer, »niemals hat er das gemacht. Er hat sie ausgezogen, gut. Aber er sagt auch dauernd ›Alice nackt‹, also wollte er Irmchen nackt. Und sie konnte sich nicht wehren. Und sieh mal, er ist doch ganz stolz auf den Slip.«

Peter hatte erneut den Slip auf den Zeigefinger genommen.

»Ich gehe mal raus telefonieren«, murmelte Rodenstock. »Ich kann mir das nicht erlauben, die einfachsten Regeln zu mißachten, verstehst du das?«

»Natürlich verstehe ich das. Aber ruf nicht mehr als einen Streifenwagen. Verschreck ihn nicht, den armen Kerl.«

»Armer Kerl?« fragte Peter. Dann lachte er und nickte. »Peter, armer Kerl. Peter armer, armer Kerl.« Er wollte sich ausschütten vor Lachen, hockte da vor seiner Bierflasche und stemmte den Slip auf dem Zeigefinger.

Rodenstock stand auf und ging hinaus. Einen Augenblick lang wurde Peter unsicher und sah ihm fragend nach. Das schien er zu kennen, da verließ ihn jemand.

»Schon gut«, sagte ich beruhigend. »Alice nackt?«

Er nickte ernsthaft, hörte auf zu lachen. »Alice nackt!« Er erhob sich ebenfalls und kramte im Oberteil des Küchenschrankes herum. Er kehrte mit einer alten Bibel zurück, auf der Stockflecke weiß schimmerten. Er blätterte das Buch auf: »Alice nackt.« Dabei tat er so, als lese er in der Bibel.

Ich nickte, weil ich ihm signalisieren wollte, daß ich ihn verstanden hatte. Das schien mir der richtige Weg, das schuf Vertrauen.

Als er das nächste Mal sagte: »Alice nackt«, hielt er mir die Bibel hin.

Ich nahm sie und blätterte darin. Vorn stand ein kurzer Text. Er lautete: *Vertrau auf Deinen Herrgott Kind.* Darunter: *Diese Heilige Schrift ist das Eigentum von Katharina Hillesheim. Adenau am 5. October 1892.*

»Alice nackt«, sagte Peter eifrig und sah mich so strahlend an, als müsse jetzt etwas Besonderes geschehen.

Ich dachte, ich versuche es. Ich hielt das Buch so, daß sich die Stelle von selbst aufschlug, die vermutlich am meisten gelesen worden war. Dort lag ein gedruckter Zettel mit einem Text von Hermann Hesse, geschrieben zum Weihnachtsfest.

Ich las: »Es ist ein merkwürdiges, doch einfaches Geheimnis der Lebensweisheit aller Zeiten, daß jede kleinste, selbstlose Hingabe, jede Teilnahme, jede Liebe ...«

»Alice nackt«, rief Peter voller Begeisterung.

»Also weiter«, sagte ich geduldig. »... jede Liebe uns reicher macht. Während jede Bemühung um Besitz und Macht uns Kräfte raubt, uns ärmer werden läßt. Das haben die Inder gewußt und gelehrt, und dann die weisen Griechen und dann Jesus, dessen Fest wir jetzt feiern ...« Ich hörte auf, ich schaute Peter an.

Er saß ganz entrückt da, hielt die Augen geschlossen, die Zigarre vor ihm in dem alten Aschenbecher war ausgegangen. Er hatte den Kopf weit zurückgelegt. Schließlich beugte er sich vor, legte behutsam eine Hand auf meinen Arm und sagte nickend: »Alice nackt. Gut.« Und: »Weiter Alice.«

Ich verstand immer noch nicht, aber ich las weiter: »Jedes Selbstlossein, jeder Verzicht aus Liebe, jedes tätige Mitleid, jede Selbstentäußerung scheint ein Weggeben, ein Sichberauben und ist doch ein Reicherwerden und Größerwerden ... Es ist ein altes Lied, und ich bin ein schlechter Sänger und Prediger, aber Wahrheiten veralten nicht und sind stets und überall wahr, ob sie nun in einer Wüste gepredigt, in einem Gedicht gesungen oder in einer Zeitung gedruckt werden.« Ich hörte auf, ich mußte aufhören, um Peter zu beobachten.

Er öffnete die Augen und sah mich aus weiter Ferne kommend an. Dann stand er auf, beugte sich über mich und küßte mich auf die Stirn. »Alice nackt«, sagte er sachlich und trank aus der Flasche Bier.

Wahrscheinlich war ich rot geworden. Verwirrt war ich in jedem Fall. »Irmchen?« fragte ich.

»Irmchen!« sagte er und hielt wieder den Slip hoch.

Rodenstock schlich behutsam in die Küche zurück. »Ein Wagen ist unterwegs. Sie machen es sanft.«

»Das hoffe ich, verdammt noch mal. Er war es nicht, Rodenstock. Er hat sie ausgezogen, aber er war es nicht.«

»Das ist verdammt unwahrscheinlich«, sagte er, aber er sagte es wütend, weil er wohl wußte, daß ich recht hatte.

Wir hörten die Sirene des Wagens näher kommen, bis sie abgestellt wurde.

»Polizei«, grinste Peter. Er hob das dreckige Glas mit Rodenstocks Bier und hielt es ihm hin. »Prost!«

Rodenstock nahm es und trank.

Der Streifenwagen rollte direkt vor das Fenster, und zwei Beamte stiegen aus.

Peter wiederholte strahlend: »Polizei!« und ging hinaus.

Wir folgten ihm.

»Hallo, Peter«, sagte der ältere Beamte. »Wir kommen, um dich zu fragen, ob du vielleicht ein Insektenvertilgungsmittel hast. Wir brauchen was im Garten.«

Wir erlebten unser Waterloo.

Peter fragte glockenklar: »Insektenvertilgungsmittel? Habe ich nicht. Habe ich noch nie gehabt. Ja, Moment mal, Schneckenkorn.« Er freute sich über das Wort Schneckenkorn und wiederholte es lachend.

Der ältere Beamte wandte sich an uns: »Ich will nicht vorlaut sein, meine Herren. Aber wenn er sagt, daß er kein Insektenvertilgungsmittel hat, dann hat er auch keines. Ich habe noch nie erlebt, daß Peter lügt. Nicht mal, wenn er im Tante-Emma-Laden Stumpen genommen hat, weil er glaubt, er darf sie nehmen. Er lügt einfach nicht.«

»Ich wollte nur sichergehen«, muffelte Rodenstock. »Er war am Tatort. Er hat Irmchen ausgezogen, denn ihre Sachen sind hier bei ihm.«

Der Beamte wurde schneeweiß. »Das kann ich nicht ... das ist ja ganz verrückt, das sind vielleicht andere Kleider.«

»Sind es nicht«, sagte ich. »Er hat uns vorgemacht, wie er Irmchen fand. Und ihre Kleider sind jetzt hier. Peter hat sie uns freiwillig gegeben. Er hat Irmchen gefunden und sie ausgezogen.«

Der ältere Beamte, der sicherlich lebensklug war, fragte: »Peter, wo ist Irmchen?«

»Ganz tot«, sagte Peter unbewegt.

»Und du hast sie ausgezogen?«

Peter nickte. »Ausgezogen. Irmchen gut. Alice nackt.«

»Wieso Alice?« fragte der Uniformierte.

»Alice nackt«, wiederholte Peter störrisch.

»Ich glaube nicht, Herr Rodenstock, daß er es war. Er hat Irmchen gefunden, gut, er hat sie ausgezogen, auch gut. Aber er hat Irmchen nicht angetastet. Irmchen war seine Heilige. Wir teilen es sicherheitshalber der Kommission mit. Aber es besteht sowieso keine Gefahr. Peter haut nicht ab, Peter haut nie ab.«

»Peter haut nicht ab«, plapperte Peter nach. »Irmchen ganz tot. Alice nackt.«

»Wieso lebt Peter hier allein?« fragte ich. »Wieso ist er nicht in einem Heim?«

»Weil er harmlos ist, und weil er hierhergehört«, entgegnete der Polizist. »Er ist geistig zurückgeblieben und war nach dem Tod seiner Eltern in Heimen. Er ist überall abgehauen, tauchte immer wieder hier in seinem Elternhaus auf, weil er hierhingehört. Da hat der Gemeinderat beschlossen, ein Gutachten anzufordern. Das besagte: Peter ist total harmlos. Das ist jetzt fünfzehn Jahre her. Nie ist etwas passiert. Nie.«

»Irgendwann hat alles Premiere«, sagte Rodenstock immer noch muffig. »Na gut, geben Sie der Kommission Bescheid. Vielleicht spricht sicherheitshalber ein Psychiater mit Peter. Aber merkwürdig ist es. Er muß Irmchen gefunden haben, kurz nachdem wir dort verschwunden sind. Das war um zwölf. Um zehn vor eins kommt Peter bei Harro Simoneits Haus in Adenau an und sagt, Irmchen sei tot. Das sind sechs Kilometer. Sechs! Das ist doch technisch unmöglich.«

Der ältere Beamte grinste und hatte eine Miene aufgesetzt, die etwas von der beharrlichen Freundlichkeit eines Erwachsenen hatte, der mit einem störrischen Kind zu tun hat. »Gut, daß Sie das sagen, Herr Rodenstock. Peter ist gut zu Fuß. Er nimmt nicht Wege und Straßen, er rennt immer querfeldein. Er rennt! Ich schätze, er braucht bis Adenau nicht länger als eine halbe Stunde. Das kennen wir schon.«

Rodenstock nickte. »Schon gut.«

Die Beamten verabschiedeten sich und fuhren wieder davon.

»Alice nackt«, sagte Peter.

»Ich würde viel geben, um zu wissen, was das heißt«, sagte ich.

»Alice nackt.« Peter faßte mich am Arm und zerrte mich in das Haus zurück. Er führte mich in die Küche, drückte mir die Bibel in die Hand und sah mich bittend an.

»Ich habe keine Zeit mehr, Peter«, sagte ich. »Ich muß weiter, ich muß arbeiten.«

»Alice nackt morgen?« fragte er. Er schien sofort verstanden zu haben.

»Alice nackt morgen«, nickte ich.

Er drückte meinen Arm ganz heftig. Dann wurde sein Gesicht starr. »Irmchen ganz tot«, sagte er betrübt. Er schreckte leicht hoch, wandte sich um, nahm die Zigarre und rannte hinaus. Dort steckte er sie sich in den Mund, stellte sich vor Rodenstock, beugte sich weit vor und hielt die Augen geschlossen.

Rodenstock seufzte und gab ihm Feuer. »Wir kommen wieder«, versprach er fest.

»Morgen Alice nackt«, nickte Peter.

»Morgen weiß ich nicht. Aber bald«, antwortete ich. Dann fragte ich: »Walter?«

Er nickte heftig. »Walter ganz tot.« Er schien sich an etwas zu erinnern, das ihn verwirrte. »Walter, Irmchen«, sagte er und kniff die Augen zusammen. »Morgen Alice nackt.« Dann erinnerte er sich an etwas anderes. Er lachte uns an, drehte sich herum und rannte in das Haus. Er kam mit den Kleidern Irmchens zurück und gab sie mir.

»Danke«, sagte ich. »Wir Trottel hätten sie vergessen.«

»Trottel«, strahlte er und schlug sich vor Freude auf den Schenkel.

Fünftes Kapitel

Wir fuhren zu Harros Haus zurück.

Das umgestaltete Wohnzimmer war Versammlungsort. Die Leute hockten auf allen Sitzgelegenheiten und aßen heiße Würstchen mit Kartoffelsalat. Einen Teil von ihnen kannten wir schon flüchtig als Verwandte und Eltern von Petra und Harro, einen anderen Teil kannten wir noch nicht. Nachbarn, vermutete ich.

Emma verschwand in der Küche und brachte uns etwas zu essen. Dinah hockte einträchtig mit Petra in einem viel zu schmalen Sessel.

Draußen war es sehr schwül, und im Westen stand eine fast schwarze Wolkenwand. Die Vögel im Garten hatten ihr Konzert eingestellt. Es würde vielleicht noch zwanzig Minuten dauern, dreißig bestenfalls. Die Gewitterwand zierte an den Rändern ein Blau in allen Schattierungen, es war ein phantastisches Farbenspiel.

»Ich finde es komisch, daß Irmchen keinen Beschützer hatte«, meinte Rodenstock. »Nicht mal so einen, den sie nicht mochte.«

»Sie hatte Walter«, wandte ich ein.

137

»Richtig. Aber das meine ich nicht. Ich meine die andere Welt von Irmchen.«

»Vielleicht hat die Tatsache, daß Andreas von Schöntann gewissermaßen Stammgast war, die Zuhälter abgehalten.«

»Es müßte eher das Gegenteil der Fall sein«, murmelte er und biß von seinem Würstchen ab. »Eine Frau mit so einem Kunden wie dem von Schöntann lockt alle möglichen Typen der Szene magisch an. Sie wittern Geld, verstehst du? Sie wittern einfach viel Geld. Jedenfalls ist das die Regel.«

»Na gut, aber ich kann mir sehr wohl vorstellen, daß Walter Sirl ziemlich grob geworden wäre, wenn er einen Zuhälter in Irmchens Wohnung angetroffen hätte.«

»Immer vorausgesetzt, er hätte das überhaupt gemerkt. Er war sehr naiv, er war gutmütig«, setzte Rodenstock dagegen.

»Wie hätte ein Zuhälter in diesem Zirkel Fuß fassen können?« fragte ich.

»Ich denke gar nicht an einen ausgesprochenen Zuhälter, ich denke nur an einen Charakter, der dem eines Zuhälters nahe kommt. Stell dir jemanden vor, der etwas aus Irmchens Vergangenheit weiß, das sie gern verborgen hätte. Er erpreßt sie, er weiß, daß er irgendwann absahnen kann. Er findet das Arrangement mit von Schöntann heraus. Er kann Tausende ernten – mit einem einzigen Telefonanruf.« Unvermittelt lächelte er. »Ach, Baumeister, hör nicht auf einen alten Meckerkopp. Ich denke einfach, daß wir bestimmte Spielfelder dieses Falles noch nicht betreten haben. Wir wissen noch nicht einmal, welche Spielfelder es gibt.«

Das Gewitter brach los, und in erstaunlich vielen Augen stand die blanke Angst. Es waren nicht so sehr die Frauen, die sich hier hervortaten, es waren die Männer. Ihre Augen wurden unstet, und sie schielten unausgesetzt aus dem großen Fenster. Jedesmal, wenn es blitzte und knallte, zuckten sie zusammen, und sie lachten breit und scheinbar gelassen. Die Frauen waren ängstlich, sie gaben es aber zu. Alles in allem war es eine witzige Szenerie.

Petra kam herüber und setzte sich auf meine Sessellehne. »Wie geht es euch so?«

»Nicht sehr gut«, sagte ich. »Kennst du eine Alice?«

»Nein. Wie ist Irmchen umgekommen?«

»Salchow wird anrufen, wenn er Näheres weiß. Wir haben mit dem verrückten Peter gesprochen. Und wir glauben, daß Harro bei der Recherche der Rückrufgeschichte auf noch etwas anderes gestoßen ist. Irgendwie muß das mit Irmchen zusammenhängen. Hat Harro dir gegenüber nie etwas erwähnt?«

»Er hat nur gesagt: Mit Irmchen läuft eine Riesensauerei. Ich erinnere mich an den Ausdruck, weil er ihn normalerweise nie gebrauchte. Ich habe gefragt, wie die Riesensauerei denn aussehe. Aber er hat keine Antwort gegeben. Er gab nie Antworten, wenn er etwas nicht genau wußte. Einmal war er in Luxemburg. Das muß ungefähr drei Wochen her sein. Als er zurückkam, sagte er: Das wird mir kein Mensch glauben.«

»Wie ist das eigentlich gewesen?« fragte Rodenstock. »War Harro oft bei Irmchen?«

»Ja«, antwortete Petra. »In den letzten Wochen dauernd. Immer wieder sagte er abends: Ich gehe auf ein Bier zu Irmchen. Und wenn ich Lust hatte, ging ich mit. Irmchen war eine gute Type, finde ich.« Petra glaubte, etwas klarstellen zu müssen: »Es ist nicht so, daß Harro mir mißtraute. Er stand auf dem Standpunkt, daß ich bei laufenden Recherchen so wenig wie möglich wissen sollte. Wenn er dann fertig war und schrieb, las er es mir vor.«

»Etwas stößt mir auf«, sagte Rodenstock. »Irmchen war eine Frau, die mit vielen schlief. Mir fehlt die männliche Figur, die so etwas wie ein Zuhälter sein konnte. Weißt du etwas von einem Zuhälter?«

»Nicht direkt«, erwiderte sie überraschenderweise. »Aber da war die Rede von einem gewissen Jonny. Der fuhr eine schwere, schwarze Kawasaki. Ich weiß auch, daß er schon Gast bei Irmchen war, als sie noch die Kneipe in Rieden hatte. Die Leute aus Quiddelbach sagen, Jonny sei ein Schwein. Ab und zu kam er und hat Irmchen zugesetzt. Er sagte ihr, er würde sie managen und sie könnte ihren Umsatz verdreifachen.«

»Wo wohnt er? Wie alt ist er?« Rodenstock klopfte mit den Fingern der Rechten ein Stakkato auf die Sessellehne.

»Weiß ich nicht«, sagte sie und stand auf. Wir waren ihr wohl zu direkt, und wir waren zu dicht am Tod ihres Harro.

»Jonny«, murmelte ich. »Wir hätten Peter fragen sollen. Ich wette, Peter weiß, wo Jonny ist. Aber ich bin so verdammt müde.«

»Ich auch«, nickte Rodenstock. »Ich kann mich nicht mehr konzentrieren. Vielleicht sollten wir eine Runde schlafen und dann Jonny suchen. Außerdem sollten wir diesen Ingo Mende fragen, ob er was herausgefunden hat. Vielleicht kann er Harros Notizen inzwischen lesen.«

»Morgen«, entschied ich. »Morgen reicht.«

Eine halbe Stunde später fuhren wir hinter den beiden Frauen her, die dankbar waren, daß wir darauf bestanden hatten, sie mitzunehmen.

Ich war noch nicht fünf Minuten im Haus und freute mich wie ein Kind auf ein Sprudelbad in Wacholdersalz, als die Hamburger Redaktion anrief und mich fragte, ob ich denn bereit sei. Ich antwortete, ich sei immer bereit. Es ginge um einen Text und möglichst viele exklusive Fotos. Sie seien interessiert an dieser Geschichte »da in der Eifel am Nürburgring, an diesen angeblichen Morden«.

»Nichts ist angeblich«, sagte ich. »Im Gegenteil, es sind Morde.«

»Gut«, sagte Hamburg. »Dann erwarten wir das Material.«

Ich wandte ein, daß bisher kein Wort von Geld gefallen sei und was sie denn anzulegen gewillt seien. Für einen Recherchenbericht von drei Seiten und sechs, acht Bilder seien sie bereit, einen Tausender hinzulegen.

»Dann vergessen Sie es«, sagte ich. »Die Konkurrenz hat mit schon das Fünffache geboten.« Es war ein schönes Gefühl zu lügen.

»Da halten wir doch mit«, erwiderte die jugendliche Stimme herzlich. »Das Material sollte aber spätestens übermorgen auf meinem Tisch sein.«

»Das geht nicht. Die Fälle sind zu frisch. Wir sind kaum über die Obduktionen hinaus. Wir warten ab, was ich erreiche, und ich sage Ihnen dann Bescheid.«

»Übermorgen oder gar nicht.«

»Dann gar nicht«, sagte ich und hängte ein. Die Redaktion ist auch nicht mehr das, was sie mal war, und es gibt Redakteure, die sich so benehmen wie die Redakteursseelchen von Yellow-Press-Blättchen. »Entweder schiebst du mir Lady Di jetzt auf den Tisch, oder wir sind getrennte Leute ...« Ich mußte nicht mehr parat stehen. Irgend jemand würde sich erinnern und mich anrufen, soviel war sicher. Und irgend jemand würde einen Preis machen, der mir gefiel.

Endlich ging ich baden und legte mich anschließend ins Bett. Zu mehr taugte ich wirklich nicht mehr. Ich bekam nur noch im Halbschlaf mit, daß Dinah hereinkam und sich wüst über mich beschwerte: »Und dann legt der Macker sich einfach hin, ohne ein Wort zu sagen. Als sei er allein auf der Welt ...«

Ich wurde wach und starrte schlaftrunken auf die Leuchtziffern des Weckers. Es war acht Uhr. Irgendwo im Haus polterte es. Ich sah Dinah neben mir, und alles schien in Ordnung. Dann erinnerte ich mich an die hochgestellten Klinken, und ich feixte lautlos vor mich hin. Willi wollte irgendwelche Türen öffnen, und das gelang ihm nicht. Wahrscheinlich war er frustriert und sauer und verfluchte mich bis in alle Ewigkeit. Ich schwang meine müden Beine aus dem Bett und schlurfte in den Flur.

Die Tür zur Küche stand sperrangelweit auf, die Tür zum Wohnzimmer auch. In der Küche lag Paul auf dem Tisch im Frühstückskorb und blinzelte verschlafen. Er oder Willi hatte den Tontopf, in dem wir das Brot frisch hielten, auf den Boden geräumt und zerschellen lassen.

Willi saß auf dem Tisch im Wohnzimmer und hatte die Vase mit den Sonnenblumen erledigt. Jetzt kaute er manierlich auf einem Blumenstengel herum und sah mich nur flüchtig an, weil er ein Problem hatte. Die Wasserpfütze aus der Vase reichte bis fast an seinen Bauch, und der Platz, den das Wasser ihm auf der Tischplatte ließ, war gering. Da ärgert sich die Katze.

»Himmelarsch!« fluchte ich heftig.

Irgend jemand, Rodenstock, Emma oder Dinah, hatte schlicht die Türen offenstehen lassen, nachdem er vor dem Zubettgehen zum letzten Mal durch das Gebäude gepflügt war. Und dafür war ich eigens auf den phantastischen Trick mit den hochgestellten Klinken gekommen.

Ich scheuchte erst Willi vom Wohnzimmertisch, dann Paul aus dem Brotkorb, obwohl er ganz allerliebst aussah, der Sauhund. Sie verdrückten sich, und ich begann aufzuräumen.

Nach einer halben Stunde hatte ich es geschafft, als es oben im ersten Stock rummste, als seien sämtliche Bücher aus den Regalen gekippt.

Wutschnaubend lief ich die Treppe hoch.

Willi hatte mein Zimmer geöffnet, denn weder Emma, noch Dinah, noch Rodenstock würden in mein Zimmer gehen und die Tür offenstehen lassen. Wie schaffte Willi das?

Es war nicht viel passiert. Er hatte nur etwa sechshundert Blatt Maschinenpapier auf den Fußboden geworfen, den Ficus von der Fensterbank gefegt und ungefähr ein Dutzend wohlgefüllte Aktenordner vom obersten Regal fallenlassen. Der Kater saß auf meinem Schreibtisch und leckte sich betulich die rechte Vorderpfote. Dann sprang er nahezu lautlos hinunter und schwänzelte an mir vorbei hinaus. Ich hörte ein kräftiges schlagendes Geräusch: Er hatte Dinahs Arbeitszimmer geöffnet. Jetzt wußte ich, wie er es machte. Er sprang einfach senkrecht hoch, so daß er zwischen Klinke und Türrahmen landete, und dabei drückte er die Klinke zur Seite. Wahrscheinlich war es wesentlich einfacher, eine senkrecht stehende Klinke zu überwinden als eine normal positionierte.

»Du bist ein Sauhund!« sagte ich stolz.

Zur Strafe wollte ich ihm in den Hintern treten, was nicht funktionierte, denn der Läufer unter mir setzte sich in Bewegung und ich landete auf dem Arsch. Im ersten Moment glaubte ich, ich hätte mir das Kreuz gebrochen. Ich schwor Rache, blutige Vergeltung.

Plötzlich knurrte Rodenstock hinter mir: »Es ist und bleibt dein Haus. Aber wieso du dich morgens zu nachtschlafender Zeit auf dem Fußboden wälzt, ist mir schleierhaft. Und wenn du das schon machen mußt, geht das nicht ein bißchen leiser?«

»O ja«, nickte ich. »Entschuldige, daß es mich überhaupt gibt. Ich bin untröstlich und entsorge mich sofort.« Und mir war so, als hörte ich meine Katzen entfernt kichern.

Eine Stunde später versammelten wir uns zum gemeinsamen Frühstück, und die drei unterhielten sich vergnügt über gewisse dunkle Elemente im Haus, die glaubten, sie könnten intelligente Katzen überlisten. Sie waren ekelhaft.

Gegen zehn Uhr machten wir uns auf den Weg. Emma und Dinah hatten beschlossen, sich in Daun leichte Pullover zu kaufen, ein Eis zu schlecken und ähnlich Nützliches zu tun. Rodenstock und ich wollten noch einmal zu Peter.

In Kelberg hielten wir kurz, um Doktor Salchow anzurufen und zu fragen, was die Obduktion Irmchens ergeben hatte.

»Zyankali«, sagte er trocken. »Wahrscheinlich wieder einfach versprüht. Es ist deprimierend.«

Dann läuteten wir bei Ingo Mende, dem Senior der Motorjournalisten, durch.

»Haben Sie die Notizen von Harro Simoneit entschlüsseln können?«

»Ja«, sagte er. »Es war ziemlich einfach. Er hat herausgefunden, daß die Rückrufaktion nicht stattfindet. Statt dessen führen sie etwas durch, das sie Feldpflege nennen. Aber nichts daran ist aufregend. Das macht ein Zehntel dieser Notizen aus. Der Rest ist mir vollkommen schleierhaft und hat nicht das geringste mit Autos zu tun. Es geht immer um etwas, was der Kollege ›Gesellschaft‹ genannt hat. Aber welche Gesellschaft er meint, weiß ich nicht. Einmal schreibt er ›fündig in Luxemburg-Stadt‹, aber er sagt nicht, was er dort gefunden hat. Dann heißt es ›Irmchen transportierte 230.000‹ und weiter ›beinahe hätte J. sie erwischt‹. Was 230.000 sind, schreibt Harro nicht. Dollar, D-Mark, Ameisen, ich weiß es nicht. Und wer J. ist, bleibt im dunkeln. Dann fand ich noch die Bemerkung ›Arbeitsgemeinschaft macht Firma‹. Wer diese Arbeitsgemeinschaft ist, steht nicht da. Und was für eine Firma sie machen, fehlt selbstverständlich auch. Einmal steht auf einem Zettel nur der Vermerk ›wirklich gefährlich ist B.‹ Wer zum Teufel ist B.? Pech auf der ganzen Linie. Kommen Sie vorbei?«

»Wir kommen nachher vorbei, rufen aber vorher an«, bestätigte ich und unterbrach die Leitung. »Harros Notizen ergeben für uns keinen Sinn. Aber es geht wohl nicht um Autos.«

»Prost Mahlzeit«, kommentierte Rodenstock trocken. Ich erzählte ihm, welche scheinbaren Unsinnigkeiten Harro Simoneit notiert hatte.

Er überlegte sehr lange, dann räusperte er sich. »Das, was mich am meisten an diesem Fall verwirrt, ist die nicht mehr wegzudenkende Tatsache, daß ein Autobauer versucht, sich um die Zahlung von 100 Millionen Mark zu drücken. Wenn du genau hinschaust, ist das aber eine ganz normale Sache. Das kann es nicht gewesen sein, was den Harro tötete. Er muß bei seinen Recherchen – von mir aus sogar durch Zufall – einige Fakten herausgefunden haben, die mit Autos nichts zu tun haben. Wir haben auch autoferne Typen in der Dramaturgie, oder? Irmchen zum Beispiel. War sie ein Autofreak? Nichts, aber auch gar nichts deutet darauf hin. Trotzdem stoßen wir dauernd auf sie. Wenn sie 230.000 transportiert hat, wie Harro Simoneit notierte, kann es sich nur um Geld handeln. Und Irmchen brauchte Geld. Sie wollte zum erstenmal in ihrem Leben heiraten, nach außen ehrbar werden, etwas Gutbürgerliches aufbauen. Sie wollte mit diesem elenden Dasein in ihrer privaten Wohnstube aufhören. Sie hat wahrscheinlich das Leben für Leute wie Andreas von Schöntann gehaßt. Und dann Walter Sirl, die treue Seele, der gutmütige Mensch par excellence. Klar, er liebte den Ring, er liebte seine Harley. Aber Autos? Nicht die Spur. Er hatte sich endlich freigekämpft von der übermächtigen Mutter, er wollte Irmchen. Und Irmchen hatte ja gesagt. Wir müssen unsere Stoßrichtung ändern. Wir müssen uns um einen Komplex kümmern, den man schlicht mit money and sex beschreibt. Und das alles muß etwas mit Andreas von Schöntann zu tun haben, denn bei dem begannen Harros Recherchen. Und nun habe ich genug geredet für heute.«

»Gute Zusammenfassung«, sagte ich. »Also Kohle, Kies, Moneten. Und Luxemburg. Es ist doch weiß Gott nichts Besonderes, daß Leute aus der Eifel stille Gewinne nach Luxemburg schleppen, oder nach Belgien. Aber laß uns zuerst um diesen Jonny kümmern, ehe das Chaos in meinem Hirn die Überhand gewinnt. Mein Vater sagte immer: Wenn du in einer komplizierten Sache die Übersicht nicht verlieren willst, dann geh gefälligst Schritt für Schritt vor und versuche nicht den genialen Rundumschlag zu landen.«

»Dein Vater ist so ein Punkt«, hakte Rodenstock nach. »Wer war eigentlich dein Vater? Das wollte ich immer schon mal wissen. Daß er Eisenhüttenmann war, weiß ich, daß du aus dem Kohlenpott kommst, auch, aber wer war dieser Mann?«

»Du lieber Himmel«, replizierte ich wütend. »Mein Vater? Was hat der, verdammt noch mal, mit Harro zu tun? Mit Irmchen? Mit Walter Sirl? Ich denke, wir haben andere Probleme als meinen Vater. Im übrigen ist er tot.«

Eine Weile schwieg er und sah mich von der Seite an. »Ich bin aber dein Freund«, sagte er dann. »Mich interessiert das, und mich geht das auch was an.«

Er ging mir gewaltig auf die Nerven, aber er hatte recht. »Tut mir leid. Ich werde von ihm erzählen, wenn wir Zeit haben. In zwei Minuten stehen wir vor Peters Haus.«

»Ist mir recht«, knurrte er zufrieden.

Es war für mich ein wenig so, als käme ich heim. Das Haus lag in der Sonne, der Wald dahinter rauschte leise, die Rosen links und rechts der alten Tür nickten im Wind. Zu hören war nichts.

»Wahrscheinlich ist er wieder in der Scheune«, sagte Rodenstock. »Ich schau mal nach.« Er zog die breite Tür auf und rief: »Peter?« Dann kam er zurück. »Nichts.«

Ich ging ins Haus, die Tür war nicht verschlossen. Peter war auch dort nicht.

»Wir sollten warten«, schlug Rodenstock vor.

Also warteten wir, hockten auf alten Kiefernstämmen, die neben der Scheune lagen. Als Peter erschien, waren gerade zwanzig Minuten vergangen, und offensichtlich war er guter Dinge.

Er kam die schmale, alte Straße hochgelaufen, raumgreifend und vollkommen mühelos. Der ganze Körper bewegte sich in einem wiegenden Rhythmus.

Als er uns sah, winkte er erfreut und wurde schneller. Dann gab er uns die Hand, verbeugte sich dabei, und zu unserer Überraschung sagte er nicht: »Alice nackt«, sondern: »Peter Adenau.« Dann hockte er sich zwischen uns auf die Stämme und wartete.

»Warst du bei Petra?« fragte Rodenstock.

»Nein. Peter Adenau. Nur gucken.«

»Aha«, sagte ich. »Wir kommen vorbei, um dich nach einem Mann zu fragen. Er fährt eine schwarze Kawasaki und heißt Jonny. Mehr wissen wir nicht.«

Peter wurde augenblicklich unruhig, fuchtelte mit den Händen, bewegte die Beine auf und ab, sagte aber kein Wort.

»Kennst du Jonny?« fragte ich weiter.

Er nickte, schwieg aber weiter.

»Jonny nicht gut. Jonny ist nicht gut für Irmchen«, murmelte ich.

»Jonny nicht gut!« sagte er erleichtert. »Jonny böse. Irmchen sagt, Jonny böse. Böser Mann.«

»Wo wohnt Jonny?« fragte Rodenstock.

»In Rieden«, sagte er. »Aber Jonny Wald.«

»Wieso Wald?« fragte ich.

»Wald«, nickte er und faßte meinen Oberarm. »Komm, wir Jonny.«

Er stand auf und rannte los, einfach die Straße wieder hinunter.

»Heh«, schrie ich, »langsam. Ich bin ein alter Mann. Komm, wir fahren mit dem Auto.«

Er erwiderte nichts, lief einen Bogen und kam zurück. Er setzte sich neben mich in den Wagen und grinste: »Peter schneller.«

Rodenstock auf der hinteren Bank lachte leise.

Peter wies uns auf die Bundesstraße, dann nach rechts in den Ort hinein. Nach wenigen hundert Metern zeigte er auf einen Feldweg, der nach links in die Felder führte. Es ging in ein Tal. Jenseits des Tales war dichter Wald, Eichenbestand mit Birken durchsetzt. Sehr viel Ginster, sehr viel Brombeerranken. Dann endete der Weg.

Peter stieg aus. »Gut«, nickte er. Er bückte sich unversehens zu einer blaßrosa blühenden Malve. »Schöne Blume. Irmchens Blume.«

»Sehr schön!« bestätigte Rodenstock und fragte unvermittelt: »Warst du mit Irmchen in Luxemburg?«

Peter verhielt mitten im Schritt, drehte sich zu Rodenstock. »Luxemburg. Eis. Eis gegessen.«

»Toll«, sagte Rodenstock zufrieden mit sich selbst.

»War das Intuition?« fragte ich.

»Es war logisch«, erklärte er. »Ich beginne jetzt zu begreifen, daß Irmchen und Peter dauernd zusammen waren. Wenn Peter in der Lage wäre, aus seiner Kindlichkeit herauszutreten und nur zehn Minuten zusammenhängend zu berichten, wüßten wir wahrscheinlich alles.« Er wandte sich erneut an Peter. »Luxemburg. Eis essen. Gutes Eis. Geld? Geld bei Irmchen?«

»Geld bei Irmchen«, nickte Peter.

»Ich wette, er erkennt sogar die Bank wieder«, flüsterte Rodenstock. »Aber ich will ihn nicht überfordern.«

»Ich möchte wissen, was wir hier sollen«, fragte ich. »Schöne Landschaft, aber was hat die mit Jonny zu tun?«

»Das wird er uns zeigen«, antwortete Rodenstock. Er sagte zu Peter: »Also los, Jonny!«

Peter lachte und wiederholte: »Also los! Also los!« Wieder berührte er meinen Arm. »Langsam!« sagte er vertraulich. »Sehr langsam. Alter Mann.«

Rodenstock grinste fröhlich.

Es ging bergauf, erst steil, dann sanfter. Peter ging voraus und zeigte nicht eine Sekunde lang Unsicherheiten. Er wußte offenbar genau, wohin er wollte. Nach etwa 400 Metern wandte er sich nach links, ging einen weiten Bogen, kam dann an den Waldrand, wartete auf uns und zeigte auf Quiddelbach, das in der grellen Sommersonne wie eine Anhäufung von Spielzeug vor uns lag.

»Irmchen!« Peter zeigte auf etwas.

»Das ist ihr Haus, ihr Garten«, sagte Rodenstock. »Sieh mal einer an.«

»Was ist daran Besonderes?« fragte ich.

»Das wird er uns gleich zeigen.«

Peter drehte ab und ging wieder in den Wald hinein. Nach etwa fünfzig Metern erreichten wir eine geradezu märchenhafte Lichtung mit beinahe mannshohen Waldgräsern und drei Vogelbeersträuchern. Da stand ein kleines Rundzelt.

Peter streckte den Arm aus, wies auf das Zelt und sagte: »Jonny! Böser Mann!«

»Nicht schon wieder!« murmelte Rodenstock.

Jonny hatte die schwarze Kawasaki gegen einen Baumstumpf gelehnt. Die Maschine war vollkommen kühl.

»Viele Fliegen«, sagte Rodenstock. »Hast du dein Handy hier?«

148

»Na sicher«, antwortete ich. »Wieso?«

»Viele Fliegen«, wiederholte Rodenstock.

Ich wollte schon wütend erwidern, er solle gefälligst nicht Peter imitieren, als ich auch die Fliegen sah. Es waren Tausende, und ihr Gesumme klang hoch und gereizt.

»Jonny!« sagte Peter. »Böser Mann. Jonny!«

Jonny lag halb im Zelt, halb vor dem Zelt auf dem Bauch, und die Sonne erreichte ihn voll. Die Fliegen schwirrten hoch.

»Das stinkt!« sagte Peter. »Jonny. Böser Mann.«

»Ruf die Bullen«, befahl Rodenstock. »Nichts berühren, nur warten. Aber du solltest das fotografieren.«

»Das stinkt so entsetzlich.«

»Jedes Detail«, beharrte er. »Der Mann ist garantiert genauso lange tot wie Irmchen. Und er lag in der prallen Sonne.«

»Ich telefoniere erst einmal. Hat die Kommission eine eigene Nummer?«

»Hat sie.« Er diktierte sie mir in das Handy, er hatte sie im Kopf.

»Baumeister hier. Wir haben einen weiteren Toten im Fall Harro Simoneit gefunden. Der Karte nach sind wir am ehemaligen Nürburgring, kurz vor Wimbach mitten im Wald. Von Quiddelbach aus gesehen sind wir etwa 600 Meter nordwestlich des Dorfes. Haben Sie das?«

Mein Gesprächspartner war nicht aufgeregt, er seufzte nur. »Das Ding wird immer verrückter. – Habe ich. Und bewegen Sie sich nicht von dort weg.«

»Wir bleiben hier«, versicherte ich. Dann fragte ich Rodenstock: »Warum hat Peter gestern davon nichts gesagt? Er wußte es doch schon, oder?«

»Wahrscheinlich«, nickte Rodenstock. »In diesem Fall spricht keiner über Dinge, die nicht direkt angesprochen werden. Hätten wir heute nicht nach Jonny gefragt, hätte Peter uns nichts erzählt. Er hätte einfach geschwiegen, wahrscheinlich solange, bis irgend jemand nach Jonny gefragt hätte.« Rodenstock grinste. »Eigentlich ist das logisch, oder? Sieh mal, er denkt nach.«

Peter hatte sich ein wenig abseits auf einen alten, vermodernden Baumstumpf gehockt, das Kinn in beide Hände gestützt und sah vor sich auf den Waldboden.

»Was ist, wenn er Jonny entdeckt hat, Irmchen beschützen wollte und Jonny tötete?« Wieder war ich verunsichert.

»Das kläre ich schnell.«

Der Kriminalrat a. D. ging zu dem Zelt und bückte sich. Nach wenigen Minuten kehrte er zurück. »Keine äußeren Verletzungen. Jedenfalls keine Wunde, die groß ist oder geblutet hat. Das kann Peter nicht gewesen sein. Unmöglich.« Er ging zu Peter hinüber, kniete sich vor ihn, nahm ihn an den Schultern und sagte: »Schon gut. Jonny böser Mann. Hat Peter gesehen?« Er fuhr sich mit dem Zeigefinger über die Kehle.

Peter schüttelte heftig den Kopf. »Nicht gesehen. Hier gekommen, Jonny tot. Jonny böser Mann. Irmchen gut.«

»Irmchen sehr gut.«

Da strahlte Peter, und es kam zum erstenmal an diesem Tag: »Alice nackt.« Abrupt stand er auf und lief zu mir hinüber. »Alice nackt«, sagte er in vertraulichem Ton.

Ich nickte, als verstünde ich ihn. »Hat Irmchen das gewußt? Jonny hier kampierte? Zelt?«

»Nicht gewußt. Peter gewußt. Irmchen nicht gewußt.«

»Warum«, fragte ich zu Rodenstock hinüber, »hat dieser Jonny hier gezeltet? Es muß eine Erklärung geben.«

»Die gibt es auch. Aber wir müssen vor voreiligen Schlußfolgerungen auf der Hut sein. Erinnerst du dich an Harros Notiz, daß Irmchen 230.000 transportiert hat? Und an die Notiz, daß ein gewisser J. Irmchen fast erwischt hätte? Nun, wenn J. dieser Jonny ist, dann hat Irmchen viel Geld transportiert und wäre dabei um ein Haar von Jonny erwischt worden. Das heißt, das Geld wäre verloren gewesen. Wenn es stimmt, daß Jonny Irmchen erpreßte oder zu erpressen versuchte oder sich als ihr Zuhälter einnisten wollte, dann paßt das. Das paßt sogar phantastisch. Dann hätte auch Jonnys Mörder ein Motiv: Jonny wußte schlicht zuviel.«

»Aber wie, zum Teufel, kommt Irmchen an die Wahnsinnssumme von 230.000 Mark?«

»Keine Ahnung«, antwortete Rodenstock. »Auf keinen Fall hat sie das in ihrer Wohnung verdient. Es muß das Geld anderer Leute sein. Aber welche Leute sind das? Aus welcher Quelle sind diese Gelder?«

Mein Handy fiepte. Es war Dinah, und offensichtlich war sie wütend: »Falls du die Absicht hast, die Eifel zu verlassen ... warum, verdammt noch mal, sagst du mir nichts davon?«

»Wie bitte?« fragte ich verblüfft.

»Du wirst doch noch Deutsch verstehen«, schnaubte sie. »Warum du die Eifel verlassen willst, frage ich?«

»Aber ich will die Eifel nicht verlassen.« Ich mühte mich um einen möglichst sachlichen Ton. »Ich zahle pro Jahr 11,73 Mark Friedhofsgebühr. Die will ich nicht verfallen lassen. Ich bleibe. Im Ernst, was soll diese dämliche Frage?«

»Hier in deinem Wohnzimmer sitzt eine Frau namens Jessica Born. Sie hat einen Vertrag für dich mitgebracht. Und sie sagt, es ist alles mit dir abgesprochen. Du wirst 400.000 pro Jahr kriegen, Baumeister. Sie sagt, es sei sehr wichtig, und sie will auf jeden Fall auf dich warten. Und sie tut so, als hätte sie schon mit dir im Sandkasten gespielt.«

»Sieh mal einer an«, sagte ich erheitert. »Richte ihr aus, es dauert noch diese oder jene Stunde. Wir haben eine vierte Leiche gefunden.«

»Und wer ist die Leiche?«

»Ein gewisser Jonny. Davon erzähle der Dame aber nichts. Schöne Grüße, ich komme bald.«

»Ja, und was ist mit dem Vertrag?«

»Den möchte ich gern mit Genuß lesen«, sagte ich. »Und dann werde ich dir erklären, was es damit auf sich hat. Und jetzt mache ich Schluß, und dir rate ich zu einem halben Liter Baldriantee.« Ich unterbrach und feixte zu Rodenstock rüber. »Jessica Born hockt zu Hause mit einem Vertrag für mich.«

»Sieh einer an«, auch er war erheitert. »Der Herr von Schöntann möchte gern dein Schweigen vertraglich besiegeln. Sieh einer an. Soviel ist mir mein ganzes Leben lang noch nicht angeboten worden. Das heißt, das stimmt nicht ganz. Ein Millionär aus Mainz wollte mir eine Million dafür bezahlen, daß ich übersah, daß seine Ehefrau ein gebrochenes Rückgrat hatte.«

»Dinah ist sauer. Sie glaubt, ich will auf den Vertrag eingehen und die Eifel verlassen.«

»Das kannst du doch leicht klarstellen. Außerdem hast du mich als Zeugen.« Er wandte sich an Peter. »Willst du morgen mit nach Luxemburg? Eis essen?«

»Eis«, strahlte Peter. Dann zeigte er auf das Zelt. »Polizei?«

»Polizei«, nickte Rodenstock.

Peter faßte mich erneut am Arm. »Alice nackt.«

»Ich brauche etwas, um ihm vorzulesen«, sagte ich. »Hast du was?«

»Nichts.«

»Kein Buch«, erklärte ich Peter.

»Morgen Alice nackt?« Er war geduldig mit diesen merkwürdigen Erwachsenen.

»Morgen Alice nackt.« Ich legte mich lang in das Gras und bildete mir ein, unten nicht diesen widerlich süßen Gestank riechen zu müssen.

»Eis essen«, sagte Peter und legte sich neben mich. Er nahm einen Grashalm und kaute darauf herum. »Eis essen. Walter.«

»Hat er Walter gesagt?« fragte Rodenstock wie elektrisiert.

»Hat er.«

»Dann war Walter auch in Luxemburg. Sie fuhren zu dritt. Irmchen, Peter, Walter.«

»Irmchen, Peter, Walter«, gluckste Peter. »Eis essen.«

»Das ist logisch«, murmelte Rodenstock. »Das ist sogar sehr logisch.« Er kam zu uns und hockte sich im Schneidersitz hin, ohne sich dabei aufzustützen. Er nahm zwar bei jeder Gelegenheit in Anspruch, ein alter Mann zu

sein, aber solche Kunststückchen, an der schon Zwanzig-
jährige scheitern, vollbrachte er nebenbei. »Ich möchte
wissen, wer Peter ärztlich betreut. Es muß irgendeinen
Doktor geben, der sich um ihn kümmert.«

»Salchow?« fragte ich Peter.

Er sah mich an, und in seinen Augen war so etwas wie
Verstehen. »Salchow nein. Friedemann.«

»Doktor Friedemann?« fragte Rodenstock.

»Nein. Renate.«

»Renate«, sagte Rodenstock. »Wahrscheinlich eine So-
zialpädagogin. Er hatte bisher den Namen Walter nicht
erwähnt, oder?«

»Nein. Aber warum er ihn jetzt sagt, ist klar: Walter
war Teil der Tour nach Luxemburg. Eines allerdings ka-
piere ich überhaupt nicht: Wieso war Walter dabei, wenn
Irmchen Bargeld nach Luxemburg verschob? Walter und
diese Gaunereien passen nicht zusammen.«

»Richtig«, sagte Rodenstock nachdenklich. »Ich denke
aber auch, daß Irmchen das nicht freiwillig machte,
oder?«

»Vielleicht«, gab ich zu. »Jonny hat hier sein Zelt aufge-
schlagen, weil er wußte, daß wieder Geld transportiert
wird. Er wollte Irmchen überwachen, um herauszufinden, wann das passiert. Dann greift er ein und nimmt
sich das Geld. So sollte das vermutlich laufen.«

»Du bist sehr hellsichtig«, lobte Rodenstock. »Guck
mal, da kommen die Herren.«

Sie kamen ästebrechend den Hang hinauf und keuchten. Einer stöhnte: »So ein verdammter Scheiß.« Sie waren zu fünft.

»Es tut mir aufrichtig leid«, versicherte Rodenstock.
»Da steht ein Zelt, da steht die Kawasaki, und da liegt der
Tote. Angeblich heißt er Jonny. Sieh einer an, mein Mu-
sterschüler Kwiatkowski.«

Der Mann, der Kwiatkowski hieß, sehr dürr und sehr
kurzatmig war, grinste mühevoll und reichte Rodenstock
die Hand. »Du hast mir mal prophezeit, ich werde ein
guter Spurenmann. Ich bin ein guter Spurenmann.«

»Glückwunsch.« Offensichtlich war Rodenstock froh, diesen Kwiatkowski wiederzusehen. »Ich mache dich darauf aufmerksam, daß ich ihn umgedreht habe. Ich mußte sehen, ob er eine Wunde hat.«

»Hat er eine?«

»Nicht sichtbar.«

»Wieso zeltet der hier?«

»Weil er wahrscheinlich Irmchen belauerte. Die wohnt in diese Richtung, und wenn du ein paar Meter gehst, dann siehst du das Haus. Wir sind in unseren Überlegungen so weit, daß wir inzwischen glauben, daß die ganze Geschichte ausschließlich mit Geld zu tun hat. – Wir müssen weg. Kannst du mich zuerst anhören?«

»Gerne«, nickte Kwiatkowski. »Ich will dich doch nicht davon abhalten, für uns den Fall zu knacken. Hast du irgendeinen Mörder in petto? Ich meine, so ganz heimlich?«

»Nicht die Spur«, erwiderte Rodenstock. »Aber daß du mir das zutraust, finde ich wunderbar.«

»Du warst schon immer ein Überflieger.« Kwiatkowski klang gönnerhaft und ironisch. »Also los, versprüh deine Weisheit.« Er nahm einen Notizblock aus der Tasche, und sie gingen drei Schritte abseits, um sich zu konzentrieren.

»Peter Eis essen. Alice nackt.« Peter stand auf und sah mich an.

»Okay«, nickte ich. »Eis essen. Alice nackt.«

Kwiatkowski hatte das mitbekommen, und er sah mich mit weiten Augen an. »Kannst du mir den Code anreichen, Fremder?«

»Geht nicht. Code unbekannt. Das ist ja das Leid.«

»Alice nackt, hm?«

»Alice nackt!« strahlte Peter. Dann beugte er sich vor und küßte mich mal wieder auf die Stirn.

Wir fuhren zehn Minuten später und ließen Peter zurück. Irgendwie tat mir das leid.

»Der Kwiatkowski ist einsame Klasse«, erklärte Rodenstock. »Wir hatten einen Tatort aufgebaut, der wirklich viehisch kompliziert war. Und wir gaben vor, es wären drei Täter gewesen, zwei Frauen, ein Mann. Von zwanzig Schülern schaffte keiner eine gute Analyse, obwohl sie den Tatort genau untersuchen konnten. Dann kam Kwiatkowski. Er stellte sich hin, er ging nicht durch, räumte nichts beiseite, er holte keine Lupe aus der Tasche, zog keine Einweghandschuhe an, machte keine Fotos. Er stand da einfach und guckte. Ich weiß noch, daß die Prüfungskommission der Meinung war, der Kerl sei schlicht faul. Aber dann diktierte er den genauen Tatablauf. Er diktierte ihn so, wie wir Prüfer das uns vorgestellt hatten. Es gab eine Heidenverwirrung, weil sofort der Verdacht aufkam, irgend jemand hätte ihm die Lösung gesteckt. Um diesen Verdacht zu entkräften, konstruierten wir einen zweiten Tatort, noch verrückter, noch komplizierter. Er stellte sich wieder hin, brauchte ungefähr fünfzehn Minuten. Dann strahlte er mich an und sagte: Herr Kriminalrat! Sie haben beim Tatort einen Fehler gemacht. Die Stichwunde bei dem Toten sitzt zu tief für die Annahme, die Frau habe zugestochen. Und er hatte recht. So etwas kann man, oder man kann es nicht. Was jetzt?«

»Wir suchen einen Stammgast von Irmchen. Irgendeinen. Wir brauchen eine Beschreibung. Ich will mir vorstellen können, wie das da ablief. Und vorher würde ich gern einen Happen essen.«

»Zu Hause wartet diese Jessica Born auf dich.«

»Du lieber Himmel, das habe ich vergessen. Also essen wir zu Hause einen Happen.«

»Einverstanden. Aber vergiß den Stammgast nicht. Das ist nämlich eine gute Idee.«

»Ich habe nur gute Ideen«, murmelte ich. »Schließlich bin ich dein Schüler.«

Ich fuhr die Strecke Kirmutscheid, Nohn, Bongard, und als ich auf den Hof rollte, stand da ein offener Sportwagen der Marke ›Man-gönnt-sich-ja-sonst-nichts‹ und träumte vor sich hin.

»Das ist deine Versuchung«, meinte Rodenstock.

»Scheiß drauf«, sagte ich. »Wir haben vier Leichen, und

die Idioten glauben, ich unterschreibe einen Vertrag, der mich killt. Was mich wirklich ärgert, ist die Tatsache, daß sie mich für so dämlich halten.«

»Das ist aber doch gut so«, wandte er ein. »Das zeigt uns doch, daß sie nicht aufmerksam genug hinsehen. Alle sind bestechlich, glauben sie. Also laß sie es glauben.«

»Das habe ich auch vor«, nickte ich.

Dinah öffnete uns die Tür. »Sie ist im Wohnzimmer«, sagte sie mit mühsam unterdrückter Wut. »Und sie behandelt Emma wie eine Hausangestellte.«

Emma stand in der Küchentür und lächelte leicht. »Gegen spezifische Formen von Dummheit sind auch Frauen nicht geschützt«, verkündete sie und sah mich an. »Du kennst diesen Typ. Sie ist ein Sexualtierchen mit dem Intellekt einer Amöbe.«

Das war die schärfste Beleidigung einer Geschlechtsgenossin, die ich je vom Emma gehört hatte. Ich beschloß, sie in meinem Tagebuch zu notieren.

»Ich beeile mich«, versprach ich. »Und ruft bitte Anja an, wir brauchen einen Tisch im *Stellwerk* in Monreal.«

In den Augen meiner Gefährtin tauchte so etwas wie ein Hoffnungsschimmer auf, und sie geruhte gnädig, mich wenigstens anzusehen.

Jessica Born saß auf dem Sofa und hatte zur Entspannung die Schuhe von den Füßen gestreift und die Beine auf meinen Tisch aus Ulmenbohle gelegt. Ich wollte instinktiv bemerken, daß das nicht die feine englische Art sei, aber dann entschied ich mich für den Lebemann Baumeister und übersah es.

»Siggi!« sagte sie begeistert, als habe sie mich soeben in ihrer geistigen Verwandtschaft entdeckt. »Das ist schön, daß Sie kommen. Ich habe, nach Ihrem Gespräch mit Andy, den Vertragstext aufgesetzt. Und falls Sie unterschreiben, habe ich angeregt, das Geld in der Marge des ersten Jahres morgen auf Ihr Konto zu überweisen. Damit auch klar ist, daß ich Sie wirklich haben will.« Eine Strähne ihres blonden Haares fiel ihr über die Augen, und sie blies das Hindernis erstaunlich mädchenhaft zurück. »Ich wußte ja, daß Sie und Andy zusammenpassen, aber ich wußte nicht, daß er Ihnen ein so großzügiges Angebot machen würde. Sie haben damit einen Rekord gebrochen. Nur noch ein Marketing-Mann bekommt das gleiche Salär. Ich sage Ihnen, Sie sind jetzt schon Legende bei uns.« Sie hatte ungefähr fünfzehn Zigaretten geraucht, und der Sauerstoff im Raum wurde knapp.

»Das ist aber ein netter Besuch«, sagte ich und ließ mich auf einem Sessel ihr gegenüber nieder. »Sie wollen ganz ernsthaft, daß ich sofort unterschreibe?«

»Aber ja!« erwiderte sie. »Manchmal kommt das Glück in Sekunden. Ein zauberhaftes altes Bauernhaus ist das hier. Hier können Sie sicherlich gut relaxen, oder?«

»Ach«, erwiderte ich, weil mir nichts anderes einfiel. »Japanisch können Sie auch?«

Da lachte sie fröhlich. »Ich dachte, wenn wir die vertraglichen Geschichten hinter uns haben, setzen wir uns in meine Karre und fahren irgendwohin richtig gut essen. Was halten Sie davon?«

»Vom Essen? Viel. Darf ich das Schriftstück denn mal lesen?«

»Oh ja, bitte sehr. Außerdem habe ich eines der Firmenapartments, das beste nebenbei gesagt, für Sie reservieren können.«

»Sie sind eine Zauberin«, schmeichelte ich.

»Das ist Einfluß«, sagte sie korrigierend. »Ich habe Andy gemacht, und infolgedessen revanchiert er sich hin und wieder.«

»Wie macht man denn Andy?« fragte ich.

»Man sieht sich an, was er für einen Fundus hat, was er so kann. Dann macht man einen Plan und arbeitet seine guten Seiten raus.«

»Und was macht man mit den schlechten?«

»Die kommen in die Gefriertruhe.« Sie kicherte, sie war ganz übermütig.

»Was war denn eigentlich mit Irmchen?« bohrte ich weiter. »Irmchen muß etwas gehabt haben, was Andy richtig anmacht.«

Sie wurde sachlich. »Richtig«, sagte sie klar und hart wie Glas. »Andy ist ein Chauvi, aber manchmal kriegt er den Kick nur, wenn er besiegt wird. Und sie besiegte ihn perfekt.«

Eine Weile herrschte Stille.

»Ach so«, sagte ich nicht sehr intelligent. »Aber sie wollte doch Walter heiraten«, ich tat vollkommen erstaunt.

»Oh, das hätte uns nicht weiter gestört«, erklärte Jessica Born. »Da hätte man sich arrangieren können. Ich hatte schon den Vorschlag auf dem Tisch, daß sie einfach zu uns ins *Dorint* kommt.«

»Sie arrangieren alles?«

»Alles«, nickte sie. »Du lieber Gott, da läuft nichts mehr mit seiner Frau. Das ist doch normal, nach so vielen Jahren. Sie will ja auch nichts von ihm, außer eben die Knete, die Repräsentationen und die schönen Auftritte bei den Events vom Ring bis Monte Carlo. Und ich denke, sie ist schon restlos befriedigt, wenn ihr Michael oder Ralf Schumacher zulächeln. Halt stopp, nein, sie steht auf Villeneuve, aber der steht nicht auf sie. Wer steht schon auf sie?«

»Sie arrangieren Andys gesamtes Privatleben?«

»Nicht alles. Er sammelt seltene Erstdrucke aus der Zeit um Martin Luther. Da kenne ich mich nicht aus. Aber die Sachen, die er zum Alltag braucht – das mache ich alles. Andy ist unheimlich kompliziert. Man muß ihn studieren, ehe man ihn fährt. Ist wie bei einem Rennauto.«

»Ist er abhängig von Ihnen?«

»Wollen wir uns nicht duzen? Na ja, abhängig würde ich das nicht nennen. Aber er kauft keinen Anzug ohne mich. Wie wäre es jetzt mit einer Unterschrift?«

»Oh, Moment. Lesen darf ich doch vorher, oder?« Ich griff mir die Seiten und studierte sie.

Es war ein Vertrag ohne wenn und aber. Ich bekam das Geld und fing an, PR- und Werbetexte zu verfassen. Wie viele Texte ich abzuliefern hatte, wurde nicht gesagt. Der

Vertrag trat heute in Kraft. Kündigen konnte jeder Beteiligte ein halbes Jahr vor Vertragsende. Ich hielt 800.000 Mark in der Hand, zuzüglich Spesen und Sonderleistungen. Ich dachte flüchtig, daß es Zeiten in meinem Leben gegeben hatte, in denen ich diesen Vertrag unter allen Umständen in den nächsten zehn Sekunden unterzeichnet hätte. Der gute Andy hatte schon unterschrieben.

»Sehr schön«, nickte ich. »Fast zu schön, um wahr zu sein.«

Jessica Born sah mich lauernd an. »Es ist wahr, es ist Realität.«

»Was hat Harro herausgefunden? Nichts mit Autos, nicht wahr? Es geht um viel Geld, oder?«

»Ich weiß es nicht. Simoneit recherchierte doch diese Rückrufaktion. Wieso Geld?«

»Das frag ich mich doch auch«, sagte ich. »Ich muß mir übrigens Gedanken machen, was ich mit dem Geld anfange, das ich bei euch verdienen kann.«

»Da kann ich dir helfen«, strahlte sie. »Kein Problem. Satte Erträge und ohne jedes Risiko.«

Ich schaute sie an, und ich bemühte mich, es traurig klingen zu lassen: »Ich unterschreibe nicht.«

»Wie bitte?«

»Ich sagte, ich unterschreibe nicht.«

»Das ist nicht dein Ernst!«

»Doch, doch. Ich kann das gar nicht unterschreiben. Meine Seele ist nicht käuflich, weißt du.«

»Niemand will dich kaufen.« Sie hatte plötzlich eine sehr schrille Stimme.

»Doch. Du.«

»Ich? Warum sollte ich dich kaufen?«

»Na ja, natürlich nur stellvertretend. Dein Chef, dein Andy, der will mich kaufen.«

»Das ist doch abartig«, sagte sie keifend. »Dein Kilopreis liegt doch unter dem von Goldfischen.«

»Aha«, sagte ich. »Sieh mal an. Für 800.000 Mark Baumeister. Ziemlich teure Goldfische, nicht wahr? Mädchen, tu mir einen Gefallen. Da ist der Ausgang. Benutz

159

ihn.« Dann stand ich auf und riß die Tür auf. Ich sagte: »Spatz! Frau Born will heim.«

»Na endlich«, seufzte Dinah. »Ich dachte schon, die setzt Schimmel an.« Sie machte die Haustür auf.

Jessica Born ging hinaus, den Kopf gesenkt. Sie trippelte zu ihrem Auto, setzte sich hinein und startete. Sie würgte den Motor ab. Das zweite Mal schaffte sie es.

»Das war aber schön«, freute sich Emma hinter mir.

»Ich habe eine Feindin fürs Leben«, sagte ich. »Haben wir einen Tisch bei Anja?«

»Haben wir«, antwortete Dinah.

»Warum hattest du denn Angst?« fragte ich.

»Weil diese Typen den Eindruck vermitteln können, als kämen sie gerade aus deinem Bett«, erwiderte meine Gefährtin, und Emma nickte: »So isses.«

»Dann danke ich dir schön«, sagte ich. »Ich mußte feststellen, wie weit sie gehen. Sie gehen verdammt weit.«

»Sie wollen, daß du aufhörst zu recherchieren«, ergänzte Emma. »Aber das ist ja eigentlich normal. Wer hat das schon gern?«

»Laßt uns fahren«, sagte Rodenstock auf der Treppe. »Ich brauche eine Grillpfanne, und zwar die mit Bratkartoffeln.«

»Und ich will Spinat mit Lachs. Oder war das Brokkoli?« Dinah legte mir die Arme um den Hals, und alles war wieder gut – bis zum nächsten Mal.

Wir nahmen Emmas Wagen, weil der nach mehr Geld aussah. Ich mußte schon den Hinweg fahren, weil die drei fest gewillt waren, sich an trockenem Weißwein zu ergötzen, und so taten, als hätten sie schon drei Flaschen hinter sich. Es war eine ausgesprochen alberne Gesellschaft, bis Emma plötzlich nachdenklich fragte: »Habt ihr schon einmal überlegt, wer als Nächster getötet werden könnte?«

Niemand wußte eine Antwort, die Albernheiten waren vergessen. Frank Sinatra jubelte sein ewiges *New York, New York* zu Ende, jemand begann den *Basin Street Blues* zu trompeten.

Anja stand schmal und blond im Eingangsbereich und breitete die Arme aus. Sie bekam diesen unnachahmlichen Gesichtsausdruck und fragte: »Kennt ihr den schon?«

Da wußten wir: Wir waren richtig. Die Albernheiten konnten zurückkehren.

Glücklicherweise blieb das so, bis irgendein Gast Eva, die Bedienung, fragte: »Die Suppe ist aber aus der Dose, eh?« Der Mann sah aus, als habe er zu hohen Blutdruck. Er aß mit Weib und Kind. Das Kind war vielleicht sieben oder acht und litt anscheinend unter der Vorstellung, direkt von Kleopatra abzustammen.

Als Eva empört erwiderte: »Bei uns ist jede Suppe selbstgemacht« und der besorgte Vater darauf bestand, sie möge doch bitte den Koch fragen, ob die Suppe auch wirklich nicht aus der Dose sei, fragte das Kind mit Schmollmund: »Und geht es vielleicht nicht noch ein bißchen pampiger?«

Eva verzog sich beleidigt und sauer, Uli kam aus seinem Reich der Töpfe und Pfannen und warf die entzükkende Familie hinaus. Der Mann lief bedenklich violett an und knurrte: »Ich bin Rechtsanwalt, das wird Folgen haben.«

»Ist recht«, nickte Uli. »Und jetzt raus!«

Die Kneipen und Restaurants in der Vulkaneifel werden immer besser. Jetzt werden wir uns um Gäste bemühen.

Es war weit nach Mitternacht, als ich die beschwipste Clique nach Hause fuhr.

Etwa in Anschau murmelte Rodenstock: »Ich muß dauernd an Jessica Born denken.«

»Ich auch«, stimmte ich zu.

»Ich habe das *Michael Schumacher Magazin* gelesen«, meldete sich Emma von hinten. »Obwohl, man muß nicht lesen können, um das zu verstehen. Ich wollte diese Welt begreifen lernen, aber man wird verarscht.«

»Wieso verarscht?« fragte ihr Lebensgefährte.

»Na ja, es handelt sich um eine Hochglanzzeitschrift, 130 Seiten stark. Dreißig Seiten sind von der sogenannten Redaktion, tatsächlich handelt es sich um nichts als Werbung, Werbung, Werbung. Man hat von eurem ersten Bundeskanzler, dem Konrad Adenauer, behauptet, er käme mit einem Wortschatz von weit unter tausend Worten aus. Das Magazin schafft das Wunder mit der Hälfte. Und der Fan zahlt auch noch sieben Mark fünfzig dafür. Sicherheitshalber ist nicht einmal ein Chefredakteur ausgewiesen, was vermutlich damit zusammenhängt, daß sie keinen geeigneten Prothesenträger gefunden haben. Abendland ade.«

»Wow!« murmelte Dinah.

»Du bist eine neidische Holländerin!« sagte ich lachend.

Wortkarg verdrückten wir uns in die Betten, und um sieben rasselte der Wecker.

Auf dem Faxgerät war eine Botschaft angekommen. Als Vorlage hatte ein privater Briefbogen gedient.

Lieber Herr Baumeister,

Jessica Born sagte mir, daß Sie den Vertrag nicht unterschreiben wollen. Wir können uns durchaus über Modalitäten unterhalten. Ich denke, es wäre gut für die Gesellschaft, wenn Sie mit scharfen Augen für uns tätig werden könnten. Überlegen Sie es sich bitte noch einmal.

Mit herzlichen Grüßen

Andreas von Schöntann

»Das würde ich mir rahmen«, kommentierte Rodenstock.

Um acht brachen wir auf, und zum erstenmal in diesem Sommer lag Tau wie Rauhreif über dem Land.

Peter hatte sich feingemacht, trug zwar immer noch die schrecklich verschmierte Hose, aber diesmal einen Pullover aus Acryl, der verdächtig so aussah, als sei er für den weiblichen Teil der Bevölkerung gefertigt worden.

Peter strahlte wieder und verbeugte sich vor den Frauen. »Eis essen.«

»Eis essen«, nickte Emma und wandte sich zu uns. »Der Junge braucht neues Zeug. Diese Schuhe müssen gemacht worden sein, als Julius Cäsar Germanien erobern wollte.«

Dinah zerrte Peter ins Auto und ergänzte: »Er braucht auch mütterliche Zuwendung.«

»Alice nackt«, sagte Peter.

»Was ist denn das?« fragte Dinah.

»Das wissen wir nicht«, antwortete ich und gab Gas.

Peter starrte zwischen Rodenstock und mir voraus auf die Fahrbahn und hatte für diese Welt so etwas wie ein andachtsvolles Schweigen übrig. Er stank durchdringend nach Moschus. Wahrscheinlich hatte ihm eine seiner Betreuerinnen eine Seife verabreicht, die sie selbst nicht mochte. Wahrscheinlich hatte sie auch den Pullover nicht gemocht.

»Irmchen hat also Geld nach Luxemburg gebracht«, sinnierte Dinah. »Welchen Vorteil hat das?«

»Es hat den Vorteil, daß der Fiskus nicht erfährt, daß du dieses Geld besitzt. Jedenfalls solange nicht, bis danach gefahndet wird.« Rodenstock räusperte sich. »Peter wird sich melden, wenn er etwas wiedererkennt. Eine Eisdiele zum Beispiel, oder die Bank. Peter wird vor der Bank gewartet haben. Achtet also darauf, was er tut.«

Ich parkte jenseits der Brücke, die über die Schlucht führt, und wir wanderten einträchtig zurück in die Altstadt Luxemburgs. Der Tag war sonnig, es war warm, Peter hatte Dinah den Arm um die Schulter gelegt und plapperte seine Erkenntnisse in die Welt. »Eis essen«, »Irmchen gut«, »Walter gut«, »Jonny böse«. Nur einmal verfiel er ins Erwachsensein. Da fragte Emma: »Willst du eine neue Jeans?«, und er antwortete: »Das wäre nicht schlecht.«

Die Frauen verschwanden mit Peter in einem Jeansladen, und Rodenstock und ich hockten uns an einen Cafétisch, ließen uns Café au lait bringen und kauften deutsche Zeitungen, um zu erfahren, wie unser Fall stand. Die *Bild* titelte *War es Rache?*

Als die Frauen mit Peter zurückkamen, war er so gut wie neu und unbändig stolz auf die neuen Sachen. »Peter schön«, grinste er und offenbarte durchaus so etwas wie einen Hang zur Selbstironie.

Wir marschierten ganz langsam durch Luxemburg-Stadt und machten vor jeder Bank eine Pause. Peter reagierte überhaupt nicht. Dann kamen wir an einer Eisdiele in der Nähe des Palais vorbei, und er wurde aufgeregt und sagte: »Eis essen.«

Er lief voraus wie ein Kind und wollte sich an einen Tisch setzen, an dem schon ein Ehepaar saß. Er fand es gar nicht gut, daß die dort saßen, denn offensichtlich war es der Tisch, an dem er gesessen hatte, als er mit Irmchen und Walter hier war.

»Stuhl«, sagte er energisch und rüttelte an dem Stuhl, auf dem die Frau saß.

Die Frau war erschrocken und stieß so etwas wie »Ehhh!« aus.

Der Mann wollte aufbrausen, aber Rodenstock kam ihm zuvor: »Entschuldigung, der Junge erinnert sich an etwas. Und ... er ist zurückgeblieben.«

»Das ist kein Grund, andere zu nerven«, sagte der Mann säuerlich.

»Nein«, bestätigte Rodenstock, »da haben Sie recht. Das ist wirklich kein Grund.«

»Friedhelm«, sagte die Frau begütigend, »er will doch nix, der Junge.«

Peter rüttelte an ihrem Stuhl: »Stuhl.«

»Nun wird es mir zu bunt«, sagte der Mann.

»Beruhigen Sie sich«, sagte Rodenstock immer noch freundlich. »Darf ich Ihnen das Eis bezahlen?«

»Wenn's denn sein soll«, nickte der Mann und war augenblicklich bereit, etwas gütiger zu sein.

Rodenstock ging hinein, bezahlte das Eis, und als er herauskam, stand das Ehepaar bereits abmarschbereit. Peter hatte seinen Stuhl, denn es mußte dieser Stuhl sein, kein anderer.

Er strahlte. »Eis essen.«

»Irmchen?« fragte ich. »Wo ist Irmchen?«

»Irmchen gut«, antwortete er sofort, doch dann begriff er, daß ich etwas anderes wollte. Er sprang auf und lief quer über den kleinen gepflasterten Platz zu einem schmalen gelben Haus. »Irmchen hier!« brüllte er.

In dem Haus residierte eine Anwaltsozietät. Der Eigner hieß Degrelle.

»Keine Bank, ein Anwalt«, sagte Rodenstock. »Das wird sehr viel schwieriger. Komm, Baumeister, wir müssen sehen, daß wir klüger werden.«

Wir klingelten also.

Eine Frauenstimme fragte sehr kultiviert auf französisch, was unser Begehr sei, und Rodenstock antwortete akzentfrei, wir seien Besucher vom Nürburgring und er möchte, bitte, Monsieur Degrelle sprechen. Es sei dringend.

Degrelle schien erfolgreich zu sein, denn sein Arbeitszimmer war mit dunkelgrauem englischem Teppich belegt, und die Möbel waren spärlich, aber teuer. Er selbst war klein, sehr lebendig, ungefähr sechzig. Zur Begrüßung sagte er: »Ich hörte von den Kalamitäten bei Ihnen. Setzen Sie sich.« Am kleinen Finger der linken Hand trug er einen Brillanten von Kirschkerngröße, Baguetteschliff.

»Es gab vier Tote«, begann Rodenstock.

»Die Zeitungen sagen drei.« Das Erstaunen des Monsieur Degrelle war echt.

»Es sind leider vier«, sagte Rodenstock. »Der letzte Transport umfaßte 230.000. Durch Irmchen, wie wir die Gute nannten. Sie ist das dritte Opfer. Das Datum wissen wir nicht, weil wir erst seit gerade mit dem Fall befaßt sind.«

Der Anwalt sprach ein sanftes Deutsch. »Das begreife ich durchaus. Sind Sie nun eine Gesandtschaft der Firma oder eine Gesandtschaft der Beteiligten?«

»Weder noch«, erwiderte Rodenstock.

Ich hatte schon ein paarmal erlebt, wie er wirkte, wenn er etwas wissen wollte. Scheinbar gab er alles preis, scheinbar begab er sich in die Fänge des Feindes. Tatsächlich aber provozierte er nur und wartete darauf, daß der andere einen Fehler machte. Mir blieb die Rolle des Beteiligten, der kein Wort sprach, aber von Zeit zu Zeit ergeben gegen die Decke blickte und dabei seufzte, als sei es unfaßbar, wie viele Idioten es auf der Welt gab.

Auch jetzt seufzte ich sicherheitshalber erst einmal und starrte zu dem kleinen Kronleuchter hoch, der über dem Kopf des Monsieur Degrelle hing. Und weil das so etwas wie einen leichten Hauch ausmachte, sagte Rodenstock hastig: »Das ist Monsieur Baumeister, mein Freund und Spezialist für ... sagen wir kriminelle Machenschaften.«

»Um kriminelle Machenschaften geht es doch gar nicht in diesem Fall«, entgegnete der Anwalt und sah uns dabei mit der intensiven Freundlichkeit an, die man nur von einer kampfbereiten Kobra gewohnt ist.

»Um Gottes willen«, sagte Rodenstock abwehrend, fummelte in der Brusttasche seines Jacketts herum und brachte eine Visitenkarte zum Vorschein, die er Degrelle anbot. Ich wußte, daß darauf *Kriminalrat a. D.* zu lesen war, was immer gewaltigen Eindruck machte, da das Gegenüber niemals wußte, wieviel Power tatsächlich dahintersteckte.

»Wie Sie sehen, ist unser Interesse durchaus privat. Aber, wissen Sie, so mir nichts, dir nichts vier Tote zu verarbeiten, fällt uns enorm schwer. Wir müssen jeder Fährte nachspüren. Sicherheitshalber, was Sie sicherlich begreifen werden.«

»Sicher«, nickte er. »Was müssen Sie wissen?«

»Wir haben Kenntnis davon, daß bisher etwa zwei Millionen eingegangen sind«, bluffte Rodenstock, »Und ...«

»Es sind drei Komma vier Millionen«, korrigierte Degrelle. »Und nichts, wirklich nichts daran, ist irgendwie illegal.«

Rodenstock lachte leise und bereitete den Hattrick vor. »Wissen Sie, es erheitert mich, daß alle Welt uns entgegenhält, es sei nichts Kriminelles dabei. Wobei? frage ich zurück. Und noch etwas, Maître: Wir haben doch Ihnen überhaupt nichts Kriminelles vorgeworfen, oder? Also, wenn 3,4 Millionen eingegangen sind, wieviel davon transportierte unser geliebtes Irmchen?«

Er musterte uns. »Alles«, sagte er fein. »Alles.«

»Haben Sie auch eine Ahnung, wieviel Prozent sie für die Transporte bekam?« fragte Rodenstock.

»Aber ja«, nickte er und griff zu einem Aktenstapel, den er rechts von sich auf einer Art Teewagen aufgebaut hatte. »Sie bekam fünf Mark pro hundert Mark. Es ging ja auch darum, daß Andreas von Schöntann wollte, daß wir ihr helfen. Also zahlten wir sie nach jeder Tour hier aus. In bar, versteht sich. Denn das, was sie brachte, war ja ebenfalls Bares.«

»Sie hat also, wenn ich richtig rechne, 170.000 Mark kassiert. Und warum lief das Geld nicht einfach über Bankkonten im internationalen Geldverkehr?«

»Ganz einfach. Wir wollten sparen. Irmchen bringt das Geld hierher, ich gehe auf eine Bank und zahle es auf das Firmenkonto ein. Wir sparen ungefähr drei bis vier Tage. Bei diesen Summen ist das sehr viel Geld.«

»Woher stammen diese Gelder?«

»Nun, die Anleger haben gezeichnet, jeder soundsoviel Mark. Sie ziehen diese Gelder aus ihren Firmen ordnungsgemäß ab und beteiligen sich bei uns. Wie Sie wissen, geht es jetzt nicht mehr um den *Großen Preis des Nürburgring*, sondern die Veranstaltung heißt *Großer Preis von Luxemburg* und findet auf dem Nürburgring statt. Und genau das macht im europäischen Sinne ja auch die Idee aus. Wenn Sie so wollen, arbeiten wir ja europäisch. Nun eine Frage meinerseits, meine Herren: Wen vertreten Sie denn?«

Rodenstock sah ihn lange an und antwortete dann: »Die schweigende Mehrheit, Sir, die schweigende Mehrheit.« Er stand auf, nickte mit dem Kopf und ging zur Tür.

Der Maître rief leicht gestreßt: »Moment mal ...«, aber Rodenstock war schon durch die Tür, und ich sagte sanft: »Sorry, Sir« und folgte ihm.

Auf der Straße fragte ich: »Er hat Andreas von Schöntann erwähnt. Wieso hast du nicht weiter gefragt? Wieso hast du so schnell das Handtuch geworfen?«

Rodenstock wurde rot vor Wut. »Du solltest so etwas nicht sagen. Wenn Degrelle so offen von Schöntann spricht, dann heißt das, daß die Gelder aus Deutschland stammen, zumindest zum Teil. Das sagt er ja auch. Und daß in den Augen der Luxemburger todsicher alles seine Richtigkeit hat. Er darf auch gar nichts anderes sagen, und eigentlich darf er auch nichts anderes wissen. Kannst du folgen, na fein ...«

»Es tut mir leid.«

»Ach, Scheiße«, stöhnte er wild. »Manchmal wäre es verdammt gut für dich nachzudenken, ehe du etwas sagst. Es ist doch vollkommen klar, was da läuft. Da ist eine Firma oder eine Gesellschaft gegründet worden. In der hat von Schöntann das Sagen. Sie transportieren vom Nürburgring Geld hierher. Dieses Geld, sagt der Luxemburger Degrelle, ist vollkommen sauber. Glaubst du das?«

»Nein«, sagte ich.

»Siehst du«, nickte er. »Es ist nämlich eine Idiotie, einer Amateur-Wirtin 170.000 Mark dafür zu bezahlen, daß sie über dreieinhalb Millionen hierher schafft. Das wäre mit dem Taxi billiger gewesen. Und ich wäre dir gottverdammt dankbar, wenn du jetzt mal fünf Minuten den Mund hältst, statt mich zu fragen, wieso ich so schnell das Handtuch werfe.«

»Schon gut, schon gut«, sagte ich.

»Ich möchte, daß du herausfindest, wo Irmchen diese 170.000 Mark aufbewahrt hat. Und das schnell.«

»Sie wird sie auf einem Konto bei irgendeiner Bank haben«, sagte ich pampig. Ich war verwirrt, er war noch nie so sauer auf mich gewesen.

Die Frauen starrten angestrengt zu uns hinüber, und die Wolke von Zoff, die wir ausstrahlten, muß dick gewesen sein.

»Genau das nicht«, sagte Rodenstock. »Sieh mal, Baumeister, ich dachte, du hättest im Laufe der Jahre begrif-

168

fen, Personen aufgrund ganz einfacher Analysen einzuschätzen. Frage also: Ist Irmchen jemand, der 170.000 Mark, die garantiert faul sind, zumindest aber in ihrem Fall jeden Dorfbanker mißtrauisch machen würden, auf die Bank trägt? Antwort: Nein! Auf keinen Fall! Also: Wo sind die Mäuse?«

»Ich suche sie. Und reg dich bitte ab. Es tut mir leid.«

»Ach, Scheiße!« röhrte er und ging zu den Frauen hinüber.

Ich stand da in der Sonne, und ich glaube, ich war tiefbeschämt.

»Was ist?« fragte Dinah.

»Nichts Besonderes«, sagte ich. »Ich habe etwas nicht kapiert, und Rodenstock ist sauer deswegen. So einfach ist das.«

Niemand sagte ein Wort, nur Peter strahlte: »Eis essen!« und ging den giftig grün schillernden Becher vor sich an. Dann rülpste er gewaltig und kicherte darüber.

Rodenstock sagte betont langsam: »Andreas von Schöntann gründete also eine Firma oder eine Gesellschaft. Die schaffte bisher 3,4 Millionen Mark vom Nürburgring hierher. Wieviel Geld aus Luxemburg dazu kommt, wissen wir nicht. Die 3,4 wurden von Irmchen hierher geschafft, die dafür 170.000 Mark kassierte. Wir kennen nicht den Zweck der Firma. Vermutlich geht es um Motorsport, beziehungsweise um alles, was damit zu tun hat. Also alles, was man kaufen kann, von der Motorrad-Kombination bis hin zu Automodellen. Es ist ein boomender Markt. Der Punkt ist, daß die Gelder wahrscheinlich weitgehend schwarz sind und ...«

»Bei 170.000 Mark Botenlohn kannst du davon ausgehen«, unterbrach Emma.

»Am Nürburgring wird geradezu wüst gebaut«, fuhr Rodenstock fort. »Hohes Tempo. Sie ziehen eine Planung durch, so etwas wie ein Vergnügungszentrum zu machen, etwas, das sich ums Auto dreht, etwas, das zweifellos viel Erfolg verspricht. Da das Ding sogar europäisch gefördert wird, muß also auch pingelig abgerechnet wer-

169

den. Doch es zieht andere Dinge nach sich. Wenn ich lese, daß allein zum *Großen Preis von Luxemburg* in einem winzigen Ort wie Nürburg 47 Bierzelte aufgestellt werden, hat so eine Veranstaltung gigantische Ausmaße. Die Betreibergesellschaft rechnet bei diesem einen Rennen mit 250.000 Zuschauern, die runde 70 Millionen Mark in die Region bringen werden. Das sind Ausmaße, die niemand mehr durchschaut.

Wahrscheinlich ist Harro Simoneit genau auf so etwas gestoßen: Riesengelder, die unkontrolliert fluten, Schwarzgeld, das man waschen kann. Investitionen der stillen Art. Über allem schwebt die schützende Hand des Papstes von Schöntann, wobei gleichgültig ist, ob er selbst beteiligt sein wird. Es erweitert seinen Einflußbereich enorm, es macht ihn zum König. Bevor irgend jemand seinen Bratwurststand aufstellt, muß er im Kniefall Bargeld bringen.«

»Eis essen«, sagte Peter. Er hatte den Becher mit unglaublicher Geschwindigkeit geschafft, er wollte mehr.

»Wir könnten doch den Eissalon wechseln«, schlug Emma vor. »Aber vorher hätte ich gern gewußt, weshalb ihr zwei euch gestritten habt.«

»Wir haben uns nicht gestritten«, sagte ich. »Ich habe bei der Unterhaltung mit dem Rechtsanwalt nicht schnell genug geschaltet und deinem Rodenstock den Vorwurf gemacht, das Gespräch zu früh abgebrochen zu haben. Das war falsch. Das ist alles.«

»Du hast gesagt, ich hätte das Handtuch geworfen«, erklärte Rodenstock. »Das ist kränkend, weil ich das Handtuch niemals werfe. Nie.«

»Oh je«, sagte Emma nur.

»Es ist halt der Unterschied zwischen dem Profi und dem Amateur«, meinte ich lahm.

»Nicht ganz«, sagte Emma und sah auf den Tisch vor sich. »Es ist so, daß diese Formulierung an ihm nagt. Ich habe ihm heute nacht gesagt, daß er das Handtuch nicht werfen soll, wenn es mal irgendwo zwickt und zwackt.«

Eine Weile war Schweigen.

»Das wußte ich doch nicht.« Alles, was ich sagte, erschien mir hohl und unangemessen.

»Laßt mich etwas spazierengehen.« Rodenstock stand auf. »Wir können uns in einer Stunde am Auto treffen, wenn es recht ist.« Dann ging er davon, ein wenig vornübergebeugt.

»Hat er Schmerzen oder sowas?« fragte ich.

»Nein.« Emma schüttelte den Kopf. »Manchmal erwischt ihn eine tiefe Melancholie.« Sie seufzte. »Er hat wohl Angst, daß sein Krebs aufsteht, daß Schluß ist mit dem Leben. Manchmal ist er einfach müde, manchmal braucht er Zeit, und manchmal denkt er, daß ihm keine Zeit mehr bleibt. Es ist nichts Bestimmtes, es ist einfach ... ach Scheiße. Laßt uns auch etwas laufen.«

Also schlenderten wir durch die Stadt, und als Peter sah, daß ich mit Dinah Hand in Hand ging, deutete er auf unsere Hände und erklärte: »Irmchen, Walter. Irmchen, Walter.«

Als wir zum Wagen zurückkamen, stand Rodenstock auf der Brücke über der Schlucht und starrte hinunter auf die Parklandschaft, die wie Spielzeug ausgebreitet lag. Er lächelte zaghaft: »Es sind nur die Launen eines alten Mannes.«

»Nicht diese Tour«, erklärte ich wütend. »Heb deinen Arsch, und fang an zu arbeiten, verdammt noch mal.«

Da grinste er mich an.

Sechstes Kapitel

Auf dem Rückweg fuhren wir in Manderscheid die *Alte Molkerei* an, und Claudia machte uns Flammkuchen. Emma hatte erklärt: »Ich gebe eine Runde aus.«

Peter lernte das Wort Flammkuchen und fand Gefallen daran. »Flammkuchen gut!« sagte er.

Als Emma bezahlen wollte, geschah etwas Seltsames. Sie hatte, wahrscheinlich anläßlich der Renovierung der neuen Wohnung an der Mosel, sehr viel Bargeld bei sich.

171

Sie zog ein Bündel Hunderter heraus, das noch mit einer Banderole umwickelt war.

»Das Jessica!« sagte Peter. Er sprach es Schessikka aus, und er tippte mit dem Zeigefinger auf das Geldbündel.

»Jessica Luxemburg?« fragte ich.

Er schüttelte den Kopf. »Jessica Quiddelbach.«

»Jessica Irmchen?« fragte Rodenstock.

»Jessica Irmchen.« Er tippte erneut auf das Geldbündel.

»Ich muß dringend in Irmchens Wohnung«, sagte ich. »Ist das möglich?«

»Wenn wir versprechen, den Kollegen jede Erkenntnis mitzuteilen, ja«, nickte Rodenstock. »Peter hilft uns am meisten, aber kein Richter würde ihn als Zeugen akzeptieren können.« Während er das sagte, hatte er schon sein Handy aus der Tasche genommen und wählte. Er sagte knapp: »Rodenstock hier, ich brauche euren Kwiatkowski.« Und dann nach einer Weile: »Du wirst deine Stoßrichtung verändern müssen. Ich sage dir, warum. Und ich brauche den Schlüssel zu Irmchens Wohnung. Kann ich den haben? Und wo ist er? – Gut. Danke. Ich rufe dich an, wenn wir in Quiddelbach sind und Peter abgeladen haben.«

»Alice nackt«, sagte Peter.

Wir brachen auf und waren gegen vier Uhr in Quiddelbach. Nachdem wir Peter abgesetzt hatten, fuhren wir zu dem Haus, in dem Irmchen gewohnt hatte.

Kwiatkowski erwartete uns dort. »Ihr macht mir Spaß«, sagte er muffig. »Solange wir uns auf den Nürburgring konzentrieren konnten, war das ein richtig schönes Familienunternehmen. Jetzt geht es in die internationale Wirtschaft, wie ich annehme.«

»So kann man es bezeichnen«, nickte ich.

Er schloß die Wohnung auf. »Wonach wollt ihr suchen?«

»Nach 170.000 Mark«, sagte Rodenstock gutgelaunt.

»Geklautes Geld?«

»Ja und nein. Auf jeden Fall schwarzes Geld. Habt ihr diese Wohnung gründlich durchsucht?«

172

»Oh ja«, nickte Kwiatkowski. »Sehr gründlich. Aber nicht nach Bargeld.«

»Na gut, dann laß man die Profis ran. Setzt euch in die Sessel da und guckt uns zu, wie man sowas macht.«

Dinah, Emma und Kwiatkowski setzten sich, und Rodenstock und ich teilten die Wohnung zwischen uns auf.

»Such an den Orten, wo eine Frau etwas verstecken würde«, mahnte der Kriminalrat a. D.

»Ich bin keine Frau«, erwiderte ich.

»Dann tu so.«

In der ersten Stunde fanden wir nichts.

Emma murmelte leicht säuerlich: »Zuschauer kommen hier nicht auf ihre Kosten.«

»Ich würde es in der Küche verstecken«, überlegte Dinah.

»In der Küche ist es nicht«, sagte Rodenstock.

»Ich würde es trotzdem da verstecken«, beharrte meine Gefährtin. »Vielleicht auch im Badezimmer.«

»Im Badezimmer ist nichts«, sagte ich.

»Bleiben wir bei der Küche«, nickte Emma.

»Da ist aber nichts«, brauste Rodenstock auf.

»Nun laß sie doch mal.« Kwiatkowskis Tonfall war gemütlich. »Also, wo, gnädige Frau, würden Sie es denn in der Küche verstecken?«

»Na ja, da, wo man normalerweise nichts vermutet. Ist das eine Einbauküche?«

»Ja«, nickte Rodenstock. »Teuer. Fast alles Edelstahl.«

Emma überlegte einen Augenblick und sah Dinah dabei an, als erwarte sie Schützenhilfe. »Dunstabzugshaube«, sagte sie dann. »Ja, zum Beispiel da.«

Rodenstock drehte sich auf den Fersen und stolzierte in die Küche. Es gab einige scheppernde Laute.

»Das habe ich übersehen«, sagte er, als er in das Zimmer zurückkam. Er trug einen dunkelbraunen Schuhkarton und stellte ihn auf den Tisch.

»Es ist wie Weihnachten«, bemerkte Kwiatkowski ironisch. Er wandte sich an Emma: »Sie sind darauf gekommen, Sie dürfen die Überraschung aufmachen.«

173

Irmchen hatte ein rotes Band um den Karton gewickelt und einfach geknotet. Emma löste den Knoten, öffnete die Schuhschachtel und seufzte: »Halleluja!«

Es waren Geldbündel darin, 170.000 Mark. Und mehrere Zettel im Format DIN-A4.

Auf dem ersten stand: *Ich weiß, es geht mich eigentlich nichts an, aber ich glaube, das alles ist nicht legal. Ich fürchte, sie mißbrauchen dich. Laß das sein, weil es alles kaputtmachen würde, wenn sie drauf kommen.* Die Unterschrift lautete *Walter*. Ein Datum gab es nicht.

Dann gab es einen Drei-Seiten-Brief, handgeschrieben von Irmchen an Walter, ebenfalls ohne Datum:

Liebster Walter!
Wir haben nun vor vier Wochen den Entschluß gefaßt zu heiraten. Ich kann das immer noch nicht glauben. Mir ist so, als würde ich träumen. Aber dann denke ich, daß es Wirklichkeit wird, und ich denke auch daran, daß es Zeit wird, Dir einiges zu sagen. Ich will nicht mit Dir vor den Altar treten, ohne ein paar Sachen geklärt zu haben. Damit hinterher nicht jemand kommen kann, der behauptet, ich sei eine Hure. Ich bin eine Hure. Wenigstens soweit, daß ich es für Geld getan habe. Ich denke, daß Du das weißt, ich denke aber auch, daß Du das von mir hören mußt, damit Du weißt, wie ich mich einschätze. Wir haben gesagt, wir krempeln unser Leben um. Du gehst von Deiner Mutter fort, ich gehe von meinem Leben fort. Keine betrunkenen Kerle mehr, die mich anmachen und antatschen und immer etwas wollen und die mich vor allen Leuten nach dem Preis fragen. Es heißt, einmal Hure, immer Hure. Aber ich weiß, daß das falsch ist. Nach ein paar Jahren hat jede Frau das so satt, daß sie nichts lieber machen würde, als abzuhauen und ganz normal zu leben. Aber das ist schwer, denn wenn du deinen Ruf weg hast, dann kommst du nicht mehr raus. Kann sein, daß du Glück hast. Ich habe das Glück, mit Dir.
Das ist mein Geschenk an Dich zu unserer Hochzeit: es sind 170.000 DM, Du kannst damit machen, was Du

willst. Ich habe Deinen Brief, daß alles kaputtgehen kann,
wenn sie uns draufkommen. Aber sie können uns eigent-
lich nicht draufkommen, weil ich ja mit den Sachen nichts
zu tun habe. Andy hat gesagt, ich soll ihm den Gefallen
tun, und ich habe ihm den Gefallen getan. Jetzt muß ich
nächste Woche hingehen und ihm sagen, daß alles aus ist.
Im Grunde ist er ein armes Schwein, weil er mit Frauen
nicht zurechtkommt und weil er eine unheimlich harte
Frau hat, die geldgeil ist, sonst nichts. Ich habe also die
letzte Tour gemacht, und Du warst dabei, und ich hab Dir
erzählt, wie das gelaufen ist. Na sicher habe ich überlegt,
ob ich das Geld irgendwem geben soll. Aber wem? Und
weil es hier auch um mein Glück geht, kannst Du es ruhig
nehmen und damit machen, was du willst. Ich glaube, daß
Andy nicht irgendwen bescheißen will, sondern einfach
ein Geschäft macht. Er hat mir zwei Bescheinigungen
mitgegeben, weil ich ihn bei der letzten Sitzung hier bei
mir gefragt habe, ob auch wirklich alles klar ist. Es ist alles
klar. Weil – die Leute haben ihre Sparbücher leergemacht,
und die Bankfritzen haben bescheinigt, daß das so ist und
daß keine Steuern fehlen werden. Ich hab auch Harro da-
von eine Kopie gemacht, damit er was in der Hand hat
und nicht mit leeren Händen dasteht. Er ist wirklich ein
lieber Kerl, und er ist einer von denen, die mir niemals ei-
nen Vorwurf gemacht haben, weil ich als Hure gelebt ha-
be. Er hat gesagt, wenn ich in Not gerate, kann ich mich
melden. Bei ihm oder bei seiner Frau, das ist egal. Das
einzige, was wir wirklich noch machen müssen ist:
JONNY LOSWERDEN, EGAL WIE. Ich weiß nicht, wie
das gehen soll, aber sicher wird Dir etwas einfallen. Mein
Gott, ich liebe Dich so. Nimm das Geld, denn wenn Du
überlegst: Es gehört eigentlich keinem, weil keiner davon
weiß.
Auf ewig Dein Irmchen.

Emma ließ das letzte Blatt sinken und hauchte: »Sie hat
ihn wirklich geliebt. Es war wirklich eine richtige Liebes-
geschichte, und irgendein Schwein ...«

»Ich will die Bescheinigungen.« Kwiatkowski war erregt.

»In den Unterlagen von Harro waren keine Bescheinigungen«, sagte ich. »Nicht eine.«

»Ich lese sie vor«, sagte Dinah und hielt zwei Blätter Papier hoch. »Die erste ist vom 20 Juni 1997 und stammt von einer Volksbank in ... Moment, in Mayen. Da steht: ›Wir bescheinigen Herrn Wenzel Stanicke, uns persönlich seit Jahren bekannt, daß er auf alle seine Ersparnisse die notwendigen Abgaben zahlte und daß er drei Sparbücher im Gesamtwert von 210.000 DM auflöste und sich auszahlen ließ, um sich mit dieser Summe an einem internationalen Konsortium zu beteiligen.‹ Mayen. Unterschrift. Die ist unleserlich. Die zweite Bescheinigung ist von einer Sparkasse in Bonn ... Sekunde ... sie hat den gleichen Wortlaut, nur die Summe liegt bei 112.000 Mark. Das Datum ist der 1. August 1997. Die Unterschrift der Bank ist ebenfalls unleserlich.«

Rodenstock grinste mich an. »Falls du etwas ahnst, gebe ich dir recht. Morgen geht's zuallererst nach Mayen.«

»Auf was läuft das hinaus?« fragte Kwiatkowski.

»Wir sagen es dir morgen mittag, sobald wir etwas wissen«, erwiderte Rodenstock. »Was ist mit diesem Jonny?«

»Zyankali«, nickte Kwiatkowski. »Ihr habt wohl kaum etwas anderes erwartet. Der Todeszeitpunkt dürfte in etwa mit dem von Irmchen identisch sein.«

»Was war dieser Jonny für ein Mann?« fragte Dinah.

»Die Antwort ist schwierig«, erwiderte Kwiatkowski. »Er war zuletzt als Kraftfahrer bei einer Firma beschäftigt, die Vulkangestein abbaut und die Bimsindustrie beliefert. Das war vor zwei Jahren. Seine Kollegen schildern ihn als einen ausgesprochen fröhlichen Menschen, als sehr guten Kumpel. Er war geschieden, hatte aus dieser Ehe zwei Kinder und ist nach der Scheidung ganz offensichtlich aus der Bahn geraten. Er nahm Jobs an, die er nach ein paar Tagen wieder schmiß, weil er sich nicht unterordnen konnte und sofort Krach mit dem Chef bekam. Er wohnte im Haus seiner Eltern in Rieden, beide verstorben. Er verkam, lebte in einem Raum, in dem er aß, Fernsehen schaute, schlief und so weiter. Die Kripo ermittelte vor drei Jahren gegen ihn, eine Nachbarin behauptete, er habe sich ihrer Tochter unsittlich genähert. Auf gut deutsch hat er sein Geschlechtsteil streicheln lassen. Das angestrengte Verfahren wurde eingestellt, die Nachforschungen ergaben kein klares Bild, wie üblich fehlten Zeugen. Dann, vor zwei Jahren, schien er auf einen grünen Zweig zu kommen. Das war die Periode, in der Irmchen die Kneipe in Rieden betrieb. Er hatte Arbeit als Lkw-Fahrer gefunden. Er war Abend für Abend bei Irmchen und trug nahezu all sein Geld dorthin. Es scheint gesichert, daß er mit Irmchen schlief, ob er dafür bezahlt hat, wissen wir nicht. Sicher ist, daß er Irmchen schlug und sie eine panische Angst vor ihm entwickelte. Dann ging bekanntlich die Kneipe ein, weil der Inhaber plötzlich verstarb, Irmchen kam hierher. Und schon begann das Techtelmechtel mit Andreas von Schöntann. Der schickte Jonny eine Truppe auf den Hals. Sie mischten Jonny auf, er lag vierzehn Tage im Krankenhaus ...«

»Ist das bewiesen, daß Andreas von Schöntann die Schläger schickte?« fragte Emma schnell.

»Nein«, gab Kwiatkowski widerwillig zu.

»Hätte mich auch gewundert«, murmelte Dinah. »Wir schätzen diesen von Schöntann nicht so ein. Der würde sich niemals mit Schlägern in einer dunklen Ecke treffen.«

»Aber er kann eine solche Aktion anstoßen«, sagte Rodenstock.

»Braucht er gar nicht«, widersprach Emma scharf. »Wenn seine Umgebung merkt, daß irgendwer nervt, wird er stillschweigend abgeräumt. Das geschieht ganz automatisch.«

»Jedenfalls tauchte Jonny dann vor ein paar Monaten wieder auf. Er kam hierher. Und da muß er spitz bekommen haben, daß hier etwas lief. Tatsache ist, daß er versuchte, der Zuhälter von Irmchen zu werden. Er nannte das Manager. Wahrscheinlich hockte er in dem Zelt, um dieses Haus unter Kontrolle zu halten.« Kwiatkowski atmete explosionsartig aus. »Meiner Ansicht nach hat Jonny mit den Morden nichts zu tun.« Er seufzte: »Mich macht fertig, daß ich nicht genügend Leute habe. Ich habe ganze drei, und das ist schon verdammt viel. Und die haben genug zu tun. Daher möchte ich dich bitten, Rodenstock, diese komische Geschichte mit den Sparbüchern heute noch zu klären.« Er fühlte sich in seiner Haut nicht wohl. »Wenn die Bevölkerung wüßte, daß eine sogenannte Mordkommission heutzutage auch nur noch ein Torso ist, würde sie wahrscheinlich aufjaulen.«

»Klar, tue ich das für dich«, nickte Rodenstock sofort. »Wir sollten aber trotzdem erst einmal überlegen, wen der Mörder denn noch töten müßte, um sicher zu sein, daß es gefährliche Zeugen nicht mehr gibt.«

»Peter«, sagte Dinah und Emma wie aus einem Mund.

»Der ist doch kein Zeuge«, wandte Kwiatkowski ein.

»Ist er doch«, beharrte Dinah. »Er kann zumindest mitteilen, wen er in bestimmten Zusammenhängen gesehen hat. Also kann er durchaus von großem Nutzen sein oder jemandem enorm schaden.«

»Er ist ein liebenswertes Kind, mehr nicht.« Für Rodenstock stand fest, daß Peter ausfiel.

»Vom Standpunkt der Justiz aus ist Peter kein Zeuge«, nickte Emma. »Aber dieser Fall ist rundum irrational. Es war doch völlig idiotisch, diesen Jonny zu töten ...«

»Nicht unbedingt!« widersprach ich. »Nehmen wir an, er hat den Mord an Irmchen beobachtet. Dann war es logisch, Jonny zu töten.«

»Es war nicht logisch, Walter Sirl von seinem Motorrad zu schießen!« brauste Dinah auf. »Warum sollte Peter nicht als gefährlich eingestuft werden?«

»Na schön, ich schaue nach. Er wird in der Scheune sitzen und vom nächsten Eis träumen.« Ich stand auf und ging hinaus.

Hinter mir murmelte Rodenstock: »Ich begleite ihn. Und wartet bitte, bis das geklärt ist.«

Mir fiel noch etwas ein. »Ich glaube immer mehr, daß Harro, ohne auch nur im geringsten die Gefahr zu ahnen, mit seinem Mörder verabredet war. Wir brauchen die Gästeliste des *Dorint* von diesem Tag. Und wir brauchen nun erst recht einen einigermaßen verläßlichen Stammgast aus Irmchens Bude hier.«

»Geht klar. Ich erledige das«, nickte Kwiatkowski.

Auf dem Weg zu Peter schwiegen wir. Rodenstock ging in die Scheune und kam sofort zurück. »Da ist er nicht.«

»Er war hier«, sagte ich und deutete auf die zwei Stufen vor dem Hauseingang. Da waren dunkle Flecken, noch nicht getrocknet. »Das ist Blut.«

»Verdammt noch mal«, stöhnte Rodenstock wütend.

Die Haustür war offen. Auch im Flur gab es viele Blutflecken. Sie führten zur Treppe, endeten dann aber auf der fünften Stufe. In der Küche war niemand, aber auf dem Boden waren Flecke, besonders viele vor dem Tisch.

»Lieber Gott«, sagte Rodenstock tonlos, »mach, daß er sich nur die Nase gestoßen hat.«

Wir durchsuchten das Haus, wir schauten in jede Ecke. Peter war nirgends. Dann begannen wir zu rufen, gaben aber bald auf, weil sich nichts rührte.

»Wo läuft so ein Kind hin, wenn es in Gefahr gerät?« fragte er.

»In die Scheune«, sagte ich. »Aber da ist er nicht. Also in den Wald dahinter.«

»Er kennt sich aus. Wenn er fliehen konnte, werden wir ihn nicht finden.« Rodenstock sah die kleine Straße entlang in Richtung Quiddelbach. »Vielleicht wissen die Leute in dem Haus dahinten etwas.«

Ich setzte mich in den Wagen und fuhr dorthin. Im Vorgarten schnitt ein alter Mann ein winziges, handtuchgroßes Rasenstück mit einer Grasschere.

»Haben Sie Peter gesehen?« fragte ich.

»Heute nachmittag. Er war zu Hause.«

»Ist ein Auto gekommen? Irgendwelche Fremden?«

»Nicht, daß ich wüßte.« Sein Gesicht war steinalt, seine

Hände waren knochig. »Nein, niemand. Auch keinen, den ich kenne. Ich bin den ganzen Nachmittag hier im Garten gewesen, ich hätte das gesehen. Wieso? Ist er weg?«

»Ja, er ist weg. Und da sind Blutstropfen im Eingang und auf dem Flur.«

»Das ist ja komisch«, sagte der Mann erschrocken. Er reckte sich hoch und legte die Schere auf einen Pfahl des Gartenzauns.

»Kennen Sie Peter gut?«

»Na ja, er ist schließlich mein Nachbar. Manchmal ißt er bei mir.«

»Nehmen wir an, jemand hat ihn geschlagen, er konnte aber weglaufen. Wo würde er dann sein?«

»In der Scheune.«

»Da ist er aber nicht.«

»Dann weiß ich es auch nicht. Vielleicht sollten wir die Jungs von der Feuerwehr anrufen, daß die ihn suchen? Ist ja nicht mehr sicher hier. Erst haben sie eine Frau umgebracht. Und dann einen Mann, der im Wald gezeltet hat. Ist eine elende Zeit, ist das. Ich geh mal mit.«

Der Nachbar stieg zu mir ins Auto, und wir fuhren zu Rodenstock zurück, der vor dem Wohnhaus stand.

Der alte Mann kletterte aus dem Wagen und rief: »Pitter, kumm ens.«

Nichts rührte sich. Der Alte öffnete die Scheunentür und wiederholte seine Worte. Dann winkte er uns.

Die Scheune war recht groß. Drinnen stand ein alter, blaulackierter Lanz, ein richtig antikes Stück. Daneben eine Egge, ein Heuwender, ein alter Pflug, eine Sämaschine – alles im besten Rost.

Der Alte sagte etwas zu laut: »Der Peter ist nicht da.« Dabei deutete er auf einen Haufen alter, viereckiger, kleiner Heuballen, der sicherlich vier Meter hoch bis zur Decke getürmt war.

»Da kann man nichts machen«, sagte der Alte und bedeutete uns, mit ihm hinauszugehen. Er schloß die Tür hinter sich.

»Es ist so«, erzählte er leise. »Das Heu ist seit Jahren da drin. Peter hat sowas wie einen Fuchsbau draus gebaut. Und ich wette, er steckt da drin. Aber wir kriegen ihn nicht da raus. Das kenne ich.«

»Woher kennen Sie das?« fragte Rodenstock.

»Von der Kirmes vor drei Jahren«, sagte der Mann. »Da hat ihn ein Betrunkener geschlagen, einer aus Virneburg. Peter hat sich im Heu verkrochen, und wir haben ihn nicht gefunden. Es hat Tage gedauert, bis er wieder rauskam. Viele Tage. Ich wette, er steckt da drin. Er hat da auch immer was zu essen. Und Kerzen hat er auch ...«

»Im Heu?« fragte ich entsetzt.

Er grinste matt. »Keine Bange, Peter kann damit umgehen.« Er seufzte. »Man müßte wissen, was passiert ist.«

»Es ist keine Schwierigkeit, von hinten an die Scheune und das Wohnhaus heranzukommen?« fragte Rodenstock.

»Keine«, nickte der Alte. »Du kannst irgendwo oben am Berg parken und dann durch die Bäume runterkommen.«

»Haut mal ab, ihr Zwei«, sagte ich. »Ich sehe eine schwache Möglichkeit.«

Ich lief zum Wohnhaus und suchte in der Küche nach der alten Bibel. Ich fand sie nicht, aber ich war zu nervös, sorgsam zu suchen. Ich entdeckte ein altes DIN-A5-Heft, Zeitungsdruck. *Von den Kraftfeldern des Lebens* stand darauf. Ich nahm es, ging in die Scheune und schloß die Tür hinter mir. Die Sämaschine hatte einen alten verrosteten Sitz. Ich kletterte hinauf und stemmte mich an zwei Metalltritten ab.

Das Licht reichte noch. Auf der ersten Seite befand sich ein kurzer Text aus *Malte* von Rainer Maria Rilke.

Ich las, ich wollte lesen. Doch erst sagte ich ganz langsam: »Alice nackt.« Dann las ich: »Manchmal gehe ich an kleinen Läden vorbei, in der Rue de Seine etwa. Händler mit Altsachen oder kleine Buchantiquare oder Kupferstichverkäufer mit überfüllten Schaufenstern. Nie tritt jemand bei ihnen ein, sie machen offenbar keine Geschäfte. Sieht man aber hinein, so sitzen sie, sitzen und lesen, unbesorgt; sie sorgen sich nicht um morgen, ängstigen sich nicht um ein Gelingen, haben einen Hund, der vor ihnen sitzt, gut aufgelegt, oder eine Katze, die die Stille noch größer macht, indem sie die Bücherreihen entlangstreicht, als wische sie die Namen von den Rücken. Ach, wenn das genügte: Ich wünschte manchmal, mir so ein volles Schaufenster zu kaufen und mich mit einem Hund dahinterzusetzen für zwanzig Jahre.«

War da etwas? Atmete Peter da? Raschelte da was?

Mach nicht so lange Pause, Baumeister, denn er hat furchtbare Angst. Ich fuhr mit einem Wort von Phil Bosmans fort: »Um ein bißchen glücklich zu sein, ein bißchen Himmel auf Erden zu haben, mußt du dich mit dem Leben versöhnen, mit deinem eigenen Leben, wie es nun einmal ist. Du mußt Frieden machen mit deiner Arbeit, mit den Grenzen deiner Brieftasche, mit deinem Gesicht, das du dir nicht ausgesucht hast. Du mußt Frieden machen mit den Menschen um dich herum ...«

Er war da vor mir, er war todsicher da. Ich hörte Atem, aber ich sah nichts. Auch das Rascheln war nicht mehr zu hören. Ich las weiter.

»... mit den Menschen um dich herum, mit ihren Fehlern und Schwächen. Mit deinem Mann, mit deiner Frau, auch wenn du jetzt vielleicht weißt, daß du nicht den idealen Mann, nicht die ideale Frau getroffen hast. Glaube nicht, daß es so etwas gibt ...« Weil ich Furcht hatte, ich könne Peter verscheuchen, las ich ohne Pause weiter. Ein Wort von Hermann Hesse: »Alle Tage rauscht die Fülle der Welt an uns vorüber; alle Tage blühen Blumen, strahlt das Licht, lacht die Freude. Manchmal trinken wir uns daran dankbar satt, manchmal sind wir müde und verdrießlich und mögen nichts davon wissen; immer aber umgibt uns ein Überfluß des Schönen ...«

»Alice nackt«, sagte er ruhig.

Ich erkannte ihn kaum. Er steckte seinen Kopf aus einem Loch in ungefähr anderthalb Metern Höhe und mühte sich, mich anzusehen. Beide Augen waren zugeschwollen, zugeschlagen, das Kinn war blutverkrustet, und das Haar lag wie ein Helm in seiner Stirn, glänzte wie Lack.

»Peter wehgetan«, sagte ich so gelassen wie möglich.

»Aua«, sagte das Kind.

»Wer war das?«

»Männer«, sagte das Kind und rührte sich nicht.

»Was für Männer?«

»Männer«, sagte er.

»Okay«, sagte ich. »Männer, böse Männer. Magst du ein Eis essen?«

»Zähne«, sagte er.

»Dann komm doch mal her«, sagte ich, stand ganz langsam auf und kletterte von dem Sitz.

Peter ließ sich nach vorn aus der Wand aus Heu fallen und drehte sich. Er kam zu mir, gab mir die Hand und verbeugte sich.

»Peter weh«, sagte er und faßte sich an den Kopf.

»Wollten sie dich totmachen?« fragte ich.

»Peter weggelaufen, Peter schnell«, sagte er heftig.

Ich drehte vorsichtig sein Gesicht herum. »Mach mal den Mund auf.«

Er machte den Mund auf. Oben fehlten vier Zähne, unten zwei.

»Hast du Schmerzen?«

»Ja. Schmerzen.«

»Wie viele Männer?« Ich zeigte ihm erst zwei Finger, dann drei, dann vier.

»Zwei.«

»Blut abwaschen«, sagte ich.

Er nickte sehr ernsthaft. »Peter dreckig.«

Ich legte ihm den Arm um die Schulter und stieß die Scheunentür auf. »Komm her, laß uns gehen. Du mußt untersucht werden. Zum Arzt.«

»Nicht.«

»Ich gehe mit.«

»Dann«, nickte er. Er setzte jedoch hinzu: »Nicht Krankenhaus!«

»Doch Krankenhaus«, sagte ich energisch und überlegte, wieso dieser Junge nicht längst ohnmächtig war. Wahrscheinlich hatte sich Peter in seiner panischen Angst nicht gestattet, das Bewußtsein zu verlieren.

»Peter ganz ruhig. Ich bin ein Freund!« sagte ich.

»Peter ruhig«, sagte er. Dann fiel er um.

Rodenstock und der alte Mann kamen heran.

»Er muß dringend zu einem Arzt«, erklärte ich. »Helft mir mal, ihn ins Auto zu tragen.«

Rodenstock half mir, wir fuhren zur Praxis des Dr. Salchow, der kurzerhand entschied, einen Krankenwagen zu rufen und mit Peter ins Krankenhaus zu fahren.

»Er darf keine Minute allein sein«, sagte ich mahnend, bevor wir uns wieder ins Auto setzten.

»Sie wollten ihn einschüchtern«, mutmaßte Rodenstock.

»Eher nicht«, sagte ich. »Ich glaube, sie wollten ihn schlicht erst verprügeln und dann töten, um uns zu verwirren. Er hatte Glück, er konnte ihnen entwischen. Alles bleibt Theorie, bis wir die erwischen, die es taten. Kennen wir jemanden in Mayen?«

»Kwiatkowski sagte, einer der Bankdirektoren, der Oberboß sozusagen, wohnt in einem Ort namens Kottenheim in der Nähe von Mayen. Wir können nur hoffen, daß er zu Hause ist. Wieso ist plötzlich so viel Verkehr hier?«

»Sonntag findet der *Große Preis von Luxemburg* statt. Morgen ist Training, Sonntag mittag das Rennen. Dann ist das hier ein Riesennest mit Verrückten. Rund 250.000 Menschen auf wenigen Quadratkilometern. Und mindestens 50.000 saufen sich bis zum Beginn des Rennens die Hucke voll, nur um die Zeit zu vertreiben. Ich habe im *Expreß* gelesen, daß jemand für ein Teufelsgetränk, irgendeinen Billigkognak mit Cola, eigens eine Pumpe erfunden hat. Der Typ strahlte in die Kamera, daß er für sich und seine Kumpels dreißig Flaschen Kognak hergekarrt hat. Auf die Frage, wie viele Kumpels er denn erwartet, antwortete er: Sechs. Ist das nicht niedlich?«

»Meine Güte, wenn die alle in den Wald pinkeln, geht der an einer Alkoholvergiftung ein. Dann mach schnell, daß wir hier wegkommen.«

Ich fuhr bis Kelberg, dann auf der Hauptkreuzung nach links in Richtung Mayen.

Wir rauschten an dem Ort vorbei und nahmen dann die Abfahrt nach Kottenheim. Rodenstock fragte eine Frau mit Hund nach der Gartenstraße, und schließlich standen wir vor einem Haus, das wie der verzweifelte Versuch aussah, aus einem ganz normalen Kasten eine verspielte, mittelalterliche Burg zu basteln.

»Er heißt Siegfried Hillesheim«, murmelte Rodenstock. »Mach dir die Fingernägel sauber, und sag bitte und danke, wenn du angeredet wirst.«

Die Frau, die die Tür öffnete, war klein, dick und freundlich. »Ja, bitte?«

»Wir hätten gern Herrn Hillesheim gesprochen. Es ist dringend«, spulte Rodenstock ab.

»Moment.« Sie drehte sich herum und verschwand. Nach etwa einer Minute erschien sie wieder. »Mein Mann läßt fragen, in welcher Angelegenheit?«

»Die Morde am Nürburgring«, sagte Rodenstock, als beschreibe er ein Teeservice. »Wir brauchen seine Hilfe.«

»Ach so, die Sache. Tja, da hört man ja den ganzen Tag von. Ich sag's ihm mal.« Sie verschwand wieder.

Als sie erneut erschien, verkündete sie: »Mein Mann sagt, damit hätte er nicht das geringste zu tun, und Sie sollen sich an die Polizei wenden.«

»Das geht aber nicht, Frau Hillesheim. Wir sind quasi die Polizei.«

Sie kniff die Augen zusammen, sie arbeitete. »Sind Sie nun die Polizei oder quasi die Polizei?«

»Wir kommen mit einer Bitte von Kriminaloberkommissar Kwiatkowski von der Mordkommission, die zur Zeit in Adenau an dem Fall arbeitet«, sagte Rodenstock zuvorkommend und höflich. »Außerdem brauchen Sie nicht immer zwischen Ihrem Mann und uns hin- und herzurennen. Sie können ihn auch selbst schicken.«

Das gefiel ihr so sehr, daß sie zu prusten begann: »Ich schick ihn mal raus.«

Der Mann, der dann zur Tür kam, wirkte wie eine seltsame Mischung aus erfolgreichem Manager und Gartenzwerg. Er war klein und rund wie ein Fußball, so breit wie hoch, aber er hatte Augen, die hart wirkten wie Fünfmarkstücke. Er trug die Hose eines unglaublich bunten Trainingsanzugs und darüber ein Unterhemd, das vorne für den Bauch nicht reichte. Dazu Schlappen an den Füßen, die er irgendwo in Mallorca erbeutet haben mußte. Er bellte: »Ja?« und baute sich vor uns auf.

»Mein Name ist Rodenstock«, sagte Rodenstock. »Kriminalrat a. D. Das ist Siggi Baumeister, ein Freund. Herr Kwiatkowski von der Mordkommission schickt uns. Wir wollen Sie nach einem Ihrer Kunden befragen. Der Kunde heißt Wenzel Stanicke. Und er hat ein merkwürdiges Geschäft eingefädelt. Das spielt unter Umständen eine Rolle bei den Morden.«

»Lassen Sie sich von meiner Sekretärin einen Termin geben.« Er lief ein bißchen rot an; vermutlich nahm er jeden Tag Beta-Blocker.

»Nicht so, Herr Hillesheim«, sagte ich. »Es geht um Mord und nicht um einen Kleinkredit. Wenn Sie das lieber mögen, können wir Ihnen auch einen Streifenwagen hinters Haus schicken.«

Er brüllte, er brüllte aus dem Stand ohne Anlauf. »Sie wagen es ...«

»Wenzel Stanicke«, sagte Rodenstock laut. »Herr Hillesheim, uns reichen drei Minuten. Aber die will ich jetzt und hier und nicht über Ihre Scheißsekretärin. Klar? Wenzel Stanicke. Kennen Sie ihn? Natürlich kennen Sie ihn.«

Hillesheim machte den Mund zu, er hatte endlich begriffen, daß das alles gar nicht spaßig war. »Stanicke? Stanicke? Kenne ich, ja.«

»Na, das ist doch schon was«, freute sich Rodenstock. Er hatte diese gemeine Stimme, vor der ich immer Angst habe, wenn er sie aus dem Schrank holt.

»Ich bin nicht richtig gekleidet!« sagte der Bankdirektor.

»Das stimmt«, nickte Rodenstock. »Aber wir brauchen Ihr Hirn und nicht Ihre Krawatten.«

Er wartete einige Sekunden. Als nichts geschah, setzte er hinzu: »Wir können es auch hier zwischen Tür und Angel erledigen.«

»Wie? Ach so. Ja, dann kommen Sie mal.« Der Mann drehte sich und schlappte vor uns her. Es ging durch ein Wohnzimmer der Marke Deutsche Eiche, dann durch eine Glastür auf eine Terrasse mit Blick über ein weites, meist bewaldetes Tal.

»Da sind Stühle«, sagte er und ließ sich in einem Sessel nieder.

Wir nahmen uns zwei Stühle und bauten sie vor ihm auf. Dann setzten wir uns.

Rodenstock erklärte: »Es ist so: Wir haben eine merkwürdige Quittung entdeckt ...«

»Martha!« schrie Hillesheim. »Martha!« Und als sie von irgendwoher: »Ja, bitte?« rief, schrie er zurück: »Bring mal Stubbis für die Leutchen hier.«

»Ich trinke keinen Alkohol«, bemerkte ich.

»Wird schon noch«, sagte er unwillig, als habe er es mit einem störrischen Enkel zu tun.

Martha erschien mit dem Bier, und ihr Mann nahm die Flasche, setzte sie nach Eifeler Art an und trank sie zur Hälfte aus. Dann stellte er mit einem harten Knall das Gefäß auf den Tisch, grinste Rodenstock an und forderte: »Also, noch mal mit Gefühl. Was habt ihr für 'ne Quittung?« Irgendwie war er ein Schätzchen.

Rodenstock seufzte und legte die Quittung einfach vor ihn hin.

Er nahm das Papier und schrie schon wieder: »Martha! Martha! Mein Brille!«

Martha kam mit der Brille, blickte ergeben zum Himmel und deponierte sie auf dem Tisch vor ihm.

Interessiert betrachtete er die Bescheinigung. Schließlich warf er sie auf den Tisch zurück, als sei sie schmutzig, und erklärte: »Das habe ich noch nie gesehen. Und das habe ich schon gar nicht unterschrieben.«

Rodenstock hatte wieder diesen gemeinen Unterton. »Kein Mensch hat behauptet, daß Sie das unterschrieben haben. Aber jemand aus Ihrem Haus hat das unterschrieben, oder? Denn das ist offizielles Papier der Bank und gestempelt von der Bank. Also, wer leistete im Namen der Bank die Unterschrift?«

Erst wollte Hillesheim erneut losbrüllen, besann sich aber darauf, daß das auf uns nicht den geringsten Eindruck machen würde. Er beugte sich ruckartig vor und musterte aufmerksam die Signatur. Seine Zungenspitze stahl sich zwischen seinen Lippen hervor. Es war deutlich, daß er jetzt wußte: Er hatte ein massives Problem und er würde es nicht durch Brüllen beseitigen können.

»Das ist nicht meine Unterschrift. Und es ist auch nicht die Unterschrift des Mannes, der in meinem Haus für die entsprechende Abteilung zuständig ist. Es ist überhaupt keine Unterschrift von irgendeinem, der in unserem Haus leitende Funktion hat. Diese Unterschrift kenne ich nicht. Ich schwöre, ich kenne sie nicht.«

»Aber es ist Papier der Bank und ein Stempel der Bank. Sagen Sie, haben Sie über ein Modem Zugang zu Ihrem Computer in der Bank?« Rodenstock fragte das aus reiner Höflichkeit. Daß der Mann von zu Hause aus Zugang zum Bankrechner hatte, war sowieso klar.

»Na sicher«, sagte er. »Aber was soll das? Da kann ich mich doch totsuchen.«

Da hatte er zweifelsfrei recht.

»Wie sieht es mit diesem Kunden aus? Wer ist Wenzel Stanicke?« Rodenstock blieb unerbittlich am Ball.

»Stanicke ist ein guter Mann. Hat einen Betrieb, stellt Holzfenster und Kunststoffenster her. Gut im Markt, guter Mann.«

»Verdammt noch mal!« Rodenstock brüllte los. »Es geht hier um Morde, Sir. Ich habe Sie nicht gefragt, ob dieser Stanicke ein guter Mann ist, sondern was er für ein Mann ist.«

Das Erstaunliche war, daß Hillesheim sofort begriff, daß er augenblicklich einlenkte. »Stanicke ist ein knallharter Geschäftsmann. Dem kann man nichts vormachen, wirklich nichts.«

»Umsatz? Wie hoch?« fragte ich.

»Runde 24 Millionen zur Zeit. Steigt aber, steigt unerbittlich. Hat gerade einen Konkurrenten geschluckt.«

»Gut. Dieser Stanicke kommt also daher mit dieser Bescheinigung Ihres Hauses. Wer könnte sie ihm ausgestellt und unterschrieben haben?«

»Ich weiß es nicht.«

Rodenstock beugte sich vor. »Fragen wir mal anders: Wen aus Ihrem Haus könnte Stanicke dafür bezahlt haben, daß er ihm diesen Wisch ausstellt?«

»Für meine Leute lege ich die Hand ...« Der Bankdirektor sah, daß Rodenstock zum Himmel blickte, und er wußte, daß Rodenstock gleich wieder brüllen würde. Also hielt er inne und murmelte: »Ich weiß es nicht, ich weiß es nicht, ich weiß es nicht. Gnade ihm Gott, wenn ich den erwische. Ich schicke ihn lebenslang in den Steinbruch.« Dann beugte er sich vor: »Darf ich jetzt mal fragen, woher denn diese gottverdammte Bescheinigung kommt? Woher Sie die haben?«

Rodenstock kaute auf seiner Unterlippe herum. »Dürfen Sie nicht. Noch nicht. Rufen Sie diesen Wenzel Stanicke an. Jetzt. Bestellen Sie ihn hierhin. Sofort. Welchen Grund Sie angeben, ist mir scheißegal. Der Mann muß antanzen. Jetzt!«

»Das kann ich nicht machen«, sagte Hillesheim.

»Das können Sie«, sagte ich. »Und wie Sie das können. Los, machen Sie schon.«

»Stanicke hat einen Ferrari, und er hockt jetzt mit anderen, die auch einen Ferrari haben, in der Sauna. Da störe ich nicht.«

»Geben Sie mir die Telefonnummer«, forderte Rodenstock.

»Nein.«

»Wir fahren hin«, entschied ich. »Ich wollte schon im-

189

mer mal mit einem reichen Schmerbauch in der Sauna sitzen.«

»Scheiße!« fluchte Hillesheim. »Scheiße! Scheiße! Scheiße! Ich rufe ihn her.« Er stand auf und verschwand und stand nach Sekunden mit einem Handy am Ohr in der Tür zum Wohnzimmer.

»Wenzel? Hillesheim. Du solltest deinen Arsch hochbringen und in zwei Minuten hier sein. Frag nicht, diskutier nicht, komm her.« Dann schaute er das Handy an wie St. Georg den Drachen.

»Das war sehr gut«, lobte Rodenstock. »Wieso nur zwei Minuten?«

»Er ist mein Nachbar«, sagte Hillesheim trocken.

Der Mann kam nicht durch die Haustür, sondern tobte durch den Garten. »Ich will endlich mal meine Ruhe«, schrie er. »Was soll das? Brennt deine Scheißbank?«

»Guten Tag«, sagte Rodenstock. »Bitte, nehmen Sie Platz. Nur eine Frage: Wer hat Ihnen diese Bescheinigung unterschrieben?« Er hielt dem Mann das Blatt hin.

Wenzel Stanicke nahm das Blatt und starrte darauf. Er war ein mächtiger, blonder Mann mit schütterem Haar und der Figur eines Gewichthebers. Er trug einen weißen Bademantel und ähnliche Gummilatschen wie Hillesheim.

Er kapierte sofort. »Bullen?«

»Viel schlimmer«, meinte Hillesheim. »Es geht um die Morde am Ring.«

»Ach ja?« Stanicke wußte nicht, was er sagen sollte. Sein Mund bewegte sich, aber er sprach nicht. Schließlich fragte er förmlich: »Was kann ich für Sie tun?«

»Wenzel, du bist ein Arsch«, sagte Hillesheim tonlos. »Wer hat dir diese Bescheinigung unterschrieben?«

»Na, irgendeiner von deinen Wasserträgern«, antwortete er patzig.

»Herr Stanicke«, sagte Rodenstock, »beantworten Sie bitte die Frage, wer aus der Bank für Sie diese Bescheinigung angefertigt und unterschrieben hat.«

»Florian Basten.«

»Wie bitte?« Hillesheims Kopf ruckte nach vorn, und seine Augen wurden groß und quollen hervor. Dann sackte er zurück. »Das ist ein Lehrling in der Kreditabteilung.«

»Aha«, nickte Rodenstock. »Und was hat Florian dafür bekommen?«

»Nichts«, behauptete Stanicke schnell.

»Das glaube ich Ihnen nicht«, sagte ich freundlich.

Eine Weile herrschte Schweigen.

Hillesheim flüsterte: »Um Gottes willen, mach nicht alles komplizierter.«

»Ich habe ihm ein altes Käfer-Cabrio zum Selbstkostenpreis überlassen.«

»Und vermutlich lag der Selbstkostenpreis bei null«, sagte Rodenstock.

Wenzel Stanicke nickte widerwillig. »Kann man so sagen.«

»Verdammte Scheiße, warum machst du so einen Blödsinn?« schrie Hillesheim. »Das lohnt doch nicht, Junge. Sparbücher auflösen! So ein Scheiß.«

Ich starrte Rodenstock an und Rodenstock mich. Dann mußten wir beide lachen.

Hillesheim und Stanicke waren verblüfft. »Was ist denn?« fragte Hillesheim.

»Lieber Himmel«, sagte Rodenstock. »Ich dachte, Sie hätten das längst kapiert. Der Herr Stanicke hat nie im Leben drei Sparbücher mit 210.000 Mark besessen.«

»Wie bitte?« Die Stimme des Bankdirektors war schrill.

»Er hat auf diese Weise 210.000 DM Schwarzgeld gewaschen. Das Geld war nicht auf Sparbüchern, das Geld hatte er bar im Küchenschrank. Nicht wahr, Herr Stanikke? Und leugnen Sie nicht. Wir kennen nämlich den Empfänger.«

Stanicke nickte. »Aber das ist ein minderschweres Wirtschaftsvergehen. Ich zahle eine angemessene Buße, und das war es dann. Und nun, meine Herren, muß ich zurück zu meinen Gästen.« Er drehte sich herum und wollte an Rodenstock vorbei auf den Rasen zurück.

Gefährlich ruhig sagte Rodenstock: »Bleiben Sie noch ein paar Minuten. Es gibt vier Tote, Herr Stanicke.«

»Mit denen habe ich nichts zu tun.«

»Können Sie das beweisen?«

»Lecken Sie mich doch am Arsch!« schrie Stanicke.

Dann passierte es, und selbst drei Wochen später konnte ich nicht erzählen, was Rodenstock getan hatte. Er war einfach zu schnell: Plötzlich lag Stanicke flach auf dem Bauch, Rodenstock zog ihn an dem Bademantel hoch, und auf wundersame Weise begann der Mann plötzlich in Tischhöhe in der Luft zu liegen. Als er auf die Fliesen knallte, gab es ein ganz häßliches Geräusch.

»Nun machen Sie mich doch nicht wütend, Männeken!« sagte Rodenstock in die Stille. »Setzen Sie sich da auf den Stuhl und reden Sie, wenn man Sie fragt.«

Hillesheim brachte mühsam atmend ein: »Das ist rohe Gewalt ist das!«

»Aber gekonnt«, sagte ich begeistert. »Herr Stanicke, würden Sie jetzt so freundlich sein zu berichten, wie das alles abgelaufen ist? Und halten Sie sich nicht damit auf, etwas zu verschweigen.«

Der Unternehmer sah Rodenstock an und knurrte wütend: »Wenn ich dich in die Finger kriege, alter Bock, bist du nur noch Plissee.«

Rodenstock seufzte: »Behandeln wir uns doch wie zivilisierte Menschen. Also, wie war das mit den 210.000? Aus welchem Zweig Ihres profitablen Unternehmens stammen die?«

Er wollte nicht, überlegte, wie er aus dieser Situation herauskommen würde. Doch dann begriff er, daß seine Situation nicht die des Siegers war: »Eine alte Lieferung Fenster. 600 genormte Dachfenster. Jemand war pleite gegangen, ich hing drauf. Ich habe sie verkauft. Sie waren aus den Büchern schon raus.«

»Weiter«, sagte Rodenstock. »Was passierte dann?«

»Jemand aus dem Ferrari-Club sagte, ich könne das Geld anlegen. Gutes Geschäft. Ich tat ihm den Gefallen und ...«

»Andreas von Schöntann«, nickte ich. »Wissen wir schon.«

»Ich investierte bei ihm. Ich brauchte die Freistellung von der Bank. Das machte der kleine Basten für mich.«

»Wer hat das Geld abgeholt?« fragte ich.

»Irgendeine Tussi von Andy.«

»Tussi heißen die wenigsten«, mahnte Rodenstock.

»Diese Assistentin.«

»Jessica Born.«

»Richtig, die war es. Die knöpft ihm nach dem Pinkeln auch die Hose zu.«

»Was soll eigentlich diese Firma von Schöntann machen?« fragte Rodenstock. »Briketts verkaufen? Oder lebende Krokodile? Oder Luftschlösser?«

»Vermarktung von Zubehör im Bereich Motorsport. Motorrad und Auto«, antwortete Stanicke kühl. »Der Markt wird neu geregelt, da steckt verdammt viel Geld drin.«

»Das müssen Sie erläutern«, sagte ich. »Wir sind vom zweiten Bildungsweg.«

»Das ist alles nichts Illegales«, stöhnte er wild. »Das ist ein Geschäft auf Euro-Basis. Wer zuerst kommt, schöpft ab. Schöntann mag ja ein Arschloch sein, aber in dieser Hinsicht ist er ein Cleverle.«

»Ich habe Sie nicht nach der theoretischen Unterfütterung gefragt«, unterbrach ich ihn. »Was für eine Firma? Auf welchem Markt? Ab wann? Mit welchen konkreten Artikeln?«

»Lassen Sie sich das von Andy erklären«, muffelte er.

Rodenstock schaute ihn nur an.

»Na gut. Ich will mal für die Analphabeten unter uns die Lage erklären. Eigentlich können Sie das in jeder Zeitung lesen, aber wahrscheinlich können Sie gar nicht lesen.«

Hillesheim grinste.

Rodenstocks Gesicht war vollkommen ausdruckslos.

»Bis 1969 war die Formel 1 ein wilder chaotischer Haufen, nichts war geregelt, jeder sahnte ab, so gut er konnte.

Dann kam Bernie Ecclestone. Er faßte den Haufen zusammen, machte Verträge mit der Zigarettenindustrie, die ganz wild auf Reklame war. Ecclestone wurde König und nannte die Formel 1 denn ja auch die Königsklasse. Ohne Ecclestone kannst du nicht mal den Helm von Michael Schumacher kaufen oder das Modell des alten Rennwagens von Fittipaldi. Du kriegst keine Originalhandschuhe, keine Jacke mit dem Ferrari-Emblem, nix von Mercedes und so weiter und so fort. An jedem Furz verdient Ecclestone mit. Sein Privatvermögen wird übrigens auf 700 Millionen geschätzt. Er ist 66, es ist Zeit, in Rente zu gehen. Mit Sicherheit kommen neue Regeln für die Rennen, mit Sicherheit geht die Formel 1 an die Börse. Das erledigt für Ecclestone übrigens Ex-Mercedes-Chef Helmut Werner. Und Andy hatte die Idee, eine Firma aufzubauen, die im Bereich Formel 1 die japanischen, koreanischen und anderen asiatischen Hersteller vertritt. Das ist eine reine Geldmaschine. Seit ein, zwei Jahren sammelt er Verträge und bereitet alles vor. So wie Schumacher jetzt vom Sekt bis zum Bleistift alles verscheuert, was groß genug ist, seinen Namenszug zu tragen, so wird Andy eines Tages alle Firmen auf den Markt bringen, die bisher an Ecclestone scheiterten, weil der einfach nicht wollte. So einfach ist das.«

»Das ist wirklich einfach«, nickte Rodenstock. »Und Sie haben die 210.000 Mark geliefert.« Dann machte er eine Pause. »Und wieviel haben Sie vorher geliefert?«

»Insgesamt bin ich mit eins Komma vier drin. Die erste Tranche lag bei zehn Millionen, die zweite bei fünfzehn, die letzte umfaßt bisher, glaube ich, 3,8 oder 3,9 Millionen, ich weiß das nicht genau.«

»Es geht also bis jetzt um rund 30 Millionen Mark?« fragte ich.

»Das kann hinhauen«, nickte Stanicke mürrisch. »Es wird einfach gewartet, bis Ecclestone abtritt und zum Beispiel von dem Italiener Marco Piccinini abgelöst wird. Dann werden die Karten neu gemischt. Piccinini, Werner und Walter Thoma werden die Chefs sein.«

»Wer ist Thoma?« fragte Rodenstock.

»Der Boß beim Tabakkonzern Philip Morris.«

»Woher stammten nun die Gelder, die Sie vorher ein-zahlten?«

»Haus- und Grundbesitz«, antwortete er verdächtig bereitwillig.

»Sie haben Häuser verkauft?«

»Das nicht«, erwiderte er. »Aber jetzt werde ich keine Antworten mehr geben. Jetzt möchte ich meinen Anwalt sprechen.«

»Wir finden es sowieso heraus«, meinte Rodenstock.

»Richtig, tun Sie was für Ihr Geld. Kann ich jetzt ge-hen?«

»Moment noch«, sagte Rodenstock und hob die Hand. »Ich möchte erst mit dem Chef der Mordkommission telefonieren.« Er nahm sein Handy aus der Tasche, ging ein paar Schritte auf den Rasen hinaus und telefonierte. Wir konnten nichts verstehen. Als er zurückkehrte, hatte er eine für Hillesheim und Stanicke betrübliche Botschaft: »Der Mann kommt gleich. Und Sie bleiben solange hier.«

»Wieso denn Mord, verdammt noch mal?« schrie Sta-nicke. Jetzt hatte er Angst. »Was habe ich mit Mord zu tun? So eine verdammte Scheiße. Ich tue doch keinem Menschen was.«

Rodenstock erwiderte betulich: »Schwarzgelder aus Immobiliengeschäften. Wie sieht so etwas aus? Verkauft man ein Haus teuer und gibt der Steuer nur die Hälfte an?«

»Das ist eine Möglichkeit«, nickte erstaunlicherweise Hillesheim.

»Du hältst den Mund, du Lappes!« brüllte Stanicke.

Der Bankdirektor musterte ihn mitleidig. »Hör auf, Wenzel. Wenn die Staatsanwaltschaft hier hereinspaziert, bist du im Eimer.«

»Und du? Du etwa nicht? Bei der ersten Tranche warst du dabei. Ich weiß, daß du dabei warst.«

Hillesheim lächelte unbestimmt.

»Wieviel?« fragte ich.

»600.000«, sagte Hillesheim geziert.

»Auch von Sparbüchern, die nicht existieren?«

Er schüttelte den Kopf. »Aktiengewinne. Ich gehe sowieso in Rente.«

»Das ist aber fein für Sie«, spottete Rodenstock.

»Das konnte sowieso nicht lange gut gehen«, seufzte Hillesheim. »Da werden ein paar Leutchen umgebracht, und schon bist du dran.«

»Aber was habe ich mit Mord zu tun?« fragte Stanicke. »Unsereiner sorgt sich doch nur um anständigen Profit, den dieser Scheißstaat unbedingt verhindern will. Ich sage dir, es geht nicht gerecht zu in Deutschland. Richtige Kreativität wissen die doch nicht zu schätzen, diese Pfeifen in Bonn.«

»Du sagst es«, nickte Hillesheim trübe.

Rodenstock schwieg vor sich hin, nahm einen Block aus der Tasche und machte sich einige Notizen. Dann stand er auf und winkte mich beiseite.

»Was siehst du?« flüsterte er.

»Was soll ich sehen?«

»Eine junge Frau, die krampfhaft nach oben will und dabei ihrem Chef alles beiseite räumt, was ihm im Wege stehen könnte.« Er sah mich an. »Was hältst du davon?«

»Sie muß aber jemanden haben, der es für sie getan hat«, überlegte ich.

»Richtig«, nickte er. »Wir müssen in Erfahrung bringen, wie das Leben der Jessica Born bisher aussah. Und zwar genau und sehr schnell. Wer könnte das wissen?«

»Eltern?«

»An die können wir nicht heran, dann verscheuchen wir die Born. Wir müssen einen Feind finden, einen richtigen, ekelhaften Feind.«

»Den gibt es in dieser Branche todsicher.«

»Wir warten auf Kwiatkowski und verschwinden dann. Bis dahin fallen wir den Jungs noch ein bißchen auf die Nerven.« Er grinste wie ein Gassenjunge, dem ein guter Trick eingefallen ist. »Eines wissen wir jetzt: Was dein Freund Harro Simoneit recherchiert hat.«

»Es gibt einen Punkt, den ich noch nicht begreife: Wieso hat Degrelle in Luxemburg immer nur von 3,4 Millionen gesprochen? Wieso nicht von 25 oder 30 Millionen?«

»Habe ich mich auch schon gefragt«, bestätigte er. »Die Antwort ist wahrscheinlich, daß niemand die genaue Summe kennt, weil von Schöntann mehrere Anwaltskanzleien eingeschaltet hat, die alle verschiedene Teile des Etats verwalten und damit nur eine begrenzte Übersicht haben. Need to know, ist das Prinzip, mein Lieber. Der andere weiß immer nur das, was er unbedingt wissen muß, um zu arbeiten. Wahrscheinlich sind auch die 30 Millionen nicht richtig, wahrscheinlich sind es mehr. Jeder weiß etwas anderes, und keiner weiß etwas Genaues.«

»Du bist ein kluges Kind«, lobte ich.

Es gibt einen schäbigen Trick, Leuten, denen es sowieso nicht gut geht, den Rest der Nerven zu stehlen. Du hockst dich hin, sagst kein Wort und starrst in die Luft. Ab und zu solltest du sanft seufzen, aber nicht zu stark. Ab und zu solltest du so etwas wie »ja, ja«, sagen, aber nicht zu deutlich und auf keinen Fall zu laut, sowie den Mund spitzen und die Stirn in Falten legen, weil das nach konzentriertem Nachdenken aussieht und den anderen vollkommen verunsichert. So machten wir das.

Nach etwa fünf Minuten meinte Hillesheim: »Ich halte unser Vergehen für wirklich nicht so schlimm. Tatsächlich haben wir ja nur ein Steuersparmodell ausgenutzt, das staatlich nicht anerkannt ist. Der Finanzminister in Bonn tut ganz andere Dinge.«

Stanicke nickte.

»Sagen Sie mal, Hillesheim, was glauben Sie, wie viele Leute hier aus der Umgebung bei von Schöntann eingezahlt haben?«

»Zehn bis zwanzig, schätze ich. Aber ich nenne keine Namen, weil ich auch keine kenne.«

»Zehn bis zwanzig! Hah!« schnaubte Stanicke. »Jung, du bist naiv. Ich kenne auch keine Namen, aber unter sechzig bis siebzig liegt das garantiert nicht. Ich weiß,

197

daß allein aus Adenau und Umgebung rund zwanzig Hoteliers und Pensionsbesitzer im Boot sind.«

Wieder aufdringliches Schweigen, das so laut ist, daß es in den Ohren dröhnt.

»Ich gehe sogar jede Wette ein, daß es mehr als siebzig sind«, murmelte Stanicke.

Schweigen.

»Du kannst recht haben«, nickte Hillesheim.

»Mir ist eines rätselhaft«, sagte ich. »Die Finanzbeamten in der Region müßten das doch längst mitbekommen haben.«

»Haben sie auch«, nickte Hillesheim. »Und wie sie das haben.« Er sah mich an. »Was sollen die denn groß machen? Die haben doch zum Teil selbst Zweitjobs. Ich kenne Finanzbeamte, die betreiben nebenbei Büros als Finanz- oder Steuerberater.«

Schweigen.

Endlich kam Kwiatkowski. Er steuerte zielsicher auf Hillesheim und Stanicke zu, baute er sich auf wie ein kleiner Turm und erklärte: »Meine Herren, ich danke Ihnen, daß Sie Herrn Rodenstock Rede und Antwort gestanden haben. Dies ist kein Verhör, sondern ein vertrauliches Gespräch. Wenn Sie mir helfen, dann werde ich mich durch Fairneß revanchieren.«

»Du willst wahrscheinlich erst ins Krankenhaus zu Peter«, mutmaßte Rodenstock. Als ich nickte, fuhr er fort: »Dann setz mich dort ab, wo die Mordkommission tagt. Ich will die Gästeliste des Hotels haben und mich um den Stammgast von Irmchen kümmern. Du holst mich später wieder ab.«

Ich brachte ihn weg und fuhr weiter ins Krankenhaus.

Sie hatten Peter in einem Einzelzimmer untergebracht, und vor seiner Tür hockte ein Mann auf einem Hocker und las im *Kicker*. Er mußte zuerst telefonieren, bevor er mich in das Zimmer lassen durfte.

»Hei, Peter«, sagte ich.

Klein und bedrückt lag er in dem Bett und hing an

198

zwei Infusionen. »Alice nackt«, sagte er, aber seine Stimme war nicht sehr forsch. Wahrscheinlich bekam er Schmerz- und Beruhigungsmittel.

»Das geht jetzt nicht«, sagte ich. »Ich komme dich jeden Tag besuchen. Und morgen bringe ich dir auch Schokolade und Obst und so etwas mit. Willst du was Besonderes?«

»Eis essen«, lächelte er.

»Das machen wir.«

Ein Arzt erschien und erkundigte sich, wer ich sei. Nachdem das klargestellt war, erklärte er, was Peter hatte. »Insgesamt sechs Zähne raus, vier Rippen angebrochen, drei glatt durchbrochen. Schwere Hämatome im Gesichtsbereich und auf dem ganzen Schultergürtel. Die, die das gemacht haben, waren richtige Schweine. Aber wir kriegen ihn wieder hin.«

Ich bedankte mich, und er verließ den Raum.

Ich setzte mich auf einen Stuhl neben das Bett, holte meine Geldbörse heraus und nahm einen Fünfzig-Mark-Schein. »Jessica gab Irmchen Geld. Irmchen nahm das Geld, verpackte es, und ihr fuhr zusammen nach Luxemburg. Ist das richtig?«

»Ja«, sagte er. »Peter Eis essen.«

»Richtig. Du hast ein Eis gegessen. War Jessica oft bei Irmchen?«

»Oft. Andy Irmchen, Jessica Irmchen.«

Er hatte Andy noch nie erwähnt, soweit ich mich erinnerte. Also fragte ich: »Wer ist Andy?«

»Andy Freund Irmchen. Andy gut.«

»Aha. Andy ist ein guter Freund?«

»Gut«, nickte er.

»Und Jessica?«

»Jessica nicht gut. Jessica streng.«

»Jessica streng? Wieso ist sie streng?«

»Jessica Irmchen. Irmchen macht Alice nackt. Jessica sagt: Darf nicht.«

Das verstand ich nicht, ich konnte mir keinen Reim darauf machen.

Der Arzt kehrte zurück und sagte: »Ich möchte nicht unhöflich erscheinen, aber er sollte soviel Ruhe wie möglich haben.«

»Natürlich«, sagte ich und verabschiedete mich.

Trotz der Nadeln in seinen Armen zog Peter mich hinunter und umarmte mich ganz fest. »Bald«, sagte er. »Bald.«

Rodenstock sprach mit einigen Männern, die vor dem Haus standen. Er stieg zu mir ins Auto und erzählte: »Von Schöntann war im *Dorint*, natürlich war auch Jessica Born dabei sowie sechs weitere Frauen und Männer, die zu seiner Truppe gehören. Das ganze Hotel war mit den Mächtigen der Branche belegt. 70 Gäste, 70 Prominente. Vielleicht sollten wir uns nicht so sehr auf Frau Born konzentrieren. Die Kollegen von der Kommission sagen, daß auch einige Männer verdammt ehrgeizig sind und notfalls über Leichen gehen könnten. Mir gefällt die Born als einzige Auftraggeberin der Morde nicht mehr so recht.«

»Vielleicht ein gemischtes Doppel?«

»Vielleicht das. Jetzt holen wir die Frauen und dampfen ab. Dieses Adenau geht mir auf die Nerven. Und Autos kann ich auch nicht mehr sehen. Ich habe übrigens gehört, daß Bernie Ecclestone durchaus noch nicht entschieden hat, wer ihn beerbt.«

»Richtig. Soll ich dir einen Vortrag darüber halten?«

»Um Gottes willen!« wehrte er ab. »Ich sagte doch, ich habe die Nase voll. Sogar von denen, in denen unsere Schumachers sitzen – diese Senkfußspezialisten.«

»Es heißt Bleifuß.«

»Ich finde Senkfuß schöner. Drück auf die Tube. Ich will nur noch mein Weib und mein Bett. Hast du übrigens schon gehört, daß man die Schumacher-Brüder als Löffelgesichter bezeichnet?«

»Habe ich. Aber geht doch immer so, wenn Menschen neidisch sind, oder? Ich finde die Situation der beiden nicht besonders beneidenswert. Sie sind so schnell in die

Höhe geschossen, daß Arroganz das einzige Mittel bleibt, sich gegen diese aufdringliche Welt zu wehren.«

»Wie kann ein Mann zig Millionen Mark im Jahr dafür bekommen, daß er ein paarmal Vollgas fährt?«

»Das gehört zu den Wundern unserer Welt«, entschied ich.

Als wir vor Irmchens Haus hielten und Rodenstock aus dem Wagen stieg, um die Frauen zu holen, dachte ich verwundert, wie weit ich mich bereits von dem toten Kollegen Harro Simoneit entfernt hatte. Ich jagte seinen Mörder und hatte ihn darüber schon für Stunden vergessen.

Bis Kelberg mußte ich hinter einem Wohnwagen herkriechen, der rostig, breit und qualmend jedes Überholmannöver vereitelte. Die Straße war in beiden Richtungen dicht, und Emma sagte verächtlich: »Wie kann man nur für so einen Sport schwärmen?«

»Das können viele«, erinnerte Rodenstock sie. »Sie zahlen Eintritt bis zum Gehtnichtmehr. Einer meiner jungen Kollegen hat mir eben erzählt, daß eine Eintrittskarte zum Ring für die VIPs runde 2.000 Dollar kostet. Dafür darfst du dann soviel essen und trinken, wie du magst. Natürlich sind die Karten schon ein Jahr vorher verkauft. Es ist nicht wichtig, zu essen und zu trinken, aber es ist wichtig, dort gesehen zu werden.«

»Ich würde den Leuten vorschlagen, statt eines Pimmels vielleicht ein Gaspedal zu tragen«, sinnierte Dinah.

Ich machte »buuuhhh«, aber sehr überzeugend wirkte es nicht. Ich tankte bei BP an der Opel-Station und machte, daß wir in ruhigere Landstriche kamen. Die Frauen hatten recht, allzuviel Autos und Motorräder waren unangenehm. In mir stieg der Verdacht hoch, daß die Nachbarländer Holland und Belgien völlig verödet am Nordmeer lagen, denn ihre Einwohner kamen uns entgegen, als ginge es darum, den letzten Rennwagen der Menschheit zu besichtigen. Nachbarschaft ist wirklich was Feines, aber zuviel Nachbarn können sich störend auswirken.

Und dann stand mitten auf der Abzweigung nach Daun ein Holländer und betrachtete eine Straßenkarte. Seine Frau betrachtete mit.

Es ist schön, wenn Touristen soviel Zeit mitbringen.

»Was bedeutet ein Zelt mitten in einem Kreisverkehr?« fragte ich.

Niemand antwortete.

»Das ist ein Holländer, der sich in Ruhe entscheiden will.«

Siebtes Kapitel

Wir waren zu müde, um uns irgendwo eine Bratwurst zu kaufen, und mümmelten ein stilles Abendbrot mit Sechskornbrot und Käseresten, weil selbstverständlich keiner daran gedacht hatte, daß man gelegentlich etwas in den Eisschrank packen muß. Anschließend, so tönte es aus vier Seelen, »falle ich nur noch ins Bett«.

Niemand fiel ins Bett. Wir sahen auf *n-tv* Nachrichten und kamen dann träge und nicht wirklich kreativ auf Jessica Born zu sprechen.

»Sie hat wahrscheinlich all das verinnerlicht«, trug Rodenstock vor, »was zum Bild einer jungen modernen berufstätigen Frau gehört. Sie ist schlank, hat wahrscheinlich Phasen von Bulimie hinter sich, ist gepflegt, so sehr gepflegt, daß man nicht genau weiß, wo die Born aufhört und das Kunstprodukt anfängt. Ihre Zähne sind blendend weiß, weil sie einmal im Monat zum Zahnarzt rennt, um sie polieren zu lassen. Alles an ihrer Kleidung ist erste Klasse, ihre finanziellen Verhältnisse sind das wahrscheinlich auch, weil sie im Grunde ihr Leben auf Spesen lebt und weil sie keine Zeit hat, in ihrer Wohnung zu leben, weil sie Freundschaften nicht pflegen kann ...«

»Du willst also betonen, daß sie einsam ist«, unterbrach Emma.

»Ja«, nickte er. »In unserem Fall taucht sie an allen Brennpunkten auf. Im *Dorint* ist sie gewesen, als vor dem

Hotel Harro Simoneit starb. Sie hat versucht, dich zu kaufen. Sie war ebenfalls im *Dorint*, als auf der Rennstrecke Walter Sirl erschossen wurde. Sie war bestens bekannt mit Irmchen und deren merkwürdiger Privatkneipe. Sie kennt Peter bestens. Kann man nicht annehmen, daß sie verzweifelt versucht, menschliche Nähe herzustellen, indem sie sich für ihre Umgebung unantastbar macht, zu einem Garanten für Verläßlichkeit, präziser Planung und Arbeit? Kann dieser Andreas von Schöntann denn noch ohne sie seiner Arbeit nachgehen? Kann er nicht. Die junge Dame hat sogar sein Privatleben geschluckt. Er kann eigentlich nichts mehr ohne sie planen, und er wird es auch gar nicht tun wollen.«

»Das würde bedeuten, daß sie sozial verludert ist«, warf Dinah ein. »Solange ihre Arbeitsgruppe um den verehrten Chef herum besteht, hat sie so etwas wie ein Zuhause. Bricht die Gruppe auseinander, ist sie ... ja, was ist sie dann?«

»Heimatlos«, sagten Emma und ich gleichzeitig.

»Ob sie wohl so etwas wie einen Freund hat?« fragte ich.

»Was sollte sie mit einem Mann, wenn sie ohnehin keine freie Minute für ihn hat?« antwortete Emma.

»Als Statussymbol«, warf Rodenstock ein. »Es gibt Frauen, die sich einen Mann ganz einfach deshalb leisten, weil diese Gesellschaft das indirekt von ihnen fordert, weil es zum perfekten Bild gehört. Die Frage ist, ob das auf Jessica Born zutrifft.«

»Wir wissen zu wenig über sie.« Emma zündete sich einen Zigarillo an. »Ich würde gern etwas über ihre Herkunft wissen. Und dann müssen wir uns entscheiden, ob sie jemanden beauftragt hat. Und wer dieser Jemand ist. Entschuldigt, bitte, aber eine alte Frau braucht ihren Schönheitsschlaf. Ich gehe hinauf.«

»Ich verschwinde auch«, sagte Dinah. »Kommst du bald?« Ich nickte.

Als die beiden gegangen waren, fragte ich: »Glaubst du, daß die Born hinter den Morden steckt?«

»Ich weiß es nicht. Sie hat etwas damit zu tun, aber ich weiß nicht, was. Harro Simoneit ist für sie und ihren Chef eine wirkliche Bedrohung gewesen.«

»Wie weit ist die Kommission?«

»Nicht weiter als wir, und solange Kwiatkowski sie leitet, haben wir keine Konkurrenz, weil er alles auszutauschen bereit ist. Ich verschwinde nun ebenfalls, mein Alter, ich brauche auch einen Schönheitsschlaf.«

Ich hockte mich noch eine Weile in mein Arbeitszimmer und hörte eine CD von Willisohn, weißer europäischer Blues vom Feinsten. Aber ruhig machte er mich nicht. Später lag ich neben Dinah, die ganz gelassen schlief, und starrte gegen die Decke. Ich stand wieder auf, setzte mich ins Wohnzimmer und zappte durch alle Programme des Fernsehers, von einer Seifenoper zur anderen. Irgendwo gab es einen Beitrag über das Eheleben der Igel. Das war die richtige Kost. Es war ein Uhr, als ich erneut zu schlafen versuchte, und es war halb zwei, als das Handy irgendwo unter meinen Kleidern schrillte.

Jemand sagte: »Siggi Baumeister?«

»Am Apparat.«

»Sie sollten in die Klinik nach Adenau kommen. Ich soll Ihnen ausrichten, es ist etwas mit dem Peter.«

»Was denn?« Ich dachte, mein Herz setzt aus, ich kann nicht mehr atmen, das darf nicht wahr sein.

»Ich soll Ihnen das nur ausrichten«, sagte der Mann. »Mehr weiß ich auch nicht.«

»Was ist denn?« fragte Dinah verschlafen.

»Irgend etwas ist mit Peter«, sagte ich. »Ich fahre mal rüber.«

»Komm wieder«, murmelte sie nur.

Ich nahm meine Kleider und ging hinüber ins Bad. Ich war noch nicht ganz angezogen, als Rodenstock klopfte und in voller Montur erschien.

»Ich bin übernudelt, ich kann nicht schlafen.«

»Sie haben angerufen. Etwas ist mit Peter.«

»Oh, Scheiße!« sagte er bitter.

Ein paar Minuten später standen wir vor dem Haus,

und ich dachte flüchtig, daß es sehr weitsichtig von mir gewesen war, noch zu tanken.

Rodenstock traf es zuerst, und für den Bruchteil einer Sekunde dachte ich, das alles gehe mich nichts an. Es waren drei oder vier, und sie trugen kurze Knüppel in den Händen.

Rodenstock seufzte tief und ging neben mir zu Boden.

Ich wollte etwas sagen oder schreien, aber ich hatte keine Zeit. Etwas schlug hart auf meinen Nacken, und ich fiel nach vorn. Als ich auf allen Vieren auf dem Katzenkopfpflaster kniete und Luft zu kriegen versuchte, erhielt ich einen Schlag seitlich am Kopf, und ich fiel unendlich tief. Der Fall hörte nicht auf und ging durch endlose schwarze Schächte, zuweilen senkrecht hinab, zuweilen horizontal. Mir wurde schlecht, und ich übergab mich. Dann erst kam die Bewußtlosigkeit.

Ich wachte auf, weil Detlev Horch, seines Zeichens Praktischer Arzt aus Dreis, mit Nachdruck meinen Kiefer betastete und weil das weh tat.

Horch sagte: »Mein lieber Mann, den hat es aber gebügelt!« Dann blickte er auf und fragte: »Wer könnte das getan haben?«

Dinah antwortete: »Das weiß ich nicht. Aber vielleicht hat Baumeister was gesehen. Wie geht es ihm?«

»Er fühlt sich wahrscheinlich verprügelt!« sagte der Praktiker.

»Und Rodenstock?«

»Wer ist das?«

»Das ist der neben ihm.«

»Der muß auch zum Röntgen«, stellte Horch fest. Er fuhrwerkte vorsichtig an meinem Kopf herum. »Allzu schlimm sieht das alles nicht aus. Vielleicht ein paar Betrunkene?«

»Na ja, das wohl weniger«, erwiderte Dinah etwas rätselhaft.

»Sie hatten Prügel. Stöcke«, krächzte ich.

»Sieh einer an«, strahlte Horch. »Da isser!«

»Ich möchte aufstehen«, murmelte ich. »Das ist so kalt auf den Steinen.«

»Sie bleiben liegen«, sagte Horch sanft. »Wir wissen nicht, was Sie haben. Der Krankenwagen kommt gleich.«

»Ich habe aber keine Zeit für so Spielchen«, sagte ich trotzig.

»Sie sind gar nicht urteilsfähig«, grinste der Arzt. »Im Ernst, Sie haben wahrscheinlich Glück gehabt.«

»Was ist mit Rodenstock?«

»Der ist clever, der schläft noch. Haben Sie jemanden erkannt?«

»Nicht die Spur. Es ging zu schnell. Muß das sein mit dem Krankenhaus?«

»Muß sein«, nickte er und schloß damit Verhandlungen aus.

Rodenstock räusperte sich neben mir und fragte: »Wieso kam mir die Erde plötzlich entgegen?«

»Manchmal macht die Erde sowas«, erwiderte Horch. »Wo tut es denn besonders weh?«

»Das weiß ich noch nicht. Vom Kopf bis zu den Zehen würde ich mal sagen.«

»Er läßt uns ins Krankenhaus bringen«, sagte ich hohl. »Er ist brutal.«

Eine Weile herrschte Schweigen, dann seufzte Rodenstock: »Ach, weißt du, immer wenn man bei dir ist, wird Schlaf zum Fremdwort. In der Klinik kann ich endlich schlafen.« Er lachte unterdrückt. »Aber da du im gleichen Krankenhaus liegen wirst, ist diese Hoffnung vermutlich trügerisch. Oh, mein Schädel.«

»Seien Sie froh, daß Sie ihn noch haben«, brummte Horch.

Ein weiß-blaues Geflimmer tauchte unten an der Kirche auf, und der Krankenwagen rollte aus. Wir durften uns nicht bewegen und wurden wie Teppichrollen verladen. Horch gab irgendwelche Anweisungen, setzte sich in sein Auto und war verschwunden.

Wir traten den Weg in die Kreisstadt an, und Rodenstock sagte gutgelaunt: »Es ist ein erhebendes Gefühl für

einen Rentner, immer noch genügend wert zu sein, verprügelt zu werden.« Dann flüsterte er: »Wir müssen aber
zusehen, daß wir so schnell wie möglich wieder entlassen
werden.«

»Wir werden sie tyrannisieren«, nickte ich.

Wir brauchten die Leute im Maria-Hilf-Krankenhaus in
Daun gar nicht zu tyrannisieren. Das hatte nichts mit den
zur Zeit so beliebten Kosten-Nutzen-Faktoren zu tun als
vielmehr mit der Tatsache, daß in dieser Nacht absolut
nichts los war. Wir bekamen mit geradezu besorgniserre-
gender Geschwindigkeit einmal Röntgen komplett, einmal Urin und Blut komplett, einmal EEG, einmal EKG
und anschließend eine erschreckende Fülle von Spritzen
in alle möglichen Körperregionen, damit wir unsere
Schmerzen vergaßen und nur noch total freundlich in die
Umwelt stierten, besoffen zwar, aber harmlos. Dann
wurden wir ins Bett gepackt, und um ein Haar hätte ich
zu sabbern begonnen wie ein Neugeborenes.

Irgendwann murmelte Rodenstock im Bett neben mir:
»Das verstehe ich nicht. Wieso werden wir einfach verprügelt? Und nicht einmal gründlich. Ich bin richtig sauer, weil ich so harmlos eingeschätzt werde.«

Ich antwortete nicht darauf, denn was gibt es da zu
antworten? Ich versuchte über das Handy Dinah zu erreichen. Das klappte nicht, es war besetzt. Emmas Nummer war auch besetzt. Wieso waren beide Apparate besetzt? Wieso schliefen die Frauen nicht, wie es sich gehörte? Und mit wem telefonierten die jetzt?

Rodenstock schnarchte unterdessen.

Ich sah die Sonne aufgehen, ich hörte das Haus lauter
werden, ich hörte Stimmen, die einander fröhlich guten
Morgen wünschten. Dann erschien der Chefarzt und
baute sich zwischen unseren Betten auf. Taktvoll kniff er
Rodenstock in die Nase, der sofort mit dem Gesäge aufhörte und erschrocken hochfuhr.

»Also, meine Herren ...« begann der Mediziner gedämpft und wedelte dabei mit beiden Händen, »eigent-

lich haben Sie nichts. Sie können verschwinden, wobei ich Sie allerdings darauf aufmerksam machen muß, daß Sie sich in Ihrem Alter nicht mehr prügeln sollten.«

»Heh!« protestierte Rodenstock wütend und glitt aus dem Bett. Er sah richtig niedlich aus in seinem nach hinten weit klaffenden Flügelhemdchen. »Wir sind angegriffen worden. Von Prügelei war nicht die Rede.«

Der Chefarzt war milde. Er lächelte und fragte: »Und wo liegt der Unterschied, bitte?«

Niemand in Brück feierte unsere Rückkehr, nicht mal das Blasorchester war angetreten. Niemand öffnete die Haustür, niemand nahm uns liebevoll in Empfang, niemand fiel uns um den Hals, niemand feierte die Helden.

Dinah und Emma hockten in den Sesseln im Wohnzimmer und hatten beide ein Handy am Ohr. Auf dem Tisch standen wohlgefüllte Aschenbecher und zwei Thermoskannen – Tee und Kaffee.

»Guten Morgen!« dröhnte Rodenstock.

Sie schlossen beide erschrocken die Augen und winkten heftig, wir sollten so schnell wie möglich verschwinden. Es waren die Bewegungen, mit denen man üblicherweise Stubenfliegen verscheucht.

Wir hockten uns in die Küche und starrten auf den Hof. Schließlich murmelte Rodenstock heiser: »Das ist ein Scheidungsgrund, ist das!«

Es dauerte eine geschlagene Stunde, bis Emma aus dem Wohnzimmer in den Flur hinaustrat und jubilierend die Arme in die Luft streckte. Dazu rief sie: »Jabbadabbaduh!«

Meine Gefährtin stand hinter ihr und hauchte, von sich selbst entzückt: »Wow! Ich bin gut!«

»Wir sind wieder da«, sagte Rodenstock voller Gift.

»Macht aber nix!« betonte ich.

Emma ließ ihre Augenbrauen in unbeschreiblicher Arroganz tanzen. »Wir haben gearbeitet«, teilte sie mit.

»Erfolgreich gearbeitet«, nickte Dinah. »Ein gewisser Mario Giocotta, ein Kellner aus dem *Dorint*, kommt heute abend nach seinem Dienst vorbei und erzählt uns was von Irmchens Kneipe. Er ist ein Netter.«

»Na prima«, sagte ich.

Emma verschränkte die Arme vor der Brust. »Ich habe eine Kundennummer beim Bundeskriminalamt. Und einen netten Freund am Zentralcomputer. Unsere liebe Jessica Born hat bei denen eine Akte.« Sie spitzte den Mund und küßte richtungslos in die Gegend. »Zucker, sage ich.«

Eine Weile herrschte bodenlose Stille.

»Würdest du uns diese Süßwaren erläutern?« fragte Rodenstock irgendwohin.

»Natürlich«, erwiderte Emma gnädig. »Wir haben übrigens dem Kellner vom *Dorint* 500 Mark versprochen.«

»Gekaufte Informationen sind scheiße«, sagte ich.

»Das dachte ich mir«, nickte Dinah. »Aber immer noch besser als gar keine, oder?«

Wir zogen ins Wohnzimmer, und Rodenstock bekam sogar eine Tasse Kaffee und ich einen hervorragenden Earl Grey.

Emma rauchte einen Zigarillo, sah zufrieden in die Runde. »Da ist noch was. Die Obduktionen der Ermordeten haben ergeben, daß im Mundbereich Spuren von Pfefferminzöl und Menthol gefunden wurden!«

»Was heißt das?« fragte ich.

»Das heißt«, dozierte Emma, »daß wahrscheinlich ein kleiner Spraybehälter verwendet wurde, mit dem man sich normalerweise einen frischen Atem verschafft.«

»Wir wissen aber noch etwas«, ergänzte Dinah. »Michael Schumacher startet aus der fünften Position.«

»Sagenhaft«, sagte ich. »Unser Schumi, unser Bolidenwunder, unser Ein und Alles.«

»Jetzt mal zur Born«, warf Rodenstock ungehalten ein.

»Ja, Gebieter«, nickte Emma. Dann fand sie wohl, daß ihr Spott übertrieben war, und sie lächelte ihm schnell zu: »Gut, dich wiederzuhaben. – Es ist so, daß ich den Verdacht hatte, daß diese Born kein unbeschriebenes Blatt ist. Außerdem dachte ich, daß sie wahrscheinlich aus

Rachsucht die Männer geschickt hat, die euch verprügelten. Daher tat ich eine Verbindung zum Bundeskriminalamt auf. Die hat mir aus dem Computer vorgelesen, was sie haben. Unser Blondchen ist eine richtige Räuberbraut. Vater unbekannt, Mutter Alkoholikerin. Jessica wurde 1965 in Monschau geboren. Die Mutter starb in einem Alkoholdelir, als das Mädchen zwölf war. Sie kam in ein Kinderheim im Westerwald. Von da an nur Heime, bis sie mit fünfzehn eine Lehre als Friseuse begann. Das war in Koblenz. Vorher ist sie sechsmal ausgebrochen und sechsmal aufgegriffen worden. Sie hatte sich in den Ausbruchsphasen ihr Leben durch Prostitution finanziert, ein elendes Dasein. Sie brach die Lehre ab, war Bardame, arbeitete in einem Massagesalon der eindeutigen Art, tauchte sogar einmal in einem Puff auf. Dann hat sie in einer Bar in Frankfurt am Main einen Mann namens Timo Eggenrot kennengelernt. Der Mann ist eindeutig Zuhälter und eine Größe in der Szene. Sehr brutal, sehr direkt, sehr intelligent. Er hat Jessica mit nach Köln genommen, sie arbeitete zunächst am Eigelstein als Hure. Das aber nur kurz. Kurioserweise tauchte sie dann als Abendschülerin auf, die das Abitur nachmachte. Das wissen wir, weil das BKA diesen Eggenrot ständig kontrolliert. Jessica ist übrigens bis heute mit Eggenrot sehr eng liiert. Sie tut nichts, ohne Eggenrot vorher zu fragen, und zweifellos hat er ihr das Abitur finanziert. Sie entwickelte sich zu einer Frau, die mit aller Macht nach oben will – bei dieser Kindheit und Jugend nicht verwunderlich. Dann spielte sie plötzlich eine gewaltige Rolle in einer GmbH, die Huren verschiebt und vermittelt. Also Huren aus München nach Marseille und umgekehrt, von Hamburg nach Frankfurt und umgekehrt. Man weiß, daß Timo Eggenrot hinter diesem Geschäft steckt, aber beweisen kann man nichts. Jessica Born ist Geschäftsführerin dieser GmbH gewesen. Das BKA wurde deshalb eingeschaltet, weil der Laden im Verdacht stand und steht, irrsinnige Mengen Geld zu waschen. Ein Verfahren wurde eröffnet und wieder eingestellt, die Beweise reichten nicht aus. Dann ist Jessica Born auf Andreas von Schöntann getroffen und sah die größte Chance ihres Lebens. Offenbar hat Timo Eggenrot sie unterstützt, denn er plazierte sie zunächst in einem normalen Büro in der Nähe von Andreas von Schöntann. Sie rutschte auf von Schöntann zu, bis er sie zu seiner Assistentin machte. Was Jessica Born und Timo Eggenrot bis heute verbindet, wissen wir nicht, wir wissen nur, daß er ständig im Hintergurnd auf sie achtet und daß sie nichts tut, was Eggenrot nicht gutheißt.«

»Kennt von Schöntann Jessicas Geschichte?«

»Das weiß niemand. Ich nehme aber an, daß er inzwischen nichts mehr unternehmen kann, ohne die Zustimmung Jessicas zu haben.«

»Erpressung?« fragte ich.

»Weiß ich nicht. Vielleicht gefällt es ihm ja auch, daß sie sich um alles kümmert, vielleicht realisiert er das alles nicht als Erpressung. Menschen sind manchmal komisch.«

Eine Weile herrschte Schweigen.

»Was machen wir damit?« fragte Dinah in die Stille.

»Wir sollten Herrn Eggenrot aufsuchen und mit ihm ein Täßchen Tee trinken«, sagte Rodenstock.

»Das sollten wir«, nickte ich. »Aber zuerst möchte ich in das nächste Bett springen, das vorbeikommt. Der Mensch braucht Schlaf.«

Die anderen drei waren so träge, daß sie nur nickten und sich mit langsamen Bewegungen verzogen.

Ich höre heute noch Dinah sagen: »Verdammt noch mal, ich kann nicht schlafen, ich bin viel zu aufgeregt.« Eine halbe Minute später schlief sie schon, zufrieden und zuweilen die Lippen bewegend wie ein Kind.

Es gab eine sanftes Gepolter, als Willi die Schlafzimmertür öffnete und sich mit einem erleichterten Fiepser zu uns gesellte. Er legte sich in einem Halbkreis über meinen Kopf.

So verschliefen wir den halben Sommertag und trafen uns erst gegen Abend wieder. Der Eisschrank war immer noch leer.

»Unsere Ernährungslage ist brisant«, befand ich.

Also fuhren wir um die Ecke in die *Vulkanstuben* und aßen einen erstklassigen rheinischen Sauerbraten. Wir sprachen kein Wort über den Fall. Die einzig längere Unterhaltung entspann sich mit dem Wirt und der Wirtin darüber, welchen Wein man am besten zu einem solchen Essen trinkt. Sie konnten sich nicht einigen, schließlich trank Dinah einen staubtrockenen und Rodenstock und Emma einen halbtrockenen.

»Machen Sie mir bitte einen Kaffee«, bat ich.

Da lachte die ganze Runde und fand das furchtbar witzig, bis Rodenstock fragte: »Daß du irgendwann mal zuviel Alkohol getrunken hast, ist klar. Aber wann war das und wieviel?«

»Das war vor der Eifeler Zeit, und ich trank am Schluß so etwa zwei Flaschen Whisky am Tag, um mich anständig auf den Abend vorzubereiten.«

»Und wo warst du da?«

»Überall auf der Welt. Ich war einer dieser gnadenlos furchtbaren Reporter, meine Bosse wußten nicht, daß ich betrunken war. Sie dachten einfach, ich hätte Nerven ohne Ende.«

Einen Moment war es still, und nur das Gemurmel der Männer an der Theke kam wie ein freundlicher kleiner Wasserfall zu uns herüber.

»Da ist nämlich etwas, auf das wir neulich gestoßen sind«, sagte Emma und sah mich liebevoll an. »Du lebst hier in der Eifel in einem alten Bauernhaus. Du lernst Dinah kennen, ihr kauft dann dieses Haus. Aber nie taucht jemand aus deinem alten Leben auf.«

»Deshalb fragte ich nach deinem Vater«, sagte Rodenstock merkwürdig unsicher. »Du kannst schließlich nicht von einem fremden Planeten gefallen sein. Hat er dir etwas erzählt, Dinah?«

»Wenig«, ihre Stimme war zittrig. »Aber sollten wir das nicht ihm überlassen? Er wird schon etwas sagen, wenn es etwas zu sagen gibt.«

Warum hast du eigentlich gehofft, Baumeister, deiner

Vergangenheit zu entgehen, sie einfach begraben zu können? Wer ist so dumm, Baumeister, an diese Möglichkeit zu glauben? Es ist ja schließlich kein furchtbares Geheimnis hinter dieser ...

»Es ist kein furchtbares Geheimnis dahinter«, sagte ich laut. »Ich habe zwanghaft gesoffen, ich war krank. Als ich aufhörte, mich auf diese Weise zu töten, mußte ich gehen. Ich kam mit meiner Familie nicht zurecht. Wenn ich wichtige Entscheidungen traf, fragten sie nicht, ob ich das bewältigen könnte, sie fragten automatisch: Säuft er jetzt wieder? Damit habe ich nicht leben können, also bin ich gegangen. Jetzt bin ich es, der nichts mehr mit ihnen zu tun hat. Ich kann gut damit leben.«

»Wieso besucht dein Vater dich nicht? Du bist noch nicht zu alt, also ...« Emmas Gesicht wirkte ganz verkrampft.

»Er ist tot«, sagte ich. »Er starb vor fast zehn Jahren. Eine seiner letzten Erklärungen an mich war die Feststellung: Weißt du, Siggi, ich glaube, du bist sehr krank! Ich habe ihn ganz verblüfft angeschaut. Ich hatte ihm gerade erzählt, daß ich auf einem alten Bauernhof in der Eifel lebe und mich dabei schrecklich wohl fühle. Diese Entscheidung erschien ihm so absurd, daß er dachte, ich sei in die Eifel gegangen, um heimlich weiter zu saufen oder so etwas in der Art. Er kann mich nicht besuchen, er ist tot. Und ich hoffe, er wird tot bleiben. Ich habe zaghaft angefangen, ihn wieder zu lieben. Also sollte er mir mit seinen abstrusen Vermutungen vom Leib bleiben. Wenn das alles ist, was ihr wissen wollt ...«

»Was ist mit deiner Mutter?« fragte Emma. »Das ist meine letzte Frage. Ich verspreche das.«

»Du mußt es nicht versprechen. Tja, meine Mutter ... Sie war eine Ärztin, die niemals praktizierte, die immer nur für meinen Vater da war und mit ihm lebte. Die beiden waren für mich wie die Insel der Seligen. Ich habe niemals im Leben eine bessere Partnerschaft erlebt. Aber ich war auch nie im Leben so isoliert wie als Kind. Sie waren wie eine Insel, und sie waren sich selbst genug. Sie

213

brauchten mich nicht. Ich stieß zuweilen an ihre Insel wie eine Art kaputtes Kanu. Natürlich bat ich sie, mich auf diese Insel zu lassen. Sie hörten mich nicht. Sie konnten mich gar nicht hören. Da bin ich weggegangen von zu Hause.« Ich strich die Serviette glatt. »Das ist die ganze Geschichte, und wo steht geschrieben, daß Eltern ihre Kinder und Kinder ihre Eltern lieben müssen? Es ist nur die fade gesellschaftliche Vorstellung, daß es so sein muß. Es muß nicht so sein. Meine Geschichte ist eine stinknormale Geschichte.«

»Ist sie tot?« wollte Emma wissen. »Das gehört noch zu meiner Frage.«

»Ja«, nickte ich. »Sie starb Jahre vor meinem Vater. Einfach so. Sie war wohl müde.«

Paß auf, Baumeister, sie werden sich nicht zurückhalten können, sie werden weiterfragen.

Aber sie fragten nicht weiter, sie waren verlegen und versuchten nicht, es zu verbergen. Wir waren alle froh, als die Wirtin uns einen Brotkorb und Gänseschmalz hinstellte und fröhlich sagte: »Jetzt könnt ihr reinhauen, Leute!«

Dinah legte unter dem Tisch eine Hand auf meinen Oberschenkel und streichelte ihn. »Scheiße!« sagte sie dann wild und trank ihr Glas aus. Sie war todunglücklich, und sie konnte wahrscheinlich nicht sagen, warum. Weil sie dachte, sie hätten mir wehgetan?

»Es ist schon okay«, sagte ich. »Das war eine Sonderausgabe Baumeister, ehe wir zu unseren seltsamen Todesfällen zurückkehren.«

Als wir gingen, schien ein blasser, sichelförmiger Mond an einem hellblauem Abendhimmel.

»Es wird Herbst«, sagte ich. »Jetzt kommt die Zeit, in der die reichen Menschen nach Vermont fliegen, um die bunten Blätter des Herbstes zu sehen. Wenn sie hierherkämen, hätten sie einen kürzeren Weg und sie sähen die gleichen wilden Farben.«

Wir kochten zwei Liter Kaffee, um uns gebührend auf den Deutschitaliener Mario Giocotta vorzubereiten.

Er rauschte mit einem uralten gelben BMW 2002 auf den Hof, der auf den ersten Blick so aussah wie eine schöne bequeme Badewanne.

Als er die Versammlung sah, die auf ihn wartete, war er verunsichert. »Hallo«, murmelte er zögerlich. »Ich sprach mit einer Dame.«

»Das war ich«, sagte Dinah.

»Nehmen Sie Platz«, sagte Rodenstock. »Wir erklären Ihnen unser Anliegen.«

Giocotta setzte sich so vorsichtig auf die Kante eines Sessels, als könne das Ding durch die Belastung explodieren. Er war ein schlanker, eleganter Mann von vielleicht 40 Jahren mit nervösen langen Händen und extrem schmalen Augen. »Das wäre gut«, sagte er und zupfte an den Bügelfalten seiner schwarzen Tuchhose.

»Sie wissen sicher, daß der getötete Harro Simoneit ein guter Freund von mir war«, begann ich. »Sie kannten ihn bestimmt, denn er war oft in Ihrem Haus zu Gast. An dem Abend, als er getötet wurde, hatte er um 20 Uhr eine Verabredung mit einem Ihrer Gäste. Angeblich, so sagte die Dame vom Empfang, hat er das Haus aber nicht betreten. Sie schwört Stein und Bein, sie hätte ihn sehen müssen. Er hat dann das Hotel gegen Mitternacht verlassen. Und wieder hat die junge Frau vom Empfang nichts gesehen. Können Sie das erklären?«

Der Kellner überlegte. »Das ist ziemlich einfach. Die Dame vom Empfang wird sehr oft in das Büro hinter dem Empfang gerufen. Oder sie hockt ganz einfach im Büro, weil sie dort eine Zigarette raucht, wenn spätabends nichts mehr los ist, wenn das Haus sozusagen schläft. Es ist also durchaus möglich, daß jemand das Haus betritt und sie sieht ihn nicht. Und sie ihn auch nicht sieht, wenn er wieder geht. Zugegeben, das ist selten, aber kommt vor. Zumal es ja nicht die Aufgabe des Empfangs ist zu kontrollieren, wer da ein- und ausgeht. Falls das Ihre Frage beantwortet.«

»Ich habe eine junge blonde Frau gefragt. Sie war ungefähr dreißig. Dann schickte sie mir aus diesem Büro einen

Mann auf den Hals. Er war vierzig, schlank und schwarzhaarig. Der warf mich schlicht raus.«

»Die beiden haben was miteinander«, erklärte Giocotta, ohne eine Miene zu verziehen. »Ich nenne keine Namen, aber sie haben was miteinander. Wenn die beiden Dienst haben, kann eine Kompanie Bundeswehr mit Panzern durch die Lobby rollen. Sie würden es nicht merken. Liebe ist etwas sehr Starkes.« Jetzt lächelte er.

»Aber die haben sich doch nicht von acht Uhr abends bis Mitternacht geliebt«, wandte Dinah ein.

»Nein, nein«, sagte er. »Aber vielleicht mit Unterbrechungen, oder? Im Ernst, was ist Ihr Problem?«

»Kann ich aus dem Haus herauskommen, ohne durch die Lobby zu gehen?«

»Selbstverständlich. Sie können durch die Sauna in den offenen Saunabereich. Und wenn Sie sich vorher einen Schlüssel besorgen, dann können Sie durch eine Art Bretterverschlag auf den Parkplatz. Sie können aber auch einen Schlüssel zum separaten Ausgang aus der Tiefgarage haben. Wir brauchen so etwas manchmal, um wichtige Persönlichkeiten aus- und einzuschleusen. Außerdem gibt es noch zwei weitere Möglichkeiten, ungesehen aus dem Haus herauszukommen. Und zwar an der linken Schmalseite und an der Rückseite zur Rennbahn hin. Kein Problem.«

»Könnte man rekonstruieren, wen Harro Simoneit an diesem Abend traf?«

Er schüttelte entschieden den Kopf. »Wahrscheinlich nicht. Unsere Gäste sagen uns nicht Bescheid, wen sie zu welchem Zeitpunkt erwarten.«

»Jessica Born war im Haus. Kann sie Harro Simoneit empfangen haben?«

»Natürlich«, sagte Giocotta mit einem flüchtigen Grinsen. »Gerade Frau Born ist eine äußerst ... sagen wir umtriebige Dame. Bei der ist dauernd was los. Entweder ist das Haus unterwegs zu ihr, oder sie ist unterwegs im Haus.«

»Also, Harro Simoneit kann bei ihr gewesen sein. Und

streng genommen kann er auch mit ihr das Haus verlassen haben, ohne daß jemand es merken mußte?«

»So ist es«, nickte er. »Zufällig weiß ich, daß Frau Born mindestens den Schlüssel von der Tiefgarage hat und mindestens einen Schlüssel zu einem der Ausgänge auf der Seite. Aber diese Schlüssel haben andere auch. Herr von Schöntann zum Beispiel.«

»Das reicht mir fürs erste«, sagte ich. »Haben Sie recht herzlichen Dank.«

»Jetzt komme ich«, schaltete sich Rodenstock ein. »Sie wissen, daß Irmchen ermordet wurde? – Natürlich wissen Sie es ...«

»Ziemlich tragisch«, nickte Giocotta, und er machte den Eindruck, als meine er es auch so. »Sie war ein guter Typ, wissen Sie. Deshalb bin ich auch hier.«

»Das ist gut«, nickte Rodenstock. »Wir wissen, wie sie gestorben ist, und wir wissen auch, daß sie mit vielen Leuten ziemlich engen Kontakt hatte. Aber wir wissen nicht, wie diese Privatkneipe funktionierte, die sie in ihrer Wohnung betrieb. Können Sie uns Auskunft darüber geben?«

»Kein Problem«, sagte er. »Irmchen war ein Segen für den Ring. Das muß man so sagen. Das entwickelte sich langsam. Es ist nämlich so, daß viele Leute abends nach reichlich Arbeit abschalten wollen. Im Normalfall gehst du irgendwo essen und bleibst dann hängen, oder du gehst in eine der Kneipen, wo sie alle rumhängen. Und – ehrlich gestanden – man kann die Gesichter oftmals nicht mehr sehen. Du willst auch nicht immer dieselben Witze hören und immer dieselben Weibergeschichten oder dieselben Geschichten von Heldentaten auf der Piste und all den Scheiß. Vor allem ist es ja so, daß immer ein paar über kurz oder lang besoffen sind. Und wenn sie besoffen sind, sind sie ...« Er grinste. »Na ja, sie sind einfach unerträglich. Bei Irmchen galt die Regel, daß jeder, der besoffen war, möglichst schnell von einem Taxi abgeholt wurde, das Irmchen bezahlte, so daß es nie Stunk gab. Der Fahrer zog vor das Haus, wir verluden den Kerl, und das war es dann. Für mich war das eine richtige Erleichterung, daß ich nach Dienstschluß nachts wußte: Ich kann noch auf ein Bier zu Irmchen.

Klar, sie war eine Nutte und hat anfangs auch wie eine Nutte gearbeitet. Wir hockten halt im Wohnzimmer, irgendeiner wollte was, sie nahm ihn mit, verschwand im Schlafzimmer, kam wieder und schenkte weiter aus. Aber das ließ dann kraß nach, weil sie nämlich nicht mit jedem tat, was er wollte. Ich wollte zum Beispiel nie, weil ich eine Freundin habe und die nicht notwendigerweise bescheißen muß. Es gab Männer, die versuchten es acht- oder zehnmal, und sie hatte immer eine freundliche Entschuldigung, wenn sie den Kerl nicht ab konnte. Dadurch kam es auch nie zu Streitigkeiten. Irgendwie war sie der gute Engel einer ganzen Horde Männer ...«

Rodenstock unterbrach: »Sie hat also nicht jeden reingelassen?«

»Oh nein. Es war zwar kein Club, aber wir nannten das den Club. Und mehr als zwanzig, alles in allem, waren wir nie. Wer da rein wollte, mußte über den Job schweigen, durfte keine dreckigen Witze erzählen und sich möglichst nicht besaufen. Klar, es war teuer, es war viel teurer als in den normalen Kneipen. Aber wir hatten unsere Ruhe. Selbst Telefonate wurden grundsätzlich nicht durchgestellt.«

»Änderte sich das, als Andreas von Schöntann auftauchte und Irmchen sozusagen auf Abruf kaufte?«

Er zuckte zusammen wie ein Boot, das mittschiffs getroffen ist. »Sie sind aber gut informiert«, sagte er anerkennend. »Nein, es änderte sich nichts, weil Irmchen mit Jessica ausgemacht hatte, daß die Irmchen anruft, wenn Andy anrollt. So oft kam er ja auch nicht.«

»Also gehörte Jessica auch zum Club?«

»Na klar«, sagte er. »Am Nürburgring gibt es keinen Club ohne Jessica. Die hat ihre Finger überall drin, und ich frage mich immer, wann die mal schläft. Die hat das mit Andy und Irmchen gedeichselt. Mit seiner Frau läuft seit vielen Jahren nichts mehr.« Er räusperte sich. »Im

Vertrauen: Die Frau war jahrelang eine echte Rennfahrerbraut mit eigenem Wohnwagen.« Er sah kurz zu den Frauen herüber. »Entschuldigung: Aber die hat jeden gefickt, der gut fahren konnte. Jetzt ist sie endlich wer, und sie gibt jedem eins mit der Justiz auf die Mütze, der behauptet, er hätte sie mal nackt gesehen.« Er lachte.

»Wie sieht denn eigentlich Jessicas Sexualleben aus?« fragte Emma lebhaft.

»Das ist manchmal Thema. Kein Mensch weiß das. Ich auch nicht. Sie selbst grinst nur, wenn man sie darauf anspricht. Einmal waren wir allein. Ich hab sie gefragt, wo denn ein Mann in ihrem Leben steckt, und sie antwortete: Keine Zeit, Mario, und zuviele schlechte Erfahrungen.«

»Aber es muß einen Mann geben«, sagte ich.

»Na ja, da kommt ab und zu einer. Ich glaube aus Köln. Er fährt jedenfalls einen Carrera mit Kölner Kennzeichen. Die reden ein paar Stunden, und er fährt wieder weg. Oder sie haben was miteinander, kein Mensch weiß das. Wieso? Ist Jessica irgendwie verdächtig?« Bei dem Gedanken schien er zu erschrecken. Dann setzte er zu seiner eigenen Beruhigung hinzu: »Aber nicht doch. Nicht doch Jessica.«

»Sie ist nicht sehr verdächtig«, log Dinah. »Und zu einer Frau paßt das sowieso alles nicht. Wie ist das: Ist Jessica oft am Ring?«

»Ziemlich. Das sind viele Wochen im Jahr. Natürlich ist sie auch am Hockenheimring und in Monte Carlo, oder sonstwo. Sie ist eben da, wo ihr Boß ist.«

»Kennen Sie Andreas von Schöntanns sexuelle Gewohnheiten?« Emma fragte das und betrachtete eingehend ihre farblos lackierten Fingernägel.

»Nicht die Spur«, antwortete er auffällig schnell. »Das geht mich nichts an.«

»Aber es geht um Mord«, warf Rodenstock ein. »Sie sollten auch die Gerüchte erwähnen, die Sie hören.«

Giocotta grinste zaghaft. »Na ja, die Formel 1, Truck-Rennen, die ganzen GT-Unternehmen, Oldietreffen und so weiter, die haben ihren Ruf weg. Es heißt immer, daß die Fahrer Weiber wollen, und es heißt sogar, daß unser Hotel Frauen besorgt, wenn die Fahrer nach Frauen, schreien. Das ist doch alles kalter Kaffee und übertrieben. Na klar, der Rennsport steht im Rampenlicht, der Rennsport ist eine Geldmaschine. Sicher werden schon mal junge Frauen aus Frankfurt eingeflogen oder aus München oder Düsseldorf. Aber das ist die Ausnahme. Meistens sorgen die Fahrer selbst für sich. Ob das nun Formel 1-Fahrer sind oder die Testfahrer der Werke. Die bringen ihre Freundinnen mit, das ist die Regel. Und ansonsten gibt es nun wirklich auch hier Frauen genug, für die ein schnelles Auto den Kick bringt. Niemand braucht allein zu bleiben.« Wieder lächelte er etwas hilflos in Richtung der Frauen. »Also, ich bin ja für Gleichberechtigung, aber was die Frauen sich bei den Motorsportlern leisten, ist wirklich ein Hammer. Die sind so leicht rumzukriegen, daß es fast keinen Spaß mehr macht. Das ist langweilig geworden ...«

»Wir hatten Sie nach Andreas von Schöntann gefragt«, erinnerte Emma.

»Er war Stammgast bei Irmchen, er wurde von ihr persönlich betreut, er bezahlte wahrscheinlich ein Schweinegeld dafür«, sagte Rodenstock scharf. »Was ist geflüstert worden, Mario, was?«

Er wollte nicht, er wehrte sich. Er ließ sich zwar bezahlen, war aber nicht bereit, Grenzen zu überschreiten, jenseits derer eine eindeutige Unschicklichkeit begann. »Ich weiß wirklich nichts. Erzählt wurde vieles.«

»Was?« fragte ich.

Unvermittelt sagte der Kellner: »Ich brauche einen Schnaps, wenn Sie einen haben.«

»Haben wir«, nickte Dinah. »Obstler?«

»Ja, bitte.« Dann sah Giocotta uns der Reihe nach an. »Es ist so, daß behauptet worden ist, Andy liebt es auf die Sklavenart. Manche sagen auch Babyart.«

»Geht es um schwere Quälereien?« fragte Emma sachlich.

»Nein«, schränkte er ein. »Er will eben ausgeschimpft werden, er hat es mit Strafen.«

»Und das konnte Irmchen?« fragte ich.

Er nickte und griff zu dem kleinen Wasserglas, in das Dinah Schnaps eingegossen hatte.

»Ist das relevant für die Morde?« fragte Emma aufreizend langsam und sah uns an.

»Ich glaube nicht«, erwiderte Rodenstock. »Das ist sozusagen eine seitliche Arabeske, nicht mehr. Wichtig scheint mir nur die Bestätigung, daß Jessica das alles arrangierte.« Er wandte sich wieder an Mario. »Glauben Sie, daß Jessica Andy in der Hand hat?«

Er verstand den Sinn der Frage nicht sofort und legte die Stirn in Falten. »Diese Gewaltigen haben alle Chefsekretärinnen oder enge Sachbearbeiter, die ständig um sie herum sind und alle Wege ebnen. Die sorgen dafür, daß der Chef Spaß hat, aber auch, daß er regelmäßig seine Pillen nimmt, die Post erledigt und seine privaten Rechnungen bezahlt. Da ist Jessica keine Ausnahme. Nur: Sie ist die absolut Perfekteste, die ich je kennengelernt habe. Sie hat Andy nicht in der Hand. Aber ohne sie ist er ganz klar aufgeschmissen.«

»Ich habe zum Abschluß noch eine Frage, die Sie persönlich betrifft.« Ich sah ihn an, ich wollte das einfach wissen. »Mit wieviel Geld sind Sie an dem Unternehmen in Luxemburg beteiligt?«

»Scheiße!« stöhnte er heftig und gänzlich unverblümt. »Ich habe gewußt, daß die Kiste faul ist. Ich wußte es.«

»Wieviel Geld ist es?« fragte Emma sanft.

»Muß das sein?« fragte er.

»Es muß nicht sein«, sagte ich. »Sehen Sie, es ist so: Wir wissen von dieser Luxemburggeschichte, wir kennen einige Leute, die ihre schwarzen Gelder dort untergebracht haben. Wir wissen, daß Andreas von Schöntann knietief in dieser Sache drinhängt. Und wir wissen auch, daß Irmchen ein Kurier war und fast vier Millionen Mark hinüberbrachte. Wir glauben, daß es dieser Punkt ist, der den Tod von Harro Simoneit, Walter Sirl, Jonny und Irmchen zur Folge hatte. Jessica Born sammelte Gelder und weiß alles über dieses Geschäft. Ich nehme also an, daß Ihnen Jessica Born geraten hat einzusteigen, weil es das todsicherste Geschäft ist, was jemals auf dem Ring gedreht wurde, oder? War es nicht so?«

»Sie schreiben drüber, nicht wahr?«

»Falls Sie meinen, daß ich Sie zitiere oder Ihren Namen nenne ... keine Angst. Das passiert nicht. Aber ich erwarte Ihre Hilfe. Und zwar jetzt.«

»Kann ich mich darauf verlassen?«

»Ja, unbedingt«, nickte Rodenstock. »Wenn Baumeister das sagt, ist das okay.«

»Also gut. Ich habe 120.000 Mark drin.«

»Ach du Scheiße«, sagte Emma seufzend. »Sie sind eigentlich nicht wohlhabend, oder?«

Er schüttelte den Kopf.

»Wie lief das? Erzählen Sie mal«, forderte Dinah ihn auf.

»Man muß wissen, daß der Rennzirkus, also die Formel 1, so eine Art Revolution erlebt. Bernie Ecclestone tritt ab. Jemand hat neulich behauptet, er würde abgeschossen. Das ist Quatsch. Den kann man gar nicht abschießen. Aber er bestimmt seine Nachfolger. Haben Sie Zeit, daß ich das kurz erklären kann?«

Rodenstock grinste. »Legen Sie los.«

»Ich bin dabei, seit das *Dorint* gebaut wurde. Ich kenne alles und jeden. Ich habe erlebt, daß Weltmeister der Formel 1 zwanzig Austern bestellten, weil sie glaubten, sie würden dadurch sofort potent. Ich habe auch erlebt, daß ein alter 23er Rolls-Royce für 100.000 Dollar den Besitzer wechselte. Das Geld wurde in bar auf das Bett gekippt, und der Käufer sagte zum Verkäufer: Zählen mußt du schon selbst.

Ecclestone ist jetzt 66 und denkt an Pensionierung, falls einer wie er überhaupt pensioniert werden kann. Wenn er abtritt, werden andere neue Geschäfte machen. Mächtig dabei ist natürlich Michael Schumacher mit seiner Crew, vor allem sein Manager Willi Weber, der ja auch

222

die Claudia Schiffer managt. Wichtig ist außerdem Ron Dennis, Chef von McLaren, der die Mercedes-Motoren einbaut. Wichtig sind noch Frank Williams, Chef von Heinz-Harald Frentzen, der noch Renault-Motoren fährt. Bald werden es dann BMW-Motoren sein. Er sitzt im Rollstuhl seit einem Unfall. Dann Eddie Jordan, der Ralf Schumacher im Stall hat und Honda-Motoren verwendet. Marco Piccinini, der Jurist, der für Enzo Ferrari den Rennstall leitete. Und eben Willi Weber, der wohl eigentlich will, daß die Brüder Schumacher beide für Mercedes fahren. Michael soll sowas wie ein zweiter Manuel Fangio werden, der Mercedes in Südamerika an die Spitze brachte. Dann haben wir noch Norbert Haug, der alle Rennaktivitäten bei den Stuttgartern koordiniert. Und Helmut Werner, der Vorstandschef bei Mercedes, aber eigentlich mal Reifenmanager bei Conti war, also genau weiß, um was es geht. Diese Leute sitzen auf dem Karussell ...«

»Und Sie kennen sie alle persönlich?«

»Ich kenne sie alle persönlich. Ich habe sie bedient und mit ihnen gesprochen. Eigentlich sind sie ganz in Ordnung. Manches Mal habe ich ihnen helfen können. Mal hatten sie keinen guten Draht zu einem Journalisten, den sie unbedingt brauchten, und mal war es nur ein Schnürband zum Schuh, das ihnen fehlte. Es ist wie in der Mazda-Reklame: Es sind die kleinen Dinge ...

Also, wenn Ecclestone abtritt, sind neue Geschäfte möglich. Im Augenblick werden soviel neue Firmen gegründet, daß dir die Ohren schwirren. Andreas von Schöntann ist ja auch nur auf die Luxemburg-Idee gekommen, weil es so naheliegt. Es gibt eben nichts, was man nicht als Lizenz im Rahmen der Formel 1 verscherbeln kann. Du kannst fast jedes Geld verdoppeln, wenn du in den Kreis der Erlauchten eintrittst. Und Andy ist längst drin. Nun sammelt er Geld. Schon seit einer ganzen Weile. Ich hatte davon gehört, daß Jessica Geld sammelt. Und ich fragte sie so vor einem halben Jahr, ob ich mich beteiligen kann. Sie antwortete: Aber klar doch! Ich hatte hundertzwanzigtausend in meinem Sparstrumpf, die gab ich Jessica. Es kommt vor, daß ich für ein freundliches Wort 1.000 Mark Trinkgeld bekomme. Es gibt so Verrückte. Und davon weiß natürlich niemand etwas. Jessica nahm meinen Haufen Geld, das war es dann und ...«

»Wieviel Gewinn versprach sie?« fragte Emma.

»Eine Verdoppelung in zwei Jahren. Und das ist reell, wahrscheinlich wird der Gewinn bei dreihundert Prozent liegen. Es gibt vor allem aus dem asiatischen Raum Hunderte von Firmen, die fast alles zu zahlen bereit sind, wenn sie von guten europäischen Firmen vertreten und ihre Produkte mit einem attraktiven Label vermarktet werden. Und so eine Firma wollte Andy für sie sein. Und jetzt das! Als Harro Simoneit umgelegt wurde ... ich entschuldige mich, als er starb, da wußte ich: Das Ding geht schief. Es ist völlig scheißegal, ob dieser Killer was mit dem Geld zu tun hat oder ob er einfach verrückt ist, er sorgt dafür, daß es zum Skandal kommt. Meine hundertzwanzig sind also im Eimer. Ich sehe schon die Überschriften in den Illustrierten: ›Manager gründet mit Schwarzgeld Weltfirma‹ und ähnliches.«

»Es hat Sie also nicht gewundert, daß Harro getötet wurde? Und Irmchen, Walter Sirl und Jonny?« fragte ich.

»Eigentlich nicht«, sagte er. »Ich hab geahnt, daß Harro hinter der Geschichte her war. Er hat mich mal auf dem Flur gefragt – das ist ungefähr zwanzig Tage her – ob ich mein Erspartes auch Jessica gegeben hätte. Und ich sagte ihm: Ich weiß gar nicht, wovon du sprichst. Er hat mich ausgelacht. Ja, er wußte wahrscheinlich alles.«

Emmas Stimme war sehr sanft: »Sagen Sie mal, Sie sprachen davon, daß viele Firmen mit Hilfe der Formel 1 ihre Produkte besser verkaufen können. Nun halte ich Sie für einen Mann, der sich mit solchen allgemeinen Angaben nicht zufrieden gibt. Ich brauche ein Geschäftsbeispiel, um das zu verstehen.«

Er sah sie erstaunt an. »Jessica hat gesagt, daß Andy wahrscheinlich auch in die Fernsehvermarktung einsteigt. Das bringt das meiste Geld. Ecclestone will sowieso nicht nur die Rechte verkaufen, sondern selbst Fernsehteams zusammenfassen und die komplette Berichterstattung verscherbeln. Und Andy will versuchen, das erste Team mit den Start- und Zielkameras anzubieten. Service total. Das ist wie eine Geldmaschine, das läuft von selbst. Er verkauft die Werbung mit den spannendsten Momenten des Rennens. Er kann die Preise bestimmen, er wird sie kriegen.«

»Phantastisch«, murmelte Emma. Dann fragte sie scheinheilig: »Haben Sie eigentlich eine Vorstellung, wie viele Leute sich an diesem Geschäft beteiligt haben?«

»Das müssen eine ganze Menge sein«, antwortete er. »Ich weiß, daß allein aus Adenau siebzig bis achtzig Leute eingezahlt haben. Dazu kommen die aus den Dörfern ringsum. Die Idee ist ja auch richtig gut.« Er grinste. »Es sei denn, es kommt zum Skandal, weil die ganze Geschichte auf Schwarzgeld aufgebaut ist.«

Es war zwei Uhr, als wir in die Betten fielen.

Dinah murmelte in die Dunkelheit: »Ich hasse den Motorsport. Ich hasse die Formel 1, ich mag Leute mit Autos nicht mehr, ich will überhaupt keine Autos mehr sehen. Jetzt hat sogar die A-Klasse den ersten Elch nicht überlebt. Und den Ring kann ich nicht leiden, und ich werde mich auf gasgebende Motorradcowboys einschießen und sie reihenweise abknallen.«

Ich nahm sie in die Arme, und nach einer Weile hörte sie auf zu knöttern.

Um sieben Uhr war ich schon wieder wach. Wahrscheinlich war der Pegel meiner Erregung inzwischen so hoch, daß die Fliege an der Wand mich weckte. Ich verdrückte mich in die Küche und setzte mir einen Kaffee auf. Ingo Mende fiel mir ein, der sich wahrscheinlich nach wie vor den Kopf über Harros Notizen zerbrach. Es war unfair, aber ich rief ihn trotz der frühen Stunde an.

Er war erstaunlicherweise auch schon wach und munter.

»Baumeister hier. Ich glaube, das mit den Zetteln können wir sein lassen. Wir wissen inzwischen ziemlich genau, was Harro Simoneit herausgefunden hat.«

»Ich weiß es auch«, sagte er. »Ich habe recherchiert, ich habe mit Entsetzen von Irmchen gehört, und auch von Jonny. Am schlimmsten finde ich die Schweinerei, die diese Leute sich mit Peter erlaubt haben. Was glauben Sie, wieviel Geld haben die schon beisammen für diese Luxemburg-Firma?«

»Also, nach unseren Recherchen liegt die Summe bei etwa 30 Millionen. Warum?«

»Weil ich jetzt natürlich die Zettel lesen kann, weil das alles jetzt einen Sinn ergibt. Nach den Zetteln zu urteilen ist Harro auf eine wesentlich höhere Summe gekommen. Ich frage mich nur, wo denn die Leute das ganze Geld gehortet hatten. Im Sparstrumpf? In Kaffeekannen? Tatsache ist wohl, daß Harro Leutchen ausfindig gemacht hat, die einen Hausbau verschoben haben, um die gesamte Summe bei Jessica Born einzuzahlen. Es gibt wirklich krasse Fälle. Dabei ist mir etwas aufgefallen. Kennen Sie eine gewisse oder einen gewissen T Punkt, E Punkt, K Punkt?«

Ich überlegte. »Ja. Das ist Timo Eggenrot, ein Freund von Jessica Born. Und das K bedeutet mit ziemlicher Sicherheit Köln. Mit dem Mann ist sie seit einer Ewigkeit verbunden. Eine Uraltfreundschaft. Was steht da im Zusammenhang mit diesen Initalen?«

»›Gefährlich‹. Sonst nichts.«

»Keine Adresse?«

»Keine Adresse«, antwortete Mende.

»Wissen Sie eigentlich, was der Formel 1-Zirkus zur Zeit so umsetzt?« fragte ich.

»Man schätzt mindestens acht Milliarden Dollar jährlich«, gab der Journalist Auskunft. »Und das wird mehr werden, weil neue Firmen mit neuen Produkten einsteigen wollen.« Er lachte, es klang wie reiner Hohn. »Brot und Spiele, Baumeister, nichts als Brot und Spiele. Nur gigantischer, als wir es von früher kennen. Sie wollen

226

sogar an die Börse gehen, sie wollen noch mehr Geld. Und das hochverehrte Publikum wird in seiner unendlichen Dummheit alles zahlen, was sie verlangen.« Er klang bitter.

»Nichts für ungut«, murmelte ich und unterbrach die Verbindung. Plötzlich wußte ich, was Andreas von Schöntann mit einem Teil der Millionen tun würde: Er würde Aktien seines eigenen Reiches kaufen. So einfach war das.

Draußen schien die Sonne, die Welt war unverändert. Meine Katzen lümmelten sich auf den Küchenstühlen und wirkten müde. Ich gab ihnen etwas zu fressen und sah ihnen dabei zu, wie sie die Pampe vertilgten.

Sollten wir uns nun auf Timo Eggenrot konzentrieren oder uns an Jessica Born halten?

Es war anzunehmen, daß Eggenrot irgendwann dort auftauchen würde, wo Jessica war. Vielleicht hatte er auch Hunger auf ein Formel 1-Rennen und war längst am Ring? Aber vielleicht hatte Jessica auch längst das Weite gesucht, weil sie wußte, daß sie an einem Abgrund stand und daß von Schöntann sie gnadenlos fallen lassen würde, wenn er begriff, daß er sich zu sehr auf sie verlassen hatte.

Ich ging aus der Küche hinaus in den Garten, gefolgt von Paul und Willi und hockte mich auf die Wiese neben das Loch, das einmal mein Teich werden sollte.

Willi verschwand wie üblich unter dem Sommerflieder und wartete auf lebensmüde Schmetterlinge. Paul sprang auf meinem rechten Oberschenkel und legte sich zurecht. Oben auf der Bundesstraße donnerten die Motorräder zum Ring, die Kolonne der Pkw war schier endlos. Wahrscheinlich hatten viele von ihnen keine Eintrittskarte und würden sich auch nicht darum bemühen. Es gab erstaunlich viele Menschen, die zu diesen Großveranstaltungen fuhren, auf den umliegenden Straßen endlos ihre Runden drehten, um dann irgendwo an einem Waldrand zu stranden und sich schnell und konzentriert zu besaufen. So bauten sehr viele Besucher von *Rock am Ring*, selbst

wenn es noch Karten gab, ein kleines Zelt am Rand des
Geländes auf, besorgten sich Schnaps und Bier und wate-
ten zwei oder drei Tage lang durch den Grundschlamm
ihrer Seele. Ich habe bis heute nicht begriffen, warum sie
das tun. Die meisten von ihnen sagen: »Es ist einfach
cool, sich mit anderen zusammen im Wald zu besaufen
und dabei von nebenan die Musik geliefert zu bekommen.«

»Was machen wir heute?« fragte Rodenstock hinter
mir.

»Wir müßten dringend diesen Timo Eggenrot sprechen, ebenso die Jessica Born. Wir müßten überlegen, wer
eigentlich noch in der Gefahr lebt, getötet zu werden.
Und mit von Schöntann sollten wir auch noch mal sprechen. Aber heute ist das Formel 1-Rennen, und alle spielen verrückt, sind nicht erreichbar. Es herrscht ein heillo-
ses Durcheinander. – Ich habe inzwischen mit dem Journalisten Ingo Mende gesprochen. Er sagt, daß aus den
Unterlagen von Harro hervorgeht, daß wesentlich mehr
als 30 Millionen Schwarzgelder nach Luxemburg geschafft worden sind. Ist Andreas von Schöntann nun Boß
der Gesellschaft in Luxemburg, oder gibt es da noch jemand anderen? Und ich habe noch eine Idee: Sie haben
Irmchen für die Kurierdienste schweinemäßig gut bezahlt. Was hat denn Jessica daran verdient? Ehrlich gestanden, weiß ich nicht, was wir zuerst erledigen sollen,
was Zeit hat, wo Gefahr droht. Du bist doch so ein kluger
Mensch, was schlägst du vor?«

»Ich bin dafür, Jessica Born in Augenschein zu nehmen. An welchem Punkt ihrer Karriere ist sie? Was passiert mit ihr, wenn du hingehst und diese Story
schreibst?«

»Ich kann diese Story noch gar nicht schreiben, Ro-
denstock. Uns fehlt der Mörder, viel zu viele Dinge kön-
nen wir nicht erklären. Auch was das Unternehmen in
Luxemburg betrifft: Sammeln die Gelder, um die eigenen
Aktien zu kaufen, wenn die Formel 1 an die Börse geht?
Oder sammeln die Gelder, um höchstmögliche finanzielle

228

Beweglichkeit zu haben, wenn Firmen in das Merchandising um den Motorsport einsteigen wollen?«

»Die Antwort darauf ist mir im Grunde scheißegal«, meinte er. »Zurück zu Jessica Born. Ist sie in der Lage, die Situation abzufangen? Reparaturen vorzunehmen?«

»Ist sie. Sie könnte mit ihrem Einfluß zum Beispiel dafür sorgen, daß ab morgen früh auf den Konten in Luxemburg keine müde Mark mehr ist. Wir dürfen die Born nicht aufscheuchen.«

»Gut«, nickte Rodenstock. »Dann Andreas von Schöntann. Was ist, wenn der behauptet, er habe nichts mit allem zu tun?«

»Das wird er so oder so behaupten«, sagte ich.

»Dann bleibt nur eines«, sagte er. »Wir sichern die Zielpersonen, wir bleiben in ihrer unmittelbaren Nähe und lassen sie nicht aus den Augen. Wir müssen in die Masse Mensch am Ring, wir dürfen Jessica Born nicht verlieren. Und ihren Chef auch nicht. Die beiden werden es sich mit Sicherheit nicht nehmen lassen, Schumacher heute siegen zu sehen. Das könnten die Frauen machen. Wir haben schließlich gute Frauen.«

Achtes Kapitel

Dinah und Emma fuhren eine halbe Stunde später zum Nürburgring. Feste Programmpunkte hatten sie nicht. Sie sollten sich in der unmittelbaren Nähe von Jessica Born und Andreas von Schöntann tummeln, aber keinen Kontakt aufnehmen.

Ich rief Peter an, und er sagte kläglich: »Alice nackt. Siggi gut.«

»Hast du noch Schmerzen?«

»Peter Schmerzen. Böse Männer.«

»Ich komme morgen«, versprach ich. »Morgen Alice nackt.«

Der nächste Programmpunkt war Petra. »Kommst du mit den Versicherungsfragen klar?«

»Diese Lauer-Nack kümmert sich um alles. Mein lieber Mann, die hat Power. Und wie geht es dir?«

»Nicht besonders. Ich bin müde, und dein Mann geht mir nicht aus dem Kopf. Wenn dir das ein Trost ist, er war dabei, eine Riesenschweinerei aufzudecken.«

Eine Weile schwieg sie.

»Ich glaube, das ist kein Trost, Siggi. Ich will ihn einfach wiederhaben, so ist das.«

»Tut mir leid. Sag mal, da gibt es eine Frau, die eine Hauptrolle spielt. Jessica Born heißt sie, und sie ist die rechte Hand von Andreas von Schöntann und ...«

»Die kenne ich gut. Mit der sind wir ein paarmal auf Parties und bei Presseempfängen zusammengetroffen, wenn Harro mich mitnahm. Die ist ein kaltes Luder, glaube ich.«

»Ist es möglich, daß Harro an jenem Abend mit ihr im *Dorint* verabredet war?«

»Kann sein. Übrigens, die Mordkommission will mich morgen früh erneut verhören, weil sie wohl glauben, daß ich ein paar Dinge einfach vergessen habe. Ja und Harros Wagen wollen sie sich vornehmen.« Petra kicherte etwas schrill. »Da werden sie sich freuen. Harro nannte den Wagen immer seine Müllhalde.«

»Halte dich senkrecht«, sagte ich. »Und Grüße von Emma und Dinah, sie besuchen dich, sobald es geht. Weißt du, wann du Harro beerdigen kannst?«

»Nein. Aber irgendwie ist das mittlerweile auch egal. Es muß ohne ihn gehen, und das funktioniert nicht.«

Nach dem Telefonat hockte ich mich wieder auf den Rasen. Mir war etwas aufgefallen, das ich nicht mehr wiederfinden konnte.

»Sie nehmen sich jetzt Harros Wagen vor«, erzählte ich Rodenstock. »Petra sagt, er sei die reinste Müllhalde. Da läutet irgend etwas in meinem Hirn, aber ich weiß nicht, was.«

»Er hatte eigentlich alles im Kopf, nicht wahr?«

»Er war gut«, nickte ich.

»Was ist, wenn Jessica ... ich denke mal ...«

»Schon gut, Rodenstock, schon gut. Du hast ja recht. Laß uns nachgucken, ich schwärme für Müllhalden.«

Der Weg war mühselig, weil die Straßen in Richtung Nürburgring vollkommen verstopft waren. Rot war die vorherrschende Farbe, Ferrari-Rot. Es gab Mützen, Schals, Fahnen, und die meisten der Träger schienen ein irres Funkeln im Auge zu haben. Wahrscheinlich hatten sie keine Ahnung, daß die Ferrari-Kappen in Bangladesh hergestellt werden. Brot für eine hungrige Welt ...

»Was ist denn, wenn Michael Schumacher plötzlich Durchfall bekommt?« fragte Rodenstock.

»Das kann nicht sein, weil der Kanzler persönlich kommt, um zuzusehen, wie er siegt. Da endet praktisch jede Form von Verdauung.«

Irgendwo an Rodenstock meldete sich ein Handy. Er klappte es auf und sagte: »Ich hoffe, ihr seid dran.« Dann hörte er eine ganze Weile zu, grinste: »Weiter so.«

Er erklärte: »Das war deine Frau. Emma hat die Polizeipräsidentin herausgekehrt, die die Sicherheitsvorkehrungen vor und während des Rennens studieren will, um Erfahrungen zu sammeln. Sie hat Dinah zu ihrer Assistentin gemacht, und jetzt schwirren die zwei im VIP-Bereich herum und sind glücklich. Sie haben Jessica und ihren Boß unter Kontrolle. Bis jetzt scheint alles normal zu sein.«

Für die sieben Kilometer von Quiddelbach bis Adenau hinein brauchte ich eine halbe Stunde.

»Ich hole den Wagenschlüssel«, sagte Rodenstock. »Wir sollten uns nicht lange aufhalten.«

Der Mercedes-Kombi von Harro, ein Schätzchen mit mindestens fünfzehn Jahren auf dem Buckel, stand in der Garage.

»Hier geht das nicht«, erklärte Rodenstock. »Wir fahren ihn hinaus, wir brauchen mehr Platz.« Er lenkte ihn auf die kleine Freifläche vor der Garage, und wir mußten eingestehen, daß die Bezeichnung Müllhalde für dieses Auto noch ein Kompliment war.

Da gab es Zeitungen, Hochglanzbroschüren, Drucksachen. Wir entdeckten Kaugummipapiere, Coladosen, Sprite-Flaschen, leere Erdnußdosen. Überall lag etwas, nirgends war freier Raum zu sehen.

»Er kümmerte sich nicht um sowas«, sagte ich, als müsse ich Harro entschuldigen.

»Schon gut«, nickte Rodenstock. »Trotzdem wird eine gewisse Systematik zu entdecken sein. Nehmen wir an, er hatte die letzten Unterlegen, die er bekam, jeweils in der Hand, also bei sich. Dann schloß er auf, setzte sich hinein und legte diese Unterlagen auf den Nebensitz ...«

Der Papierhaufen auf dem Nebensitz war gut und gerne vierzig Zentimeter hoch und bereits in jede Richtung gerutscht.

»Da sind aber auch Prospekte vom Baumarkt dabei und derartiger Mist.« Rodenstock schnaufte unwillig. »Ihr Journalisten seid nicht gerade ordentliche Leute.«

»Nein. Aber wir verlieren auch nichts. Also noch mal: Er bekommt irgendwelche Unterlagen. Sie sind wichtig, aber nicht im Augenblick des Erhalts. Er schmeißt sie nicht auf den Riesenhaufen, er steckt sie gezielt irgendwo hin, weil er weiß, daß er sie in den nächsten Tagen zur Dokumentation braucht.« Ich öffnete das Handschuh-fach. Da war nichts, außer einem Haufen Schrauben und mindestens fünf Schraubenziehern sowie etwa dreißig bis vierzig Parkscheinen.

»Er weiß genau, daß niemand sich die Mühe machen wird, in diesem Wust nach etwas Wichtigem zu suchen. Darauf verläßt er sich und steckt bestimmte Unterlagen ... ja, wohin denn?«

»Hier ist ein Netz an der Rückseite des Nebensitzes«, sagte Rodenstock. »Und das Zeug, was da drin ist, sieht nicht zerknüllt aus.« Er zog drei DIN-A4-Bögen heraus, makellos glatt und sauber. Er betrachtete sie, begann zu grinsen und hauchte aus tiefster Seele: »Bingo!«

Es war ein Vertrag zwischen Harro Simoneit und dem ehrenwerten Andreas von Schöntann. Simoneit sollte unterschreiben, daß er für 400.000 Mark pro Jahr für die Gesellschaft PR- und Werbetexte erstellen würde.

»Er ist identisch mit dem Vertrag, den sie dir angeboten haben«, murmelte Rodenstock. »Sie wollten ihn kaufen, und er hat sich nicht kaufen lassen.«

Mein Handy fiepte, Dinah war dran, sie klang höchst vergnügt. »Wie geht es?«

»Gut. Was ist bei euch?«

»Bei uns ist die Hölle los. Hier laufen nur Leute mit vor Wichtigkeit geschwollenen Gesichtern rum, und alle sind der Meinung, daß Michael gewinnt. Wir haben Jessica Born und ihren Chef im Blick. Sie hocken unter einem Sonnenschirm und saufen Sekt, ab und zu kommen Damen und Herren vorbei, die ihnen die Füße küssen. Ich rufe an, weil wir erfahren haben, daß es in Bleckhausen, Richtung Daun-Manderscheid, eine Werkstatt gibt, die auf Harley-Davidson spezialisiert ist. Bei der hat Walter Sirl seine Maschine gekauft und auch warten lassen.«

»Das ist gut zu wissen. Erinnerst du dich an den Freund der Born? Ist der wohl auch da?«

»Wir haben keine Ahnung, wie der aussieht. Aber ich glaube nicht, daß er hier ist, denn wir kontrollieren sämtliche Bewegungen der Born, wir gehen mit, wenn sie pinkeln geht. Bisher ist niemand aufgetaucht, mit dem sie vertrauliche Worte wechselt. Immer nur Partygewäsch und so.«

»Ist denn dieser Ingo Mende da? Ein älterer Mann, weißhaarig. Journalist?«

»Ja. Der hat sich kurz vorgestellt, und ich hatte den Eindruck ... Moment, da ist er. Ich gebe dich einfach mal weiter.«

»Baumeister hier. Herr Mende, ist dieser Eggenrot tatsächlich in Köln zu Hause? Haben Sie das recherchieren können?«

»Habe ich. Der Mann ist in Köln gemeldet, aber ob er dort ständig wohnt, bezweifle ich. Er hat noch eine Wohnung in Ahrweiler. Die Adresse ist Weinbergsweg 17. Haben Sie das?«

»Schönen Dank«, sagte ich und unterbrach die Verbindung.

Rodenstock hatte den Wagenschlüssel zu Petra zurückgebracht. »Das ist traurig da drin. Die Verwandtschaft hockt immer noch zusammen. Nichts für die junge Frau. Was jetzt?«

»Wir sollten uns um Sirl kümmern. Wir haben noch gute vier Stunden bis zum Ende des Rennens.«

»Aber Sirl ist nicht so wichtig«, wandte er ein.

»Da bin ich nicht sicher. Sirl paßt nicht ins Bild. Vielleicht können wir per Telefon arbeiten. Es gibt in Bleckhausen einen Betrieb, der sich auf Harley-Davidson spezialisiert hat. Vielleicht wissen die was.«

»Was sollen sie wissen, verdammt noch mal? Er ist von der Rennstrecke gepustet worden. Einfach so.«

»Scheiße, Rodenstock. Ich weiß es nicht. Ich habe so ein komisches Gefühl.«

Er nickte betulich. »Dann folge deinem Gefühl. Telefonieren kannst du doch von überall, oder? Also fahr mich zu Irmchens Wohnung. Ich interessiere mich für ein Buch.«

»Für ein was?«

Er blickte ergeben zum Himmel auf. »Mach schon, Baumeister.«

»Die Wohnung ist versiegelt!«

»Das macht nichts. Dann breche ich ein und lege anschließend ein Geständnis ab.«

»Du bist verrückt!«

Er nickte. »Natürlich bin ich verrückt. Nur Verrückte können in deinem Dunstkreis überleben.« Sein Grinsen war teuflisch.

Diesmal brauchte ich für die sieben Kilometer rund 45 Minuten.

Vor Irmchens Haus herrschte Totenstille. Bis hierher hatte sich kein Formel 1-Fan verirrt. Allerdings stand irritierenderweise ein Lastzug einsam vor der Tür.

»Das ist der Hausherr«, sagte Rodenstock. »Der Fritze, der das Haus gebaut hat, ist Lkw-Fahrer. Na gut, ich geh mal einbrechen.« Er hatte sein Handy am Ohr, als er durch den Vorgarten ging, und ich hörte noch, wie er sagte: »Kwiatkowski, ich muß in diese Wohnung. Nein, wichtig ist es wahrscheinlich nicht, aber ...«

Über die Auskunft erhielt ich die Nummer der Harley-Vertretung in Bleckhausen. Eine muntere Stimme sagte: »Mein Mann ist am Ring. Und wie ich den kenne, geht er jetzt nicht ans Handy. Hat das nicht Zeit bis morgen?«

»Klar. Ich wollte bloß eine Auskunft über Walter Sirl.«

»Walter? Oh Gott, das ist tragisch. Er war so ein Lieber. Und heiraten wollte er auch. Wußten Sie das?«

»Ja, das weiß ich. Könnten Sie mir trotzdem die Handynummer Ihres Mannes geben?«

»Natürlich.« Sie diktierte sie mir, und ich bedankte mich artig und hoffte inbrünstig, daß der Harley-Spezialist sich melden würde. Er meldete sich nicht.

Fluchend stand ich in der Sonne, als Rodenstock aus Irmchens Wohnung kam und triumphierend ein Buch schwenkte.

»Das ist es!« sagte er. »Sieh mal rein.«

Es war *Alice im Wunderland*. Ich klappte es auf, und eine Postkarte fiel heraus. Ich bückte mich und hob sie auf. Es war eine dieser alten Karten, die als Remake in allen Andenkenläden angeboten werden. Abgebildet war ein sehr frühes Pin-up-Girl. Ein Bein hatte die Frau kokett auf einen Schemel gestellt, und sie grinste etwas blöd in die Kamera. Sie trug einen mächtig langen, dunklen Rock, war dafür aber obenrum nackt und zeigte eine beachtliche Oberweite.

»Alice nackt«, sagte Rodenstock lächelnd. »Zuweilen setze ich mir in den Kopf, irgendein Detail zu klären. Und das hier wollte ich klären. Irmchen hat Peter in stillen Stunden aus *Alice im Wunderland* vorgelesen. Und als Lesezeichen benutzte sie diese Postkarte. Wahrscheinlich hat Peter sie gefragt, ob die Frau Alice ist, und Irmchen hat geantwortet: Klar, das ist die Alice, nackt. Verstehst du. So einfach ist das Ganze.«

So einfach.

Die Haustür öffnete sich, und eine Frau erschien. Sie sah uns nicht sofort. Sie starrte schlafblind irgendwohin und gähnte herzhaft. Sie trug ein Hemdchen, das wesentlich kürzer war als jede sittliche Vorschrift, und reckte die Arme in die Luft. Sie war klein und schmal und hatte sehr langes schwarzes Haar, vielleicht war sie 25, vielleicht 30 Jahre alt. Sie rief über die Schulter zurück: »Ich hab dir schon Kaffee gemacht. Steht in der Küche.«

Dann entdeckte sie uns, und sie zuckte zusammen und fuhr sich mit beiden Händen zwischen die Beine.

»Allerliebst«, murmelte Rodenstock. Laut sagte er: »Guten Morgen, junge Frau. Haben Sie einen Moment Zeit?«

»Oh, mein Gott«, sagte sie. »Ich hab doch nichts an.«

»Das macht nichts«, versicherte ich ihr. »Das nehmen wir in Kauf.«

Sie hatte den unteren Rand des Hemdchens zu fassen bekommen und zog ihn gewaltsam in Richtung Knie. Sie rief gedämpft: »Heiner! Heiner, mein Gott!«

Jemand hinter ihr sagte: »Was ist denn?«

»Da ist wer.«

»Ja und?« fragte der Mann.

»Ich hab doch nix an.«

»Dann mußte das ändern«, antwortete der Mann. Zweifellos war er Eifeler, denn nur die sind so ungeheuer praktisch. Er nahm die Frau ganz sanft an der Schulter und zog sie ins Haus. Dann stand er in voller Herrlichkeit vor uns. Er trug Schießer, Baujahr wahrscheinlich 1880, der Hosenboden schlackerte zwischen seinen Knien. Aber er war gut gebaut und nicht im geringsten verlegen. »Also, Jungs, was soll das? Was wollt ihr?«

»Mit Ihnen reden«, sagte Rodenstock, wobei mir nicht klar war, weshalb er mit diesem Mann reden wollte.

»Und über was?«

»Über Irmchen«, sagte Rodenstock.

»Seid ihr Bullen?«

»So etwas Ähnliches.«

»Die Bullen haben uns schon heute nacht ausgefragt. Aber wir wissen nix, wir sind erst gestern spät aus Barcelona zurückgekommen. Das mit Irmchen haben wir erst gestern erfahren.«

»Das glaube ich Ihnen gern«, sagte Rodenstock. »Haben Sie das von Walter Sirl auch schon gehört?«

»Klar.« Heiner trat unruhig auf der Stelle. »Ist doch alles Scheiße, Mann. Zwei Tote. Und ausgerechnet Irmchen und Walter. So ein Scheiß, und wir haben ihnen noch für die Hochzeit was in Barcelona gekauft. Eine Flamenco-Tänzerin. Wenn du den Stecker reinhaust, dann leuchtet ihr Rock. Ein Fernsehlicht ist das. Furchtbar. Na gut, kommt rein, wenn's denn sein muß.« Er rief: »Trixi, Trixi, mach mal neuen Kaffee, und hol was Honigkuchen aus dem Schrank!« Dann sah er uns an: »Ist das wahr, daß irgendein Schwein Walter auf dem Nürburgring vom Motorrad geschossen hat?«

»Ja«, sagte ich. »Wann waren Sie denn das letzte Mal hier?«

»Vor zehn Tagen. Wir haben eine Tour mit Baubeschlägen nach Österreich gemacht. Linz. Dann sind wir mit Holzspielzeug nach München. Und dann mußte ich rüber nach Barcelona. Jetzt habe ich die Schnauze voll und mache erst mal eine Woche Pause. Setzt euch.«

»Ist das Ihr Lastzug?« fragte Rodenstock.

»Ja, klar. Trixi, wenn du was am Arsch hast, kannst du mal Kaffee anfahren. Ich bin noch halbtot. Sie ist meine Freundin, wir sind schon zwei Jahre zusammen, wir wollen heiraten, sobald was Kleines unterwegs ist. Sie ist prima. Ob ihr das glaubt oder nicht – als ich das mit Irmchen und Walter gehört habe, mußte ich Rotz und Wasser heulen.«

Rodenstock nickte. »Irmchen war ein guter Typ, nicht wahr?«

»Oh Mann«, seufzte er. »Ich hab schon gesagt: Wenn Trixi nicht wäre, hätte ich sie glatt genommen.« Er grinste etwas verlegen. »Aber ging ja nicht, da war ja auch noch Walter.«

»Und Sie kannten Irmchen, seit sie die Kneipe in Rieden hatte?« fragte ich.

»Richtig. Ich gehe von der A 61 immer bei Maria Laach ab. Und komme automatisch über Rieden. Ich hielt an ihrer Kneipe und aß was und trank ein paar Bierchen. War auf jeder Tour meine letzte Station. Dann habe ich mit ein paar Kumpels das Haus hier gebaut. Und als der Chef von Irmchen starb und die Frau von dem die Kneipe schloß, habe ich Irmchen gesagt: Du kannst bei mir einziehen! So war das. Sie war ja ziemlich beschissen dran. Aber sie hatte etwas Moos. Sie war einfach Klasse. Und jetzt das. Hat man denn schon eine Ahnung, wer das Schwein war?«

»Genau das hat man leider nicht«, sagte Rodenstock. »Aber vielleicht ist es ganz nützlich, wenn ich Ihnen erzähle, was wir bisher wissen.«

»Das wäre gut«, nickte er.

Rodenstock war ein Meister darin, komplizierte Fälle kurz und einleuchtend zusammenzufassen. Er benötigte zehn Minuten und beendete seine Darstellung so: »Sie verstehen, auf was ich hinaus will. Harro Simoneit, der Journalist, wurde mit Zyankali getötet, genauso wie Irmchen und Jonny, ihr Möchtegern-Loddel. Nur Walter ist vom Motorrad geschossen worden. Ausgerechnet Walter bekam den schwierigsten Tod. Ich meine, es war überhaupt nicht schwer, Walter irgendwo zu treffen – in einer Kneipe oder sonstwo. Warum, um Gottes willen, mußte er auf der Rennstrecke dran glauben, und warum mit Schrot? Das paßt nicht, irgendwie paßt das nicht. Deswegen meine Bitte: Erzählen Sie uns alles, was Sie von Irmchen und Walter wissen.«

»Tja, Schatz, was wissen wir denn da?« fragte Heiner seine Trixi. »Es war so, daß Walter hier in die Wohnung kam, weil er gehört hatte, hier könnte man manchmal in Ruhe sein Bierchen trinken. Und dann hat er Irmchen gesehen, und da war es dann auch schon passiert. Bei ihr hat das ja 'ne Weile länger gedauert, doch schließlich schnackelte es auch bei ihr. Und ab da waren alle anderen total abgemeldet, es gab nur noch Walter. Ich weiß noch, Irmchen hat da gesessen, wo Sie jetzt sitzen, wir haben uns stundenlang darüber unterhalten. Ob sie Walter denn heiraten soll oder nicht. Und daß sie als Nutte bekannt sei und daß sie so ein Leben geführt habe. Und so weiter und so weiter. Und dann hat mich ja die olle Mischnick angezeigt.« Er grinste in hellem Entzücken.

»Das war vielleicht scharf!« sagte Trixi begeistert. »Wegen unsittlichen Lebenswandels und Kuppelei. Sie hat den Bullen gesagt, hier wäre sowas wie ein Puff. Na, der haben wir was geblasen. Ich bin zu der und habe geschrien, wir wären verlobt und sie solle ihre schmutzige Phantasie woanders austoben. Jedenfalls haben die Bullen hier den großen Einflug gemacht, und natürlich war nichts. Irmchen konnte schließlich so viele Gäste bei sich zu Hause haben, wie sie wollte. War ja ihr Bier, oder? Im Frühjahr ist die olle Mischnick dann prompt gestorben.«

»Was war mit Irmchen und Walter?« fragte ich behutsam. »Was wissen Sie von denen?«

»Irmchen wollte aufhören«, sagte Heiner sachlich. »Das ist mal ganz klar. Aber sie hatte ja noch den ... von Schöntann? – den hatte sie noch am Haken. Als wir vor zehn Tagen losfuhren, sagte sie noch zu uns, sie würde jetzt in Ruhe mit dem reden, daß der sich jemand anders sucht. Sie wollte unten aufhören, und sie wollten anfangen, neu zu bauen. Wir hatten schon ausgemacht, daß wir ihnen helfen und so. Walter hatte mir gesagt, wenn der Betrieb gut anläuft und ich die Schnauze vom Lkw-Fahren voll habe, daß ich dann bei ihm anfangen kann. Und dann kommen wir nach Hause und, verdammt noch mal.« Tränen standen in seinen Augen, und er zündete sich rasch eine Zigarette an, damit es nicht so auffiel.

»Das war richtige Liebe«, schluchzte Trixi. »Ich habe immer gesagt: Die leben im Himmel! Irmchen hat hin und her überlegt, ob es vielleicht gut ist, ein Kind zu haben und so. Na ja, und dann kam dieser Harro, dieser Journalist, und hat angefangen zu fragen und alles kaputtzumachen.«

»Nee, Schatz. So kannste das aber nicht behaupten«,

widersprach Heiner. »Der Mann muß doch fragen, oder? Ist doch sein Beruf!«

»Nach was hat Harro Irmchen denn gefragt?«

»Das ist doch sonnenklar: Er hat Irmchen gefragt, ob es stimmt, daß Irmchen, die Jessica und der große Boß die alte Gerda Monschauer bestochen haben. Weil die wollte sie doch wegen Betrugs anzeigen. Daher wußte Harro das doch auch.«

»Ach, nee«, sagte ich nicht sehr einfallsreich.

»Ach, so«, nickte Rodenstock, als wäre die alte Gerda Monschauer seine eigene Tante.

»Und?« fragte ich. »Haben sie das wirklich?«

»Na sicher doch«, strahlte Trixi. »100.000 hat sie eingezahlt, und 200.000 hat sie drei Wochen später wiedergekriegt. Ich dachte, mein Schwein pfeift.«

Heiner machte ein Gesicht, als habe er einen Sechser im Lotto. »Wir waren schließlich dabei.« Um der Sache eine besondere Bedeutung zu geben, hauchte er jedes Wort.

»Es war so«, begann Trixi. »Jessica hat damals immer gesagt, hier in Adenau müßte noch viel mehr Bares sein, als man so vermutet. Vor allem in den ... in den besser gestellten Kreisen. Jessica redete immer von Schlüsselfiguren, und kein Mensch von uns wußte, was sie meinte. Aber dann kapierten wir es. Wir kapierten es, weil sie an Gerda Monschauer ranging. Die olle Monschauer kennt ihr doch ...«

»Das ist ein Problem«, unterbrach Rodenstock sie sanft. »Wir kennen sie nicht so genau.«

»Die Alte ist aber stadtbekannt«, sagte Heiner, nicht ohne Vorwurf. »Das ist die, der diese ganzen Häuser gehören, da in der Innenstadt. Und die dieses große Geschäft hat, was ihr Sohn führt. Aber der hat ja nichts zu melden. Jedenfalls Geld ohne Ende. Und Jessica meinte immer: Wenn ich die kriege, kriege ich auch alle anderen! Wir haben gelacht, als Irmchen vorschlug: Na, dann lade ich die Alte hierhin ein, und wir lassen sie voll Schampus laufen. War ja nur ein Scherz. Jedenfalls ist Jessica hin zu der Alten, und was passiert? Sie kommt strahlend zurück und sagt: Ich habe 100.000. Ist nicht die Welt, aber ist ein Anfang. Und ich weiß noch, ich dachte: Wenn das man gut geht, Mädchen.«

»Ging nicht gut«, kicherte Trixi. »War wirklich komisch. Aber sie hatten ja schon was im Kreuz, so daß nichts passieren konnte. Jedenfalls kommt Jessica eine Woche später und sagt: Irmchen muß mal eben eine Tour nach Luxemburg fahren, ich habe die Hunderttausend von der alten Monschauer. Nun muß man dabei wissen, daß die alte Monschauer so geizig ist, daß sie Vierfruchtmarmelade frißt und anschließend behauptet, besonders die Brombeeren hätten gut geschmeckt. Da gibt es die wildesten Gerüchte. Angeblich kriegt der Sohn fünf Mark am Tag für seine Zigaretten, und sie hat ihn enterbt, als er mal eine Kiste Zigarren gekauft hat. Ist ja auch egal.

Irmchen fährt die Hunderttausend nach Luxemburg, und Jessica trifft sich mit den Reichen von Adenau und Umgebung. Ein Arbeitsessen nach dem anderen. Der olle Friedbert, zum Beispiel, durfte mal kurz mit Irmchen, weil er sagte, er würde gern außer den hundert Prozent noch eine Sondervergütung haben. Wir haben gelacht, Mann, was haben wir gelacht. Er ist zweiundachtzig, und er hat nichts mehr als die Hoffnung. Irmchen war mit ihm im Schlafzimmer. So eine Stunde lang. Und ich denke dauernd: Was machen die da so lange? Da kommt Irmchen raus und sagt: Ich brauche mal Tempotücher. Ich werd verrückt, sage ich. Nicht, was du denkst, antwortet sie. Der sabbert so.« Trixi schlug sich in heller Begeisterung auf die Schenkel, daß es schmerzhaft klatschte.

Heiner übernahm wieder: »Jessica hatte durch die alte Monschauer richtig Erfolg und sammelte und sammelte. Das ging bis Altenahr und Bad Neuenahr. Die Kundschaft drängelte sich. Irmchen war nur noch unterwegs, und ich habe ihr noch gesagt, sie soll sich mal einen Acht-Zylinder-Camaro zulegen, damit sie ein bißchen schneller auf den Hufen ist ...«

»Moment mal«, unterbrach Rodenstock liebenswürdig. »Hat Walter damals die Touren schon mitgefahren?«

»Nein«, antwortete Trixi, beinahe empört. »Der doch nicht. Walter war der Einzige, der damals schon gesagt hat: Mach das nicht. Wenn das schiefgeht, wanderst du in den Bau, und die Einzahler behaupten, sie haben nichts damit zu tun. Walter hat sich rausgehalten. Aber Kummer hatte er, weil er nicht glaubte, daß Irmchen heil da rauskommt. Hatte er ja wohl auch recht. Jedenfalls vierzehn Tage, nachdem die olle Monschauer die ersten 100.000 rübergeschoben hat, klingelt abends unten das Telefon: Die Monschauer. Sie habe es sich anders überlegt, sagt sie. Sie will ihr Geld zurück. Das geht doch nicht, sagt Irmchen. Moment, ich hol mal die Jessica. Nun war Jessica nicht da. Die war, ich glaube, die war irgendwo in Australien oder so. Aber sicherheitshalber hat sie eine Telefonnummer hinterlassen. Endlos lang. Irmchen ruft also Jessica an und erzählt ihr alles. Und was passiert? Nach zwei Tagen ist Jessica da und redet mit der Monschauer. Die will ihr Geld zurück, und zwar sofort. Ja, und dann kam es zu dem großen Treffen.«

»Was für ein Treffen? Wo?« fragte ich.

»Na, von Jessica, Monschauer und dem Boß, diesem von Schöntann, manchmal sagen wir einfach Weihnachtsbaum, das kann man sich leichter merken. Hier haben die sich getroffen, hier auf diesen Sesseln. Und ich habe Schnittchen gemacht und Wasser und Kaffee gereicht. Deshalb wissen wir doch alles.«

»Die saßen hier«, nahm Heiner den Faden auf. »Die alte Monschauer hat eine Stimme, die hörst du noch, wenn alle Glocken läuten. Sie sagt: Ich will mein Geld zurück, ich habe mir das anders überlegt. Der Weihnachtsbaum antwortet: Aber, gute Frau, das ist doch völlig unnötig, das Geld verdoppelt sich in kurzer Zeit. Quatsch, sagt sie, ich kann ein Grundstück kaufen, und das will ich haben. Ihr habt mich doch sowieso nur zur Werbung gebraucht. Also könnt ihr mir doch mein Geld und die hundert Prozent zurückgeben, und wir sind auseinander. Wenn ich nicht in der Küche gestanden und das alles mitgehört hätte: Ich hätte es niemals geglaubt. Zwei Stunden ging das hin und her, dann hatte die Alte, was sie wollte: Sie mußte versprechen, eisern den Mund zu halten, und kriegte 200.000 in bar zurück. Jedenfalls fuhr Irmchen den nächsten Morgen nach Luxemburg und holte den Kies. Und dann kommt der Hammer: Irmchen steht bei der alten Monschauer mit dem Geld auf der Matte und übergibt es. Da sagt die alte Monschauer: Kindchen, ich bin Ihnen ja so dankbar! Und gibt ihr einen Zehnmarkschein Trinkgeld.« Heiner lachte schallend. »Seitdem weiß ich, wie man zu Geld kommt.«

Rodenstock blinzelte mir zu. »Eine echte Eifeler Leistung!« sagte er voll Hochachtung.

»Und davon hat Harro erfahren?« fragte ich.

»Sicher doch«, strahlte Trixi und versuchte, ihren Jeansrock möglichst weit nach unten zu ziehen, was eigentlich nicht ging, weil da nichts mehr zu ziehen war. »Irgendwie ist die Geschichte als Gerücht rumgelaufen. Ich weiß noch, daß Harro gesagt hat, die Story wäre so bescheuert wahnsinnig, daß sie wahr sein könnte. Und sie war ja wahr.«

»Darf ich mal telefonieren?« fragte Rodenstock. Er sah mich an und sagte: »Kwiatkowski!« Dann stand er auf und ging hinaus.

»Also nicht, daß wir was verraten haben«, sagte Heiner etwas verunsichert. »Aber das Ding konnte ja gar nicht gutgehen. Die Jessica hat die Realität nicht mehr geschnallt, sage ich immer. Die hätte ja fast Anzeigen geschaltet, daß die Leute ihr das Schwarzgeld bringen. Das konnte nicht gut gehen.«

»Was redet man denn so: Wieviel hat sie gesammelt?« fragte ich.

»Das geht von fünf Millionen bis fünfzig Millionen«, antwortete er. »Das weiß kein Mensch außer Jessica selbst. Nachdem alles glatt lief, hat sich auch der Weihnachtsbaum kaum noch drum gekümmert. Die machten zuerst eine Firma in Luxemburg, dann die nächste und

243

wieder die nächste. Ich glaube, die haben inzwischen fünf oder sechs. Und die Frau vom Weihnachtsbaum ist von jeder die Geschäftsführerin.«

»Aber ihr zwei habt kein Geld darein gesteckt?« fragte ich schnell.

»Nicht eine müde Mark«, sagte Trixi. »Wir sind doch nicht bescheuert.«

Ich nickte.

Rodenstock kam wieder hinein und setzte sich. »Alles klar«, sagte er leichthin. »Da kommen ein paar Leute von der Mordkommission und befragen euch. Ihr habt doch nichts dagegen?«

»Ach wo«, sagte Trixi, und in ihren Augen stand ein helles Funkeln. »Die sollen ruhig kommen, denen stoßen wir schon Bescheid.«

»Die Frau vom Schöntann ist Geschäftsführerin«, teilte ich mit.

»Aha«, murmelte Rodenstock nicht sonderlich interessiert. »Ist euch irgendwann aufgefallen, daß Jessica nervös wurde?«

»Nein«, sagte Heiner. »Die ist so eiskalt, da brauchst du keinen Kühlschrank. Die war nie nervös. Außerdem meint sie ja immer: Wir gehen mit Geld um, das es eigentlich nie gegeben hat. Irgendwie hat sie ja auch recht ... Also, als ich das mit Walter hörte, das mit der Schrotflinte, habe ich sofort an Manni gedacht mit seinem Waffenfimmel. Das war mein erster Gedanke. Aber der brauchte ja bei all dem Schwarzgeld nichts zu tun, der konnte sich raushalten. Obwohl, eins muß man ja mal sagen dürfen: Der war wirklich stocksauer.«

»So, so«, sagte Rodenstock.

»Aha«, nickte ich.

Wahrscheinlich sahen wir beide genauso dumm aus wie mein letzter Weihnachtskarpfen, aber wir wollten Heiner nicht verschrecken. Wir saßen da und lächelten dümmlich. Um ihn anzustoßen, atmete ich laut seufzend aus: »Ja, ja, der mit dem Waffenfimmel!«

»Verrückt, gell?« fragte Trixi.

»Ganz verrückt«, nickte ich. Wahrscheinlich hätte ich mein Jahreseinkommen dafür bezahlt, zu wissen, von wem wir überhaupt redeten.

»Der Manni«, sagte Trixi versonnen in die Stille.

»Den hat Irmchen aber ganz schön ablaufen lassen«, polterte Heiner.

»Ach, das verstehst du doch nicht«, spottete seine Gefährtin. »In der Beziehung seid ihr Männer doch schlicht doof.«

»Aber wenn sie Manni sah, hat sie mit dem Arsch gewackelt, daß du dachtest, ihre Federung ist kaputt!« sagte er empört. »Jedenfalls die ersten Wochen lang.«

»Ja und?« Trixi wurde richtig giftig. »Wenn wir mit dem Arsch wackeln, paßt es euch nicht. Wackeln wir nicht mit dem Arsch, paßt es euch auch nicht. Also, was nun? Sollen wir ewig auf Sozialarbeiterin machen?«

»Was ist denn das für eine Tour?« fragte ich neugierig.

»Dunkel gekleidet, opferbereit, ungeschminkt und mit Keuschheitsgürtel«, erläuterte sie hell. »Ist doch wahr! Männer sind in der Beziehung doch nicht ganz dicht.«

»Irmchen mußte ihn aber nicht so anmachen!« sagte Heiner vorwurfsvoll. »Das mußte nun wirklich nicht sein, wo er doch rumlief, spitz wie Nachbars Lumpi.«

»Ich weiß gar nicht, was du willst«, empörte sich Trixi. »Die Konkurrenz schläft nicht, oder? Walter hat doch gewonnen, oder? Zehn zu Null.«

Rodenstock strahlte sie an. »Du erzählst so schöne Geschichten, also erzähl auch die von Manni. Vielleicht kennen wir ja nur die harmlose Fassung.«

Für eine Lüge war das eine brillante Formulierung.

»Das war so ...« begann Trixi.

»Jetzt kommt wieder die Arie von dem armen Irmchen, die das Leben so gebeutelt hat«, brummelte Heiner mißmutig.

»Laß sie doch mal«, sagte ich hastig.

»Das war so«, begann Trixi erneut. »Irmchen hatte mir schon immer gesagt, daß sie die Nase voll hätte von diesem Leben und daß sie heiraten wollte und vielleicht ein

Kind haben. Na ja, sie hat ja auch gesagt, das wäre für jede ... für jede von ihrer Sorte ein Traum, der würde sowieso nicht wahr. Ich habe immer gesagt: Warte es ab, Mädchen, vielleicht klappt es noch. Damals gab es Walter noch gar nicht. Das heißt, es gab ihn schon, aber er himmelte Irmchen nur an, getan hat er nichts. Dann tauchte Manni auf. Manni hat einen Bauernhof hinter Wanderath, das ist da bei Virneburg. Ein Riesenhof! Manni ist vierzig und hat nie eine Frau abgekriegt, weil seine Eltern nicht wollten, daß er eine abkriegt. Eltern können bei sowas ja ziemlich gemein sein. Doch erst starb der Vater und kurz darauf die Mutter, und Manni hatte freies Schußfeld. Er hat Inserate aufgegeben, daß ein vermögender Jungbauer eine Frau sucht. Die haben dem die Bude eingerannt, und eine hat sogar eine Bescheinigung mitgebracht, daß sie mit einer Melkmaschine umgehen kann. Aber Manni wollte keine von denen. Er hat immer gesagt: Die stehen doch alle trocken! Ein Rußlanddeutscher aus Kasachstan hat ihm seine Tochter angeboten und vorgeschlagen: Meine ganze Familie zieht zu dir auf den Hof. Wir machen den Hof, und du kannst faulenzen und meiner Tochter Kinder machen. Solche Sachen. Manni hat sich krankgelacht. Und weil er viel Schotter hat, kam er eines Tages auch hierhin zu Irmchen. Er war sofort verknallt. Richtig süß war der ...«

»Sowas!« muffelte Heiner.

»Laß mich doch«, sie knuffte ihn in die Seite. »Er fing damit an, daß er Irmchen Dessous kaufte. Das muß man sich mal vorstellen: Fünf Nummern zu groß, aber eine ganze Wagenladung voll davon. Dann schickte er Blumen und Pralinen. Wahrscheinlich hat er irgendwo gelesen, daß man so eine Frau anmacht. Dann hat er ihr ein Auto gekauft, einen Opel Vectra 18 GT. Der stand hier vor dem Haus, eine Riesenschleife drumherum – in Lila. Ich dachte, mein Kamel rülpst. Den Wagen hat Irmchen sofort zurückgegeben. Was zuviel ist, ist zuviel, sagte sie. Aber ganz klar: Sie war beeindruckt. Wäre ich auch gewesen.

Dann kam Walter. Als der zum drittenmal da war, da hat es bei Irmchen geschnackelt. Ich habe es sofort gemerkt, aber Irmchen hat es natürlich abgestritten. Ich gebe ja zu, die wollte erst in Mannis Bett. Kann ihr auch kein Mensch übelnehmen, sage ich immer. Sie hat genug durchgemacht ...«

»Ja, ja, ja!« muffelte Heiner erneut.

»Ist doch wahr, Schatz«, plapperte Trixi. »Stell dir vor, du bist 'ne Frau und mußt Geld dafür nehmen. Das ist doch schlimm! Stell dir vor, ich halte jedesmal die Hand auf.« Sie grinste. »Du hättest das Haus nie bauen können und wärst längst pleite.«

Heiner lachte widerwillig.

»Manni merkte natürlich sofort, was gebacken war. Anfangs sagte er, er würde Walter in einer stillen Stunde einfach umlegen. Aber dann haben die beiden sich vertragen, haben sogar manchmal ein Bier zusammen getrunken. Als dann Irmchen verkündete, sie würde Walter heiraten, war das trotzdem ein Schlag. Aber Manni ist ja ein wirklicher Kerl. Der steckte das weg, und ich war selbst dabei, als er eine Flasche Schampus für Irmchen und Walter ausgab. Man kann nicht immer gewinnen, hat er gesagt.«

Der in seiner vollen Potenz bestätigte Heiner nickte. »Wir waren mal bei dem auf dem Hof. Da stehen sage und schreibe sechs Traktoren rum, alle in Betrieb. Der hat die Zugmaschine von Mercedes, die mit fast 200 PS, der hat schlicht alles, der wollte ja sogar für Irmchen einen Jaguar kaufen. Bezahlt der aus der Portokasse. Doch nein. Es mußte Walter sein, obwohl der nicht mal ein Zehntel von dem Kies hat. Naja, Frauen sind eben nicht berechenbar.

Also, wir waren auf dem Hof, und dann hat er mir den Waffenschrank gezeigt. Ich bin vielleicht umgefallen. Schnellfeuergewehr von Heckler und Koch, Winchester 44, drei Mausergewehre, echte Bärentöter, drei, vier Schrotflinten und zwei Kisten voll Faustfeuerwaffen. Und riesige Mengen Munition. Was machst du mit dem ganzen Scheiß, habe ich gefragt. Sammeln! hat er gesagt. Dann hat er gelacht: Für schlechte Zeiten, Mann.«

»Und dann kam die Geschichte mit dem Bullen«, erzählte wieder Trixi. »Wir saßen abends auf dem Hof und haben gegrillt. Es waren sicher zwanzig Leute da. Plötzlich kommt ein Streifenwagen auf den Hof, und ein Bulle steigt aus. Ich denke, mich trifft der Schlag, weil mir doch Heiner von den Waffen erzählt hatte. Aber Pustekuchen! Eine Stunde später standen alle Männer in Mannis Scheune und schossen mit den Dingern auf Scheiben. Die ballerten, was das Zeug hielt, und fast alle waren besoffen. Der Bulle schoß natürlich am besten und trank am meisten. Er war ein richtig Lieber.«

»Manni lebt da ganz alleine?« fragte Rodenstock. »Und wie heißt eigentlich der Hof?«

»Der Hof heißt Laach-Hof, weil Laach heißt ja Teich. Und da war früher mal ein Teich. Nee, der hat Leute, aber die gehen abends nach Hause. Manni sagt, er will wenigstens abends und frühmorgens seine Ruhe haben. Das kann ich auch gut verstehen. Außerdem will er auch mal in Ruhe einen draufmachen. Jedenfalls wollte er auch Irmchen heiraten – hat sie aber nicht gekriegt. So ist das Leben. Jetzt wäre er Witwer.«

»Sag doch nicht sowas Grausames«, quengelte Trixi.

»Ist doch so! Machen wir uns doch nichts vor.«

Rodenstock sah die beiden liebevoll an. »Ihr seid schon ein gutes Team«, nickte er. »Vielen Dank für alles. Wenn ihr mal in Brück bei Baumeister vorbeikommt, schaut rein. Es gibt immer einen Kaffee. Wir müssen jetzt, wir haben noch anderes zu tun.«

Ich reichte beiden die Hand, und Trixi nahm ich ein bißchen in den Arm. »Haltet euch senkrecht«, sagte ich etwas gerührt. »Und wenn der Peter, der etwas Verrückte, wieder hier ist, wäre das ganz schön, wenn ihr dem mal ein Eis spendiert oder was aus *Alice im Wunderland* vorlesen könntet.«

Trixi lachte: »Alice nackt!«

»So isses«, nickte ich und marschierte raus.

»Ab nach Wanderath bei Virneburg, Laach-Hof«, murmelte Rodenstock. Er sah mich von der Seite an. »Glaubst du, er war es?«

»Es würde passen. Was ist, wenn er mit dem Maschinengewehr loslegt?«

»Ich muß Kwiatkowski sowieso verständigen«, sagte er gelassen. »Es ist Kwiatkowskis Fall, ich habe Orden genug.« Er begann zu telefonieren: »Ich hätte da was für dich ...«

Ich achtete nicht allzu sehr auf das, was er sagte, weil die Konzentration der Ferrari-Farben auf den Straßen eher zugenommen als abgenommen hatte. Als ich an einer Straßeneinbiegung halten mußte, fragte ich einen total betrunkenen Trupp von Schumacher-Anhängern: »Was ist los, Leute? Schon gesiegt?«

»Ja, Scheiße«, muffelte einer mit Kognakfahne. »Da geht der Ralf hin und fährt in der ersten Runde dem großen Bruder aufs Dach. Das hältste doch im Kopf nicht aus!«

»Du lieber Himmel«, stöhnte Rodenstock, »wir hatten doch mal Frauen.« Er telefonierte erneut. »Deine Stimme klingt so, als ginge es dir gut und als hätte der Sekt keine Chance gegen dich. Baumeister und ich müssen noch eine Spritztour machen. Was liegt bei euch an?«

Er lauschte eine Weile, und ich hörte Gelächter und eine ziemlich ausgelassene Schreierei. »Die wollen weiterfeiern? – Wie, der Kumpel ist aufgetaucht? – Na, klasse, dann macht das mal so. Ruft an, wenn sich was ändert. – Bis später, Schatz! Und denk dran, niemals trockenen Elbling, du kriegst unweigerlich Sodbrennen.«

Rodenstock drehte sich zu mir. »Sie feiern. Ein Schumacher hat den anderen von der Bahn geschubst, und nun haben die Fans das Problem, daß sie sich entscheiden müssen, wer der Dämliche ist. Mein Gott, haben die Sorgen! – Kwiatkowski hat übrigens in Mainz durchgesetzt, daß er mehr Leute kriegt. Er ist uns dankbar wie ein Dakkel, daß wir die Born und den von Schöntann beobachten. Mein Gott, sind das Welten!«

»Was meinst du?« Ich konnte ohnehin nicht weiterfahren, weil vor mir rund zweitausend Pkw-Fahrer versuchten, schnell nach Hause zu kommen, und hinter mir weitere dreitausend darauf warteten, mich zu zermalmen. Es ist aber auch eine Schweinerei, wenn ein Schumacher den anderen Schumacher mit einem so teuren Auto ...

»Jessica Born«, erklärte er. »Und Trixi. Von Schöntann und daneben Heiner. Das sind zwei Welten, die an den entscheidenden Punkten nicht deckungsgleich sind. Die einen nehmen es mit viel Humor und Selbstironie, und die anderen japsen hinter dem Geld her, daß sie Asthma ins Gehirn kriegen. Aber die mit dem Asthma sind gesellschaftlich anerkannt, die anderen weniger.«

»Du liebst die Trixis dieser Welt, nicht wahr?«

»Na, sicher. Und die Heiners auch. Ach, außerdem ist vermutlich der Freund der Born aufgetaucht, hält sich aber abseits.« Dann setzte er hinzu: »Ich habe noch ein ganz anderes Problem. Ich müßte mal pinkeln, und ich habe Hunger.«

»Pinkeln könnte ich arrangieren.« Ich peilte den nächsten Feldweg nach rechts an und bretterte hinein. Aber ich hatte vergessen, wie clever diese Rennbesessenen sind. Natürlich glaubten alle, ich verfügte über genügend Ortskenntnis und würde ihnen einen ganz raffinierten Schleichweg zeigen. Also fuhr mein Rodenstock zum erstenmal in seinem Leben mit einer Eskorte von etwa fünfzig Pkw quer durch die Eifel zum Pinkeln.

Und weil Autofahrer Hordentiere sind, pinkelten dann in einem Wäldchen von etwa zweihundert Quadratmetern rund dreißig bis vierzig gestandene Mittelstandsbürger, und ihre Frauen sahen ihn zu und stellten möglicherweise Vergleiche an. Die Pinkelpause endete, als ein Fahrer sich zutraute, eine eigene Entscheidung zu treffen. Er bretterte einfach den Weg weiter in die Wildnis – und alle anderen folgten ihm.

»Das ist sehr interessant«, bemerkte Rodenstock. »Deshalb gibt es Politiker.«

Wir kehrten zur B 258 zurück und folgten ihr im rauschenden Tempo von etwa 25 km/h, bis kurz vor Virneburg die Abzweigung nach Wanderath das Ende aller Qualen versprach. Als habe der Himmel Rodenstocks Wünsche gesegnet, tauchte ein Schild auf, auf dem zu lesen war: *Schumachers haben zwar verloren, aber unsere Bratwürste haben überlebt! 5 DM!*

»Das sind Eifeler!« strahlte Rodenstock begeistert. »Die haben Ahnung vom wirklichen Leben!«

Er aß drei von den tatsächlich gut schmeckenden Dingern und starrte dabei vor sich hin. »Was machen wir, wenn Manni schießt?«

»Warum sollte er schießen?« fragte ich.

Er sah mich an, und ein wenig Fett tropfte von seinen Lippen. »Das weißt du genau«, sagte er.

Ich nickte.

Der hoffnungsvolle Handelsmann, dem die Sache mit den Bratwürsten eingefallen war, versicherte uns, daß der Laach-Hof unheimlich leicht zu finden sei. »Also, wenn ihr weiterfahrt, kommt nach rechts ein Wirtschaftsweg, geteert. Dann seht ihr den Hof vor dem Wald liegen. Allerdings hat mir eben einer erzählt, Manni ist krank.«

»Na sowas!« sagte Rodenstock mit ausdrucksloser Miene.

Als wir auf die vier Silotürme von Harvester zufuhren, kamen wir nicht weit. In einer Biegung mit beidseitig hohen Böschungen standen zwei Pkw, und ein Mann in einer Feuerwehruniform kam uns entgegen.

»Hier kann man nicht durch.«

»Wir müssen aber durch«, sagte Rodenstock und stieg aus.

»Geht nicht.« Der Mann schüttelte energisch den Kopf.

»Also, hören Sie mal«, sagte Rodenstock gütig. »Wenn ich Ihnen erkläre, daß wir da durchmüssen, dann müssen wir dadurch.«

Der Mann kniff die Lippen zusammen. »Geht aber eigentlich nicht«, wiederholte er unsicher.

»Warum geht das nicht?« fragte ich.

»Manni ist krank«, sagte er.

»Krank?« fragte Rodenstock. »Was heißt krank?«

»Er läßt schon zwei Tage keinen auf den Hof. Auch die nicht, die für ihn arbeiten.«

»Ja, und das Vieh?«

»Das steht hinten auf der Südweide. Dort kann der alte Christian es melken. Aber er kriegt die Milch nicht auf den Hof. Der ... der Besitzer läßt ihn nicht.«

Rodenstock stemmte die Arme in die Hüten. »Und wieso nicht?« fragte er aggressiv.

»Der ballert sofort los«, sagte der Feuerwehrmann unglücklich.

»Und wieso ist keine Polizei hier?«

Der Feuerwehrmann machte ein paar Schritte auf der Stelle. »Ich bin ja Polizist. An Manni ist kein Rankommen. Und wir sind hier ja so, daß wir erst mal versuchen, ihm zu helfen, ehe wir einen Riesenaufstand machen. Und das dauert. Er schießt scharf, er schießt auf alles, was sich bewegt.«

Neuntes Kapitel

»Was machen wir?« fragte ich.

»Wir müssen an ihn ran«, beharrte Rodenstock. »Da hilft nichts.«

»Wann wird Kwiatkowski mit den Seinen eintreffen?«

»Wenn ich an den Verkehr denke und daran, daß er noch irgendwelche anderen Dinge managen muß, zum Beispiel die gesamte neue Sonderkommission, kann der bestenfalls in zwei Stunden hier sein.« Er wandte sich an den Feuerwehrmann. »Ich bin der Kriminalrat a. D. Rodenstock. Das ist Siggi Baumeister, ein Journalist und Freund. Und die Telefonnummer vom Leiter der Mordkommission, der augenblicklich in Adenau sitzt und Kwiatkowski heißt, ist folgende ...«

Rodenstock diktierte die Nummer, und der Feuerwehrmann, der gleichzeitig Polizist war, schrieb sie sich sorgfältig auf. Dann musterte er Rodenstock und murmelte: »Ich kläre das eben.«

Er zog ein Handy aus der Tasche und ging etwas abseits, um sich von Kwiatkowski die Bestätigung zu holen, daß es mit Rodenstock und mir seine Richtigkeit hatte. Offensichtlich machte er nicht viele Worte, denn nach einer Minute kehrte er zu uns zurück und nickte: »Alles klar. Ich erzähle mal, was ich vermute. Ich habe mit niemandem drüber geredet, und vielleicht mache ich mir ja umsonst Sorgen. Manni ist nämlich richtig durchgeknallt. Wir sind Freunde, wir haben schon im Sandkasten miteinander gespielt.«

»Er hat wahrscheinlich jemanden getötet«, sagte ich. »Ich nehme an, daß er deshalb durchgeknallt ist. Oder vorher schon war.«

»Sirl«, bestätigte der Polizist. »Walter Sirl. Auf der Rennstrecke abgeschossen, nicht wahr? Mit Schrot. Stand ja groß genug in der Zeitung.«

Rodenstock nickte. »Wie alt ist er? Wie groß? Wie viele Waffen? War er jemals in psychiatrischer Behandlung? Hat er akute Krankheiten? Ist er zugänglich? Hat er sowas wie Krankheitseinsicht? Du weißt schon, Kollege, ich muß das wissen.«

Der Polizist sagte: »Mein Name ist Gottfried, wir können dabei bleiben. – Diese Sache am Ring hat ihn geschmissen. Nicht das, was man die Zyankali-Killer nennt, sondern das, was mit dieser Frau, mit Irmchen, passiert ist.« Er war ein sehr ruhiger, besonnener Mann, er war sicherlich ein Polizist, wie man ihn sich wünscht, wenn ein Problem brennt, aber er war in diesem Fall überfordert, weil dieser Bauer sein Freund war und weil er zu diesem Freund stand. »Also, ich würde sagen, wir haben es mit einem psychoseähnlichen Zustand zu tun. Krankheitseinsicht und so ist nicht. Krank, also richtig krank, war Manni noch nie. Er ist ein Bulle von Kerl mit einer Seele wie Honig, und ich glaube nicht, daß er das überlebt. Er will nicht mehr, versteht ihr, der will einfach

253

nicht mehr. Der war noch nie bei einem Psychiater. Eigentlich kennt er mich ja. Aber wenn ich nur um die Ecke gucke, ballert er schon. Scheiße!«

»Gibt es irgendwen, der guten Einfluß hat?«

»Nein.«

»Der Pfarrer?« fragte ich.

»Oh Gott, der schon gar nicht.«

»Was ist, wenn ein Fremder vorfährt?«

»Keine Ahnung. Aber ich denke, dann wittert er eine Falle und schießt auch.«

»Wie lange ist er schon so?« fragte Rodenstock.

»Ein, zwei Tage. Wir wissen erst seit heute nacht davon. Seine Leute haben anfangs geglaubt, er sei wirklich krank, deshalb haben sie nichts gesagt.«

»Gut«, nickte Rodenstock. »Du bist aber unserer Meinung, daß wir der Sache so schnell wie möglich ein Ende machen müssen?«

Gottfried nickte nur, sagte zunächst kein Wort. Dann: »Wenn er nur vielleicht irgendwie am Leben bleiben könnte?«

»Wir bemühen uns, ich verspreche es. Hat Kwiatkowski dir gesagt, wann er kommen kann?«

»Bestenfalls in drei Stunden.«

»Das ist nicht schlecht«, murmelte Rodenstock. »Wir müssen sowieso auf die Dunkelheit warten, bis wir stürmen können. Kann man die Leute aus dem Dorf fernhalten?«

»Von hier vorne ja, von hinten nicht. Die kommen durch den Wald, du kannst sie nicht stoppen.«

»Kannst du dafür sorgen, daß fünf, sechs Männer von hinten die Gebäude absichern?«

»Sofort?«

Rodenstock nickte.

Nachdem sich Gottfried mit den anderen drei Feuerwehrmännern besprochen hatte, kehrte er zurück. »Das mit dem Sturm bei Dunkelheit kannst du vergessen«, verkündete er resigniert. »Manni hat doch Zielfernrohre. Nachtsichtgeräte, Grünlicht. Der hat sogar eine Waffe mit

einem Restlichtverstärker drauf. Und zwei mit Infrarot-
zielanpeilung. Das können wir alles vergessen. Habt ihr
Waffen?«

»Nicht mal einen Knüppel«, antwortete ich.

»Das könnte ich regeln«, sagte er. »Wir stellen nun die
Wachen an die Rückseite.« Er ging wieder, und ein paar
Sekunden später fuhr er mit seinen Freunden davon.

»Guter Mann«, sagte Rodenstock. »Ich will versuchen,
Manni lebend zu kriegen. Muß ja nicht um jeden Preis
sein, aber um fast jeden Preis.«

»Du gehst nicht allein«, sagte ich.

Er sah mich an. »Ich bin alt genug, selbst zu entscheiden«, stellte er fest.

»Und ich bin alt genug, dich zu begleiten.«

»Aber du hast Dinah!« sagte er wütend.

»Und was ist mit Emma? Nein, sag es nicht. Du gehst
nicht allein.«

»Scheißkerl«, erwiderte er, aber es klang nicht so, als
sei er wirklich wütend.

Wir hockten uns ins Gras. Rechts neben meinem Bein
blühte ein Dorniger Hauhechel, und eine Biene versuchte
ihr Glück in seinen Blüten.

»Es ist so friedlich hier«, murmelte Rodenstock.

Eine späte Hummel flog eine Teufelskralle an, über uns
war ein Bussard und schrie hoch und gellend, als könne
er sich einer besonders großen Beute rühmen.

»Ich wurde in einem Dorf an der Mosel groß«, erzählte
Rodenstock. »Ich erinnere mich an solche Tage, an denen
es nach Heu roch. Wir bauten Wein an, nicht viel. Wir
mußten viel arbeiten. Ich erinnere mich an die Sonntage,
die nur still und voller Sonne waren. Wie jetzt.«

»Wie wird man dann ein Mörderjäger?«

Er antwortete eine lange Weile nicht. »Eigentlich kann
ich darauf keine Antwort geben. Vielleicht, oder wahrscheinlich, wollte ich nicht in den Krieg und wildfremde
Menschen erschießen. Und ich war neugierig, wie andere
Menschen sind, was sie denken, was sie tun und warum
sie es tun. Jetzt bin ich neugierig auf Manni.«

»Hast du keine Angst?«

»Nein. Oder nur wenig, und diese Wenigkeit verschwindet in der Sekunde, in der ich irgend etwas tue, um sie zu verscheuchen. Mein Vater bestand darauf, daß ich Beamter würde. Das sei sicheres Geld, da könne mir mein Leben lang nichts passieren. Ich sollte zur Reichsbahn gehen, oder zum Finanzamt. Aber ich entschied mich für die Polizei.«

Wir schwiegen. Es gab in diesem Augenblick nichts mehr zu sagen.

Dann meldete sich Dinah: »Wir gehen jetzt ins Hotel mit und feiern weiter. Es ist furchtbar. Sie sind alle betrunken, und alle wissen genau, wie Schumacher hätte gewinnen können. Sie machen uns an und sind aufdringlich. Der Freund von Jessica ist inzwischen verschwunden. Jessica kümmert sich um ihren Herrn und Meister, bis er im Bett liegt. Und bei euch? Alles klar?«

»Alles klar«, antwortete ich. »Wir müssen nur noch jemanden zu Walter Sirl befragen. Dann kümmern wir uns um Jessica und diesen Timo Eggenrot.«

»Also keine Gefahr?«

»Nein«, log ich.

Rodenstock lag auf dem Rücken unterhalb einer Brombeerranke, deren Schatten, von einem leichten Wind bewegt, ständig über sein Gesicht fuhr. Er schlief.

Ich döste, bis der Polizist zurückkam und sagte, die Männer hinter dem Haus stünden auf ihren Positionen. Vorsichtig weckte ich Rodenstock: »Wir können.«

Er nickte nur und stand auf.

»Hier ist eine Waffe«, sagte Gottfried. »Es ist meine Dienstwaffe. Was anderes habe ich nicht auftreiben können.«

»Schon gut«, sagte Rodenstock. »Und jetzt erzähl mir genau, wie dieser Hof aussieht.«

»Also, ihr fahrt diesen Weg hoch aus dem Hohlweg raus. Links liegt dann der Hof. Ihr kommt so rein, daß das Wohnhaus zuerst sichtbar wird. Dann der Stall und im rechten Winkel die Scheune. Wenn ihr kurz vor dem

Wohnhaus seid, müßt ihr euch links halten. Dann sehen wir von hier aus nichts mehr, wir können euch nicht dekken, weil zwei große Schuppen mit den Maschinen davorstehen. Wenn ihr wollt, daß wir den Wagen kontrollieren, dann dürft ihr nicht auf den Hof fahren, sondern müßt neben der Stirnseite des Wohnhauses stehenbleiben. Das würde ich für vernünftiger halten.«

»Wieviel Meter von hier aus?« fragte ich.

»Rund dreihundert. Wenn ihr auf dem Hof seid und abhauen müßt, rennt am Stall entlang. Dann kommt ihr zwischen die Silotürme und seid sicher. Ich habe noch ...« Er stockte.

»Wir machen es kurz und schmerzlos«, nickte Rodenstock. »Das ist doch klar.« Dann bekam ich Anweisungen: »Du fährst hoch bis neben das Haus und wendest. Wir wenden, ehe wir halten. Ist das klar?«

»Klar.«

»Wir steigen aus und halten uns weit auseinander. Niemals in einer Linie zu den Fenstern. Und die Hände zeigen, nicht in die Hosentaschen stecken.«

»Klar.«

»Und dann gehen wir in aller Gemütsruhe zur Haustür und klopfen.«

»Das geht nicht gut«, seufzte Gottfried.

»Das geht gut«, sagte Rodenstock. »Einsteigen, abfahren.«

Wir kamen aus dem Hohlweg und erreichten das Plateau, auf dem der Hof an den Waldrand gebaut war. Die Sonne stand schräg rechts hinter uns.

»Ganz locker«, sagte Rodenstock. Mich hätte es nicht gewundert, wenn er gefragt hätte: »Kennst du den schon ...?«

»Ich bin wahnsinnig locker«, sagte ich. »Ich war noch nie im Leben so locker.«

Er lachte mühsam unterdrückt. »Stell dir vor, es geht ihm gar nicht gut.«

»Er weiß aber nicht, daß ich mir vorstelle, daß es ihm gar nicht gut geht.«

»Na ja«, seufzte er.

Dann sprang die Windschutzscheibe, erlaubte keinen Blick mehr, war wie ein dichtes Spinnennetz.

Ich stieß mit der Faust durch.

»Wenden«, schrie Rodenstock. »Du bist neben dem Haus. Er muß das Zimmer wechseln. Und, jetzt, stopp!«

Ich stand noch nicht, da stieg er schon aus, blieb stehen und knallte die Tür hinter sich zu.

»Der ist verrückt!« sagte ich laut. »Der ist meschugge.«

Rodenstock tat die ersten Schritte und verdeckte nur halb ein Fenster. In dem Fenster zeigte sich jetzt ein Mann mit einem Gewehr.

Ich kletterte ebenfalls aus dem Auto und legte die Arme auf das Wagendach.

»Mach mal auf!« sagte Rodenstock frohgemut und winkte dem Mann zu.

Ich dachte: Ab jetzt muß er zweimal schießen.

Er schoß nicht. Er verschwand vom Fenster.

»So macht man das«, murmelte Rodenstock.

Ich schloß mit drei Schritten zu ihm auf. Wir standen vor der Haustür.

»Schellen brauchen wir nicht mehr«, stellte Rodenstock fest. »Laß mich reden.«

Der Mann, der uns öffnete, war etwa zwei Meter groß und so breit wie ein Kleiderschrank. Er trug eine Winchester 44 mit einem Zielfernrohr quer vor dem Bauch.

Knöchern sagte er: »Ihr seid verrückt.«

»Das stimmt«, nickte ich.

Eine Weile starrte er uns nur an. Dann sagte er beinahe tonlos: »Kummt herrinn!« und stellte sich einen Schritt abseits.

Wir gingen an ihm vorbei. In dem Vorraum war es angenehm kühl, der Fußboden war gefliest, rechts hing ein Kreuz an der Wand mit einem geweihten Buchsbaumsträußchen dahinter.

»Wir müssen mit dir sprechen«, sagte Rodenstock ganz normal. »Das ist Siggi, ich bin Rodenstock. Rodenstock wie die Brille. Die Bleischleuder kannst du aus der Hand legen, und die verdammte Windschutzscheibe bezahlst du mir.«

»Mal sehen«, sagte Manni. Er wirkte ruhig, gar nicht verwirrt. »Ihr seid von der Polizei.«

»Sind wir nicht«, widersprach ich.

»Da in die nächste Tür. Und wenn ich mit euch rede, kommen eure Kumpels reingestürmt.«

Rodenstock schüttelte den Kopf. »Die haben die Hosen voll, die stürmen gar nichts.« Er drückte die Tür auf.

Es war ein Wohnzimmer, riesig, mit Fenstern zum Hof. Es gab eine große Sitzecke mit dunkelrotem Leinen und einen Fernseher. Eine Schrankwand, die mit indirekten Leuchtröhren bestückt war, ein blauer Wollteppich. Das war alles.

»Ich rede nicht mit euch«, erklärte Manni. »Setzt euch.«

»Wieso redest du nicht?« fragte Rodenstock und ließ sich in einem der Sessel nieder.

»Will ich nicht. Geht keinen was an.« Er hockte sich auf das Sofa und legte die Winchester vor sich auf den Tisch, den Lauf auf uns gerichtet.

Ich nahm den Sessel neben Rodenstock »Um die Ecke rum steht dein Freund, der Polizist, und macht sich Sorgen.«

Rodenstock fummelte in seinen Taschen herum. »Hast du eine Zigarre im Haus?«

»Habe ich.« Manni deutete auf die Schrankwand. »Da drin. Linke Seite.«

Rodenstock stand auf und marschierte zu der Schrankwand. Er öffnete die linke Tür, holte die Zigarrenkiste heraus und trug sie zum Tisch, nahm eine Zigarre. Dann schob er die Schachtel zu mir: »Nimm auch eine. Schmeckt gut, ist billig.«

»Nerven hast du ja«, sagte Manni neugierig.

»Ich frage mich, ob dir eigentlich bewußt ist, daß du Walter erschossen hast«, sagte Rodenstock.

Ich zündete mir die Zigarre an und mußte augenblicklich husten, weil sie scheußlich schmeckte. Ich drückte sie aus und kramte Pfeife und Tabak aus den Taschen.

»Ich weiß, was ich getan habe«, antwortete er hohl.

»Glaube ich nicht«, meinte Rodenstock. »Wie bist du denn auf die 258 zur Döttinger Höhe gekommen?«

Manni preßte die Lippen aufeinander und nickte bedächtig. »Ich hab die Mercedes-Zugmaschine genommen. Quer durch bin ich gefahren. Nur das letzte Stück auf der Straße. Dann habe ich rechts auf der Schleichspur gehalten, bin ausgestiegen, habe die Flachzange mitgenommen und den Draht durchgeschnitten. Genau acht Drähte. Anschließend habe ich die Zange zurückgetan in die Zugmaschine und die Schrotflinte geladen. Und dann bin ich auf die Fahrbahn und habe gewartet. Da kam er auch schon.«

»Das ist scheiße«, sagte Rodenstock heftig. »Das ist gelogen.«

»Wieso ist das gelogen? So war das.«

»So war das nicht«, sagte ich. »Ich will dir erklären, warum das nicht so war. Du kannst nicht den Zaun durchschneiden und dich mit der Flinte auf die Fahrbahn stellen und einfach warten, daß er kommt. Woher konntest du wissen, daß er kommt?«

»So war das ja nicht«, erkärte Manni. »Das war ja anders. Er war ja hier.«

»Er war die Nacht über hier«, nickte Rodenstock. »Das ist was anderes, das konnten wir nicht wissen.«

»Ihr habt ja keine Ahnung«, sagte er leise. Dann sah er uns an, sah uns aber nicht mehr. Es war, als glitte seine Seele in einen anderen Raum.

»Laß uns gehen«, meinte Rodenstock, als hätten wir nie etwas anderes vorgehabt.

»Das muß ich alleine machen«, sagte der Bauer abwesend.

»Mußt du nicht«, sagte Rodenstock sanft.

»Du hast doch keine Ahnung. Jetzt könnt ihr zurückgehen. Ich muß das allein erledigen.«

»Mußt du nicht«, widersprach Rodenstock. Auf eine sehr leise Art war er unerbittlich.

»Ach, Junge«, murmelte Manni. Er beugte sich vor,

nahm die Winchester, richtete sie auf Rodenstock und drückte ab.

»Oh Scheiße!« schrie ich.

Manni sagte: »Nimm ihn. Haut ab. Ich will alleine sein.«

Rodenstock saß aufrecht in seinem Sessel, und seine Augen waren sehr groß und voller Schrecken. Langsam führte er die rechte Hand an den linken Oberarm, und es dauerte nicht lange, bis Blut zwischen seinen Fingern hindurchquoll.

»Gehen wir«, sagte ich. Mir war so schlecht, daß ich fürchtete, mich übergeben zu müssen.

»Nicht doch«, sagte Rodenstock heiser, als könne er noch etwas ändern.

»Wir gehen«, beharrte ich.

»Das ist korrekt«, nickte Manni. Er saß da mit großen, leeren Augen, hatte die Waffe quer vor dem Bauch, und im Grunde schienen wir ihn nicht mehr zu interessieren.

Als ich mich bewegte, um aufzustehen, schwenkte er die Waffe automatisch auf mich.

»Schon gut«, sagte ich hastig. »Rodenstock. Kannst du aufstehen?«

»Na, sicher. Klar kann ich das.« Er stand auf, schwankte nicht.

»Gut«, nickte ich. »Du kannst dich aufstützen.«

»Muß ich nicht.«

Ich schaute Manni an und konnte nicht widerstehen. »Du hast Scheiße gebaut, Mann. Du hast ausgerechnet den angeschossen, der dir helfen wollte.«

»Nimm den Mann, und mach dich vom Acker«, rief er. »Ich will das allein erledigen! Raus mit euch. Und sagt Gottfried, er kann nichts dran ändern.«

Zwei Schritte vor der Tür in den Vorraum legte Rodenstock seine linke Hand auf meine rechte Schulter. Er hatte ein weißes Gesicht, es war schmerzzerquält.

Wir gingen durch den Vorraum und dann durch die Haustür. Die Sonne war schon sehr rot.

»Kannst du noch?«

»Geht schon«, sagte er mit zusammengebissenen Zäh-
nen. »Ist ja nur ein Streifschuß, oder so.«

»Klar«, höhnte ich. »Machen wir jeden Tag vor dem
Frühstück.«

Wir erreichten den Wagen, und ich half ihm, sich zu
setzen. Ich startete, und langsam rollten wir den Wirtschaftsweg hinunter. Ich hatte nur noch einen Gedanken:
Alter Mann, laß ihn jetzt nicht schießen.

Manni schoß nicht.

Ich bremste ab und schaltete den Motor aus. »Gibt es
hier einen Arzt?« fragte ich.

Gottfried sah mich ruhig an. »Ich dachte mir schon so
was. Dr. Weber ist hier.«

Rechts von Rodenstock erschien ein Gesicht, die Tür
wurde aufgemacht, und das Gesicht sagte: »Ruhig, ruhig.«

»Nicht schlimm«, murmelte Rodenstock, aber er atmete
heftig.

»Gottfried, wir brauchen einen Krankenwagen.«

»Schon dabei, Junge, schon dabei. Ich habe ja gesagt,
das geht schief.« Der Polizist bellte etwas auf Eifeler Platt
in das Handy.

»Wir legen Sie auf das Grasstück da«, sagte der Arzt.

Rodenstock hockte sich hin und plumpste dann auf
den Hintern.

»Die Jacke muß runter«, entschied Weber. »Das Hemd
können wir zerschneiden.«

Das dauerte etwas, weil Rodenstock sich nicht mehr
gut bewegen konnte.

Der Arzt schnitt den Ärmel des Hemdes mit einer
Schere ab. »Ganz schöne Rinne«, sagte er. »Aber nichts
am Knochen. Ich gebe Ihnen erst mal eine Spritze, damit
Sie keine Schmerzen haben und ruhig sind.«

Er kramte in seiner Tasche herum, fand zwei Ampullen
und riß die Plastikverpackung von einer Einwegspritze.
Er zog die Mittel auf: »Idealerweise brauchte ich Ihren
Hintern.«

Rodenstock grinste und drehte sich auf die Seite.

»Jetzt macht es piks!« sagte der Arzt mit todernstem Gesicht.

»Sowas in meinem Alter«, murmelte Rodenstock.

Niemand antwortete, der Arzt legte Mull auf die Wunde. Gottfried kam und sagte: »Der Wagen wird gleich da sein. Erzähl mal, was los war. Wie ist er?«

»Verrückt«, sagte ich. »Er ist wirklich verrückt. Er hat einfach geschossen. Wir haben nicht gedroht, wir haben nicht gebrüllt, wir haben einfach nur geredet. Dann hat er geschossen. Er ist nicht mal aufgestanden, er hat einfach geschossen.«

Der Polizist starrte ins Leere. »Weißt du, er war soweit, daß er das Haus für diese Frau umbauen wollte. Er war im Geiste schon verheiratet. Und Kinder hatten sie auch schon. Er war ganz weg. Er sagte: Wenn es ein Junge wird, soll er Thomas heißen, und ein Mädchen kriegt den Namen Lena. Soweit war er. Ich hab gesagt: Junge, mach halblang. Aber er war weg, er war gar nicht mehr da.«

»Er hat behauptet, Walter Sirl wäre hiergewesen.«

»Kann sein. Weiß ich nicht.« Gottfrieds Gesicht war verschlossen.

Der Krankenwagen rollte heran, Rodenstock wurde auf die Bahre gepackt, seine Stimme war schon sehr schwammig. »Sag Emma, sie kann mich gleich abholen«, sagte er.

Jemand bemerkte, sie würden ihn nach Adenau bringen, was mich gar nicht interessierte, weil ich wütend auf ihn war.

»Er hat wirklich Mut«, sagte Gottfried. »Ich denke, wenn diese Leute von der Mordkommission kommen, werden sie Manni einfach rausholen. Notfalls mit einem Fangschuß.«

»Mag sein«, nickte ich.

Ich versuchte Emma zu erreichen und fror plötzlich, was bei mir ein untrügliches Anzeichen für Überlastung ist.

»Hör zu«, begann ich vorsichtig. »Rodenstock hat einen Streifschuß mitgekriegt. Absolut nicht schlimm.

Rechter Oberarm, oder nein, der linke. Er wird gerade nach Adenau transportiert. Ist aber wirklich nicht schlimm. Er sagt, du sollst ihn dort abholen.« Ich hörte ziemlich viel Lärm um sie herum.

»Komisch. Ich habe so etwas ... na ja, mich erstaunt das nicht besonders. Und es ist wirklich nicht schlimm?«

»Nein. Ist es nicht.«

»Was ist geschehen?«

Ich faßte mich kurz, soweit das möglich war.

»Also, dieser Bauer hat Walter Sirl erschossen?«

»Ja. Er konnte ziemlich gut erklären, wie er die Sache angegangen ist. Ja, er war es. Damit ist Sirls Tod geklärt, und der Rest wird etwas durchsichtiger. Was ist bei euch?«

»Nichts, wirklich nichts. Hier sind Sechsjährige versammelt, die sich unermüdlich versichern, daß sie in ihrer Jugend die besten Rennfahrer der Welt waren. Alle sind betrunken, und sie betatschen sogar mich. Jessica Born ist natürlich nicht betrunken. Aber der Herr von Schöntann ist gänzlich hinüber. Wenn der sich in die Hosen pinkelt, wundert mich das auch nicht mehr. Gut. Ich fahre zu Rodenstock und komme dann zu dir. Wo bist du?«

Ich erklärte es ihr. Dann rief ich Kwiatkowski an, um ihm zu berichten, was geschehen war und was wir erfahren hatten.

»Gut so«, sagte er. »Ich schätze, ich komme in zwei, drei Stunden. Ich schicke aber vorher einen Satz scharfer Leute, damit keiner mehr auf die Idee kommt, den Helden zu spielen.«

»Sie schicken erst mal harte Jungen«, sagte ich zu Gottfried.

Er antwortete nicht. Über ein Walkie-talkie sprach er mit den Männern, die hinter dem Hof wachten.

Ich setzte mich wieder an die Böschung und stopfte mir eine Pfeife.

Mit einem halbem Ohr hörte ich, wie Gottfried zu jemandem jenseits der Hofanlage sagte: »Schwierig wird das erst, wenn es dunkel ist. Jetzt geht es noch. Und daß mir keiner von euch so mutig ist, an das Haus ranzugehen. Bald kommen Profis, und dann ist es ausgestanden.«

Ausgestanden! dachte ich. Ausgestanden war das richtige Wort. Ich versuchte, mich an den Gesichtsausdruck des Bauern zu erinnern, als er auf Rodenstock geschossen hatte. Es hatte fatale Ähnlichkeit mit dem Gesicht eines Menschen gehabt, den die Fliege an der Wand stört. Wahrscheinlich waren wir zwei so etwas wie Fliegen gewesen.

Die Pfeife zog nicht. Ich kratzte sie aus, nahm eine andere.

Gottfried schritt wieder einmal an das Ende des Hohlwegs, um zu seinem Freund hochzuschauen.

Wie ist das eigentlich? Da bist du mit einem Freund in die Grundschule gegangen, hast vorher schon im Sandkasten mit ihm gebuddelt. Und dann, nach mehr als einem halben Leben, mußt du hinnehmen, daß er ausflippt, daß niemand ihm helfen kann, daß er gar keine Hilfe will, daß er sagt: ich will es allein hinter mich bringen. Was heißt allein? Was will er hinter sich bringen? Die Trauer? Die Wut über die Frau, die er nicht bekommen hatte? Die Wut auf sich selbst? Auf die eigene Hilflosigkeit?

Einige Minuten später registrierte ich, daß sich die drei Feuerwehrleute vor mir erregt bewegten. Einer von ihnen schrie hell: »Nein! So ein Scheiß!« Sie rückten gemeinsam lächerliche acht oder zehn Meter vor, um irgend etwas besser sehen zu können.

»Gottfried!« stöhnte ich erstickt und spurtete los.

Was hatte ich eigentlich erwartet? Daß er endlos den wahrscheinlichen Tod seines Freundes erwarten würde, ohne sich zu bemühen, diese Grausamkeit abzuwenden?

Er war mindestens zweihundert Meter vor mir und bewegte sich schnell und zielstrebig auf das Haus zu. Er wedelte mit beiden Armen, und er keuchte laut in die Stille: »Laß mit dir reden, Manni, laß mit dir reden.«

Der erste Schuß fiel, als ich noch fünfzig Meter von ihm

entfernt war. Gottfried bekam einen gewaltigen Schlag, richtete sich hoch auf und fiel dann zurück auf den Rükken. Ein paarmal bewegte er sich wie in einem Krampf und lag dann still.

Ich rannte schneller.

Der nächste Schuß platzte auf Steine und endete in einem hohen Singen. Ich kam bis auf einige Meter an Gottfried heran, stolperte über etwas und stürzte nach vorn. Ich konnte ihn berühren, konnte sagen: »Was ist, Junge?«

»Ach, Blödsinn«, hauchte er. »Dieser Idiot! Bleib bloß unten.«

»Kannst du aufstehen?«

»Nein. Ich merke gar nichts. Kein Schmerz, nichts. Bleib unten.« Seine Stimme war flach und zittrig.

Ich blickte über seinen Bauch auf das Haus und sah, wie Manni aus der Tür kam und die Winchester quer vor dem Leib hielt. Mit energischen Schritten näherte er sich uns, er rief: »Gottfried!«

Dann war er über uns, riesengroß wie ein Turm.

»Laß uns gehen«, sagte ich. »Laß uns um Gottes willen gehen.«

»Klar doch«, stammelte er. »Klar doch. Heh, Gottfried.« Manni starrte zu dem Hohlweg hinunter. »Die anderen trauen sich nicht. Keiner traut sich. Nur Gottfried traut sich.«

Mühselig setzte ich mich auf, das rechte Knie schmerzte, die Hose war dort zerrissen.

»Gottfried, steh auf«, sagte ich. »Wir können abhauen.«

»Klar, könnt ihr«, sagte Manni.

»Er ist tot«, sagte ich dann.

»Quatsch nicht«, erwiderte er wild und kniete sich neben Gottfried nieder.

»Ich gehe jetzt«, sagte ich.

Manni antwortete nicht, regungslos verharrte er neben Gottfried.

Ich kam auf die Beine. Als ich zehn Meter entfernt war, drehte ich mich um und sah, daß Manni den Lauf der Winchester in den Mund nahm.

Die Detonation war grell. Ich mußte mich setzen, weil meine Beine nachgaben.

Es war so entsetzlich still.

Die Stunde, die dann folgte, fehlt mir. Ich erinnere mich seltsamerweise nur an Kleinigkeiten. Zum Beispiel, daß ich einen der Feuerwehrleute bat, mir eine Zigarette zu schenken. Daß jemand fragte, ob ich einen Schnaps wolle, Dinah plötzlich da war und mit erstickter Stimme sagte: »Du blöder Hund.« Ich erinnere mich auch, daß Emma murmelte: »Wir können Rodenstock morgen früh wiederkriegen.« Daß sie grinste und hinzusetzte: »Falls wir ihn noch haben wollen.«

Auch Kwiatkowskis Leute mußten eingetroffen sein, denn ich habe jemandem etwas in sein Notizbuch diktiert und das Ganze unterschrieben. Was ich ausgesagt habe, weiß ich nicht mehr.

Ich weiß auch nicht mehr, wie wir nach Hause nach Brück gekommen sind.

Ich legte mich angezogen auf das Sofa, ließ Paul und Willi auf meinen Bauch hüpfen und schlief übergangslos ein.

Ich wurde wach, weil ich einen Traum hatte, an den ich mich Sekunden später nicht mehr erinnerte. Dinah hockte in einem der Sessel und schaute mich an.

»Ich überlege, ob es nicht besser ist, wenn du und Rodenstock Kwiatkowski den Rest überlaßt. Es ist doch ziemlich wurscht, ob es ...«

»Es ist nicht wurscht«, widersprach ich. »Wir wissen immer noch nicht, wer Harro, Irmchen und Jonny umgebracht hat.« Es roch nach Eiern mit Schinken. Ich schnupperte.

»Das ist Emma, sie drechselt ein Frühstück. Sie will gleich Rodenstock holen. Warum wollt ihr euch weiter reinhängen? Glaubst du, der Fall geht ohne dich nicht zu Ende?«

»Es ist meine Neugier, ich bin Journalist, und ich ...«

»Die Hamburger haben gefaxt. Du sollst dich melden. Außerdem rief die Kanzlei Lauer-Nack an. Du sollst zurückrufen. Da ist was mit dem Postboten und mit Paul.«

»Mit Paul? Und dem Postboten?« Ich war verwirrt und verstand nichts.

»Und die Kinder haben einen Golden Retriever bekommen, und Tante Edelburg möchte spazierengehen, und Markus in Niederehe will eine Weinprobe machen. Du hast vergessen, Büromaterial bei Werners zu bezahlen. Bei Angela ist noch eine Rechnung von einem Buch über FBI-Studien zu Serienmördern offen. Wir sollten Heizöl kaufen, weil es jetzt noch billiger ist. Ich meine, es wäre gut, vorübergehend den Alltag anzugehen und so zu tun, als gäbe es ein normales Leben. Und das Krankenhaus hat angerufen, daß Peter dich sprechen will. Irgendein Sozialarbeiter macht sich Sorgen darüber, was das heißt: Alice nackt, Siggi gut.« Dinah lächelte. »Weißt du, was es heißt?«

Ich erklärte es ihr. »Wie geht es Rodenstock?«

»Gut. Keine Komplikation. Er hat Emma gesagt, er wäre ein bißchen verrückt gewesen.«

»Das war er. Aber er wollte nicht, daß der Mann stirbt. Insofern war er gar nicht verrückt. Was ist nun mit Paul und dem Postboten?«

»Das weiß ich doch nicht«, sagte sie nachsichtig.

»Ich verstehe immer nur Bahnhof. Was ist mit Jessica und ihrem Boß?«

»Beide sind im *Dorint* am Ring. Zuletzt war es ganz komisch. Von Schöntann war schon wieder nüchtern, als Jessica angerufen wurde. Wir wissen nicht, von wem. Danach legte sie los und trank sturzbacharrig mehrere klare Schnäpse. Bis sie betrunken war und der Kellner sie in ihr Zimmer brachte. Sie wirkte nach dem Anruf sehr erleichtert, so, als sei sie irgendwo angekommen. Ich habe dem Kellner gesagt, er soll mich anrufen, wenn sie aufwacht und das Haus verläßt.«

»Sehr gut. Wie sieht denn dieser Freund aus, dieser Timo Eggenrot?«

»Phantastisch. Er ist groß, schlank, dunkelhaarig und trägt eine schwarze Hornbrille. Er sieht ausgesprochen intellektuell aus. Wenn man überlegt, daß er ein Zuhälter ist, kommt man ins Grübeln.«

»Wahrscheinlich arbeitet diese Berufsgruppe an ihrem Image. Wie geht es dir?«

Dinah grinste. »Daß Schumi verloren hat, macht mich richtig traurig.«

»Im Ernst. Was sind das für Leute in diesem Zirkus?«

»Es gibt ein paar, die einen richtig netten Eindruck machen. Aber nach einer Weile merkst du, daß es nur um Geld geht, nicht um Sport und nicht um etwas anderes. Diese Autos sind geldscheißende Blechesel, und ihre Besitzer sind ... ich weiß es nicht. Gestern abend habe ich gedacht: Wenn man unsere Eifeler einmal an so einer Edel-Sauferei teilnehmen lassen könnte, würden die nur noch Trabbi fahren. Und jetzt komm, Emma will ihren Rodenstock zurück. Es regnet übrigens.«

»Das ist gut für den Garten.«

»Ja, aber schlecht für das Loch im Garten. Da steht das Wasser.«

Emma war seltsam wortkarg. Schließlich sagte sie: »Das hätte sehr leicht schiefgehen können.«

»Das hätte es. Ja.«

»Er ist eben doch ein Irrer.«

»Aber ein sehr sympathischer.«

Sie lächelte. »Was denkt ihr? Soll ich ihn heiraten?«

»Wieso denn das?« fragte Dinah leicht empört.

»Na ja«, entgegnete Emma. »Praktischer wäre es.«

»Oh Gott!« sagte Dinah angewidert. »In deinem Alter.« Dann mußte sie lachen.

In diesem Moment hüpfte Paul auf den Frühstückstisch und machte eine lange Pfote in Richtung Leberwurst. Das war gut so.

Ich sagte hastig, ich müsse unbedingt etwas gegen meinen strengen Körpergeruch tun und verschwand im Bad. Ich hörte, wie Emma vom Hof fuhr, um ihren Rodenstock heimzuholen.

Dinah klopfte wie verrückt und sagte, sie müsse mit mir reden. Ich antwortete, ich sei viel zu erschöpft und aalte mich im heißen Wasser. Paul und Willi hockten auf der Fensterbank und beobachteten mich, als sei ich ein völlig unbekanntes, widerliches Insekt mit höchst merkwürdigen Lebensgewohnheiten.

Nach etwa einer halben Stunde rief Dinah vor der verschlossenen Badezimmertür: »Wenn wir heiraten, möchte ich vorher gefragt werden.«

»Ich werde dich fragen«, versprach ich.

»Scheißkerl!« sagte sie heftig, aber nicht ohne entfernte Untertöne von Zärtlichkeit.

Nach weiteren zwanzig Minuten, ich hatte gerade eine gründliche Rasur beendet, schlug sie erneut gegen die Badezimmertür und schrie: »Mach schnell. Wir haben Besuch. Der Herr von Schöntann.«

»Ich komme.«

Es schellte, und ich hörte, wie sie einander höflich und freundlich begrüßten und wie Dinah sagte: »Das ist Paul, das ist Willi, und hier ist das Zimmer, in dem wir uns unterhalten werden.«

»Ich hoffe, ich komme nicht ungelegen, aber die Sache drängt«, sagte er so warm, als verteile er ein Pfund Schmalz.

»Ich koche mal einen Kaffee«, tirilierte meine Lebensgefährtin.

Ich machte in Jeans und uraltem Hemd mit Slippern an den nackten Füßen auf Hausherr. Aber vorher ging ich in die Küche zu Dinah.

»Jetzt paß auf. Du nimmst die Kamera und gehst raus auf den Hof. Dort fotografierst du das Auto. Und zwar so, daß man das Nummernschild deutlich lesen kann und unser Haus sieht. Dann nimmst du die Kamera mit ins Wohnzimmer und legst sie achtlos auf den Tisch, aber so, daß du mit ihr rumspielen kannst. Zwischendurch drückst du ein paar Mal drauf. Aber achte darauf, daß das Blitzlicht nicht angeschaltet ist. Dann fragst du mich liebevoll: Liebling, braucht ihr ein Tonbandgerät? Er wird versuchen, mit mir allein zu sein, und ich werde das strikt ablehnen. Alles klar?«

Sie nickte nur und verschwand.

Ich ging hinüber ins Wohnzimmer. Von Schöntann saß ganz vorn auf einem der Sessel und wußte nicht recht, was er mit Willi machen sollte, der sich um seine Beine wand.

»Willi«, sagte ich streng. »Raus!«

Willi lief heraus.

Von Schöntann stand auf und reichte mir die Hand. Er lächelte: »Ich bin hier, weil ich meine Hosen runterlassen will und weil ich Ihren Rat brauche.«

»Sie haben doch Jessica Born«, sagte ich. »Mögen Sie eine Zigarre?«

»Nein. Ich meine nicht Frau Born, ich meine die Zigarre. Frau Born weiß nicht, daß ich hier bin. Weil es in gewisser Weise auch um Frau Born geht.« Er setzte sich wieder und zupfte an den Bügelfalten.

»Sekunde«, sagte ich freundlich. »Ich hole mir eine Pfeife und Tabak.« Ich lief hoch in mein Arbeitszimmer und beobachtete durch das Fenster, wie Dinah den Wagen fotografierte. Dann griff ich ein paar Pfeifen und einen Tabaksbeutel und ging wieder hinunter.

»Ich rauche schon lange nicht mehr«, plauderte der Manager.

»Das verrät Charakter und Willensstärke«, kommentierte ich. »Ich habe einen ausgesprochen schwachen Charakter. Was kann ich also für Sie tun?«

Dinah gesellte sich uns, sie trug ein Tablett mit Tassen, Milch und Zucker vor dem Bauch. Und neben den Tassen lag der Fotoapparat. Sie stellte die Tassen auf, deponierte die Kamera achtlos auf den Tisch und sagte: »Ist gleich soweit.« Dann setzte sie sich neben mich.

»Was können wir tun?« wiederholte ich.

»Ich möchte nicht unhöflich erscheinen, aber können wir das Gespräch unter vier Augen führen? Ich habe um Gottes willen keinerlei Mißtrauen gegen Sie, gnädige Frau. Aber mein Problem ist mehr als heikel.«

»Das geht nicht.« Ich schüttelte den Kopf. »Sehen Sie, wir sind ein Team, wir arbeiten zusammen. Sie wollen

Rat. Nun, vier Ohren hören mehr als zwei, und wir geben ohnehin keine Informationen an irgendwelche Leute weiter.«

»Ja«, nickte er etwas lahm, wußte nicht, wie es weitergehen sollte, und wiederholte: »Das ist durchaus kein Mißtrauen gewesen, gnädige Frau. Nun gut, dann soll es so sein.«

»Dann lassen Sie mal die Hosen runter«, sagte ich vergnügt.

Er sah mich etwas irritiert an, und ich setzte nach: »Das waren Ihre Worte.«

»Richtig«, murmelte er bedächtig.

»Brauchen wir ein Tonband?« fragte Dinah.

»Wenn wir helfen sollen, brauchen wir eines.« Ich sah von Schöntann an. »Haben Sie etwas dagegen?«

»Nicht im geringsten«, sagte er erstaunlicherweise. »Aber Sie erlauben, daß ich dann auch mitschneide?«

»Na, sicher doch«, Dinah schlug einen leichten Ton an.

»Sie erlauben, daß ich mein Gerät hole?« Er stand auf.

»Aber, bitte.« Ich mußte versuchen, ihn von dieser öden Höflichkeit herunterzubringen. »Wir haben keine Eile.«

Er ging hinaus.

»Der ist aber schlecht drauf«, murmelte meine Gefährtin.

»Richtig. Und du bist richtig gut. Er ahnt sein Ende.«

»Meinst du das wirklich?«

»Ja. Er steht auf einer Grenze, er ist wie jemand, der in einem Sumpf hilflos einsinkt. Ich hole den Kaffee.«

Von Schöntann kehrte zurück und legte ein kleines Aufnahmegerät auf den Tisch, nicht größer als eine Zigarettenschachtel.

»Ich habe heute morgen meinem Anwalt eine eidesstattliche Versicherung gefaxt.« Er seufzte, während er Dinahs Hände betrachtete, die Kaffee eingossen. »Da sind Dinge geschehen, die ich nicht wollte, von denen ich nicht einmal geahnt habe, daß es sie gibt. Ich muß mich einfach absichern, verstehen Sie?«

»Natürlich«, stimmte ich zu. »Kann ich das Fax haben?« Laß ihn kommen, Baumeister. Geh ihm nicht zu weit entgegen. Er ist im Grunde ein Verlierer, und er kann nicht mit diesem Gedanken umgehen.

»Sie können diese eidesstattliche Versicherung haben, wenn mein Anwalt sie in dieser Form akzeptiert und für gut befindet.« Von Schöntann legte beide Hände auf seine Knie und wirkte einen Augenblick lang wie ein andächtiges Kommunionkind.

»Das ist in Ordnung«, nickte ich. »Betrifft diese eidesstattliche Versicherung die Morde? Oder betrifft sie Ihre Geschäftstätigkeit in Luxemburg?«

»Die Morde? Warum die Morde?« Er beobachtete konzentriert ein kleines Fenster in seinem Aufnahmegerät, in dem ein roter Zeiger bei jedem Wort ausschlug.

»Weil die wohl mit Ihren Aktivitäten zusammenhängen«, erklärte Dinah. »Es ist so, daß wir bestimmte Fehler nicht machen sollten. Zum Beispiel sollten wir die Morde an Harro Simoneit, an Irmchen und Jonny nicht als etwas Eigenständiges betrachten. Diese Morde haben etwas mit den Schwarzgeldern zu tun, die über die Grenze gebracht wurden. Das steht außer Frage.«

»Aber ich wußte nichts von diesem Luxemburg-Geschäft«, stellte er richtig. Das kam sehr sanft.

»Wir müssen anders beginnen. Was steht denn nun in Ihrer eidesstattlichen Versicherung?«

»Ich möchte nicht in die Öffentlichkeit gezerrt werden«, antwortete der Manager wie aus der Pistole geschossen. »Ich werde mich gegen jede Veröffentlichung wehren, die irgend etwas von mir und meiner Familie behauptet, das nicht stimmt. Ich werde umgehend klagen.«

»Von diesem Gedanken sollten Sie Abstand nehmen«, sagte ich so ruhig wie möglich. »Sie sind eine Person des öffentlichn Interesses. Sie spenden viel. Sie kümmern sich um krebskranke Kinder und nutzen das, um Ihr Image in der Öffentlichkeit blank zu wienern. Sie haben ein Problem: Sie werden im Zusammenhang mit den Morden und dem Luxemburg-Geschäft massiv in die Kritik geraten. Alle Zeitungen, alle Radiostationen rätseln herum, warum ein guter Kollege Opfer eines Mörders wurde. Wenn herauskommt, daß er eine Geschichte recherchierte, die mit Ihnen zu tun hat, ist es unvermeidlich, daß man über Sie schreibt.«

»Aber ich wußte nichts von diesen Machenschaften«, sagte er hart.

Na sicher, genau so will er es darstellen: Ich wußte nichts, meine Mitarbeiter waren die Bösen.

»Was für Machenschaften meinen Sie?« fragte Dinah.

»Da sind böse Gerüchte aufgetaucht«, sagte er. »Ich soll meinen Einfluß geltend gemacht und Leute dazu aufgefordert haben, schwarze Gelder nach Luxemburg zu bringen. In eine Firma zu investieren, in der meine Frau tätig ist. Tatsache ist, daß ich in dieser Firma nicht den geringsten Einfluß habe und von den Transaktionen nichts wußte. Das steht auch in der eidesstattlichen Versicherung. Ich werde jeden auf eine Million verklagen, der etwas anderes behauptet. Und ich werde Recht kriegen.«

Die Katze war aus dem Sack.

»Das werden Sie nicht«, widersprach ich. »Möglich, daß irgendein Richter in der ersten Instanz den Journalisten verbietet, über Sie und Ihre Aktivitäten zu schreiben. Es gibt solche Richter, und es gibt Rechtsanwälte, die solchen Unsinn vertreten. Sie wollen darauf hinaus, Ihre sogenannten Persönlichkeitsrechte zu wahren. Sie vergessen aber dabei den Zorn meiner Branche. Wir sind schlicht sauer, daß Sie und Ihresgleichen dankbar Presseberichte entgegennehmen, in denen Sie gelobt werden. Daß Sie aber gleichzeitig vorbeugende Maßnahmen wie eidesstattliche Versicherungen mißbrauchen, um Fakten zu unterschlagen, die Ihnen schaden. Das ist der Punkt, guter Mann. Haben Sie etwas dagegen, wenn wir auf Ihre Frau zu sprechen kommen?«

Von Schöntann trommelte mit den Fingern auf seine Knie. »Was hat meine Frau jetzt damit zu tun?«

274

»Eine ganze Menge«, sagte ich. »Wenn Sie Hilfe wollen, können wir nicht wie ein Kaffeekränzchen um die Probleme herumdiskutieren. Ihre Frau hat, bevor Sie sie heirateten, als eine fröhliche junge Frau gelebt. Und sie hatte engen Umgang mit der Motorsportszéne. Unter engem Umgang, Sir, verstehe ich in diesem Fall Geschlechtsverkehr. Das ging über Jahre, viele Jahre.«

»Ich habe wegen solcher Behauptungen geklagt und jedesmal gesiegt«, stellte er fest.

»Richtig«, sagte Dinah. »Aber nur deshalb, weil Sie es sich erlauben konnten, Rechtsanwälte anzuheuern, die einen Stundenlohn von 2.000 Mark bekommen. Ihre Gegner haben nicht über derartige finanzielle Mittel verfügt. Ihre Frau hat ein fröhliches, ausgelassenes Leben gelebt. Einfach ausgedrückt, hat sie vergnügt herumgebumst. Und Sie versuchen den Eindruck zu erwecken, das sei nicht passiert. Das ging bis jetzt gut. Aber seit Harro Simoneit starb, funktioniert das nicht mehr. Erstens gibt es Zeugen für das fröhliche Leben Ihrer Frau, zweitens sind diese Zeugen bereit, darüber zu reden. Und Sie werden sich die Frage gefallen lassen müssen, ob Sie irgendwelchen Leuten befohlen haben, Harro zu töten.«

»Harro, Irmchen und Jonny«, setzte ich hinzu. »Sie werden sich auch die Frage anhören müssen, ob Sie irgendwem den Auftrag erteilt haben, meinen Freund Rodenstock und mich mitten in der Nacht da draußen auf dem Hof zu verprügeln.«

»Wie bitte?« Er war verblüfft.

»Ja«, nickte Dinah. »Auch Peter, ein sehr netter, geistig zurückgebliebener junger Mann, wurde zusammengeschlagen. Das war die gleiche Handschrift.«

Er schwieg sehr lange. Dann fragte er: »Was würden Sie mir denn raten?«

»Ich rate Ihnen, sofort Urlaub zu nehmen. Unbegrenzt. Sie haben doch sicher ein Schlößchen an der Loire oder ein Chalet in den Schweizer Bergen. Ruhen Sie sich dort aus, anschließend können Sie einen Bratwurststand auf den Kanaren eröffnen. Sie haben überzogen.«

»Ich bin in die Luxemburg-Geschäfte nicht involviert. Ich habe mit diesen ... mit diesen Todesfällen nicht das geringste zu tun.«

Er machte mich wütend. »Guter Mann, ich war selbst in Luxemburg bei einer dieser Firmen. Der dortige Rechtsvertreter nannte Sie eindeutig eine der wichtigsten Figuren in diesen Firmen. Von Ihrer Frau sprach er gar nicht.

Noch etwas, damit wir nicht mehr aneinander vorbeireden: Wir haben Zeugen, und zwar mehr als einen, die behaupten, daß Sie, Sie ganz persönlich, um Gelder für Luxemburg geworben haben. Und Sie haben sie auch bekommen.«

»Das ist ungeheuerlich!« murmelte er. »Ich habe mit Luxemburg nicht das geringste zu tun. Ich habe mit diesen Morden, wie Sie das nennen, nichts zu tun. Mit Harro Simoneit wollte ich nur ein Gespräch ...«

»Das ist gelogen.« Ich fühlte mich elend, weil ich mich immer elend fühle, wenn jemand am Boden liegt und so tut, als sei er der Sieger. »Bei dem sogenannten Gespräch handelte es sich um Vertragsverhandlungen. Sie haben ihm 400.000 Mark für die Tätigkeit als Texter pro Jahr angeboten.«

»Ich? Niemals!« Er wurde jetzt eine Spur lauter.

»Es war der gleiche Vertrag, den Sie auch mir angeboten haben. Mit Ihrer Unterschrift.«

»Nicht Harro Simoneit. Ihnen ja, Simoneit nicht.« Jetzt krächzte er.

»Beinahe tun Sie mir leid«, bemerkte Dinah kühl. »Wir haben das Original mit Ihrer Unterschrift. Und die Mordkommission hat es natürlich auch. Sie eiern herum, mein Bester.«

»Diese Unterschrift muß gefälscht sein.« Er wußte genau, daß diese Bemerkung lächerlich war.

Ich beobachtete, daß Dinah mit der Kamera herumzuspielen begann. Sie ließ sie auf dem Tisch liegen, drückte hier und da drauf, ziellos. Von Schöntann bewegte nicht einmal den Kopf, sah auch nicht hoch.

»Jessica Born hat jahrelang erlebt, wie Sie versuchen, Ihren sogenannten guten Ruf und den sogenannten guten Ruf Ihrer Frau zu bewahren. Und sie hat daraus gelernt. Sie ist nämlich eine Überlebenskünstlerin, ein fast geniehaftes Cleverle. Was glauben Sie, was die jetzt tut? Jetzt, in diesen Stunden?«

»Was soll sie tun?« fragte er nicht sonderlich interessiert.

»So naiv können Sie doch gar nicht sein«, hauchte Dinah verblüfft. »Jessica Born notiert, wovon Sie etwas wußten und wovon nichts. Jessica Born registriert nämlich, daß Sie sich plötzlich gegen sie wenden, den Eindruck erwecken wollen, als hätten Sie keine Ahnung von dem, was Frau Born tut. Sie sind heimlich hier bei uns. Das waren Ihre ersten Worte, falls Sie sich erinnern. Jessica Born ist eine Ratte. Und Ratten sind verdammt klug. Diese Ratte baut einfach vor. Sie können die Born nicht entlassen, weil die Born eine Unmenge weiß, wovon niemand sonst etwas weiß. Es ist eine richtig hübsche Sauerei mit gegenseitiger Erpressung. Und die liebliche Blondine kennt keine Grenzen. Sie wird dem Gericht auch schon erzählen, weshalb Sie so gerne zu Irmchen gingen.«

»Bei Irmchen konnte ich zumindest in Ruhe ein Bier trinken«, sagte von Schöntann, war aber verdächtig blaß.

»Hören Sie auf! Ich habe mit Irmchen vor ihrem Tod geredet. Über Sie. Sie hat mir vor Zeugen berichtet, was da gelaufen ist. Sparen Sie sich solche Bemerkungen. Sie sind im Grunde hierhergekommen, um mich davon abzuhalten, über diesen ganzen Fall zu schreiben. Sie wollen keinen Rat, Sie wollen mich manipulieren. Was bin ich Ihnen denn wert, lieber von Schöntann?«

»Können wir die Bandgeräte ausschalten?«

Ich nickte.

Dinah machte wieder zwei Aufnahmen.

»Sie glauben also, daß ich am Ende bin?«

»Ja«, sagte ich. »Selbst wenn Sie in sämtlichen ersten Instanzen gewinnen – ab der zweiten Instanz werden Sie spätestens verlieren. Dabei interessieren mich die Gerichte eigentlich überhaupt nicht. Mich interessiert die Tatsache, daß Ihr Ansehen diese Schläge niemals überstehen wird. Sie werden auch bei Ihren Kollegen so schnell untendurch sein, daß Ihnen keiner mehr auch nur eine Schnitte Brot anbietet. Mit anderen Worten: Sie werden hier am Nürburgring beim nächsten *Großen Preis von Luxemburg* keinen Sekt trinken. Sie werden nirgendwo mehr teilnehmen, man wird Sie schneiden, man wird sogar behaupten, Sie nicht mehr zu kennen. Diese Kreise sind nun einmal so. Also: Was bin ich Ihnen wert?«

»Eine Million cash über den Tisch, wenn Sie drei Monate lang ausschließlich meine Interessen vertreten. Und zwar sofort. Ich habe das Geld im Auto.« Der Manager klang wieder sehr sachlich. »Ich habe überlegt, daß man Jessica Born wegen geistiger Verwirrung fristlos kündigen könnte. Sie ist durchgedreht, hat sich in etwas verrannt.«

»Na, das wird die Jessica aber freuen«, bemerkte Dinah zynisch.

»Das Furchtbare an Ihnen ist«, sagte ich, »daß Sie das ernst meinen.«

»Jeder ist käuflich«, meinte er knapp. »Anderthalb Millionen? Zwei Millionen, Sie bestimmen den Preis!«

»Für kein Geld der Welt.« Plötzlich hatte ich eine Idee. Ich sagte: »Jessica Born weiß natürlich auch, daß Harro Simoneit bei Ihnen im *Dorint* war. Ein paar Minuten später lag er tot auf dem Parkplatz.«

»Also hat Frau Born Sie informiert.« Er sah mich scharf an. »Ich sagte doch, die Frau ist ausgeflippt, die gehört in die Psychiatrie.« Er stand auf. Auf dem Weg zur Tür drehte er sich noch einmal um. »Ich werde gegen jeden Verlag vorgehen, der Ihre Manuskripte auch nur liest.«

»Sie sind ein Arschloch«, erwiderte ich gelassen. »Beantworten Sie mir nur noch eine Frage: Wie viele Fernsehleute, wie viele Magazinredaktionen, wie viele Tageszeitungen haben Sie in den letzten 24 Stunden um ein Interview gebeten? Dreißig? Vierzig? Oder mehr?«

Er antwortete nicht, sondern marschierte zum Haus hinaus, die Wagentür knallte, sein Chauffeur fuhr los.

»Er ist verrückt«, sagte Dinah nachdenklich. »Er hat sogar das Tonband vergessen. Glaubst du, daß er Harro Simoneit getötet hat?«

»Keine Ahnung. Er muß überwacht werden. Die Konten dieser Firmen in Luxemburg müssen gesperrt werden. Ruf bitte Kwiatkowski an und informiere ihn, er muß diese Überwachungen durchsetzen. Und sag ihm, wir schenken ihm ein Tonband.«

Zehntes Kapitel

Eine Stunde später trudelten Rodenstock und Emma ein. Rodenstock war auf eine ganz neue Art aufgeregt, und erst dachte ich, er habe einen soliden Krach mit Emma oder sei beschämt wegen der falschen Einschätzung des Bauern Manni. Aber es war weder das eine, noch das andere.

Als wir zwei im Garten hockten und ich ihm von dem morgendlichen Besuch berichtete, unterbrach er mich plötzlich. »Ich möchte wegen des Bauern nicht viel sagen. Ich hatte nur die Hoffnung, ihn retten zu können.«

»Schon gut, ich habe dich verstanden.«

Er grinste leicht. »Ich muß etwas beichten. Etwas, von dem ich normalerweise nicht reden würde. Aber dir erzähle ich es. Man hat so seine Lebenserfahrung. Eine davon hatte ich nie. Ich habe nie eine Frau in einem Auto geliebt. Ich weiß gar nicht, warum nicht. Na sicher, ich hatte viel Kundschaft, die es ausschließlich dort trieb. Auf den Hintersitzen. Goggomobil, Käfer, Ente, Kadett. Es waren meistens die kleinen Leute mit den kleinen Autos. Jetzt werde ich irgendwann siebzig, jetzt habe ich das nachgeholt.« Er lachte leise. »Es wurde wirklich Zeit, und es war Gott sei Dank kein Kleinwagen.«

»Das ist gut«, sagte ich. »Spät kommst du, doch du kommst.«

Er sah mich an und begann dann glucksend zu lachen.
»Für den Spruch drei Tage frei.«

»Wir haben keine drei Tage«, sagte ich. »Was machen wir nun?«

»Wir nehmen uns endlich Jessica Born und ihren Freund Timo Eggenrot vor. Eggenrot und Born werden versuchen, aus der Geschichte herauszukommen. Wahrscheinlich, ich sage wahrscheinlich, hat die Born den großen Reibach gemacht. Genug, um den Rest des Lebens ohne Sorgen leben zu können. Die Dame ist jung, blond und legt Wert auf weiße Zähne. Sie ist eine, die immer schon davon geträumt hat, auf den Balearen oder Bahamas oder Caymans zu leben.«

»Du glaubst also, sie setzen sich in aller Ruhe ab?«

»Genau. Sie werden sich noch nicht mal beeilen müssen. Kein Mensch kann sie aufhalten, es sei denn, es besteht dringender Tatverdacht wegen Mordes. Und genau das ist unwahrscheinlich. Eggenrot und Born wissen nicht, daß Kwiatkowski sie unter Bewachung gestellt hat. Verhaften kann Kwiatkowski sie im Augenblick nicht.«

»Aber was willst du konkret tun?«

»Wir müssen versuchen, Eggenrot und Born zu trennen. Gemeinsam sind sie wahrscheinlich nicht zu knakken.«

»Wie sollen wir das anstellen?«

Rodenstock hob beide Arme, ließ sie sinken und zuckte zusammen, weil die Wunde noch schmerzte. »Das weiß ich noch nicht.«

»Laß uns die Frauen fragen.«

Ehe wir das Haus erreicht hatten, brauste Kwiatkowski in einem Golf-Kombi auf den Hof, stieg aus, stemmte die Arme in die Hüften und dröhnte: »Erstens soll es hier Kaffee geben, zweitens sowas wie eine Schnitte Brot, drittens vielleicht zum Abschluß einen Schnaps, viertens soll ich ein aufschlußreiches Tonband bekommen, fünftens sind alle einigermaßen unter Kontrolle: von Schöntann, seine Frau, Jessica Born, Timo Eggenrot. Leider habe ich verdammt wenig stichhaltige Verdachtsmomen-

te gegen sie, die ich an die Staatsanwaltschaft weiterge-
ben könnte. Aber etwas habe ich erreicht: Ich verfüge nun
für zehn bis vierzehn Tage über eine Sekretärin!« Er sah
Rodenstock an. »Die Zeiten sind scheiße geworden, mein
Alter. Die Polizei ist auch nicht mehr das, was sie mal
war.«

»Weißt du etwas über diesen Eggenrot?«

»Ich habe zumindest alles, was ihn in unserer Republik
beliebt gemacht hat. Und das ist eine Menge. Und du? Du
bist Gevatter Hein von der Schippe gesprungen?«

»Ich war noch nicht auf der Schippe«, widersprach Rodenstock. »Und jetzt komm ins Haus. Wir wissen jetzt
etwas sicher: Bevor er getötet wurde, war Harro Simoneit
bei Andreas von Schöntann im *Dorint* am Nürburgring.«

»Das ist doch schon was«, strahlte Kwiatkowski. Dann
wandte er sich an mich, sein Gesicht nur ein paar Zentimeter von meinem entfernt. »Du magst ja ein guter Journalist sein, aber du wirst warten, bis ich meine Pressekonferenz abhalte. Du wirst vorher nichts schreiben!«

»Na klar, Chef«, versicherte ich.

Kwiatkowski bekam Kaffee und aß mit großem Ver-
gnügen vier Scheiben Sechskornbrot belegt mit kaltem
Braten und Eifeler Schinken. Anschließend trank er ein
halbes Wasserglas mit Birnenschnaps und machte sich
dann über das Tonband her. Dabei sagte er dauernd Be-
deutsames, zum Beispiel »ts, ts, ts« oder »nanana« oder
»uuuiihh«. Rodenstock beobachtete ihn mit den Augen
eines stolzen, milden Vaters, dessen Erziehung Wirkung
gezeigt hat.

»Wo sind denn unsere Helden jetzt?« fragte Emma.

»Jessica hat ihre Klamotten gepackt und ist nach Ahrweiler gefahren zu ihrem Freund Eggenrot. Sie bereiten
etwas vor. Ich vermute, daß sie abhauen wollen.«

»Gibt es ein Haus auf irgendeiner Südseeinsel? Oder
auf den Bahamas? Oder Balearen?« wollte Dinah wissen.

»Ja, auf Mallorca. Es ist schick, dort ein Häuschen zu
besitzen. Eggenrot besitzt eines, seit etwa vier Jahren. Es
liegt in einem Dorf im Inselinnern. Aber das ist, denke

281

ich, nicht der Punkt. Der Punkt ist, daß er auf Mallorca eine Firma hat. Die kümmert sich um Trinkwasseraufbereitung und Trinkwassertransport zur Insel.«

»Was ist mit Eggenrots Verbindungen in die Zuhälterszene?« fragte Rodenstock.

»Soweit wir wissen, verfügt er über eine klassische Schlägertruppe vom alten Stil«, strahlte Kwiatkowski. »Die benutzt er zur Einschüchterung. Und er verfügt über zwei Torpedos: zwei Russen, die einmal Angehörige der Truppe in der DDR waren. Diese beiden arbeiten ausschließlich für Eggenrot. Das alles hat wenig mit der Born zu tun. Die Schläger schützen nur seine finanziellen Interessen in Köln und Frankfurt. Die Born war ein ganz anderes Geschäft. Apropos, die Born hat übrigens fristlos gekündigt. Per Fax, an den Werksvorstand. Die Begründung ist, daß nach ihrer Ansicht ihr Chef Andreas von Schöntann in kriminelle Machenschaften verwickelt ist. Sie hat geschrieben, daß das ihren ehrlichen Namen schädigt. Ganz geschickt, finde ich.«

»Ganz ehrlich, Kwiatkowski«, fragte ich. »Wen hältst du für den Mörder?«

Er hockte nach vorn gebeugt auf der Sesselkante, und sein Bauch ragte fast einen halben Meter in den Raum hinein. Er sah aus wie ein rheinlandpfälzischer Buddha. »Eggenrot hat die Möglichkeit, seine beiden russischen Torpedos zu jedem Punkt der Republik zu schicken. Beide fahren Porsche, leben im Milieu, sind kaum zu kontrollieren und haben bisher der Polizei keinen Ärger gemacht. Sie bezahlen sogar jedes Bußgeld fürs Falschparken.«

»Haben die auch Namen?« fragte Emma.

»Sie heißen Wassilij und Pjotr. Die Hausnamen sind zu kompliziert, um sie auszusprechen. Wahrscheinlich fragt ihr euch jetzt, ob ich befürchte, daß die beiden auf euch gehetzt werden. Ja, das befürchte ich. Eggenrot ist die Inkarnation der Szene, Eggenrot ist mächtig. Er kann nicht dulden, daß jemand so gefährlich wird, wie Ihr werden könnt. Er muß reagieren. Weniger, um euch zum

Schweigen zu bringen, sondern vielmehr um der Szene seine anhaltende Kontrollfunktion unter Beweis zu stellen. Er wird die Torpedos auf euch hetzen, jede Wette. Übrigens sind die Torpedos schon außer Kontrolle. Sie haben ihre gemeinsame Wohnung in Frankfurt gestern abend verlassen und sind seitdem unauffindbar.«

»Wohin sollen wir denn gehen?« fragte Dinah.

»Ihr solltet euch trennen. Rodenstock und Baumeister könnten sich zum Bespiel im Häuschen von Peter einquartieren und ihr Frauen im *Kurfürstlichen Amtshaus* in Daun. Wir können euch dort rund um die Uhr bewachen. In Peters Haus habe ich schon zwei stille Wachen mit allem Pipapo eingerichtet.« Das klang sehr hilflos.

»Wann?« fragte Rodenstock.

»Sofort«, sagte Kwiatkowski.

»Das geht nicht«, Rodenstock schüttelte den Kopf. »Ich kann nicht herumhocken, und meine Frau ist in Gefahr.«

»Ich kann nicht herumhocken, und mein Mann ist in Gefahr«, sagte Emma.

»Habt ihr einen besseren Vorschlag?« fragte Kwiatkowski mit einem Seufzer.

»Vielleicht können wir eine Falle aufbauen ...« überlegte Emma.

»Und wie?« Kwiatkowski stand unter Streß.

»Wir locken Eggenrot aus der Wohnung in Ahrweiler. Und holen uns dann die Jessica Born.«

Paul und Willi stolzierten nebeneinander in das Wohnzimmer und sahen so aus, als hätten sie irgendeine Schweinerei angestellt. Paul blinzelte mich an. Dann sprang er auf meinen Schoß. Willi hielt sich an Dinah.

Die Falle in Ahrweiler stand um 18 Uhr.

Eggenrot besaß eine Wohnung in einer Wohnanlage. Es war ein Viereck mit zwei Ein- und Ausfahrten und einem hübschen Innenhof, auf dem die Bewohner und Besucher ihre Autos abstellen konnten.

Umsichtig, wie manche Leute sind, hatte Eggenrot sich zwei Wohnungen auf der gleichen Ebene im zweiten

Stock gekauft, so daß er keine Nachbarn hatte, die dieselbe Treppe benutzen mußten, denn ein drittes Stockwerk gab es nicht.

Die Bauten waren mit roten Klinkern versehen und besaßen grüngestrichene Balkone. Das Ambiente war ausgesprochen geschichtslos, aber freundlich. Offensichtlich war die Anlage teuer, denn das kleinste Auto auf dem Parkplatz war ein Drei-Liter-Omega Kombi. Die beiden Wagen von Eggenrot und Born standen friedlich nebeneinander in der Abendsonne.

Kwiatkowski hatte sicherheitshalber einen Streifenwagen in die Mündung einer Nebenstraße geschickt. Rodenstock wartete mit Emma in einem der Torbögen. Dinah würde in Emmas Wagen bleiben.

Ich hatte mich so postiert, daß Eggenrot und Born mich von ihren Fenstern aus sehen konnten. Als ich die Nummer des Handys von Jessica Born wählte, war es exakt 18.08 Uhr.

Sie meldete sich sofort.

»Hier ist Baumeister«, sagte ich fröhlich. »Kann ich Timo Eggenrot sprechen?«

»Baumeister? Wirklich Baumeister?« Sie schien tatsächlich erstaunt.

»Wirklich Baumeister«, wiederholte ich.

»Sie haben sich mit Andreas von Schöntann getroffen«, sagte sie. »Hörte ich. Was hat er Ihnen denn geboten?«

»Ein paar Millionen«, gab ich Auskunft. »Darüber möchte ich aber nicht mit Ihnen diskutieren. Ich möchte Herrn Eggenrot sprechen. Sonst nichts.«

»Reden Sie doch mit mir«, entgegnete sie munter.

»Nein«, sagte ich. »Sie haben mal erfolglos versucht, mich zu bestechen. Und da bleiben üble Gefühle zurück. Also, ich hätte gern den Eggenrot.«

»Sind Sie denn nun bei von Schöntann eingestiegen?« fragte sie.

»Nein. Sollte ich?« Dann legte ich eine winzige Pause ein. »Ich mag ihn nicht. Ich halte ihn für ziemlich schmutzig.«

»Das ist er auch«, sagte sie eifrig. »Ich habe auch nicht gewußt, wie kriminell seine Machenschaften sind.«

»So ist das. Es ist auf nichts Verlaß mehr in dieser Welt. Kann ich ihn jetzt sprechen?«

»Sagen Sie doch mir, was Sie wollen.« Sie lachte, weil sie dachte, sie hätte mich am Haken.

»Na ja ... aber danach will ich Eggenrot sprechen. Also, von Schöntann tut so, als hätten Sie ihn in den Mist geritten. Nun habe ich den Vertrag, den von Schöntann Harro Simoneit angeboten hat. Sie wissen schon: 400.000 Mark pro Jahr. Kurz nach dem entscheidenen Gespräch, Minuten später sozusagen, war Harro tot. Und ich besitze den Original-Vertrag. Ich kann damit relativ wenig anfangen. Aber ...«

»Her damit!« sagte sie mit einem Glucksen.

»Oh nein. So einfach geht das nicht. Geben Sie mir Eggenrot.«

Eine Weile war sie still. »Sie wollen Geld, nicht wahr?«

»Umsonst ist der Tod, hat Chandler mal jemanden sagen lassen. Sicher will ich Geld. Aber in erster Linie bin ich Journalist. Ich will ein Interview mit Eggenrot. Und zwar jetzt.«

»Sollen wir zu Ihnen kommen? Jetzt sofort?« Sie war nervös, ihre Stimme war zittrig. »Wir setzen uns jetzt ins Auto und kommen zu Ihnen nach Brück. Wir müssen nur wissen, was Sie verlangen. Ein bißchen was können wir schon cash mitbringen.«

»Den Eggenrot!«

»Sie sind aber hartnäckig«, murmelte sie bewundernd. »Warten Sie mal.«

»Ja, Eggenrot hier.« Seine Stimme war nüchtern, sie hielt Distanz.

»Siggi Baumeister. Sie können von mir den Vertrag haben, den Andreas von Schöntann dem ermordeten Harro Simoneit angeboten hat. Pro Jahr 400.000, zwei Jahre.«

»Was soll ich damit?« fragte er. Er war ein anderes Kaliber als Jessica Born.

»Du lieber Himmel«, sagte ich wütend. »Das kann

285

doch keine ernsthafte Frage sein. Andreas von Schöntann hat Harro Simoneit zu einem Gespräch ins *Dorint* am Nürburgring gebeten, und Minuten später war Simoneit tot. Harro hatte diesen Vertrag in seinem Auto.«

»Und was soll das mit dem Interview?«

Ich lachte, und ich mußte mich dabei nicht einmal verstellen. »Ich bin von Beruf Journalist. Und ganz egal, was die Zukunft bringen wird: Sie und Frau Born werden in allen Zeitungen sein, in allen Illustrierten, in allen Fernsehsendern. Sie haben anscheinend ein Abonnement auf komische Fragen. Ich will Sie nach Ihrem Verhältnis zu Frau Born befragen, sonst nichts. Und ich will für den Vertrag 200.000. Cash.«

Wir hatten lange darüber diskutiert, wieviel ich verlangen sollte. Schließlich hatte Emma sich durchgesetzt: »100.000 sind zu wenig. 200.000 sind gerade richtig. Glaubt mir, Leute, ich verstehe was von der Welt der Reichen.«

»Wann?« Keine Erregung, nichts erkennbar Überhastetes, nur kühle Gelassenheit.

»Jetzt«, sagte ich.

»Das geht schon gar nicht«, erwiderte er heftig. »Ihr Haus ist doch nicht sauber.«

»Reden Sie von meiner Putzfrau? Ach, nein. Sie meinen Aufzeichnungsgeräte und versteckte Kameras und sowas.«

»Unter anderem. Aber ich rede auch von Bullen und ähnlichem.«

»Keine Sorge«, sagte ich. »Wenn Sie aus dem Fenster schauen, sehen Sie mich und mein Auto. Ich bin mutterseelenallein, und es weiß auch niemand, daß ich hier bin. Was ich hier will, weiß erst recht niemand. Also können Sie Ihre kostbare Figur ruhig hier hinunter transportieren, zu mir ins Auto steigen. Das können Sie natürlich auch sein lassen, wenn Sie zuviel Angst haben. Sie können draußen stehen, und ich bleibe drinnen sitzen. Ist das recht so?«

»200.000?« fragte er.

»Richtig.« Ich sah, wie sich an einem der drei Fenster die Gardine bewegte. Langsam stieg ich aus dem Wagen und starrte hoch.

»Das Auto ist sauber?«

»Du lieber Gott. Um sicher zu gehen, müßte ich nachgucken. Vielleicht hockt ein Zwergbulle im Handschuhfach. Kommen Sie, Eggenrot, machen Sie sich nicht lächerlich. Sie geben mir Bares, ich gebe Ihnen den Vertrag. Sie beantworten mir ein paar Minuten Fragen. Das war es dann schon.«

Wieder bewegte sich eine Gardine. Diesmal an einem anderen Fenster.

»Also gut. Ich komme runter. Aber bleiben Sie außerhalb Ihres Autos. Sind Sie bewaffnet?«

»Ich besitze keine Waffe.«

»Ich habe nicht gefragt, ob Sie eine Waffe besitzen, ich habe gefragt, ob Sie bewaffnet sind.«

»Nein, bin ich nicht. Ich ziehe die Lederweste aus und lege sie auf die Motorhaube.«

Ich tat das. »So, Sie können kommen.«

Aber er hatte die Verbindung schon unterbrochen.

Ich lehnte mich gegen den vorderen linken Radkasten. Ich konnte Rodenstock und Emma sehen. Ich bewegte den rechten Arm und zeigte drei Finger. Das hieß: Eggenrot kommt. Ihre Körper, die ich nur als Schattenriß sah, verschwanden augenblicklich. Sie würden einen Niedergang zum Keller benutzen, der auf der anderen Seite des Gebäudes lag.

Es dauerte ungefähr vier Minuten, dann trat er aus der Haustür. Er sah sich nicht um, sondern kam strikt auf mich zu. »Ich bin Eggenrot.«

Er ging einmal rund um meinen Wagen. Dann setzte er sich hinter das Steuer. »Setzen Sie sich«, sagte er. Er hatte merkwürdig schmale Augen, sie waren grünlich.

Ich nahm auf dem Nebensitz Platz.

»Wo ist der Vertrag?« fragte er.

»Hier.« Ich reichte ihm einen Umschlag.

Er nahm den Vertrag heraus und las, besonders lange

hielt er sich mit der Unterschrift von Andreas von Schöntann auf.

»Okay. Ist in Ordnung. Hier ist Ihr Geld.«

»Werfen Sie es auf den Rücksitz«, sagte ich.

Er sah mich neugierig an, warf es aber dann auf den Rücksitz. »Sie sollten es zählen.«

Ich erwiderte seinen Blick. »Sie werden mich bei so läppischen Beträgen nicht übers Ohr hauen, Herr Eggenrot.« Ich nahm einen Notizblock und einen Kugelschreiber. »Wie lange kennen Sie Jessica Born schon?«

»Eine Ewigkeit«, sagte er und starrte durch die Windschutzscheibe.

»Sie kannten sie schon, als sie ihre ersten Gehversuche machte?«

»Selbstverständlich. Sie hatte eine ... wie sagt man? ... eine freudlose Kindheit.«

»Ja, ich hörte davon. Wie kommt es eigentlich, daß man Sie als Unterweltkönig bezeichnet?«

»Ich bin ein Zuhälter«, sagte er trocken. »Sie müssen mir keinen Zucker in den Arsch blasen. Unterweltkönig ist ein dämlicher Begriff. Wir sind Kaufleute, Manager, wir machen unser Geld auf einem bestimmten Sektor. Dieser Sektor ist ein Tabu, weil jede Hausfrau für sich in Anspruch nimmt, moralisch höher zu stehen als eine Hure. Das nenne ich Arroganz. Aber es sollte nicht um mich gehen, sondern um Jessica.«

»Richtig. Wenn ich die Sache richtig begreife, dann ist sie eine Freundin von Ihnen?«

»Das ist sie mehr als jede andere Frau. Aber, ich betone das, wir haben nichts miteinander. Wir schlafen nicht miteinander, ich glaube, wir würden das auch nicht tun, wenn wir die einzigen Menschen auf diesem Planeten wären. Wir waren nie das, was Ihre Branche ein Liebespaar nennt.«

»Sie haben Jessica gemanagt?«

»Richtig«, nickte er. »In einer Männerwelt braucht sie ab und zu einen Rat. Den hat sie bekommen, zu jeder Tages- und Nachtzeit. Entschieden hat sie aber stets selbst.«

»Würden Sie zustimmen, daß Sie der Mann sind, der Andreas von Schöntann am besten kennt?«

Er drehte den Kopf und lachte. »Hervorragende Frage, ehrliche Antwort: Natürlich!«

»Nächste Frage: Sie wußten also, daß sich von Schöntann sofort von Jessica trennen würde, wenn irgend etwas schief läuft?«

»Das habe ich erwartet. Jessicas Job ist ein Schleudersitz. Sie selbst hat auch nichts anderes erwartet.«

»Sie sind wahrscheinlich einer der bestinformierten Männer in diesem Chaos. Haben Sie eine Idee, wer Harro Simoneit, Irmchen und Jonny ermordet hat?«

Er klopfte mit dem rechten Zeigefinger auf das Lenkrad und wiegte den Kopf hin und her. »Sagen wir mal so: Ich ahne etwas, aber ich werde diese Ahnung auf keinen Fall in Worte fassen. Ich habe darauf zu achten, daß die Interessen meiner Freundin Jessica gewahrt bleiben und daß sie sofort aus diesem für sie ungesunden Umfeld verschwindet.«

»Ich kann beweisen, daß Jessica schwarze Gelder gesammelt hat.«

Nach meiner Berechnung mußten Rodenstock und Emma Jessica schon haben, sie mußten jetzt auf dem Rückweg im Treppenhaus sein.

Er drehte wieder den Kopf zu mir. »Ihr Zeitungsfritzen seid doch alle gleich. Niemand wird abstreiten, daß Jessica zur Errichtung neuer Firmen, die von Luxemburg aus gesteuert werden sollten, Geld gesammelt hat. Aber daß sie zu jemandem gesagt hat: Heh, rück mal dein Schwarzgeld raus!, ist wohl kaum vorgekommen.«

Ich dachte darüber nach und begriff, daß hier jeder Staatsanwalt vor einem riesigen Problem stehen würde, denn so oder auch nur so ähnlich würde Jessica Born das tatsächlich niemals formuliert haben.

»Werden Sie der Mordkommission eigentlich zur Verfügung stehen, wenn die Sie zu den Morden hören will?«

»Selbstverständlich. Nur: Warum sollte eine Mordkommission das tun?«

»Ganz einfach: Weil Sie ein Mordmotiv haben. Beziehungsweise Ihre Freundin Jessica Born.«

Er sah mich amüsiert an. »Das müssen Sie mir erklären.«

»Gern.« Ich dachte: Phantastisch, du Armleuchter, du gibst ihnen Zeit genug, deine Freundin abzuräumen! »Sehen Sie, Harro Simoneit war ein unbequemer Geist. Es gefiel ihm nicht, daß ein Autohersteller rund 270.000 Wagen mit bestimmten Motoren nicht zurückrufen läßt, weil ein Motorteil vorzeitig und unberechenbar den Geist aufgibt. Das Ganze wird nicht eine Rückrufaktion genannt, sondern sinnigerweise eine Feldpflegemaßnahme – was immer das ausdrücken soll. Simoneit recherchiert und bittet den Konzernchef um ein Interview. Dann entdeckt er etwas Merkwürdiges: Ausgerechnet im Namen dieses Konzernchefs werden Schwarzgelder gesammelt, die nach Luxemburg auf bestimmte Konten verfrachtet werden, um neue Firmen im Bereich des Motorsports aufbauen zu können. Versprochen werden mindestens einhundert Prozent Gewinn nach einem Jahr. Es geht um viele Millionen. Simoneit entdeckt weiterhin: Jessica Born, ihres Zeichens Assistentin des Automanagers, ist die eifrigste Akquisiteurin solcher Gelder, Irmchen, eine Hure und Betreiberin einer Privatkneipe, ist Kurier, und ihr Möchtegern-Zuhälter, ein Mann namens Jonny, weiß von allem. Plötzlich sind Harro Simoneit, Irmchen und Jonny tot. Ermordet mit einem Gift: Zyankali aus der Spraydose. Wer kann Interesse am Tod der drei haben? Nun, zunächst der, der das alles einfädelte – Andreas von Schöntann. Dann die, die die treibende Kraft bei von Schöntann war, Jessica Born. Dann der, der auf ewig seine schützende Hand über Jessica Born halten will. Sie. Wir haben also drei potentielle Mörder. Der Wahrscheinlichste, das müssen Sie zugeben, heißt Timo Eggenrot.«

Er nickte betulich. »Das hört sich überzeugend an. Gut, daß Sie das so klar ausgesprochen haben. Nur etwas steht dagegen: Ich bin nicht so dämlich, so etwas zu tun. Mord, mein lieber Baumeister, lohnt sich nie.«

»Moment, Moment«, wandte ich ein. Wahrscheinlich bestieg Jessica gerade das Auto von Emma, und Dinah gab gleich Vollgas. »Ich behaupte ja nicht, daß Sie es waren. Ich stimme Ihnen sogar zu, eigentlich wirken Sie zu intelligent für so eine Tat. Aber Sie sind mächtig. Sie haben eine Gruppe zur Verfügung, die die Kunst der Einschüchterung beherrscht. Prügelnde Rabauken. Die haben den armen Peter zerschlagen und anschließend meinen Freund Rodenstock und mich. Auf daß wir uns nicht mehr einmischen. Abgesehen von diesen Prügelknaben gibt es noch zwei russische Torpedos, die mit ziemlicher Sicherheit alles für Sie tun, was Sie befehlen. Die Herren Wassilij und Pjotr. Also: Morde auf Befehl.«

»Woher haben Sie diese Erkenntnisse?«

»Einen Teil aus privaten Quellen, einen anderen von den Bullen.«

Eggenrot schnaufte unwillig. »Komisch, wie sich Laien meine Welt vorstellen. Ich schicke niemanden mit einem Mordauftrag los und die Herren aus Rußland kenne ich nicht.«

Ich atmete vorsichtig aus, weil es aus weiter Ferne zweimal langgezogen hupte. Das war das Zeichen. Sie waren mit Jessica unterwegs. Hurra!

»Ich möchte etwas Grundsätzliches klarstellen!« sagte er.

»Nur zu!«

»Sehen Sie, dies ist eine Smith and Wesson.« Er zog eine gewaltige Waffe aus dem Hosenbund und legte sie etwas dramatisch auf seinen rechten Oberschenkel. »Man sagt einem Unterweltkönig nach, er sei bewaffnet. Mit so einer Zimmerflak, versteht sich. Das nimmt Lieschen Müller als normal hin. Was Lieschen Müller nicht weiß, ist die Tatsache, daß die Behörden der schönen Domstadt Köln mir schon vor fünfzehn Jahren einen Waffenschein ausgestellt haben. Der wird jährlich erneuert. Der Grund ist ganz einfach: Ich bin ein Botschafter. Die normale Alltagsgesellschaft hat es zugelassen, daß ich mein Metier etablieren konnte, damit ich sie vor diesem Metier schütze und auf meine Art Sorge dafür trage, daß nichts, aber nun wirklich gar nichts ausufert. Es gibt viel mehr geheime Konferenzen zwischen mir und Polizisten, als Sie sich im Traum vorstellen können. Das ist Politik, und ich werde selbstverständlich eine so herausragende Position nicht in Gefahr bringen. Schon gar nicht, weil so ein Arsch wie von Schöntann Schwarzgelder sammelt, um sich letztlich selbst zu bereichern.«

»Trotzdem eine letzte Frage: Sie haben eine Firma auf Mallorca, die sich mit den heiklen Trinkwasserproblemen der Insel beschäftigt und die viel Geld macht. Nun wird behauptet, daß Sie Gelder, die ursprünglich aus den Deals hier am Nürburgring stammen, über verdeckte Kanäle auf die Insel geleitet haben. Was sagen Sie dazu?« bluffte ich.

»Wieder einmal übersieht man die Leistungsfähigkeit meines Gehirns«, erwiderte er leichthin. »Ich habe eine gutgehende Firma auf Mallorca. Jessica ist übrigens Mitinhaberin. Selbstverständlich haben wir Gelder dorthin transferiert, sowohl Jessica wie ich. Selbstverständlich sind diese Gelder erst nach Abzug aller fälliger Steuern dorthin geflossen. Es ist immerhin meine Firma, oder?« Er lachte leise und arrogant. »Wahrscheinlich werden Sie jetzt fragen, ob Jessica und ich nach Mallorca verschwinden.« Er wartete nicht auf eine Reaktion von mir, er gab schon die Antwort. »Wir werden nach Mallorca gehen. Das ist eine Entscheidung, die schon mindestens drei Jahre alt ist. Die, die wirklich wichtig sind, wissen das längst, und kein Polizist der Welt wird uns aufhalten. Wenn wir in irgendwelchen Prozessen als Zeugen benötigt werden, kommen wir selbstverständlich unserer Bürgerpflicht nach. Wir wollen nämlich Deutsche bleiben.«

Eine lange Zeit war es still.

»Gut«, murmelte er dann, mit seinen Gedanken längst woanders. »Wenn Sie mal auf Mallorca sind: Herzlich willkommen.« Er öffnete die Wagentür und stieg aus. Er steckte die Waffe zurück in seinen Hosenbund und beugte sich vor, um mir zuzunicken.

»Sie sind ein gefährlicher Mann«, sagte ich und rutschte hinter das Steuer.

Als ich in Daun den Burgberg hochfuhr und am *Kurfürstlichen Amtshaus* nach einem Parkplatz suchte, wußte ich, daß der unermüdliche Probst, Herrscher über kostbare und skurrile Antiquitäten, für uns gesorgt hatte.

Die Angestellten seiner Edelküche hatten ihre Autos hinter der evangelischen Kirche in einer Reihe hintereinander gestellt. Ganz am Ende stand Emmas Wagen, dahinter setzte ich mich, so würden unsere Autos nur schwer zu entdecken sein.

Ehe ich in das Hotel ging, sah ich hinunter auf Daun und die ersten herbstlichen Nebelschwaden, die um die Schornsteine zogen. Immerhin hatten wir Quartier in einem der schönsten Verstecke für lustvoll lebende Liebespaare in dieser Republik bezogen, wenngleich ich einräumen muß, daß wir nur sehr gequält als eine Versammlung von Liebespaaren bezeichnet werden konnten. Eher schon waren wir mit einem Haufen Briganten vergleichbar, die nicht recht wissen, auf was sie zusteuern.

Erfreut nahm ich die Davidoff-Empfehlung für hochfeines Rauchwerk in Augenschein und steuerte auf den Empfang zu. Da raunte Probst links von mir in die weihevolle Stille eines zeitlosen Ambientes: »Also, wenn Sie die suchen, an die ich gegenwärtig denke, so müßten Sie in den ersten Stock gehen.«

»Da lobet meine Seele den Herrn«, antwortete ich und ging die Treppe hinauf.

»Es ist die eins, zwei«, rief er mir mit einem unschuldigen Augenzwinkern nach, das absolut kein Wässerchen trüben konnte.

Sie hockten friedlich beieinander: Dinah, Emma, Kwiatkowski, Rodenstock und – auf dem breiten, wunderschönen Bett unter einem beschützenden Baldachin die ausnehmend hübsche Jessica Born mit Rotznase und rotgeheulten Augen. Sie schrillte gerade, wahrscheinlich zum hundertsten Mal: »Ihr Schweine, ihr!«

»Nun kennen wir unsere Klassifikation«, sagte Emma gelangweilt. »Wechseln Sie Ihr Vokabular, und lassen Sie uns zu Potte kommen, Schätzchen.«

Etwas theatralisch, aber sehr lustvoll öffnete ich das braune Kuvert und ließ zweihundert Riesen in den Raum segeln.

»Das hebst du aber alles selbst auf!« sagte Rodenstock. »Wie ist es gelaufen?«

»Gut und glatt«, sagte ich. »Der Mann ist gefährlich und hochintelligent. Ich möchte nicht der Staatsanwalt sein.«

»Das bist du ja auch nicht«, murmelte Dinah. »Die Jessica hier meint, wir sind Schweine. Zu mehr ist sie bisher nicht gekommen. Wir vermuten eine massive Verdauungsstörung im Hinterhauptslappen.«

»Vielleicht kriegt sie Dünnpfiff, wenn sie hört, was wir alles wissen.«

»Das wird so sein«, nickte Rodenstock. »Im Ernst, Frau Born. Können wir jetzt miteinander reden? In jener Nacht, in der Harro getötet wurde, traf er mit Andreas von Schöntann zusammentraf. Im *Dorint*. Dann verließ Simoneit das Hotel. Beim Hineingehen sah ihn angeblich niemand, beim Hinausgehen auch nicht. Wir fragen uns schon die ganze Zeit, was Sie der jungen Dame vom Empfang bezahlt haben, damit die nichts bemerkte. Wieviel war es denn?«

»Ich rede nicht mit Abschaum«, sprach Jessica. »Ich warte, bis Timo mich hier herausholt.«

»Das wird er nicht tun«, sagte Emma. »Er ist, wie wir gehört haben, sehr klug. Er wird sich nicht soweit aus dem Fenster lehnen, daß er stürzt. Niemand tut das. Sie haben bei Ihrem Chef den Termin für Harro gemacht. Sie warteten vor der Tür, bis die beiden fertig waren. Dann begleiteten Sie Harro aus dem Haus. Sie gingen noch ein wenig durch die laue Sommernacht, erinnern Sie sich? Und jetzt gibt es zwei Möglichkeiten. Entweder warteten Wassilij und Pjotr auf dem Parkplatz gegenüber, oder Sie taten es allein. Zu diesem Zeitpunkt war Ihnen klar:

Wenn Simoneit seine Geschichte schreiben würde, wären die luxemburgischen Firmen kaputt gewesen, denn den öffentlichen Skandal hätten sie nicht überlebt. Hat Andreas von Schöntann von Ihnen verlangt, daß Sie Harro töteten oder den beiden Russen zuführten, damit die ihn töten? Sehen Sie, Timo Eggenrot kann Ihnen aus dieser Klemme nicht hinaushelfen. Da fällt mir ein, daß auch Eggenrot auf dem Parkplatz gewartet haben kann, um das Zyankali zu versprühen.«

»Hat er nicht«, sagte ich resolut. »Es muß jemand gewesen sein, der die Nerven verlor, weil er seine gesamte Lebensplanung in Gefahr sah. Timo Eggenrot ist eiskalt. Der hätte niemals auf dem dunklen Parkplatz gewartet und sich der Gefahr ausgesetzt, durch irgendeinen dummen Zufall identifiziert zu werden. Eggenrot hat auch seine beiden Torpedos nicht geschickt. Er ist ganz betrübt, daß man ihn für so dumm hält. Im Moment hat Eggenrot natürlich ein Riesenproblem: Er fragt sich die ganze Zeit, ob er überhaupt nach seiner Freundin Jessica Born suchen soll. Wenn er es nämlich tut, wenn er sie findet, dann muß er sie mitnehmen nach Mallorca. Er weiß: Jessica Born ist wirklich gut. Aber wenn der Erregungspegel zu hoch steigt, flippt sie aus und wird unkontrollierbar. So fragt er sich, ob er sie nicht besser hierlassen soll. Jessica Born, die da so hübsch schmollmündig auf dem Bett hockt, hat nämlich den Fehler gemacht zu glauben, daß eine Veröffentlichung der Schwarzgeldgeschichte ihr enorm und auf ewig schaden würde. Tatsächlich hätte es einen Skandal gegeben, aber es hätte ihr überhaupt nicht weiter geschadet, denn ihr Geld ist in Sicherheit, und sie hätte genauso, wie sie es jetzt tut, behaupten können, die Initiative sei von Andreas von Schöntann ausgegangen. Und das macht dem Timo Eggenrot so großen Kummer: Diese entsetzlich unnützen Morde. Der an Irmchen, der am armen, in einem Zelt hausenden Jonny, der nichts anderes wollte, als Irmchen mit einem Haufen Geld zu erwischen und ihr das Geld abzunehmen, um endlich als reicher Mann zu leben.

Nein, nein, Leute, das alles interessiert mich nicht mehr. Mich interessiert nur noch, wie Jessica an das Zyankali kam und wie das in die Spraydose gelangte.«

»Das mit der Spraydose ist nicht so schwierig«, meinte Rodenstock. »Man zieht das Gift in eine Spritze mit hochfeiner Stahlnadel, sticht an der Muffe durch, und die Sache ist paletti. Aber wie kommt man an das Zeug?«

»Gangs aus Osteuropa benutzen es.« Emma spielte mit einem Ring an ihrem kleinen Finger. »Es ist in Rattenvertilgungsmitteln. In einer holländischen Fachzeitschrift habe ich gelesen, daß es bei drei Morden in Amsterdam benutzt wurde. Die Täter kamen aus Rumänien.« Unvermittelt wandte sie sich an Jessica Born: »Wieviel haben Sie dafür bezahlen müssen?«

Rodenstock seufzte. »Sie sollten antworten, Frau Born. Sie kommen aus dieser Geschichte nicht mehr raus. Und Baumeister hat vermutlich in allen Punkten recht. Wahrscheinlich wird Eggenrot Ihnen diese Alleingänge niemals verzeihen, und wahrscheinlich hat er Ihnen bereits die heftigsten Vorwürfe gemacht. Hätten Sie nicht auf die Spraydose gedrückt, wäre alles seinen friedlichen Gang gegangen. Niemand hätte Ihnen ernstlich an den Karren fahren können. Ja, ja, vieles spricht dafür, daß Timo Sie gar nicht wiederhaben will, der Mann Ihres Lebens. Er wird nach Mallorca gehen, seine Firma betreiben, viel Geld verdienen. Mit Sicher...«

»Moment mal«, sagte Dinah in hellem Entzücken, »Sie sind doch Millionärin, nicht wahr? Na klar. Wieviel haben Sie? Zehn, zwölf, vierzehn? Da kommt doch richtige Freude auf, aber auch die Frage: Wer erbt denn das alles? Nein, nein, nein, antworten Sie um Gottes willen nicht, lassen Sie mich raten. Timo Eggenrot, nicht wahr? Ach, du lieber Gott.«

Jessica bewegte sich. »Andy sagte, er würde mich nehmen, sobald seine Frau sich scheiden läßt und nur noch die Firmen macht. Er hat es ganz fest versprochen.« Sie spielte mit dem Reißverschluß ihrer kleinen Handtasche, sie zog ihn mit einem sanften Ds, Ds, Ds hin und her, auf und zu. »Es war nichts mehr mit Timo. Sicher, Timo ist toll, aber er wird ewig ein Gangster bleiben.«

Wir hielten den Atem an und rührten uns nicht.

»Ich hatte es satt, als Hure zu gelten, nur weil ich mit Timo zusammen war. Ich bin keine Hure, ich hab überhaupt keinen Spaß an sowas. Sex ist in meinen Augen blöd. Und dann hatte Andy die Idee mit den Firmen in Luxemburg, und ich sagte: Ich manage das für dich. Und er sagte: Okay, dann bleiben wir zusammen.«

»Du hast Liebe gewollt, nicht wahr?« fragte Emma.

Sie nickte einfach, und sie zog noch immer ihre Handtasche auf und zu.

»Du hast zum Eggenrot gesagt: Ich gehe mit dir nach Mallorca. Wahrscheinlich wärst du zunächst auch mitgegangen. Und dann wärst du eines Tages verschwunden. Aber erst, nachdem du deine Millionen weggeräumt hast, oder?« Emma konzentrierte sich auf die Vorstellung, selbst Jessica Born zu sein.

Die nickte wieder und sagte kein Wort. Sie sah aus wie ein sehr bleicher, schöner Engel.

»Dann kam Harro Simoneit, und du mußtest feststellen, daß er alles wußte.«

»Er wußte fast alles«, korrigierte sie tonlos. »Er war ein Kluger.« Sie lächelte abwesend.

»Eine technische Frage«, meinte Emma. »Wie hast du es fertiggebracht, daß sie das Gift atmeten?«

»Oh!« sagte die Blonde auf dem Bett. »Das ist doch wirklich furchtbar einfach. Du stehst vor einem Menschen und sagst nebenbei: Du hast da was am Mund! Und ehe er sich an den Mund fährt, bist du mit der linken Hand dran und wischst etwas. Dann kommt deine rechte Hand und sprayt. Er japst sofort, also es ...«

»Schon gut, schon gut«, murmelte Emma und schloß für Sekunden die Augen. »Du hast Harro umgelegt, und es ging weiter mit Irmchen und Jonny. Dann hat Eggenrot gesagt, er könne dich nicht mitnehmen nach Mallorca. Nicht unter diesen Umständen. Und zwar ganz einfach deshalb: Wenn du unter Mordverdacht gerätst, würde er eben auch unter Verdacht geraten und nichts dagegen unternehmen können. Ende einer Freundschaft.« Emma starrte auf ihre Hände im Schoß und drehte an dem Ring.

»Ende einer Freundschaft«, bestätigte Jessica Born. Sie sah gegen die Decke, drehte sich und rollte auf den Rücken. »Dann kam heute Baumeister mit dem Vertrag, den wir Harro angeboten hatten. Wieso hast du keine Kopie von dem Vertrag gemacht, Jessica? fragte mich Timo. Ich hatte keine Kopie gemacht, weil ich keine brauchte. Nicht bei dem, was ich vorhatte. Und er sah mich an und wußte plötzlich alles. Er ist eben klug.«

»Ein winziger Fehler«, murmelte Emma.

»Richtig«, sagte Jessica Born. Sie fummelte immer noch an und in ihrer Handtasche herum. »Das mit dem Zyankali war Zufall. Ein Kosovo-Albaner wollte es verscheuern. Ich kaufte es. Fünfzig Mark das Fläschchen. Ich dachte: Vielleicht brauche ich es mal.«

»Da war aber noch etwas, nicht wahr? Andy wollte auch nicht mehr. Andy dachte: Jessica macht zu viele Fehler.«

Sie nickte still.

»Und jetzt schwebst du sozusagen im Nichts«, flüsterte Emma.

Jessicas Kopf kam langsam hoch. Sie sah uns der Reihe nach an. Dann hielt sie sich eine winzige Spraydose vor den Mund wie Leute, die ihren schlechten Atem bekämpfen wollen. Sie drückte auf den Auslöser, und sie nickte dabei.

Elftes Kapitel

Der Tod kommt in den besten Familien vor, und es gibt kein Hotel auf der Welt, in dem noch nie gestorben worden ist. Die Frage allerdings, wie man sich dieser stummen Gestalten diskret erledigt, ohne daß irgendein lebender Gast das auch nur ahnt, legt die Qualität einer Beherbergungseinrichtung offen.

»Wir haben sie nicht getrieben«, bemerkte Rodenstock. »Sie war ohnehin am Ende und hat sich entschieden.«

Ich suchte den Besitzer auf und informierte ihn, daß es eine Leiche im Haus gab. Probst reagierte, wie er immer auf Menschliches reagiert. Er lächelte und sagte: »Das hätten wir gleich.«

Minuten später fuhr unten ein VW-Bus in strahlendem Weiß vor, der auf beiden Seiten in goldenen gotischen Lettern das Wort *Antiquitäten* trug. In gewissem Sinne war das richtungweisend. Der Transport der irdischen Hülle von Jessica Born ging dann so vor sich, daß die drei Hotelbediensteten mit den besten Nerven einen wunderschönen blauen Seidenteppich von beachtlichen Ausmaßen durch die Halle bugsierten.

Eine alte Dame sah Probst schelmisch an und äußerte: »Sie alter Gauner haben wieder mal zugeschlagen.«

»So könnte man es ausdrücken, gnädige Frau. Der Teppich marschiert in die Reinigung.«

»Geben Sie denn wenigstens zu, daß Sie ihn dem Kaiser von China geklaut haben?« Die alte Dame hatte entzückend blaue Haare.

»Richtig«, nickte Probst. »Und ich verkaufe ihn an den Papst.«

Die alte Dame lachte wie ein Droschkenkutscher aus dem Wien der Jahrhundertwende.

Wir verzichteten auf das gute Essen hier, wir verdrückten uns, während Kwiatkowski Jessica Born auf ihren vorletzten Weg in die Obduktion begleitete.

In Brück angekommen, entschieden wir uns dafür, eine Dose Eintopf-Linsen zu veredeln, und aßen dann mißmutig das nicht sehr überzeugende Ergebnis.

»Ich hatte Peter versprochen, ihn zu besuchen«, sagte ich.

»Du kannst nicht alles gleichzeitig tun«, verteidigte mich meine Gefährtin.

»Ich möchte Mäuschen spielen und dabei sein, wenn Timo Eggenrot von Jessicas Tod erfährt«, murmelte Rodenstock. »Er muß erleichtert sein.«

»Das wird er mit Sicherheit«, nickte Dinah.

Paul tauchte von irgendwoher auf und rief Willi hinter sich. Sie sprangen auf meinen Schoß und ließen sich nieder.

»Hallo, ihr Schlabberdönse!« sagte ich. »Wir werden in den nächsten Tagen einen Teich bauen. Mit allen Schikanen. Mit Folie und Randsteinen, mit Binsen und Schilf. Und manchmal schmeiße ich euch einen Goldfisch rein.«

»Lieber nicht«, sagte Rodenstock gemütlich. »Dann ist die Folie hin.«

Emma sagte: »Ihr solltet vielleicht nicht so schnell in eure bequeme Bürgerlichkeit zurückfallen. Wo schlafen wir denn heute nacht?«

»Wie bitte?« fragte Dinah irritiert.

Emma stellte ihren geleerten Teller auf den Wohnzimmertisch und beugte sich vor: »Es ist doch so, Eggenrot hatte beschlossen, Jessica ihrem Schicksal zu überlassen, sie nicht nach Mallorca mitzunehmen. Und Andreas von Schöntann fand, es sei Zeit, sich von ihr zu trennen. Beide Lebensgefährten haben also die Born abgeschafft. Ganz unabhängig davon hat Baumeister Eggenrot reingelegt, ihm die Freundin geklaut, und jetzt wird sie als Leiche zurückgeliefert. Das wird Eggenrot niemals akzeptieren, und er wird rot sehen. Niemals darf jemand besser sein als er. Das ist so Zuhälterart, das ist vollkommen irrational. Er wird sich gefoppt fühlen, er wird das nicht hinnehmen, weil es ihm in seinen Kreisen den Hals brechen kann, wenn er nicht reagiert. Wenn er sich auch bis jetzt zurückgehalten hat: Von jetzt an wird er uns jagen. Mit allem, was er hat. Er wird uns zu töten versuchen, selbst dann, wenn sein geliebtes Mallorca dabei auf dem Spiel steht.« Sie sah uns lächelnd an. »Packt also eure Taschen. Dieses Haus ist eine tödliche Falle.«

Niemand antwortete, niemand hatte einen Einwand. Emma hatte einfach recht.

Ich rief bei Markus Schröder in Niederehe an und begann launig: »Hast du so etwas wie vier Betten, verteilt auf zwei Räume?«

»Da müßte ich nachdenken«, sagte er.

»Im Ernst, wir brauchen zwei Doppelzimmer.«

»Für wie lange?«

»Weiß ich noch nicht.« In einem weit entfernten Winkel meines Hirnes war da der Gedanke, daß es nicht ganz fair war, den Koch und Hotelier mit unseren Schwierigkeiten zu belasten. Aber auf der anderen Seite konnten wir uns auch schlecht auf einer Waldlichtung einrichten.

»Diktier mit die Namen«, sagte er.

»Erstens Siggi Baumeister ...« begann ich.

Eine Sekunde war er verblüfft. »Was soll das denn? Ist dein Haus etwa überflutet?«

»Wir brauchen mal andere Tapeten.«

Er glaubte mir kein Wort, aber er sagte: »Also kommt her.«

Rodenstock hatte unterdessen Kwiatkowski mitgeteilt, daß wir in die Wälder flüchten würden. Kwiatkowski hielt das für eine gute Idee, wollte aber wissen, wo wir zu erreichen wären. Kwiatkowski hatte beiläufig erwähnt: »Ich habe Timo Eggenrot verständigt, daß sich seine Freundin Jessica Born umgebracht hat.«

»Und?« fragte Rodenstock zurück. »Wie reagierte er darauf?«

»Mit keinem Wort«, brummte Kwiatkowski. »Aber an eurer Stelle würde ich zehn Jahre lang versuchen, ihm auszuweichen.«

Wir fuhren also die sieben Kilometer nach Niederehe. Wir nahmen zwei Wagen mit, um mobiler zu sein. Sicherheitshalber parkten wir hinter dem Landgasthof, um nicht unnötig aufzufallen.

Markus stand in der Tür: »Wenn ihr noch was essen wollt, Leute, müßt ihr es jetzt sagen, denn mein Restaurant ist schon zu, meine Bierhähne gleich auch.«

Wir einigten uns, daß wir alle einen Schweizer Wurstsalat essen wollten, um den heimischen Eintopf vergessen zu können, und hockten uns an den Stammtisch unter eine ausgestopfte Forelle, die seit etwa zwanzig Jahren grimmig in die Gegend blickte.

Wir waren sehr schweigsam und mümmelten unseren ausgezeichneten Wurstsalat mit dem Esprit von Altenheimbewohnern.

Dann schrillte Rodenstocks Handy.

Er meldete sich und sagte nur: »Ach ja.«

Schließlich beendete er das Gespräch und berichtete: »Das war Kwiatkowski. Die beiden russischen Torpedos sind hier in der Gegend, und Timo Eggenrot ist verschwunden. Die beiden schwarzen Porsche sind vor ungefähr einer halben Stunde im *Kurfürstlichen Amtshaus* in Daun gesehen worden. Meyers Leute haben sie aber verloren, weil sie einfach zu schnell sind. Anschließend kam ein roter Carrera auf den Hof gebraust. Eggenrot. Er ist inzwischen auch wieder weg.« Er sah uns an. »Hm. Zieht euch warm an, Kinder.«

»Das ist doch ganz unmöglich«, sagte Emma verblüfft.

»Woher haben die vom *Amtshaus* in Daun gewußt?« steuerte Dinah bei.

»Ich weiß es nicht«, sagte Rodenstock. »Es ist letztlich auch wurscht, sie waren eben da.«

»Moment mal«, sagte ich wütend, »wir können doch nicht einfach etwas hinnehmen, ohne nach den Gründen zu fragen.«

Ich rief die Kommission in Adenau an und fragte Kwiatkowski, wie die Torpedos in Daun auftauchen konnten.

»Das weiß ich doch nicht«, sagte ein todmüder Kwiatkowski. »Da muß es eine undichte Stelle geben.«

»Von uns geht niemand hin und benachrichtigt Eggenrot.« Ich war schlecht drauf.

»Du lieber Himmel«, schnaufte Kwiatkowski, »du bist doch ein helles Kerlchen, Baumeister. Eggenrot und seine beiden Wildtöter werden Scanner benutzen.«

»Ach du lieber Gott«, sagte ich und unterbrach. »Natürlich, sie haben Scanner.«

»Kannst du das mal für einfache Gemüter übersetzen?«

»Kann ich. Es gibt Funk-Suchgeräte, sogenannte Radio-Scanner. Mit denen kannst du problemlos alle Handys in deiner Umgebung abhören. Und den Funk der Bullen, der Feuerwehren, des Deutschen Roten Kreuzes und und und. Uniden in den USA stellen das Gerät Bearcat her, ein sogenanntes ›Twin turbo 200 Channel‹. Du darfst sowas offiziell kaufen, es allerdings nicht benutzen, eine der klassischen Dämlichkeiten in Deutschland. Aber in der Szene benutzen es viele. Dealer benutzen es, um nicht in Razzien der Polizei zu laufen.«

»Dann wissen sie auch, daß wir hier sind«, sagte Emma tonlos.

»Na sicher wissen sie das«, nickte ich.

»Woher hast du diese Weisheiten denn?« fragte Dinah mißtrauisch.

»Von Thomas Schwarz aus Bonn«, sagte ich. »Er ist ein Freak.«

»Prost«, sagte Rodenstock und trank sein Bier aus. »Daß mir niemand an die Fenster geht und hinausstarrt, ob sie vor der Tür stehen.«

»Sie stehen vor der Tür«, meinte Markus lakonisch. »Zwei schwarze Porsche, ein roter. Ich dachte schon, ich könnte noch drei Zimmer verkaufen. Was sind denn das für Leute?«

»Bürger dieses Landes«, betonte Dinah. »Aus irgendwelchen Gründen haben sie was gegen uns.«

»Wir müssen sofort hier heraus«, murmelte Rodenstock.

»Wieso denn das?« fragte Markus. »Die kommen hier nicht rein.«

»Die schon«, widersprach ich. »Wir müssen hier raus.«

»Ihr habt doch mit euren Gurken keine Chance gegen die Porsches«, wandte Markus sachlich ein. »Die sind schon in Köln, da sitzt ihr mal gerade hinter dem Lenkrad.«

»Man könnte sich vielleicht ...« Ich überlegte verkrampft. Es mußte eine Lösung geben.

»Emma und Dinah bleiben hier«, entschied Rodenstock. »Wir beide gehen raus, gucken in die Luft und pfeifen, nehmen Emmas Wagen und fahren los.«

»Es gibt intelligentere Methoden, sich umzubringen«, wütete Dinah.

»Warum verwirren wir sie nicht und teilen uns auf?« fragte Emma.

»Weil die nicht zu verwirren sind«, entgegnete ich. »Das sind Profis, das ist nicht ein wütender Bauer, der mit der Mistgabel hinter uns her rennt.«

»Darf ich auch mal was sagen?« versuchte Markus.

»Darfst du nicht«, blaffte ich. »Du hast Frau und Kind und Gäste. Und die da draußen haben Heckler und Kochs feuerspuckende Geschoßwerfer. Das ist unser Problem, Mann: Die wollen uns nicht einschüchtern, die wollen uns töten.«

»Darf ich trotzdem mal was sagen?« beharrte Markus.

Es entstand eine peinliche Pause. Emma murmelte: »Na klar«, ich murmelte »Tut mir leid.«

»Können die auch ein normales Telefon abhören?«

»Können sie«, nickte ich. »Machen sie aber vermutlich nicht, weil sie sich auf Handys konzentrieren.«

»Schön«, begann Markus mit schmalen Augen. »Auf den Straßen sind sie haushoch überlegen. Wir schaffen die beiden Frauen, meine Familie und die beiden Gäste rauf auf den Dachboden. Das ist ein Pärchen, dem man zeigen könnte, was hier alles los ist. Das ist Werbung.« Er grinste diabolisch. »Dann holen wir uns ein paar Jungs ran, die wirklich schöne Autos haben. Aus Oberehe, aus Daun, aus Hillesheim. Ich meine die Jungs mit den ganz schnellen Rallye-Kisten. Sehen so aus, als seien sie aus Plastik, haben 220 PS ...«

»Das ist eine Idee«, nickte ich. »Wie viele kriegen wir zusammen?«

»Drei oder vier«, sagte er. »Aber wichtig ist, daß ihr keine Straßen benutzt, sondern Wirtschaftswege und Feldwege. Das muß richtig knacken.«

»Lasset uns beten«, hauchte Rodenstock. »Ich hasse Autos.«

Markus begann mit seinem alten Telefon zu spielen, redete mit Händen und Füßen und redete ununterbrochen Eifeler Platt. Er war so schnell, daß ich außer den Kommas gar nichts verstand. Nach etwa zwanzig Minuten machte er eine Pause, sah uns an und berichtete: »Sie bauen sich mit zwei Wagen hinter Loogh auf. Und zwar an der Stelle, an der eine Straße links den Berg hinauf Richtung Stroheich führt. Die Straße ist nach zweihundert Metern zu Ende, es folgt ein Wald- und Feldweg. Du donnerst über die Straße Nohn-Stroheich weg geradeaus in die Felder. Da sind zuerst Wiesen, dann ein Wald. Im Wald gehst du mit Vollgas bis zur ersten Lichtung und nimmst dann den Weg nach links. Du fährst hoch auf den Weg, der sich durchzieht bis Heyroth. In Heyroth gehst du auf die Talstraße nach links und fährst auf die Kreuzung Richtung Nohn. Du biegst zum Wasserfall ab und fährst bis zum bitteren Ende. Von dort geht es nach rechts zum alten Freibad von Nohn. Ein Wagen wartet zwischen Nohn und Stroheich, ein weiterer am Wasserfall. Was sie vorhaben, weiß ich nicht, aber du hast die besten Fahrer der Eifel am Arsch.«

»Na klar«, höhnte ich.

»Ich hab es mir gemerkt«, sagte Rodenstock kühl. »Du wirst nach meinen Anweisungen fahren.«

»Noch was«, sagte Markus. »Du sollst beim CB-Funk auf Kanal 14 gehen. Sofort. Und jetzt haut ab. Ihr sollt beide Autos mitnehmen und eins irgendwo auf dem Weg nach Loogh einfach stehenlassen. Die Jungs fahren jetzt schon in ihre Positionen.«

Dinahs und Emmas Miene waren eisig. Sie waren stinksauer, daß die Machos mal wieder alles regeln wollten.

»Und sagt meiner Mutter, ihr Sohn ist tapfer gestorben«, murmelte ich und ging hinaus.

Rodenstock folgte mir und brummelte: »Wieso habe ich mich eigentlich pensionieren lassen?«

Das Wetter kam uns sehr entgegen. Es hatte sich bezogen, es würde regnen.

»Na, klasse«, sagte ich giftig. »Es ist meine Spezialität, mit einhundertsechzig Sachen auf schlammigen Feldwegen um mein Leben zu fahren. Das wollte ich immer schon mal!«

»Dann fährst du eben nur einhundertvierzig, und alles geht gut«, entgegnete er. »Außerdem stehst du in einer geradezu weltberühmten Tradition: Michael Schumacher gewinnt bei Regen immer!«

Was soll man auf so einen Quatsch antworten?

Ich richtete mich darauf ein, von irgend jemandem angefallen zu werden. Ich sah auch jemanden, eine schwarze, sehr schmale Figur, die hinter einer Hausecke stand.

»Er wird nichts tun«, flüsterte Rodenstock. »Er wird warten, was wir unternehmen.«

Ich marschierte zu meinem Auto und richtete mich ein. Wahrscheinlich zum erstenmal in meinem Leben schnallte ich mich an, bevor ich einen Hebel oder einen Knopf betätigte. Als das Ding lief, schaltete ich den CB-Funk auf Kanal 14, und wie eine Explosion tönte die Stimme eines Mannes: »... und wollte ich noch sagen, daß wir endlich mal zeigen können, was wir können. Und nun rufe ich Siggi, falls der faule Hund schon da ist.«

»Ich bin da«, sagte ich in das Mikro. »Rodenstock ist vor mir, fährt jetzt auf die Straße hinaus. Ich folge. Wo steht ihr genau?«

»Loogh. Ortsmitte, an der Abzweigung nach links in den Wald hoch. Wenn du durch bist, machen wir den Laden dicht. Hast du eine Freisprechschaltung?«

»Habe ich nicht. Wozu denn auch?«

»Damit du richtig Autofahren kannst, ohne das Scheißmikro zu halten«, sagte die Stimme väterlich. »Mußt du dir unbedingt einbauen lassen.«

»Ich will so eine Situation aber nicht noch mal erleben«, betonte ich. »Und ich halte es für keine gute Idee, daß ihr in Loogh die Straße dichtmachen wollt. Die werden schießen.«

»Bist du sicher?«

»Sehr.«

»Dann bremsen wir sie eben aus. Wo seid ihr jetzt?«

»Wir biegen auf die Loogher Straße ein.«

»Dann soll dein Freund die Karre stehen lassen. Da ist rechts ein Hof. Fahrt drauf! Und dann ab.«

Ich gab Rodenstock ein Zeichen, und es klappte reibungslos. Aber als ich dann auf die Straße zurückschoß, waren die drei Porsches hinter mir.

»Sie sind dran«, sagte ich.

Rodenstock nahm mir das Mikro weg. »Sie sind hundert Meter hinter uns«, erzählte er gelassen.

»Das ist gut«, sagte die Stimme. »Die zwei Kilometer bis Loogh dürft ihr nichts vorbeilassen. Nehmt einfach die Straßenmitte und gebt Vollgas.«

Ich gab Vollgas, zog quietschend in die erste Rechtskurve und dachte flüchtig, daß ich wahrscheinlich als Sechzehnjähriger von solchen Aktionen geträumt hatte. Jetzt war ich sechsundvierzig und hielt nicht mehr ganz soviel davon.

»Sie sind hinter uns«, sagte Rodenstock monoton. »Zwei fahren nebeneinander.«

»Laß sie doch«, meinte die Stimme gönnerhaft. »Die werden schon noch sehen, wie weit sie damit kommen.« Und dann, nach weiteren zwanzig Sekunden: »Phantastisch, Siggi, ich sehe dich. Tu mir einen Gefallen, schalte die Nebelscheinwerfer zu. Du brauchst das im Feld und im Wald. So ist es gut. Haile Selassi eins, Haile Selassi zwei. Siggi kommt in einem Höllentempo auf die Kurve zu. Macht euch ein bißchen dünn.«

»Hat der Haile Selassi gesagt?« fragte ich.

»Oh Gott, langsam«, hauchte Rodenstock und legte sich nach hinten, als wollte er die Festigkeit der Rückenlehne seines Sitzes prüfen.

Ich bremste in schnellen Intervallen. Es war eine ekelhafte Kurve, und sie war zu einer Zeit gebaut worden, als man es toll fand, mit achtzig auf schnurgraden Straßen zu rasen. Die Kurve fiel ab.

Ich drückte auf die Eisen und gab sofort wieder Vollgas, als der Wagen reagierte. Ich zog ihn nach links, die Blechkiste kam gefährlich nahe an einen Gartenzaun, rutschte aber vorbei und schoß die Straße hoch. Spätestens jetzt würden die Porschefahrer kapieren, daß ich ihnen ein Rennen liefern wollte. Ein bißchen stolz war ich schon.

»Siggi«, erklärte die Stimme geduldig, »du bist schnell. Aber ich würde dir raten, eine Kombination von Handbremse und Fußbremse zu benutzen, wenn du mal wieder so schnell auf eine Kurve zueierst. Erst die Handbremse, bis sie faßt, dann die Fußbremse, dann wieder die Handbremse, aber diesmal mit aller Kraft. So geht das.«

Rodenstock hielt mir das Mikro hin.

»Aha«, sagte ich. »Und wieso hat mir das bis jetzt noch keiner erklärt?«

»Weil du Normalbremsen hast. Wir haben ganz andere, bessere.«

»Sag mal, wo bist du denn eigentlich?«

»Hinter den Porsches.«

»Und was fährst du für eine Karre?«

»Einen Drei-Liter-Manta GTE, ein richtig gutes Gerät. Das Blöde ist bloß, daß ich ohne Licht fahren muß.«

»Wie tröstlich«, knurrte Rodenstock.

»Achtung, Siggi, du näherst dich dem Treffpunkt.«

»Wir sehen sie rechts und links. Mein Gott, das sind ja Ölsardinendosen«, murmelte Rodenstock.

»Die Ölsardinendosen haben 220 PS und lassen auf dieser Piste jeden Porsche ziemlich alt aussehen. Es sind achtzehn Jahre alte Kadetts.« Der Mantafahrer lachte, er hatte richtig Spaß.

Ich huschte an den Kadetts vorbei, sie drehten ihre Scheinwerfer auf, und einen Augenblick lang dachte ich an die Volksbanken- und Raiffeisenbanken-Reklame: *Wir machen den Weg frei.*

»Hallo, Jungs«, sagte der Mantafahrer.

»Hallo, Big Daddy«, antworteten sie wie aus einem Mund. »Wie geht es weiter?«

»Ihr schirmt Siggi ab. Sie werden trotzdem versuchen, weiterzukommen, und ich hoffe, sie haben breite Schlappen drauf. Wenn sie damit überholen, sind sie im Arsch.

Achtung, Siggi, du hast jetzt ein ziemlich gerades Stück vor dir. Etwa tausend Meter. Tretet mal auf die Spritze. Jungs, geht auf hundertsechzig, siebzig. Siggi, niemals am Steuer reißen und rucken. Bei dem Regen ist das seifig wie Eis.«

»Ja, ja, ja.« Ich fragte mich, wann ich die Nerven endgültig verlieren würde.

»Achtung«, sagte der Mantafahrer, jetzt eine Spur erregt. »Einer der beiden Schwarzen überholt. Er zieht rechts vorbei. Er holt sehr schnell auf. Laßt ihn nicht vorbei. Was Besseres kann uns gar nicht passieren. Mann, der ist richtig gut. Volldampf jetzt, Jungs. Überholt Siggi. Links und rechts. Und dann denken wir uns ein Spielchen aus, ein ganz gemeines.«

Sie schossen rechts und links vorbei, als würden sie sowas zehnmal am Tag machen. Der Porsche blieb hinter mir. Noch.

Die beiden Kadetts vor mir wackelten mit den Ärschen, als hätten sie nichts anderes zu tun. Der Porsche zog rechts vorbei, der Mann hinter dem Steuer war nur ein Schemen, nicht zu erkennen. Er setzte sein Gefährt vor meines und begann zu bremsen.

»Siggi«, sagte der Mantafahrer gemütlich. »Richte dich darauf ein, einen Hauch nach rechts zu ziehen, um nach links auszubrechen. Kapiert?«

»Oh, klar«, sagte ich mit zittrigen Beinen.

Der Porsche bremste stärker.

Ich zog mit der Schnauze fast in Höhe seines rechten hinteren Radkastens, dann stieg ich unvermittelt auf die Bremse und gab wieder Vollgas. Ich zog an ihm vorbei, mein Gott, ich hatte einen Porsche überholt.

»Sehr gut«, lobte der Manta. »Du hast Talent. Der Mann wird sauer sein. Jungs, seid so nett und schmeißt ihn im Wald von der Rolle. Er geht mir auf den Keks.«

»Ja, Big Daddy«, sagten die beiden Kadettfahrer brav wie Kommunionkinder.

Der Porsche war wieder an meiner Hinterachse.

»Du hast noch runde zweihundert Meter, Siggi«, sagte

der Manta gemütlich. »Dann bist du im Wald. Da ist es noch trocken. Sobald du unter den Bäumen bist, gehst du auf Vollgas. Unter allen Umständen Vollgas!«

»Machen wir«, sagte Rodenstock. »Oh, mein Gott. Für sowas bin ich wirklich zu alt.«

»Jungs, seid ihr klar?«

»Ja, Big Daddy«, antworteten sie.

»Beschleunigt jetzt, sucht euch Platz, laßt Siggi durch und dann quer.«

»Na sicher«, sagte einer.

Die Kadetts schossen nach vorn, sie verschwanden wie von einem Gummiband gezogen. Es ging in eine sehr langgestreckte Rechtskurve.

»Siggi, beschleunigen«, befahl der Manta.

Ich beschleunigte und begriff allmählich, was er vorhatte. Sind Sie schon mal auf einem Waldweg hundertsiebzig gefahren? Nein? Gut, probieren Sie es nie aus.

»Jungs, jetzt kommt er.«

Hinter mir fuhren die zwei Kadetts und der Porsche extrem weit linksaußen, weil er an ihnen vorbei wollte.

»Er ist im Arsch«, sagte der Manta. »Er fällt darauf rein. Jungs noch hundert Meter, dann kommt die Hohlstrecke. Achtzig, sechzig, zwanzig ... Auseinander!«

Die beiden Kadetts schossen plötzlich links und rechts nach irgendwohin. Der Porsche hinter mir raste in den Hang des Hohlwegs, stellte sich in die fast fünfundvierzig Grad und blieb dran kleben. Deutsche Wertarbeit.

»Nicht bremsen!« schrie der Manta. »Die Jungs sind schon wieder hinter dir.«

Tatsächlich waren die beiden Kadetts wieder da.

»Geh auf die Mitte des Weges, Siggi«, sagte der Manta. »Und mach ein bißchen schneller, du bist zu langsam geworden. Achtung jetzt. Die Jungs kommen rechts und links an dir vorbei. Beweg das Steuer nicht, halt es gerade.«

Sie rasten an mir vorbei, und da hätte meines Erachtens keine Postkarte mehr Platz gehabt.

»Nummer eins wäre geschafft«, sagte der Manta.

»Wo ist der Fahrer?« fragte Rodenstock.

»Was weiß ich«, entgegnete der Manta. »Aufgenommen haben die anderen ihn jedenfalls nicht. Wahrscheinlich steht er im Wald und heult. Du bleibst jetzt hinter den Kadetts auf diesem Weg, Siggi. Jungs, wir können beschleunigen.«

Sie beschleunigten, und also beschleunigte ich auch. Irgendwie war mir inzwischen alles egal.

Es ging durch zwei scharfe Kehren, rechts, links, dann steil hoch auf eine große Lichtung. Der Regen prasselte.

»Wie weit ist es noch bis Heyroth?« fragte Rodenstock.

»Ungefähr dreitausend Meter«, sagte der Manta. »Achtung, nun will der zweite schwarze Porsche was von euch.«

Ich sah ihn kommen, er fuhr fast in meinen Kofferraum.

»Das gleiche Manöver?« fragte Rodenstock.

»Nein«, entschied der Manta. »Wir machen den anders kaputt. Siggi, achte mal auf deinen Tacho. Du mußt rund tausend Meter geradeaus. Dann kommt eine Fahrspur nach links. Die nimmst du. Ist etwas holprig. Kurz vorher tust du ein bißchen so, als sei deine Karre kaputt.«

»Was bedeutet kurz vorher? Sechzig Zentimeter?«

»Du hast es begriffen«, sagte er befriedigt. »Die haben mich immer noch nicht bemerkt, die sind doof. Jungs, ihr zieht gerade durch.«

»Ja, Big Daddy.«

»Woher haben die das?« fragte Rodenstock.

»Aus *Independence Day*«, sagte der Manta.

»Aha, danke«, sagte Rodenstock.

»Achtung, Siggi. Kupplung treten, ein paarmal Vollgas geben, anbremsen, dann wieder Vollgas. Jetzt hundertfünfzig, hundert, achtzig, sechzig. Links, links!«

Er hatte gesagt, es würde etwas holprig. Tatsächlich verabschiedete sich mein Auto von der Erde und hielt sich eine Weile in der Luft auf, um dann wie ein Sackkarre auf den Lehm zu klatschen und gleich darauf wieder in die Luft zu gehen.

311

»Eijeijei«, stöhnte Rodenstock verhalten.

»Achtung, Jungs, der Porsche bremst volles Rohr. Der Idiot will zurück. Na gut, wenn er will ...«

Ich erreichte so etwas wie festen Boden und war wieder auf dem Weg, vor mir die Kadetts.

»Ich muß in die Eisen«, sagte der Manta. »Warte mal. Der schwarze Porsche kommt gleich von links. Na, da ist er doch schon. Er läßt den Roten durch. Jetzt riskiere ich mal ein bißchen Blech.«

Es gab einige wüste Geräusche, die sich schwer beschreiben lassen. Endlich sagte der Manta sehr zufrieden: »Jetzt steht der zweite Mann im Wald.«

»Hurra!« sagte Rodenstock. »Und der rote?«

»Der ist zweihundert Meter vor mir. Er ist wirklich gut. Ich gehe mal etwas näher ran. Jungs, wenn ihr an Heyroth vorbei seid und auf die Talstraße kommt, dann zieht nach rechts und geht in die Eisen. Siggi, du gehst nach links. Mit Vollgas. Ich tue dann was fürs Vaterland.«

»Was denn?« fragte Rodenstock.

»Mal sehen«, sagte der Manta gemütlich.

Wir kamen aus dem Wald heraus. Die beiden Kadetts vor mir gingen das Gefälle an wie zornige Hornissen.

Der rote Porsche kam näher.

»Mach dir nichts draus«, sagte der Manta. »Jetzt wird es steil. Gib trotzdem Gas. Wenn ich sage stopp, gehst du in die Eisen.«

Eine Ewigkeit sagte er gar nichts, obwohl die Nadel sich gefährlich der 200er Marke näherte.

»Stopp!«

Ich trat mit aller Gewalt auf die Bremse.

Da war die Talstraße, ich mußte in einem Neunzig-Grad-Winkel nach links. Das ging nicht, das würde ich nie schaffen. Ich schlug das Lenkrad ein, spürte, wie der Wagen gegen die Leitplanken stieß und dann kreischend daran entlangschrammte.

»Phantastisch«, sagte der Manta. »Vollgas!«

Ich gab Vollgas.

»Jetzt komme ich!« jubelte der Manta.

312

»Was der macht, ist Wahnsinn«, sagte Rodenstock atemlos. »Er ist schneller als der Porsche, er ist daneben. Mein Gott, er fährt dem von außen in die Flanke.«

Hinter mir war ein schepperndes Geräusch, dann ein Riesenknall, wieder Geschepper, dann kreischte etwas, als würden Bleche über den Asphalt gezogen.

»Prima, Endstation«, sagte der Manta. »Oh Scheiße, der steigt aus. Der schießt.«

»Großer Gott«, sagte ich. Ich bremste ab und wendete.

Aus Richtung Heyroth näherten sich die Kadetts. An der Leitplanke stand neben dem zertrümmerten roten Porsche Timo Eggenrot und rechts von ihm auf der anderen Straßenseite der demolierte Manta.

Eggenrot hatte sich breitbeinig aufgebaut, hatte etwas Gewehrartiges in den Händen und schoß in den Manta hinein.

Plötzlich kam hinter den Kadetts ein weiteres Auto mit voll aufgedrehten Scheinwerfern herangerast. Viel zu schnell.

Ich steuerte auf Eggenrot zu, ich hatte eine unheimliche Wut im Bauch. Bis heute weiß ich nicht, ob ich ihn voll traf. Ich weiß nur, er klappte wie eine Puppe auf meine Motorhaube.

Dann kreischten Bremsen unerträglich grell.

Emma war plötzlich auf der Fahrbahn, rannte quer vor uns her, hatte etwas Großes, Schwarzes in der Hand, bückte sich vor meinem Auto, stand wieder auf und nickte. Ihr Gesicht war wächsern.

»Rodenstock?« fragte sie.

»Alles klar«, sagte er. »Ich bin nur mit dem Daumen ... ich glaube, der ist hin.«

Ich stieg aus und fiel nach vorn auf die Knie, weil meine Beine mich nicht mehr trugen.

»Der Manta«, stammelte ich.

»Hier ist der Manta«, sagte der Fahrer. Er ragte neben mir auf. »Freut mich, dich kennenzulernen.«

»So kann man das auch sehen«, krächzte ich.

»War ja schöner als Fernsehen.«

»Baumeister?« rief Dinah angstvoll.

Als ich mich mit einem zaghaften »Hier!« meldete, schaltete sie blitzschnell auf Aggression um: »Könnt ihr eigentlich nichts ohne uns anständig zu Ende bringen?«

»Was ist mit Eggenrot?« fragte ich.

»Beide Beine hin«, gab Rodenstock Auskunft.

»Wo hast du denn die Karre her?« fragte ich Dinah.

»Ich hab sie Markus geklaut«, antwortete sie. »Und die Torpedos, diese Russen?«

»Die sind irgendwo in den Wäldern«, sagte ich. »Kannst du mir aufhelfen?«

Rodenstock telefonierte mal wieder. Er sagte: »Ja, ja, eigentlich braucht man bloß zu warten. Irgendwann müssen sie ja aus dem Busch kommen – Ich? In den Wald? Bist du verrückt, Kwiatkowski? Ich komme gerade von da. Ich habe die Schnauze von Eifelwäldern voll. Gestrichen voll.«

Es war durchaus angenehm, daß Dinah mir zärtlich über das Gesicht streichelte und sagte: »Du darfst dich im *Rossini* im Wittlich einmal quer durch Italien futtern. Und Nachtisch ist zu Hause.«

Krimis von Jacques Berndorf

Eifel-Blues
ISBN 3-89425-442-4
Der erste Eifel-Krimi mit Siggi Baumeister
Drei Tote neben einem scharf bewachten Bundeswehrdepot

Eifel-Gold
ISBN 3-89425-035-6
Der zweite Eifel-Krimi mit Siggi Baumeister
Riesengeldraub in der Eifel: 18,6 Millionen sind weg. Wer war's?

Eifel-Filz
ISBN 3-89425-048-8
Der dritte Eifel-Krimi mit Siggi Baumeister
Totes Golferpärchen. Das Mordwerkzeug: Armbrust. Das Motiv?

Eifel-Schnee
ISBN 3-89425-062-3
Der vierte Eifel-Krimi mit Siggi Baumeister
Sehnsüchte, Träume und Betäubungen junger Leute.

Eifel-Feuer
ISBN 3-89425-069-0
Der fünfte Eifel-Krimi mit Siggi Baumeister
Wer hat den General in seinem Landhaus liquidiert?

Eifel-Rallye
ISBN 3-89425-201-4
Der sechste Eifel-Krimi mit Siggi Baumeister
Auf dem Ring und drumherum wird ein großes Rad gedreht.

Eifel-Jagd
ISBN 3-89425-217-0
Der siebte Eifel-Krimi mit Siggi Baumeister
Ein Hirsch aus der Eifel kann teurer sein als ein Menschenleben.

Eifel-Sturm
ISBN 3-89425-227-8
Der achte Eifel-Krimi mit Siggi Baumeister
Tote träumen von der sanften Windenergie.

Eifel-Müll
ISBN 3-89425-245-6
Der neunte Eifel-Krimi mit Siggi Baumeister
Müllprofit und Liebe machen Menschen mörderisch.

Eifel-Wasser
ISBN 3-89425-261-8
Der zehnte Eifel-Krimi mit Siggi Baumeister
Toter Trinkwasserexperte läßt Rodenstock rätseln.

grafit

Az10bernd.0801.cdr5

Eifel-Krimis von Andreas Izquierdo

Der Saumord
ISBN 3-89425-054-2

In Dörresheim geschieht Seltsames: Die vielversprechende Zuchtsau Elsa wird aufgeschlitzt, und die preisgekrönte Kuh Belinda begeht Selbstmord. Jupp Schmitz, Reporter des ›Dörresheimer Wochenblattes‹, glaubt nicht an einen Zufall. Bei seinen Recherchen legt er sich nicht nur mit dem mächtigen Fabrikanten Jungbluth an, sondern zieht den Haß aller Dörresheimer auf sich und gerät schließlich selbst unter Mordverdacht. Einzig Jupps Jugendliebe Christine hält zu ihm.

»Der Saumord ist eine Geschichte mit haarsträubenden Bildern, urkomischen Szenen und seltsamen Typen. Eine Geschichte voll ernster Inhalte, menschlicher Schwächen und echter Freundschaft.« (Blickpunkt)

Das Doppeldings
ISBN 3-89425-060-7

Eine wertvolle Münze aus der Antike wird gestohlen. Dann taucht sie wieder auf, wird wieder gestohlen. Eine Menge Leute scheinen sie besitzen zu wollen. Auch Jupp Schmitz, Redakteur des »Dörresheimer Wochenblattes«, macht sich auf die Suche. Derweil kämpft die »IG Glaube, Sitte, Heimat« für die Schließung des kürzlich eröffneten Bordells.

Jede Menge Seife
ISBN 3-89425-072-0

Der kanadische Seifenopern-Spezialist Herb Buffy soll der schlappen Serie »Unser Heim« quotenmäßig auf die Sprünge helfen. In den Colonia-Studios und beim Außendreh in Dörresheim beginnt eine dramatische Krimi-Oper. Die Serienhelden werden entführt, Reporter Jupp Schmitz in einer Scheune in Dörresheim halbtot geschlagen.

Schlaflos in Dörresheim
ISBN 3-89425-243-X

Hat ein Geilheitsvirus die Ställe der Dörresheimer Bauern befallen? Verfügt ›Föttschesföhler‹ Martin über die Viagra ähnlichen magischen Kräfte? Ein düsteres Familiendrama bildet den Hintergrund dieser Ermittlungsburleske voller Komik und Sprachwitz.

grafit

Der Mörder würgt den Motor ab

Auto-Krimis von A.B.S., Ard, Diesmann, Erlach, Ingwersen,
Karr & Wehner, Kastner, Kley, Kneifl, Koch, Koglin, -ky,
Lennkh, Liedtke, Minz, Möckel, Pei, Schäl, Zadrazil
187 Seiten, DM 15,80
ISBN 3-89425-089-5

Die einen hassen, die anderen lieben es. Das Auto wurde im
20. Jahrhundert nicht nur des Menschen Gefährt schlechthin,
sondern auch sein liebster Gefährte. Ob Fortbewegungsmittel
oder prestigebeladenes Statussymbol, das Auto eignet sich
gleichermaßen als Mordwaffe wie als Fluchtfahrzeug. In 19
mörderischen Geschichten rund um den PKW läßt die Elite
deutschsprachiger Krimiautoren ihren Mordgelüsten freien
Lauf.

»Ob Autofetischisten, Ökofreaks oder Menschen, für die das
Auto das zweckmäßigste Mittel der Fortbewegung ist - sie alle
kriegen ihr Fett weg. Spaß und Spannung bei der Lektüre sind
garantiert.« (Sächsische Zeitung)

»Wenn auf der Autobahn mal wieder gar nichts geht, noch
nicht einmal Stop-and-go, dann ist das Büchlein im
Handschuhfach eine tolle Ablenkung.« (Rover)

»Intelligente Kurz-Krimis mit viel Hintersinn und "schwarzer"
Ironie.« (ekz-Informationsdienst)

»In jedem besseren Krimi werden Bremsleitungen angesägt
und Radmuttern gelöst. Verfolgungsjagden gehören sowieso
zum guten Ton. Der Grafit Verlag hat jetzt - ganz konsequent -
Kurzkrimis rund ums Auto gesammelt. ... höchst lesenswerte
Miniaturen.« (Badische Neueste Nachrichten)

»... eine ideale Bettlektüre« (Wilder Süden)

azmotor1197.cdr5

Autokennzeichen erzählen

Von Rügen bis zum Bodensee
ISBN 3-89425-118-2 DM 19,80
Neuausgabe, 367 Seiten, 13 Karten

»Dieses Buch macht nicht nur neugierig auf Unbekanntes, sondern erzählt auf unterhaltsame Weise von der Heimat eines jeden Kennzeichens und von den Menschen, die dort leben.« (Die Rheinpfalz)

»Es beschreibt Landschaften und Lebensarten, informiert über Geschichte und Kultur und gibt Tips, Unbekanntes zu entdecken. Und es nennt für jeden Kreis eine Adresse, wo es weitere Informationen touristischer Art gibt.« (Bernburger Zeitung)

»Auf über dreihundert Seiten wird die Heimat jedes Kennzeichens beschrieben. Über Landschaften, Lebensarten und Kultur wird ebenso erzählt wie über die Menschen dort.« (Dithmarscher Landeszeitung)

»Langeweile auf großer Ferienfahrt? Kinder müssen im Auto beschäftigt werden? Erwachsene wollen etwas über die deutschen Landkreise erfahren? Hier ein guter Tip: Ein Buch im Handschuhfach-Format: Autokennzeichen erzählen.« (Bild)

»Das Rätsel um die unbekannten Buchstabenkombinationen auf den Nummernschildern bundesdeutscher Autos und Motorräder lüftet jetzt ein Nachschlagewerk aus dem Grafit-Verlag: Autokennzeichen erzählen.« (Emsdettener Volkszeitung)

»Vergnüglich erzählt das Taschenbuch über Stadt oder Landkreis ..., über Geschichte und Kultur.« (Oberhessische Presse)

»Wenn dieses Büchlein griffbereit im Handschuhfach liegt, bleibt kein Kennzeichen mehr ein Rätsel.« (Braunschweiger Zeitung)

»Aus dem nützlichen Taschenbuch erfahren Sie auch, wann und wie das heutige System der amtlichen Kennzeichnung von Kraftfahrzeugen im öffentlichen Straßenverkehr in der Bundesrepublik Deutschland eingeführt wurde.« (Oldenburger Volkszeitung)

»Das Buch stellt eine Art Kurzreiseführer in die Landkreise der Republik dar. Und das kann während einer Autoreise für die Mitfahrer zu einer recht kurzweiligen Angelegenheit werden ... Die Informationen beinhalten Landschaften und Lebensarten, Geschichte und Kultur.« (Fränkische Nachrichten)

azauto1197.cdr5